FOLIO POLICIER

Thomas Cantaloube

Requiem pour une République

Gallimard

© *Éditions Gallimard*, 2019.

Après vingt-cinq années de journalisme, Thomas Cantaloube se consacre désormais à l'écriture de fiction. *Requiem pour une République* est son premier roman.

*À ma grand-mère, Gigi, pour le goût
de la lecture, même à plus de 95 ans.
À ma fille Nelle, qui devra patienter
encore un peu pour lire ce (et son) livre.
À Amélie, pour sa présence,
ses encouragements et tout le reste.*

« Aujourd'hui, la France n'est pas loin d'avoir une angoisse postcoloniale comparable aux angoisses décolonisatrices qu'elle a connues. Une partie de l'opinion française n'aime pas regarder son passé colonial. Et, au fond, on peut dire que c'est d'une certaine façon normal qu'un Français de cinquante ans ou a fortiori plus jeune ne se sente aucune responsabilité dans les crimes qui ont été commis à cette époque. Mais l'histoire d'un peuple est globale. Elle est l'histoire des générations d'avant. Or, [aujourd'hui,] dans des zones urbaines socialement défavorisées, on rencontre non pas exclusivement mais principalement des populations originaires de nos anciennes colonies. Et c'est dans ces populations d'origine postcoloniale que l'on trouve des victimes de toute nature : des victimes du colonialisme de jadis, des victimes de la ségrégation d'aujourd'hui. »

PIERRE JOXE
Interview au Bondy Blog, 21 mars 2016

Prologue

Lettre de Slimane Bentoui à Abderhamane Bentoui, datée du 12 juin 1959
Interceptée par la Sécurité militaire le 20 juin 1959

Mon frère,

Le désert est devenu mon ami. Oui, je sais, c'est étrange. Nous avons grandi en ville, au bord de la mer et à l'ombre des orangers. Et pourtant, depuis que j'arpente le sable et la pierraille, depuis que je marche la journée sous l'astre solaire et que je dors la nuit sous trois couvertures pour me protéger du froid, depuis que j'ai abandonné le goudron pour les pistes, je suis tombé amoureux de cette terre aride et asséchée qui compose une grande partie de notre pays. Oui, notre pays. De droit et d'héritage.

Tu dois me trouver bien grandiloquent, et je suis sûr qu'au moment même où tu lis ces lignes tu te remémores le jeune garçon que tu tirais par le bras pour aller à l'école et à qui tu tentais tant bien que mal de faire réciter des poésies dans cette langue, le français, que je ne voulais pas apprendre car elle n'était pas celle des camarades avec lesquels je jouais dans la rue.

Mais, tu le sais, j'ai grandi, j'ai mûri et, dans ma nouvelle vie sur les sentiers du désert, le seul bagage que je juge indispensable, ce sont trois recueils de poésie que je trimbale au fond de mon sac à dos, qui proviennent de notre vieil appartement de la rue Michelet. Le soir, avant de m'endormir sous le vaste ciel étoilé du désert ou quand je suis calfeutré dans une bergerie, je lis quelques pages de nos poètes préférés : Chateaubriand, Lamartine, Hugo, Mallarmé, Apollinaire et bien sûr Rimbaud.

Ton petit frère est devenu un grand romantique !

Mais, rassure-toi, je reste lucide. Je sais bien que ces lectures et ce besoin que j'ai de te raconter cela avec des mots qui, j'en suis sûr, me feront sourire quand je les relirai, ces lectures et ces mots servent à compenser la difficulté de la mission que j'ai choisi de mener. J'y pense à chaque instant. Je vis avec cette tension permanente et, je peux te l'avouer à toi mon aîné et mon modèle, une peur qui remplit mon ventre à chaque instant.

Personne ne m'a demandé de faire ce que je fais, même si je sais que les plus estimés de nos frères de combat en attendent beaucoup. Chaque jour j'observe, je dessine et je prends des photos. J'ai également pu rencontrer des ouvriers qui m'ont raconté leur ouvrage, et un ingénieur qui avait un peu trop bu un soir. Ces hommes ne sont pas toujours bien informés et, souvent, ils effectuent leur travail comme les militaires qui les encadrent : la tête baissée et sans poser de questions.

Néanmoins, je suis désormais convaincu de ce que j'avais avancé lors de notre dernière rencontre à Alger. C'est en train d'arriver. C'est en train d'être construit.

Même si je ne suis pas un maître espion, j'ai le sentiment que ces hommes sont intimement convaincus d'être chez eux, à l'abri et intouchables. Ils ne prennent pas de grandes précautions. Je suis sûr que tu t'opposerais à cette action, toi mon grand frère qui m'as toujours protégé, mais je pense être capable de récupérer des documents auprès de ces Français insouciants. Des documents qui démontreront que NOUS SAVONS, et qui nous serviront dans notre lutte.

Si j'obtiens ce que je pense être des éléments probants, j'en aurai alors fini avec ma mission et j'entreprendrai ma remontée vers le nord. Elle sera lente car je serai des plus prudents. Et si tout se passe comme prévu, inch'Allah!, *je serai à Paris aux dates que nous avions prévues.*

Je garderai ces semaines dans le désert comme un moment précieux au fond de mon cœur et de mes os. Le désert est devenu mon ami, car il m'a donné ce que j'étais venu chercher. Il m'a donné confiance en moi et m'a convaincu plus ardemment encore de la justesse de notre cause. Et pour rester avec les poètes :

« Ô France ! Voici venu le jour où il te faut rendre des comptes
Prépare-toi ! Voici notre réponse
Le verdict, notre Révolution le rendra
Car nous avons décidé que l'Algérie vivra
Soyez-en témoins ! Soyez-en témoins ! Soyez-en témoins ! »[1]

---

1. Ces vers sont extraits du « Kassaman » un poème écrit par Moufdi Zakaria en 1955, devenu hymne national de l'Algérie indépendante à partir de 1963.

Si je voulais partager cela avec toi avant l'heure, c'est aussi afin que tu préviennes nos camarades. Il faut nous préparer à frapper fort! Et rassure-toi : je confie cette missive à un Bédouin de mes amis. Il connaît les chemins sûrs où nul ne lui posera de questions.

Ton cadet a bien grandi. Il vole désormais de ses propres ailes, avec assurance et détermination!

Ton frère qui t'aime et qui te rendra fier,

Slimane

P.S. Je ne saurais cacheter cette lettre sans avoir une pensée pour mes neveux, Kamel et Lucille. J'ai hâte de les revoir et de les emmener chez ce délicieux glacier de l'île Saint-Louis dont j'ai oublié le nom. J'envoie également une pensée à leur mère, Jeanne, qui compte tant pour toi. Je suis impatient de tous vous serrer dans mes bras et d'abuser de votre hospitalité!

1959

1

Sirius Volkstrom, 15 septembre 1959

« Putain, je déteste cet endroit ! » cracha Sirius Volkstrom en poussant la lourde porte cochère de la Préfecture de police de Paris. Ciel gris, crachin, humeur massacrante. 8 heures du matin, c'était bien trop tôt. Il tira vainement sur sa cigarette pour tenter de dissiper son irritation rehaussée d'une pointe d'incertitude. Un rendez-vous à cette heure-là, c'était pas banal.

Le bleu en faction le jaugea de haut en bas et son regard s'attarda un instant, juste un instant, sur la manche gauche de sa veste qui pendouillait. Derrière le guichet en bois, d'autres flics veillaient : mi-concierges, mi-sentinelles. Toujours le même regard, que Volkstrom mourait d'envie de leur faire ravaler. Ils observaient l'absence. Ils cherchaient d'abord le plâtre et le bras en écharpe. Quand ils se rendaient compte que ce n'était pas ça, leurs yeux se remplissaient de questions. Était-ce la guerre ? Un accident ? Une infection qui avait mal tourné ? Et puis, dans la foulée, après avoir maté sa trogne pas franchement avenante, une réflexion surgissait : un honnête homme peut-il perdre son bras ? Et s'il avait été amputé à la suite d'une bagarre ? Enfin la dernière série d'interrogations se dessinait sur leurs fronts : comment mène-t-il sa vie de manchot ? Comment fait-il pour couper la dinde à Noël ? Pour jouer à la belote ? Pour conduire ? Pour se torcher ? Pour baiser dans la position du missionnaire ?

Toutes ces considérations ne traversaient qu'une ou deux secondes le visage des gens qui le croisaient, mais Sirius Volkstrom les connaissait par cœur. En général, il s'en moquait.

Depuis son guichet, un policier à képi leva les yeux de sa paperasse pour le fixer. Sirius fit de même. Il n'était pas pressé d'énoncer l'objet de sa visite. Le bleu plissa les yeux, il allait ouvrir la bouche. D'un mouvement de langue, Sirius cala sa cigarette dans un coin de ses lèvres et annonça de sa voix rocailleuse :

— Je suis là pour voir Deogratias.

— Le directeur adjoint du cabinet du Préfet ?

— Lui-même.

Comme dans un script écrit d'avance, le gardien lui demanda :

— Vous avez rendez-vous ?

— Non, je passais par là et je me suis dit qu'on pourrait boire une anisette ensemble...

Il ne pouvait pas s'en empêcher. C'était plus fort que lui. Il ne savait pas tenir sa langue. Surtout avec les flics.

Avant que le préposé ne commence à grimacer, Sirius ajouta :

— Bien sûr que j'ai rendez-vous ! Dites-lui que Volkstrom est là.

Ne sachant s'il avait affaire à un trouble-fête ou à un quidam qui pouvait lui causer des soucis, le policier baissa les yeux et se figea. Réflexe typique du fonctionnaire hésitant. S'exécuter ou risquer de se faire remonter les bretelles.

Il décrocha finalement son combiné téléphonique noir et tourna deux fois le cadran. Cinq secondes de pause et puis :

— Monsieur Volkstrom est là pour monsieur Deogratias.

Une pause.

— Très bien, je le fais conduire.

Relevant la tête vers son interlocuteur, le policier lui demanda un papier d'identité et le pria d'attendre qu'un factotum en uniforme soit disponible pour l'accompagner. Sans même chercher un cendrier du regard, Sirius Volkstrom écrasa sa cigarette par terre.

Il savait qu'on l'observait. Mais pas pour les mêmes raisons qu'avant. Désormais, les questions étaient : qu'est-ce que ce type au faciès de brute et aux manières crasses vient faire dans le bureau du si distingué Jean-Paul Deogratias, directeur adjoint du cabinet du Préfet de police de Paris, toujours tiré à quatre épingles et à cheval sur l'étiquette ? Et, à bien examiner son costume marron défraîchi et fripé, sa cravate mal ajustée et ses souliers qui auraient eu besoin d'un coup de cirage, ce péquin avait-il seulement fermé l'œil de la nuit ?

Ces pensées policières, Volkstrom les entendait dans sa tête. Il avait tout juste eu le temps de repasser dans son meublé pour se raser, ce qui n'était déjà pas si mal. Ces temps-ci, les matinées étaient faites pour dormir, les après-midi pour se réveiller, les soirées pour démarrer la journée, et les nuits pour vivre. Il n'en avait pas toujours été ainsi, mais pour l'instant sa vie était réglée de cette manière. Alors un rendez-vous à huit heures du matin, ça cassait un peu son rythme.

Mais bon, on ne refusait pas une demande, c'est-à-dire une injonction, de Deogratias.

Leurs liens avaient beau remonter, Volkstrom connaissait sa place, un cran au-dessous. Ce n'était pas humiliant, c'était ainsi. Certaines personnes ont plus que d'autres le sens de la hiérarchie sociale et la volonté d'en gravir les échelons. On dit que la guerre rapproche les hommes et abolit les distinctions. Certainement pas! Ils avaient combattu dans le même camp, servi les mêmes chefs, rallié les mêmes causes, mais Deogratias s'était toujours mieux débrouillé pour arriver au sommet du tas de sable.

Il faut dire qu'avec son pedigree, Sirius Volkstrom avait toujours eu du mal à se couler dans le moule du bon Français qui fait carrière. Fils d'un soldat allemand déserteur et d'une blanchisseuse ardennaise, né en 1917, l'année des fusillés, il était, comme on dit, «marqué dès le berceau». Il n'avait jamais vraiment su si la rencontre entre son père et sa mère tenait du coup de foudre ou de la coercition. Et quand son géniteur avait fini dans le fossé d'une route de campagne après s'être fait rouler dessus par un camion, alors que Sirius avait cinq ans, les choses ne s'étaient pas améliorées. Pour faciliter son existence, on lui avait refilé le nom de sa mère, qui sonnait plus gaulois. Il en aurait fallu plus pour redresser la barre...

Ce nom paternel, finalement, il l'avait ressorti en 1940 et ça l'avait pas mal arrangé. C'était le sien désormais.

Un signe du policier en tenue le sortit de ses pensées, et Sirius Volkstrom le suivit, traversant plusieurs couloirs et gravissant le grand escalier central à pas pesants. Cela faisait longtemps qu'il n'avait pas vu Deogratias. Plusieurs années. Mais il savait à quoi s'attendre.

C'est comme cette histoire qu'il avait entendue dans un film américain avec ce gros bonhomme barbu dont il ne se rappelait plus le nom, qui jouait le rôle d'un marchand d'armes. Avec délectation, il racontait la fable du scorpion et de la grenouille :

> *Un scorpion arrive devant une rivière qu'il veut traverser. Comme il ne sait pas nager, il avise une grenouille sur la berge et lui demande de le transporter. Le batracien n'est pas très chaud : « Si je te prends sur mon dos, tu risques de me piquer. Je n'ai pas envie de mourir. » Alors, le scorpion lui répond : « Bien sûr que non, car si je te pique, nous coulons tous les deux et je meurs. Je n'y ai aucun intérêt. » « Ah oui, tu as raison », dit la grenouille, convaincue par la logique de l'argument, « allons-y. » Le scorpion grimpe sur son dos et ils entament la traversée de la rivière. Soudain, au milieu de l'eau, la grenouille sent une douleur terrible dans tout son corps. Elle tourne ses yeux vers le scorpion et, dans un dernier râle, lui demande : « Mais pourquoi m'as-tu piquée ? Nous allons tous les deux mourir... » Et le scorpion de lui répondre : « Je n'y peux rien, c'est ma nature ! »*

Cette fable lui parlait : elle évoquait Deogratias. Celui-ci avait quelque chose à lui demander. Et lui l'accepterait. Quelque chose qui, en dépit du lieu dans lequel ils se trouvaient, n'était pas très net.

Le policier le fit entrer dans une antichambre avec un secrétaire sagement assis devant deux téléphones et des piles de dossiers. Le fonctionnaire ouvrit le battant d'une grande porte matelassée et, avec une voix de maître d'hôtel contrarié, annonça : « Monsieur Volkstrom est là pour vous, monsieur ! » Il entendit la réponse, prononcée d'un ton posé : « Faites-le entrer et fermez la porte. » Puis comme un après-coup : « Merci. »

C'était une pièce faite pour impressionner. Vaste, vue sur la Seine, tapis au sol et peintures aux motifs classiques sur les murs, un canapé en cuir et des fauteuils Voltaire autour d'une table basse. Au fond, un immense bureau Empire sur lequel il n'y avait en tout et pour tout qu'un unique porte-plume. Un téléphone reposait sur un petit guéridon.

Sirius connaissait assez les hommes pour savoir que ceux qui n'avaient rien sur leur bureau étaient soit très puissants, soit incompétents. Son interlocuteur n'appartenait pas à la seconde catégorie.

Deogratias, qui regardait par la fenêtre dans une pose calculée d'acteur de théâtre attendant sa réplique, se retourna et marcha vers lui.

— Sirius, *mein Freund*, je suis content de te voir !

Même s'il était généralement à l'aise en toutes circonstances, Volkstrom marqua un temps d'arrêt avant de s'avancer vers son hôte. Il ne l'aurait jamais avoué, mais le lieu lui en imposait.

Deogratias avait toujours aimé parler. Alors il causait, et Sirius écoutait.

Après avoir échangé les platitudes d'usage sur leur santé, leurs parcours respectifs ces dernières années et le devenir de telle ou telle connaissance, Deogratias se lança dans un de ses soliloques sur « l'état des choses ». Ça pouvait concerner la marche du monde, la politique, les affaires, les juifs, les Arabes, les Allemands, les Américains, les guerres, la bombe atomique, les jeunes dégénérés d'aujourd'hui, l'équipe de France de foot conduite par un mineur polak, les chevaux de course imprévisibles… mais, au final, il s'agissait toujours de lui. De lui, et de ses intérêts.

— … et maintenant, avec de Gaulle et Papon, c'est fini de déconner. On ne va plus se laisser emmerder par ces crétins de politicards qui ne savent pas ce qu'ils veulent. La guerre, ils vont l'avoir ! Tu as été en Algérie, toi, tu as vu. Si les Bougnoules pensent qu'ils vont nous faire partir, qu'ils aillent se faire enfiler bien profond ! Et leurs congénères en métropole, s'ils veulent nous intimider, ils vont trouver à qui parler !

Avec Sirius, Deogratias se lâchait. Quand il était en confiance, il délaissait ses manières de bureaucrate ambitieux. Ses petites lunettes rondes cerclées d'écaille lui glissaient sur l'arête du nez et il faisait des moulinets avec les bras. Il lissait régulièrement sa fine moustache pour ôter les traces de sueur qui perlaient dans les poils. Volkstrom était prêt à parier que si un fonctionnaire de la Préfecture était entré à ce moment-là dans la pièce, il n'aurait pas reconnu «monsieur le directeur adjoint du cabinet du Préfet de police de Paris».

Sirius remarqua qu'il avait pris du poids. Deogratias était désormais gras. La toile de son costume trois pièces, certes bien coupé, était tendue. Il avait toujours ressemblé à une petite fouine, mais son embonpoint le rapprochait désormais du hamster. Un hamster au regard vicieux.

Le fonctionnaire de police continuait à parler, mais

Sirius le savait bien, il cheminait lentement vers ce qu'il avait à raconter.

— Les Crouilles du FLN ont éliminé leurs adversaires du MNA et maintenant ils vont vouloir imposer leur loi en métropole. Ils se doutent qu'ils ne peuvent pas gagner à la régulière contre nos soldats sur place, alors c'est ici qu'ils vont vouloir faire du grabuge. Mais crois-moi, Papon il ne va pas les laisser faire. D'autant qu'il y a tous ces cocos qui ne bandent que pour les Arabes et qu'il va falloir mater aussi !

Volkstrom piocha une Gauloise dans sa poche et l'alluma en craquant l'allumette contre son accoudoir. Deogratias sortit un cendrier d'un tiroir et le poussa vers lui tout en continuant à pérorer.

— ... sur le plan de la police, on ne craint pas grand-chose, on est solides. Du côté de la presse, ça peut aller aussi, on leur cassera quelques phalanges s'il le faut. Les syndicats et les cocos vont nous emmerder, mais leurs gars, à la base, ils n'ont rien à secouer des Arabes. Par contre, ce qui nous préoccupe, ce sont les juges et les avocats. De Gaulle veut nous la jouer recta, on est en République, on respecte les lois et compagnie. Du coup, il va falloir travailler un peu en marge.

Ça y est, on arrivait à l'objet de la convocation.

Deogratias se tortilla un instant sur son fauteuil. Il semblait un peu mal à l'aise. Ou alors il jouait au type mal à l'aise, difficile de savoir.

— J'ai besoin d'un gars de confiance pour un truc en dehors des clous.

— Je t'écoute.

— Je ne te fais pas le topo sur le secret, la discrétion et tout le toutim. Toi et moi, on se fréquente depuis suffisamment longtemps. Je sais que je peux te faire confiance.

La flatterie. Mais aussi la menace voilée. Chacun d'eux en savait suffisamment sur l'autre pour se tenir par les couilles mais Deogratias pissait depuis une position plus élevée.

Sirius fit néanmoins un geste d'assentiment en hochant la tête.

Deogratias poursuivit.

— On a un avocat bicot, un type qui nous met des bâtons dans les roues. Abderhamane Bentoui. Il est FLN bien entendu, mais il a des relais chez les Français, il a fait son droit au Panthéon. Et pour ne rien arranger, il est marié à une bourgeoise blanche.

Volkstrom écrasa son mégot et alluma immédiatement une autre cigarette.

— Je ne vais pas tourner autour du pot avec toi, t'es pas un perdreau de l'année : on va se débarrasser de l'avocat.

Le «on» était intéressant, se dit Sirius. Deogratias, si prompt à tirer la couverture à lui, semblait se couvrir. Il laissait en tout cas entendre qu'il n'était pas le seul décisionnaire.

— J'ai trouvé un mec pour le zigouiller, tu l'as peut-être connu durant la guerre. Mais c'est un type pas fiable, qui ne sait pas boucler son clapet. En plus, il s'enfile de l'héro.

— Comment s'appelle-t-il ?

— Lemaire. Victor Lemaire.

— Le nom me dit quelque chose, mais je ne le remets pas.

— Il était à la Carlingue. Il a réussi à se tirer à temps quand les Schleus ont décampé. Il s'est planqué et j'ai fini par lui sauver la mise en lui procurant des faux papiers.

— Pourquoi tu veux l'utiliser ?

— C'est un tocard, mais un vrai tueur. Un méchant. Et un sacré tireur. Il déteste les Arabes. Il en a suriné un mais les témoins se sont écrasés, alors il n'a écopé que de quelques mois.

— Tu lui as promis quoi ?

— Il me doit. Et puis j'ai ajouté un paquet de biftons. De quoi rêver à un nuage de blanche !

Volkstrom trouvait curieux d'utiliser un personnage aussi peu stable pour assassiner au nom de la Préfecture. Deogratias ne lui disait pas tout. Mais il commençait à deviner où il voulait en venir.

— J'ai besoin que Lemaire tue l'avocat. Pas qu'il survive.

Deogratias avait toujours aimé déléguer. Déléguer et manipuler. Quand il était fonctionnaire à la Préfecture du Gard, durant la guerre, il ne s'était jamais sali les mains directement. Il était plutôt du genre à tenir le crachoir et le stylo-plume. Tout le contraire de Volkstrom, plus à l'aise avec un couteau ou un flingue. Mais Deogratias n'avait jamais cherché à l'arnaquer. C'est pour cette raison, bien plus qu'une affection inexistante, que leur association perdurait.

— J'ai besoin de toi pour éliminer Lemaire dès qu'il aura dézingué le Bougnoule.

Volkstrom pigeait très bien. Le tueur abat l'avocat, puis lui-même se charge de Lemaire. Coup double : les ponts sont rompus avec les huiles qui ont ordonné le meurtre, le coupable est fourni sur un plateau, avec des motivations évidentes (racisme) et circonstancielles (drogues, instabilité). Le seul maillon faible, c'était lui, qui connaissait tout du plan. Il devrait surveiller ses arrières.

Deogratias poursuivit.

— On a tout expliqué à Lemaire. Tous les mercredis soir l'avocat reste seul chez lui, sans femme ni gosses. Il travaille sur ses dossiers. Lemaire rentre par la porte principale, le dessoude, et s'enfuit par la sortie de service qui débouche sur l'arrière de l'immeuble. Toi, tu l'attends dans l'escalier, tu le zigouilles proprement, tu le ramènes dans l'appartement et tu nous concoctes une petite mise en scène pour faire croire à un cambriolage ou à un chantage qui a mal tourné. On fournit un flingue avec silencieux à Lemaire et un petit calibre pour toi, à laisser sur place, en faisant croire que c'est celui de l'avocat.

— Et comment vous assurez-vous que Lemaire ne tente pas le coup à un autre moment ?

— On lui remet l'arme du crime et les biftons juste avant. J'ai pensé que tu pouvais t'en charger, puisque tu seras sur place.

Deogratias souriait pour la première fois depuis le début de leur conversation. Ça lui donnait un air encore plus redoutable.

Sirius, qui s'était un peu avachi, se redressa sur son fauteuil. Le plan ne l'emballait pas plus que ça. Il y avait trop de rouages qu'il ne maîtrisait pas.

Deogratias repoussa ses besicles sur le haut de son nez, sans lui laisser l'opportunité de prendre la parole.

— Je sais ce que tu penses. Tu te dis : « C'est un coup fumeux. » Tu n'as pas tort. C'est pour ça que je me suis adressé à toi. Je veux un mec de confiance.

— J'imagine que je ne fais pas cela pour tes beaux yeux.

Deogratias se pencha en avant et prit une voix plus lente, pour souligner qu'il connaissait le prix de Sirius.

— J'ai trois trucs pour toi. Tout d'abord, tu récupères le fric destiné à Lemaire. Cinq bâtons. Ensuite, là on parle plus long terme, nous allons avoir besoin d'un type comme toi à nos côtés. Pas sur les registres des flics, mais en parallèle. La situation avec les Bougnoules va évoluer. Nous allons mettre un truc sur pied et j'aimerais bien que tu en sois. Il y aura du pognon et des passe-droits à la clef.

Volkstrom commençait à se dire que le jeu pouvait en valoir la chandelle. Les machinations de Deogratias étaient toujours profitables et se situaient dans une zone délicieusement grise : pas tout à fait légales, mais avec le consentement tacite des autorités.

Deogratias sourit de nouveau. Cette fois en découvrant légèrement ses incisives.

— Et puis, je pense que je peux obtenir une belle remise de peine pour ton ami Hector Danguin. J'estime pouvoir le faire sortir d'ici à quelques mois, six maximum…

Sirius sentit sa mâchoire se décrocher et son palpitant se compresser. Il était convaincu d'être devenu pâle comme un drapeau blanc.

L'était-il vraiment ?

Deogratias le fixait sans ciller, observant sa réaction.

Sirius, qui savait garder son calme dans les pires circonstances, essaya de se redresser en s'appuyant sur l'accoudoir avec son mauvais bras, celui qui n'existait plus… Il flancha, parvint à se redresser, mais il sentait ses jambes trembler sous la toile de son pantalon.

Il ne savait pas quoi dire, réfléchissait à toute vitesse. Deogratias fut plus rapide :

— Il compte beaucoup pour toi, je crois.

Sirius Volkstrom n'avait plus de souvenir des minutes suivantes. Il avait dû se lever, approuver le marché, serrer une main. Il avait peut-être bafouillé, peut-être pas. Une brume avait envahi ses neurones. Il avait franchi la porte mécaniquement, redescendu le grand escalier.

Deogratias savait. Deogratias en savait toujours plus qu'il ne le disait. Sirius aurait dû le deviner.

2

Luc Blanchard, 17 septembre 1959

Luc Blanchard scrutait les deux suspects menottés à leurs chaises. Il se dressait face à eux dans le petit bureau presque vide. Les vêtements des deux jeunes hommes étaient en triste état : sales, froissés, déchirés par endroits. Leurs visages portaient les stigmates des coups assenés durant leur interpellation : tuméfiés, des croûtes à peine sèches. Ils baissaient le crâne, sachant instinctivement que s'ils le relevaient, ils écoperaient d'une beigne.

Blanchard, en bras de chemise, cravate légèrement dénouée, tenait une liasse de papiers dans sa main gauche. Malgré l'heure avancée de la nuit, il n'était pas fatigué. Il carburait à l'adrénaline.

Aux yeux de ses collègues de la Brigade criminelle, Blanchard était un jeunot. Vingt-huit ans, ça ne pesait pas lourd au 36. Avec ses cheveux soigneusement peignés en arrière, ses traits fins et ses petites lunettes métalliques, il avait une tête d'intello. Dans la police, on appelait ça une circonstance aggravante.

Mais devant les deux prévenus, il incarnait l'Autorité, avec un A majuscule.

Après avoir fait semblant d'examiner pendant de longues minutes un dossier qu'il connaissait par cœur, il prit la parole :

— Vous savez pourquoi vous êtes là ?

Ce n'était pas vraiment une question, en plus ils ne savaient pas à qui elle était posée.

Silence.

Il fallut quelques secondes à Blanchard pour comprendre sa bévue. S'il ne s'adressait pas directement à l'un des témoins, ils croiraient toujours qu'il parlait à l'autre.

— Ahmed, tu sais pourquoi tu es là ?

Le plus jeune des deux hommes – il dépassait à peine la vingtaine – releva la tête et dit doucement :

— Non, m'sieur, je ne sais pas...

— Ne te fous pas de ma gueule ! Tu le sais très bien. Les policiers qui t'ont amené ici te l'ont dit !

— Non m'sieur, ils m'ont embarqué quand je sortais du café en me frappant dessus.

— Tu veux dire que des agents de la police française t'ont molesté ? Tu veux porter plainte ? Ici, tout de suite ? Tu veux que je les fasse appeler pour qu'ils entendent ce que tu as à redire sur leur comportement ?

Ahmed baissa de nouveau la tête en murmurant.

— Non m'sieur. Je ne préfère pas.

— C'est bien ce que je pensais.

Luc consulta de nouveau ses feuillets et s'adressa à l'autre prévenu, qui portait une fine moustache.

— Et toi Malek, tu sais pourquoi tu es ici ?

— Non m'sieur, les policiers nous ont pas dit.

— Vous vous foutez de ma gueule tous les deux !

Blanchard était passé à sa « grosse voix », celle que ses collègues plus expérimentés lui avaient conseillé d'utiliser quand il interrogeait des Arabes : « Tu vas voir, dès que tu te mets à hausser le ton et à prendre l'air énervé, ils se déballonnent ! »

Il fit mine de réorganiser ses papiers et reprit avec le même timbre hargneux.

— Pauline Doré, ça vous dit quelque chose ?

Les deux hommes se regardèrent du coin de l'œil, désemparés. Fine moustache se lança :

— Non m'sieur. Je ne connais pas de Pauline.

Encouragé, le gamin osa :

— Moi non plus, m'sieur. Je connais pas de Pauline Doré.

Blanchard lui allongea une gifle. Elle était si soudaine, et elle résonna si fort, que tout le monde eut l'air surpris. Même Luc.

Il reprit sa contenance.

— Je vous l'ai déjà dit : ne vous foutez pas de ma gueule !

Entravé, le jeune Algérien ne pouvait pas se masser la joue, alors il tournait la langue dans sa bouche pour atténuer la douleur.

Luc Blanchard se tourna vers la moustache.

— J'ai une mandale pour toi en réserve ! Alors, Pauline Doré, tu ne la connais vraiment pas ?

Résigné, Malek releva la tête :

— Non, comme je vous l'ai dit, chef, je ne connais pas de Pauline.

La baffe partit. Aussi rapide et violente que la première.

La porte du bureau s'ouvrit.

Un bonhomme ventripotent et moustachu s'avança.

— Ça va, Luc ? Ils te font des emmerdes ?

Luc posa ses papiers sur la table dans un coin de la pièce et fit signe au nouveau venu de l'accompagner dehors. Ils bouclèrent la porte derrière eux et se retrouvèrent dans un bureau plus grand, avec une demi-douzaine de tables, d'armoires et de dossiers. Des notes de service jaunissantes décoraient les murs, agrémentées de quelques trombinoscopes.

Luc Blanchard et Amédée Janvier faisaient équipe depuis un an. « Le Gros », comme tout le monde le surnommait, attendait la retraite en picolant. Avant, pendant et après le service. Il tenait plutôt bien l'alcool, mais pas tellement ses affaires. Il était censé chaperonner Luc, mais celui-ci se formait surtout en solitaire. Avec son épaisse moustache, son air débonnaire, et son bon fond quand on creusait un peu, Janvier aimait jouer la figure paternaliste de temps à autre.

Blanchard était trop énervé pour les conseils cette nuit-là. Il était deux heures du matin et ça faisait maintenant sept heures qu'ils cuisinaient la dizaine d'Algériens ramenés dans le panier à salade. Ceux qu'il venait de secouer étaient les deux derniers, et l'interrogatoire démarrait de manière aussi frustrante que les précédents.

Amédée posa la main sur l'épaule de Luc.

— On va y arriver, p'tit. Il faut tenir bon. Une de ces enflures va finir par craquer.

Luc haussa les épaules et avisa le petit réchaud à gaz qui reposait sur un coin de table près d'un lavabo.

— Il reste du café ? J'en ai besoin…

Amédée prit une tasse à la propreté douteuse, y glissa deux sucres, et la remplit. Il l'apporta à Luc.

— T'en fais pas mon gars, tu vas y arriver.

Il laissa son cadet siroter une gorgée de café trop fort, trop sucré et trop réchauffé, puis lui annonça :

— Je descends voir ce que les bleus ont fait des autres mecs qu'on a interrogés.

Il fit demi-tour et sortit, laissant Luc plongé dans la contemplation de sa tasse. L'absence de pistes le minait. Il avait pensé que ce serait une affaire facile, mais ça n'en prenait pas la tournure. Le commissariat du XIe arrondissement les avait appelés ce matin pour leur annoncer qu'une jeune femme était en train de déposer une plainte pour viol. Il était parti illico avec Amédée Janvier pour l'interroger. Là, dans la grande pièce collective des agents du quartier, il avait découvert une jeune femme délicate, aux cheveux châtains et aux yeux noisette. Elle avait 22 ans, était étudiante en histoire et Luc la trouvait très jolie derrière ses larmes. Ils avaient réquisitionné le bureau du commissaire pour la questionner sans que dix personnes n'entendent son récit. Malgré les sanglots, Pauline Doré était parvenue à raconter son histoire assez distinctement.

Le soir précédent, alors qu'elle rentrait dans son petit appartement de la rue de la Fontaine-au-Roi, après une séance de cinéma, elle avait vu plusieurs hommes descendre la rue en discutant. Des Maghrébins. L'un d'entre eux l'avait abordée pour lui demander une cigarette. Le temps qu'elle farfouille dans son sac à main, les autres s'étaient éloignés. Il l'avait alors plaquée contre le mur en lui mettant une main sur la bouche. Il l'avait ensuite entraînée vers l'entrée d'un immeuble insalubre jusque dans une cour intérieure, et avait sorti un couteau à cran d'arrêt qu'il lui avait glissé sous le cou en la menaçant de l'égorger si elle émettait le moindre son.

Puis il l'avait violée.

Là, il avait fallu attendre un peu qu'elle surmonte ses pleurs, et Amédée était parti lui chercher un verre d'eau.

Malgré les fenêtres illuminées qu'elle apercevait dans la cour, elle n'avait pas crié. Une fois sa besogne achevée, son assaillant lui avait envoyé une gifle et s'était enfui en courant. Elle était rentrée chez elle quelques immeubles plus loin, s'était lavée et avait passé le restant de la nuit à pleurer en boule sur son lit.

Ce n'est qu'au matin qu'elle avait trouvé le courage nécessaire pour se rendre au commissariat.

Luc Blanchard l'avait écoutée en prenant quelques notes, les doigts crispés sur son stylo. Il n'avait rien dit. Son éducation traditionnelle et son inexpérience sentimentale ne l'avaient pas préparé à discuter de sexe, et encore moins de viol, avec une femme.

C'était le Gros, une fois revenu avec son verre d'eau, qui avait posé les questions essentielles :

— Pouvez-vous nous décrire votre assaillant, mademoiselle ?

— Il était jeune, il avait les cheveux noirs et il a prononcé des mots en arabe.

— Est-ce que vous l'aviez déjà croisé dans le quartier, près de chez vous ?

— Je ne crois pas. Je ne fréquente pas beaucoup les musulmans…

— Y avait-il des témoins dans la rue ?

— Non, personne, à part le groupe d'hommes avec lesquels il se promenait.

— Avez-vous demandé de l'aide à quelqu'un en rentrant chez vous ?

— Non, je n'ai pas osé. J'avais trop mal.

Amédée Janvier, qui n'avait pas encore trop bu à cette heure matinale, avait pris les choses en main, expliqué la procédure à venir à la jeune femme. Il l'avait un peu consolée, puis était parti discuter avec les flics du XIe.

Luc était resté quelques instants avec Pauline Doré dans le bureau du commissaire. Il lui avait tendu un mouchoir. Il lui avait assuré que la police trouverait son agresseur et lui avait conseillé de rentrer chez elle, puis l'avait reconduite à la porte du commissariat avec le genre de gestes prévenants que l'on réserve aux personnes âgées.

Les flics du XIe avaient été efficaces. Ils avaient établi que le café algérien de la rue Morand avait fermé vers l'heure à laquelle Pauline Doré marchait vers son domicile. Le patron du troquet n'avait pas fait de difficultés pour raconter qu'il avait une clientèle d'habitués, des jeunes gars qui bossaient dans les ateliers d'à côté, et qui venaient siroter des thés à la menthe et des cafés en jouant aux dominos ou en parlant du pays jusqu'à la fermeture, avant de rentrer dans leurs hôtels borgnes ou dans les foyers du quartier.

Les policiers s'étaient mis en branle. Ils avaient attendu le soir que le café se remplisse et ils avaient embarqué tous les Arabes qui paraissaient avoir moins de la trentaine. Direction la Brigade criminelle, avec quelques coups de matraque au passage pour rappeler qui commandait.

Voilà où Luc Blanchard en était. Il avait déjà procédé à huit interrogatoires en compagnie d'Amédée, et il n'était guère plus avancé. Tous les prévenus correspondaient au signalement, mais aucun ne connaissait Pauline. Quand Luc les regardait, il aurait presque pu les croire. La dernière chatte que ces gars avaient dû voir était celle de leur mère quand ils avaient cinq ans. De plus, ils auraient hésité à deux fois avant d'aborder une Française.

Et pourtant, Luc savait que c'était leur manière de répondre à l'autorité. Ils jouaient les victimes, les pauvres-petits-musulmans-venus-du-bled-qui-ne-comprennent-rien-à-la-métropole. Mais il sentait bien que c'était une façade. Pour lui, c'étaient les mêmes qui posaient des bombes en Algérie, qui donnaient du fric en douce au FLN et qui poignardaient des flics dans le dos au nom de l'indépendance. Les consignes du Préfet étaient claires, même si elles n'étaient pas rédigées ainsi dans les circulaires interservices : « Pas de quartiers pour les Bicots. L'Algérie est et restera française. En attendant qu'ils aient compris la leçon, on fait régner la loi. À coups de latte dans la gueule s'il le faut. »

Blanchard appliquait les ordres.

Le jeune inspecteur termina son café et se leva. Il franchit la porte du bureau où se tenaient les deux témoins qui n'avaient pas moufté depuis tout à l'heure.

Sans prévenir, il frappa Malek en le contournant. En plein dans l'oreille. Là où ça fait le plus mal. L'Algérien se tordit sur sa chaise en hurlant.

Blanchard se carra droit devant Ahmed.

— Je te donne cinq secondes ou bien tu te prends la même !

— Mais m'sieur, je ne sais rien...

— Mauvaise réponse ! Pauline Doré, jeune, les cheveux bruns, qui rentrait chez elle hier soir. Qui l'a sautée ? Qui s'en est vanté aujourd'hui au taf ? Si tu me balances ton pote qui a tiré sa crampe, tu rentres chez toi. Autrement, c'est Vincennes[1] et après, comme vous dites chez toi : « *inch'Allah !* » Si tu ne me donnes pas le coupable, je désigne l'un d'entre vous et je peux te garantir que sa tête ne restera pas longtemps accrochée sur ses épaules !

— C'est pas juste m'sieur, j'ai rien vu, je suis rentré chez moi comme tous les soirs hier…

Les larmes inondaient les yeux d'Ahmed, il commençait à trembler.

Blanchard prit cela pour un aveu de faiblesse et le frappa à la tempe. Puis il le saisit à la gorge, jusqu'à le soulever. Le môme frissonnait de plus belle.

— Allez, dis-moi que c'est ton pote Malek qui s'est tapé Pauline Doré ! Dis-moi que c'est lui qui s'est planqué avec elle dans une cour d'immeuble !

Blanchard sentit l'odeur monter, avant de remarquer la tache humide qui se répandait sur le pantalon du gamin.

Il venait de se pisser dessus…

C'était le deuxième cette nuit.

Il était désormais 8 heures du matin et Luc Blanchard gambergeait à son bureau. Quelqu'un avait fait du café frais et il serrait la tasse chaude entre ses

1. Les Algériens arrêtés dans la région parisienne étaient acheminés au centre de tri de Vincennes, où ils pouvaient rester quinze jours avant de savoir ce qui allait leur advenir : relaxe, déportation ou internement dans un camp ailleurs en France.

doigts. Il relisait pour la cinquantième fois le témoignage de Pauline Doré : la main sur sa bouche, la clé de bras, la cour déserte, l'inconnu qui se force en elle, la douche, ses pleurs toute la nuit...

Amédée Janvier fit irruption dans le bureau en trébuchant sur une corbeille à papier. Il était rentré chez lui grappiller quelques heures de sommeil et il avait dû descendre quelques blancs limés au petit déjeuner. Il s'empara d'une chaise pour s'asseoir face à Luc.

— T'en fais pas, on va coincer ce fils de putain. Faut pas te mettre dans cet état, mon gars !

Amédée lui tapota l'épaule et alla s'asseoir.

Ce que Blanchard ne pouvait lui dire, c'est que sa main droite le faisait souffrir : il avait distribué trop de mandales. Sa propre sueur lui évoquait des odeurs d'urine. Et quand il fermait les yeux, le visage de Pauline flottait au-dessus de ceux de la dizaine d'Algériens qu'il avait cuisinés.

Aucun ne lui avait fait l'effet d'être un violeur.

Il doutait de ses compétences de flic.

3

Antoine Carrega, 20 septembre 1959

C'était au tour d'Antoine Carrega de conduire la vieille camionnette. Il était quatre heures du matin et cela faisait dix heures qu'ils avaient quitté Marseille. José piquait du nez à chaque fois qu'il n'était pas au volant, mais lui restait frais et aux aguets. Il n'y avait pas grand-chose à craindre, les flics étaient plutôt occupés avec les Algériens ces temps-ci, mais on ne savait jamais…

La route nationale défilait lentement, à peine quelques poids lourds qui les dépassaient pour parvenir aux Halles, au centre de Paris, avant la levée du jour. La camionnette était chargée jusqu'à la gueule et se traînait. Cela ne dérangeait pas Antoine. Il n'aimait pas se presser et cela lui rappelait la navigation le long des côtes de son île corse. Il goûtait le ronronnement du moteur, les appels de phare avec les autres véhicules et les bornes kilométriques blanches et rouges qui rythmaient sa progression.

Il commençait à percevoir le rougeoiement du ciel qui signalait l'approche de la capitale. Pas la peine de réveiller José, il restait encore une bonne heure avant d'arriver à destination. Il s'attendait à un barrage routier à la hauteur d'Orly. Les pandores avaient leurs habitudes.

La camionnette à l'enseigne de Pernod avait été dérobée il y a belle lurette, et les plaques d'immatriculation étaient ce qu'il y a de plus légal. Tout l'arrière était bourré de cageots remplis de bouteilles de pastaga dûment étiquetées. Ce n'était pas du Pernod sorti de l'usine, mais qui allait s'en plaindre? Ça avait le goût et la couleur de l'anisette, et ça saoulait pareil. Si jamais les agents se montraient tatillons sur la paperasse, il suffisait généralement de leur glisser quelques échantillons, et on n'en parlait plus. En tout cas, il n'avait jamais eu à aller plus loin, comme jouer des poings ou sortir son arme.

Aucun policier n'avait jamais exigé de contrôler la cargaison, même s'ils soupçonnaient la fraude. Ils n'avaient aucune envie, et certainement pas à la fin de leur veille nocturne, de déplacer des dizaines de caisses de bouteilles pleines, surtout quand on leur en promettait quelques-unes à l'œil. Ce n'était pas lui qui avait eu cette brillante idée, mais il l'avait adoptée sans hésitation : il en était maintenant à son cinquième voyage sans accroc. Une douzaine de fioles gorgées d'héroïne stockées au milieu de la camionnette parmi les centaines d'autres remplies de liquide anisé… il aurait vraiment fallu tomber sur des obsédés du zèle pour découvrir la combine.

Carrega n'était pas très regardant sur ce qu'il transportait. Il avait déjà véhiculé tellement de marchandises et de personnes plus ou moins licites… Comme prévu, les policiers le contrôlèrent vers Orly. Comme prévu, le logo Pernod et le permis de conduire en règle suffirent. José, sur le siège passager, ne se réveilla même pas.

À la porte d'Italie, Antoine s'arrêta pour laisser le volant à son comparse. Il n'aimait pas conduire dans Paris, alors que José avait fait ça toute sa vie. Ils se soulagèrent tous les deux sur une palissade, puis repartirent alors que le jour commençait à poindre.

Porte d'Italie, place d'Italie, Austerlitz, Bastille, République, les grands boulevards, le faubourg Montmartre, jusqu'au 48, rue de La Rochefoucauld. Paris s'extirpait de sa nuit chassieuse. Carrega regardait par la fenêtre en grillant une cigarette, taiseux, observant les bougnats qui levaient leurs rideaux de fer, les débardeurs qui déchargeaient les camions de livraison, les clochards qui ronflaient sur les bouches de métro. Ils garèrent la camionnette en face des Trois Canards. Antoine cogna à la porte du bar. Au bout d'une minute, un bonhomme en gilet et bras de chemise ouvrit la porte.

— Salut Marius.

— Oh, adieu Antone ! Je ne t'attendais pas si tôt.

Marius prit Antoine dans ses bras et lui donna l'accolade. Il avisa José, qui faisait le tour de la camionnette.

— Vous prendrez bien un café ? J'allais me pieuter, mais ça attendra un peu. Ça a été la route ? Pas de pépin ?

— Aucun.

Marius fit asseoir les deux hommes à une table au milieu de la salle et réclama un pot de café en cuisine.

Le bar sentait la vinasse et le tabac froid. Le sol était jonché de mégots, d'écorces d'arachides et de papiers.

Marius reprit :

— J'ai personne pour décharger à cette heure-là. José, tu vas conduire le chariot au garage.

José siffla son café d'une traite, les salua et sortit. Antoine et Marius entendirent le bruit du moteur qui peinait à démarrer, puis l'embrayage poussif.

— On a une bonne affaire, là, Antone. On transporte, on revend en gros, on se répartit l'oseille. Faut continuer. Doucement, ne pas être trop gourmands.

— Je suis d'accord.

— On ne représente qu'un petit à côté pour nos fournisseurs à Marseille. Le gros de la marchandise part chez les Ricains, mais pour l'instant on est peinards sur Paname. On n'a pas beaucoup de frais, pas de gros concurrents à part les Algériens. Mais ils ont leurs propres filières et d'autres chats à fouetter en ce moment. La consommation augmente. On va voir combien de temps on met à écouler ce chargement, mais je parie que ça va aller vite. Tu te sentirais prêt à refaire un trajet dans un mois ?

— Sûr.

Antoine finit son café puis se leva.

— Je vais dormir.

— T'as raison, moi aussi. Tu passes ce soir pour ta part ?

— Je serai là.

— Parfait. Repose-toi. Tu crèches toujours dans l'hôtel du bas de la rue des Martyrs ?

— Oui. Allez, adieu Marius.

Carrega rabaissa le col de sa veste, l'air commençait à se réchauffer. Il prit, sans se presser, la direction de la rue des Martyrs. Une fois qu'il eut tourné au coin de la rue La Bruyère, il s'immobilisa. Appuyé sur un réverbère, il alluma une cigarette et attendit. Il compta mentalement jusqu'à cent, puis repartit. Mais au lieu de s'orienter vers le bas de la rue des Martyrs, il bifurqua plein nord, en direction de la place des Abbesses.

Antoine marcha paisiblement pendant une quinzaine de minutes. Arrivé aux Abbesses, il poussa la porte d'un bel immeuble. Il prit l'ascenseur pour monter au troisième étage, ajusta son pantalon et sa veste. Il était beau gosse pour ses trente-six ans, il n'y avait pas de doute là-dessus. Les cheveux noirs et épais, les sourcils bien dessinés, la moustache qui masquait une petite cicatrice au-dessus de la lèvre supérieure, des ridules au coin des yeux. Une femme lui avait dit un jour qu'il ressemblait à Errol Flynn qui aurait mûri au soleil.

Parvenu au troisième, il sortit une clé de sa poche et fit jouer la serrure. Il pénétra doucement dans l'appartement, prenant soin de ne pas faire grincer les lattes du plancher. Il se dirigea sans bruit vers la salle d'eau. Il ôta sa veste, sa chemise et ses chaussures et s'aspergea le visage. Il gagna ensuite la chambre et vit la tête brune qui reposait sur l'oreiller. Margot dormait encore, couchée en travers du lit.

Il hésita un instant avant de tourner ses pas vers le salon baigné par la lumière du matin. Il attrapa un châle qui traînait sur une chaise et s'allongea sur le canapé. Au bout d'une minute, il ronflait.

4

Sirius Volkstrom, 23 septembre 1959

Volkstrom mourait d'envie d'en griller une. Pourtant, il se retenait. Il était calé contre un mur, dans un recoin de l'escalier de service entre le premier et le deuxième étage d'un immeuble parisien du quai de Montebello. Il ne voulait pas prendre le risque d'être repéré en raison de l'odeur d'une cigarette. Sachant que ces issues n'étaient guère utilisées – les lieux n'étaient plus assez cossus pour que les habitants emploient des domestiques – il s'estimait relativement tranquille s'il ne se signalait pas.

Côté bruit, il ne craignait pas grand-chose : la concierge du rez-de-chaussée écoutait la radio à plein tube. L'émission musicale se diffusait dans toute la cage d'escalier. Mais la fumée de cigarette, ça pouvait être traître. Alors il préférait malaxer son mouchoir au fond de la poche de sa veste. Un nerf de bœuf pendait à sa ceinture, prêt à être utilisé en une fraction de seconde.

Sur le papier, le plan collait.

Une demi-heure auparavant, il avait rencontré Victor Lemaire sur un quai de Seine tout proche. Il lui avait remis un calibre équipé d'un silencieux fourni par Jean-Paul Deogratias. L'arme était neuve et en parfait état de marche, Sirius s'en était assuré. Il lui avait également donné les billets dans une enveloppe bien épaisse. Deogratias avait tenu à procéder ainsi. Sirius, lui, aurait préféré payer le type une fois sa besogne accomplie. Il y avait plus de garanties ainsi. De toute manière, ça atterrirait dans son portefeuille.

Lemaire, un type malingre et mal rasé, la cinquantaine qui en faisait soixante, ne lui avait pas paru très en forme. Il avait néanmoins lu de la détermination dans ses yeux. Ils avaient à peine échangé trois mots. Le plan était d'attendre 20 heures, quand l'avocat serait seul chez lui.

Une fois le flingue et l'argent remis, Sirius était entré dans l'immeuble, en passant par une rue adjacente afin de gagner l'escalier de service sans se faire voir. Depuis, il attendait.

Il était bientôt l'heure.

Il agrippa son nerf de bœuf.

C'était l'instrument parfait pour assommer son adversaire d'un coup d'un seul. Sur la nuque, bien ajusté, le type s'effondrerait dans les vapes. Il n'aurait plus qu'à le remonter d'un demi-étage et le disposer comme il fallait dans l'appartement pour laisser croire à une altercation qui avait mal tourné ou à un cambriolage qui avait dérapé. Sirius avait un revolver dans sa poche, un petit calibre, du genre de celui qu'on planque dans un tiroir à chaussettes. Il le mettrait dans la main de l'avocat, tirerait sur Lemaire et disposerait une chaise non loin de sa tête pour faire croire qu'il s'était pris un choc sur la caboche en s'effondrant. Un légiste ordinaire n'y verrait que du feu. Un légiste extraordinaire serait découragé par Deogratias brandissant un argument implacable : « On ne va pas se fatiguer pour un cave et un Arabe qui se sont entre-tués ! »

Malgré son bras manquant, Volkstrom savait toujours y faire en matière de cassage de tête. La force qu'il avait dans ses deux bras s'était transférée dans un seul, et sa hargne demeurait intacte. Ceux qui en avaient douté quand il était réapparu manchot n'avaient pas mis longtemps à s'en rendre compte. Rien n'avait changé.

Deogratias le savait, et c'est pour ça qu'il avait fait appel à lui.

Ça et Hector.

Deogratias le tenait.

À chaque fois qu'il repensait à leur conversation, ses tripes se tordaient. Il avait beau tourner et retourner dans sa tête ce qu'il avait bafouillé, il ne voyait pas comment il aurait pu se défaire de ses griffes. Prendre Deogratias au paletot et le menacer n'aurait servi à rien, surtout pas dans son bureau préfectoral. Feindre l'ignorance ou jouer l'insouciance n'aurait pas été crédible. Si Deogratias avait évoqué le nom d'Hector avec la promesse d'une remise de peine, c'est qu'il savait tout.

Sirius consulta sa montre. 20 h 00 pile.

Lemaire n'allait plus tarder.

Sirius tendit l'oreille, sans grand succès. Avec la radio de la gardienne à fond, il n'entendait pas grand-chose de ce qui se passait dans l'appartement au-dessus de lui. Pas sûr qu'il distingue les « plops plops » du silencieux…

20 h 03. Toujours pas de bruit anormal. Seulement les vagissements radiophoniques de Dario Moreno qui voulait aller à Rio...

Sirius avait rencontré Hector Danguin quatre ans auparavant, lorsqu'il gisait dans un hôpital de fortune de l'armée française à proximité de Diên Biên Phu. Hector était brancardier et infirmier militaire formé sur le tas. Sirius souffrait le martyre après s'être fait amputer le bras. Hector avait pris soin de lui, lui apportant quelques doses de morphine chapardées, ou alors des boulettes d'opium achetées aux paysans du coin.

Hector l'avait bordé et langé. Il avait changé ses pansements pleins de pus et ses draps pleins de merde. Il lui avait apporté de l'eau quand il crevait de soif, de l'alcool quand il en réclamait, et du tabac en flux tendu.

Et lui n'avait fait que hurler, jurer et maudire la terre entière. Il n'avait jamais été un patient modèle et ça n'avait pas changé sous cette toile humide au fond de ce cul-de-basse-fosse indochinois avec un bras parti nourrir les asticots.

Pourtant, Hector ne l'avait jamais lâché. Il avait continué à s'occuper de lui malgré les injures et les coups de cafard. Ce n'étaient même pas les billets que Sirius lui avait promis qui avaient motivé le jeune infirmier.

Sirius avisa de nouveau sa montre. 20 h 07. Est-ce que ce bruit pouvait être une porte qui claque?

Il raffermit sa prise sur le nerf de bœuf. Attendit quelques instants.

Rien...

Quand il avait fallu évacuer l'hôpital militaire et marcher dans la jungle sur des dizaines de kilomètres, c'est Hector qui l'avait soutenu et l'avait porté lorsqu'il s'effondrait.

Sirius Volkstrom qui, pour l'armée française, s'appelait Pierre Lherbier, son patronyme maternel, n'était pas un soldat comme les autres. Malgré son statut de réserviste et son grade de sergent, il ne figurait pas sur les registres officiels des combattants tricolores. Par contre, il connaissait bien les Américains du CAT[1] et, lorsqu'il avait fallu s'extraire de Saigon, c'est à eux qu'il s'était adressé.

Volkstrom n'avait pas tenu longtemps à l'hôpital de Saigon. La guerre touchait à son terme, la France s'était pris une raclée. Il n'avait aucune intention d'attendre la fin de cette mascarade, l'affaire était pliée. En ce qui le concernait, les Jaunes pouvaient bien récupérer leur pays et proclamer Mao Tsé-toung grand timonier de toute l'Asie, lui il mettait les bouts.

Hector Danguin l'avait suivi. Il ne lui avait rien demandé, il ne l'avait pas découragé non plus. À vingt-quatre ans, il était assez mûr pour savoir ce qu'il faisait. Ils avaient tous les deux grimpé dans un avion du CAT et *bye-bye Saigon* !

Conséquence inévitable : contrairement à Sirius qui était un fantôme pour la hiérarchie militaire, Hector Danguin avait été déclaré déserteur.

---

1. Le Civil Air Transport, créé en 1946 et rebaptisé en 1959 Air America, est une compagnie aérienne américaine qui sert de faux nez à la CIA en Asie. Elle a appuyé les Français en Indochine, notamment lors de la bataille de Diên Biên Phu.

Pour ceux qui les observaient côte à côte, malgré leur différence d'âge, Volkstrom et Danguin auraient pu passer pour des demi-frères. Tous les deux étaient grands, carrés, avec les cheveux blonds coiffés en arrière, quelques mèches blanches en supplément pour Sirius. Hector avait les yeux bleus et le visage plus fin, presque une gravure de mode. Sirius, de son côté, avait toujours exhibé un faciès froissé par les années de bourlingue.

Coincé dans cet escalier de service, Sirius ne pouvait s'empêcher de penser à Hector.

Il regarda sa montre. 20 h 16. Les chanteurs de variétés bramaient à la radio, toujours aucun son en provenance de l'appartement de l'avocat algérien...

Toute sa vie Sirius avait forniqué avec des femmes. Aimé, c'est moins sûr. Une ou deux, peut-être, pendant quelques jours. Il n'était pas taillé pour le mariage, et encore moins la vie de famille.

Il ne voyait pas pourquoi il aurait fallu qu'il en soit autrement.

Hector Danguin l'avait fait changer d'avis.

Ça avait été une lente prise de conscience. Douloureuse aussi.

Hector savait où il allait. Les femmes ne l'avaient jamais intéressé. Sirius le découvrait. Il n'aurait jamais imaginé bander pour un homme.

Leur retour en France avait pris plusieurs mois. Sirius avait dû apprendre à vivre avec un bras en moins, pas facile. Il avait fallu trouver des faux papiers à Hector, pas très bons.

Une fois revenus à Paris, ils avaient pris un meublé

avec deux chambres, un arrangement qui n'était pas inhabituel pour les célibataires endurcis. Ils avaient chacun leurs réseaux, chacun leurs connaissances. Hector s'était découvert un talent pour le jeu, où son charme naturel faisait des merveilles quand il s'agissait de truquer des parties. Quand les deux amants bossaient ensemble, c'était en tant que cousins. On ne questionnait pas la valeur des liens de famille, c'était sacré.

Volkstrom n'était pas de nature impatiente, mais ça allait bientôt faire une heure qu'il poireautait dans cet escalier. La sensation de ne pas pouvoir anticiper les événements, parce qu'il ne voyait ni n'entendait rien, lui mettait les nerfs en boule.

Hector et lui avaient vécu tranquilles à Paris. Sirius avait accepté son bras perdu comme un coup du sort. Il n'en parlait jamais et personne ne lui posait de question. Hector, l'ancien infirmier militaire, avait pris goût à la vie en marge de la légalité. Ils se retrouvaient tous les soirs ou presque, partaient en virée ensemble à la campagne de temps en temps. Sirius avait séjourné quelques mois en Algérie en 1957. Il rendait service à un ami, s'était-il justifié, lapidaire. Il était revenu sans rien raconter et leur vie conjointe avait repris. Jusqu'à ce qu'ils tombent bêtement sur un os.

Le nouveau patron d'une boîte de Pigalle où Hector jouait fréquemment dans une arrière-salle privée, plumant quelques naïfs avec la bénédiction de la maison moyennant commission, avait décidé d'écrémer un de ses habitués qui gagnait trop à son goût. Ce client était un nabab à l'accent étranger qui aimait s'encanailler. Et qui jouait – ou trichait – sacrément bien. Le patron avait donc décidé de le convier à une « partie spéciale » pour gros parieurs. Tarif d'entrée : un million de francs.

La carambouille était simple. Le patron avait repéré où le pigeon habitait. Il suffirait de l'intercepter quand il sortirait de chez lui pour la partie et de le soulager de sa mise. Il s'adressa à Hector, qui demanda un coup de main à Sirius, qui n'y vit pas d'objection.

Le soir en question, Hector se planta devant la porte d'entrée de l'immeuble pour faire le guet. Sirius rentra pour menacer leur proie d'un pistolet quand elle sortirait de l'ascenseur. Malheureusement, le bonhomme arriva accompagné d'un garde du corps. Sirius fit demi-tour. Au même moment, deux policiers en uniforme se postèrent devant l'entrée. Sirius cria : « On se taille ! » Les flics et le gorille reniflèrent le coup monté et sortirent leurs armes.

Sirius, qui ne reculait jamais devant un flingue, passa en force comme un rugbyman. Hector hésita un instant et se fit agrafer.

Les policiers n'avaient rien de solide à reprocher à Hector, il n'était pas armé. Mais ses faux papiers d'identité ne tenaient pas la route. La Préfecture déterra l'avis de désertion. Le juge fut implacable. Six ans de prison.

Volkstrom se renseigna. Le nabab était l'ambassadeur des Pays-Bas. Le patron du club de jeu, cet imbécile, l'ignorait. Volkstrom parla à quelques barons de Pigalle. Il reçut le feu vert. Un soir, il incendia le bar. Le temps que les pompiers éteignent le brasier, il ne restait plus rien.

Désormais, Sirius ne pouvait plus faire grand-chose, sauf visiter son soi-disant cousin en détention.

À un moment, Deogratias avait appris le lien Volkstrom-Danguin et décidé de s'en servir.

20 h 35. Sirius avait des fourmis dans les jambes.

L'émission musicale à la radio se transforma en débat politique. La concierge coupa illico son poste. Volkstrom s'imprégna du silence de la cage d'escalier. Après avoir attendu un peu, il grimpa précautionneusement les marches jusqu'au deuxième étage.

Il patienta quelques secondes sur le palier.

Pas un bruit.

Lentement, il colla son oreille sur la porte de l'avocat.

Il retint sa respiration.

Il resta plusieurs minutes ainsi. Souvenirs d'embuscades en Provence, au Tonkin, dans les Aurès.

20 h 53. Toujours rien. Pas un son n'émanait de l'appartement de l'Algérien.

Quelque chose clochait.

Il n'entendait pas le moindre bruit de la vie ordinaire d'un appartement occupé par un homme seul : grincements de plancher, cliquetis d'une tasse qu'on repose, glissement d'une chaise, ronflements, raclements de gorge.

Sirius devait s'assurer de la situation. Il n'était pas du genre à ramener un point d'interrogation à son commanditaire.

Il cessa d'écouter et se redressa. Perplexe. Il n'avait pas du tout prévu de s'introduire dans le logement avant que Lemaire n'en sorte.

Il ôta son gant, plongea la main au fond de sa poche et en retira un couteau multilames. Il lui fallut à peine quelques secondes de crochetage pour que la serrure cède. La porte donnait dans un vestibule servant de débarras, mais il voyait la lumière des autres pièces. L'appartement était tout illuminé.

Il s'immobilisa un long moment, à l'écoute.

Rien. Pas un son.

Il raccrocha sa matraque à sa ceinture et sortit son arme.

Il s'avança vers le carrelage de ce qui ressemblait à la cuisine. Se pencha en avant pour observer la pièce. Se figea.

Un type paraissait avachi sur sa chaise, la tête en arrière.

Il lui manquait un bout de crâne.

Du sang et de la cervelle avaient éclaboussé la gazinière.

Sur la table, une bouteille de vin entamée et deux verres remplis.

Le macchabée n'était pas l'avocat. Il était bien maghrébin, mais il semblait trop jeune, pas assez bien vêtu.

Volkstrom détestait se faire des nœuds au cerveau. Là, ça s'annonçait mal.

Il raffermit sa poigne sur son revolver et traversa la cuisine, s'efforçant d'éviter la flaque de sang aux pieds du cadavre.

Il remonta un couloir, surveillant le moindre craquement.

Il avait à peine parcouru quelques mètres qu'il comprenait déjà ce qui se trouvait par terre au bout du corridor, devant la porte d'entrée grande ouverte.

Une femme gisait sur le plancher dans une mare de sang. La carotide percée.

Une goutte de sueur perla sur le front de Sirius.

Sur sa droite, il apercevait un salon vide qui n'était pas éclairé. À sa gauche partait un autre couloir avec de la lumière au bout. Il prit cette direction. Trois portes entrouvertes. Celle des toilettes devant lui. Une pièce sombre sur sa gauche. Une autre illuminée sur sa droite. Il décentra tout doucement son grand corps pour jeter un coup d'œil, tenant son calibre devant lui.

Sale pressentiment.

Justifié.

Volkstrom eut la sensation de se muer en statue.

Il en avait vu des saloperies dans sa vie, mais là…

Un homme, maghrébin, la quarantaine, était étendu de tout son long sur un lit d'enfant. Il avait encore le bras droit enroulé autour d'une petite fille en chemise de nuit. Le rouge de l'hémoglobine avait inondé le bleu layette des draps.

À un mètre d'eux, un autre lit d'enfant. Un garçon, même pas dix ans, gisait comme un pantin désarticulé, le haut de son corps à terre et ses jambes reposant sur le matelas. Sa tête avait été à moitié arrachée et des éclaboussures de sang tapissaient toute la pièce.

Un disque tournait à vide sur un électrophone portatif, arrivé au bout du sillon.

Des années auparavant, un jeune officier tout frais émoulu de Saint-Cyr avait expliqué à Sirius qu'en cas de forte tension au combat, il fallait tenir le haut de son corps bien droit et respirer lentement avec le bas du ventre. Volkstrom avait ricané.

À cet instant, la leçon lui revint en mémoire. Il se redressa, abaissa son arme, et inspira profondément. Il expira tout aussi fort. Il recommença plusieurs fois.

Lemaire avait assassiné toute la famille. Froidement,

et avec précision, si l'on en jugeait par les impacts de balles. Des gens qui n'étaient pas censés se trouver là.

Les réflexes de Volkstrom reprirent le dessus. Il devait filer. Il rangea son arme et repartit à pas feutrés.

Dans l'entrée, il hésita. Devait-il fermer la porte ou la laisser béante ? Il entendit des bruits dans la cage d'escalier et, sans chercher de quoi il retournait, appuya pour pousser le battant. Il dut forcer un peu pour dégager le cadavre de la femme qui bloquait. Le corps glissa brusquement. La porte lui échappa et claqua. Déstabilisé, il posa son soulier droit dans la flaque de sang. Et réalisa tout d'un coup qu'il ne portait plus son gant.

Plus le temps de finasser.

Il repartit vers la cuisine, du plus vite qu'il pouvait sans faire trop de bruit. Pour la première fois de sa vie, il aurait aimé se mouvoir avec des patins sur un parquet.

Dans la cambuse, il remarqua une chemise en carton qui était tombée par terre, sous la table. Il s'en empara et franchit les quelques mètres qui le séparaient de l'escalier de service. Il referma l'huis en s'efforçant de saisir la poignée avec sa manche de veste. Une précaution tardive, mais qui valait mieux que rien.

Il descendit les escaliers calmement et prit à rebours le chemin par lequel il était venu. Il jurait intérieurement : « Putain de Lemaire ! Putain de Deogratias ! Putains d'Arabes trucidés ! »

5

Luc Blanchard, 24 septembre 1959

Ce matin-là, Luc Blanchard avait dû faire un détour par la médecine du travail, ce qui expliquait pourquoi il était à la fois en retard et de mauvais poil. Un carabin chauve avec double menton et lunettes triple foyer l'avait ausculté sous toutes les coutures pendant dix minutes en lui posant des questions à la troisième personne du singulier. Le toubib n'avait même pas remarqué sa main droite enflée et Luc s'était bien gardé de la lui signaler. Qu'aurait-il pu lui raconter? Qu'il avait passé les nuits précédentes à gifler des suspects?

Le médecin avait fini par lui signer tous ses papiers, en quadruple exemplaire, et apposer un gros tampon «Bon pour le service» avant de le laisser filer. Blanchard ne buvait quasiment jamais et soulevait des haltères dans une salle de boxe. Son corps, à l'exception temporaire de sa dextre, ne pouvait guère aller mieux! Son esprit, par contre, tournait en surrégime. Il ne parvenait pas à s'ôter de la tête le viol de Pauline Doré.

Il avait cuisiné deux fois les Arabes ramenés dans le panier à salade et gardés au frais depuis plusieurs jours. La seconde série de questions et de baffes n'avait pas amené plus de réponses. Le commissaire Marchetti, son supérieur hiérarchique, lui avait fait savoir que, tout musulmans qu'ils étaient, les suspects allaient devoir être relâchés car ils occupaient trop de place en cellule. S'ils avaient été soupçonnés d'appartenir au FLN, cela aurait été différent, mais là, pour une simple affaire de viol, même sur une Européenne, il fallait respecter la procédure. « Trouvez-moi un coupable, ou deux, ou trois si ça vous chante, mais débarrassez-moi le plancher des autres », l'avait sommé Marchetti.

Il traversa la vaste cour de la Préfecture de police pour gagner les bureaux de la Brigade criminelle. La Crim'. Il était le benjamin du service. Son père avait été un grand résistant qui possédait une plaque sur un bâtiment à Lyon, à l'endroit où il avait été abattu par les nazis. Certaines huiles se souvenaient de lui et avaient tiré quelques ficelles pour « le gamin ». Il était bosseur, bon camarade et avait vite adopté les us et coutumes du service. Il avait masqué certains de ses goûts, comme la lecture : fallait pas provoquer les collègues. Il se fondait progressivement dans la Brigade. Le respect viendrait quand il aurait résolu une grosse affaire, lui avait dit son partenaire Amédée Janvier dans une de ses bouffées paternalistes.

Il gravit l'escalier quatre à quatre, arriva à son bureau. Sur sa chaise, un mot déposé par Janvier : « *Rejoins-moi au 3 quai de Montebello. Tu peux venir à pied.* » Amédée avait parfois de drôles d'attentions.

Il repartit presto dans l'autre sens, maudissant encore ce médecin qui l'avait mis en retard.

Il n'eut pas à marcher longtemps. Il distinguait déjà

les gyrophares et les uniformes qui empêchaient les badauds d'approcher. Deux ambulances étaient présentes, mauvais signe.

Il aperçut Amédée qui se frottait le visage avec les mains. Ça se lisait dans ses yeux qu'il crevait d'envie de s'enfiler un verre. Malgré cela, il agissait en vieux routier. Le Gros répondait avec aplomb aux questions des ambulanciers, de la police technique, des flics en civil. Quand il remarqua Blanchard qui arrivait, il s'écarta de la nuée pour aller à sa rencontre.

— Putain, mon garçon ! On s'est récolté un sale truc.

C'était la mise en bouche et le dessert en même temps. Ça voulait dire que cette affaire était la leur. Blanchard ne put s'empêcher de penser immédiatement gros gibier, médailles et promotion.

Amédée interrompit ses ambitieuses pensées en lui posant les deux mains sur les épaules et en le fixant de sa face rubiconde.

— Tu n'es plus un gamin, mais c'est pas beau à voir là-haut. J'y suis allé et j'y retourne pas. Je te laisse monter. Martin, de la police technique, te fera le tour du proprio.

— Ça s'est déroulé quand ?

— Hier soir probablement. La bignole a sonné l'alarme ce matin quand elle est entrée pour faire le ménage.

Janvier dut se retourner pour répondre à un ambulancier qui voulait savoir combien de sacs mortuaires il devait monter. Blanchard en profita pour se diriger vers l'entrée de l'immeuble. Sachant que les plantons ne le reconnaîtraient pas, il sortit sa carte tricolore de policier.

Parvenu devant la porte du deuxième étage, il montra de nouveau sa carte aux quatre personnes qui conversaient et demanda à parler à Martin. Un type à l'air de rapace déplumé, vêtu d'une blouse blanche, qu'il se rappelait avoir croisé dans les locaux de la Préfecture, pivota vers lui.

— Inspecteur Blanchard, de la Brigade criminelle. Je travaille avec Janvier. Vous me faites la visite ?

Cette dernière phrase n'était pas vraiment une question, plutôt un ordre. Il tenait à s'affirmer. Martin lui jeta en retour un regard qui disait : « *Tu es un blanc-bec, alors ne joue pas aux cadors avec moi !* »

Ils se dévisagèrent quelques secondes avant que Blanchard ne cède :

— S'il vous plaît.

Martin n'en rajouta pas et lui fit signe de le suivre.

— Faites attention où vous marchez. Il y en a partout.

Il ne précisa pas de quoi il fallait se garder. Luc comprit très vite.

Ils étaient devant la porte d'entrée et Blanchard apercevait déjà le cadavre d'une femme étendu par terre, baignant dans une flaque noirâtre. Martin se racla la gorge et démarra avec un ton professoral :

— Il me faudra des examens plus poussés, mais je vais vous raconter comment je vois les choses de mon point de vue de technicien scientifique.

C'était une pique à l'attention des policiers comme lui, aux méthodes « artisanales ». Blanchard laissa filer.

— Dans l'entrée, nous avons le corps d'une femme européenne, environ trente-cinq ans. Selon toute probabilité, elle a ouvert la porte, reculé de quelques pas pour laisser entrer l'assassin et elle a reçu une balle en pleine gorge. Ça l'a sans doute empêchée de crier et je pense que l'assassin a essayé de ralentir sa chute en agrippant ses vêtements. Vous voyez son gilet et son chemisier qui sont tirés sur la gauche…

Martin tourna précautionneusement autour du cadavre. Blanchard cala ses pas dans les siens du mieux qu'il pouvait.

— D'après mes premières estimations et le porte-à-porte de vos collègues, le crime a eu lieu hier soir entre 19 heures et 22 heures. Avant que vous ne me posiez la question : aucun voisin n'a rien entendu. Je penche donc pour l'utilisation d'un silencieux. Il semble également qu'il y avait du bruit dans l'immeuble : la concierge écoute souvent la radio à un volume assez sonore.

Blanchard fit des signes de tête pour approuver. Il aurait peut-être dû sortir un calepin et prendre des notes, mais il l'avait oublié en quittant précipitamment son bureau. Erreur de bleu. Mais pas trop grave, il avait une excellente mémoire.

Martin fila devant lui.

Ils franchirent les quelques mètres qui les séparaient de la cuisine. Il y avait des traces indéterminées sur le parquet, cerclées à la craie blanche. Martin entra dans la cuisine, Blanchard resta sur le seuil, contemplant un cadavre affaissé sur une chaise, la moitié de sa tête sur la gazinière, derrière lui, et une mare de sang presque brun à ses pieds.

Martin fixa Blanchard.

— Le meurtrier a fait comme vous. Il est resté à l'entrée de la pièce et a tiré. Une seule balle. Nous avons affaire à quelqu'un qui sait manier la gâchette. En pleine tête à trois mètres, ça ne s'improvise pas.

— Qui est-ce ? osa Luc en notant que le macchabée était bien plus jeune que la femme, et surtout qu'il avait l'air nord-africain.

— Votre collègue vous le dira plus tard. Moi, je vous raconte le déroulé des événements. Venez, on repart dans l'autre sens.

Ils remontèrent le couloir jusqu'à l'entrée, puis, au moment de tourner à gauche dans l'autre corridor, Martin prit une pose dramatique, avec l'index en l'air.

— Je vous mets en garde, ce que vous allez voir n'est pas joli-joli. Je préférerais que vous n'entriez pas dans la pièce.

Arrivé au bout du couloir, Martin fit un pas de côté pour laisser Blanchard se positionner dans l'encadrement. Luc se figea et devint livide. Il sentit son cœur remonter au fond de sa gorge.

Un garçonnet gisait façon nounours inanimé, la tête éclatée. Une fillette dans les bras de son père, tous les deux couverts de sang coagulé. Il y avait des éclaboussures carmin sur le sol et les murs. Une odeur de cadavre commençait à se faire sentir.

Martin reprit la parole pour ne pas laisser un silence trop long s'installer.

— Le tueur a tiré six balles : une dans un mur, trois sur le père, bras, thorax, et cœur, une sur chaque gamin.

Luc Blanchard était comme perdu.

Il n'avait ni frère, ni sœur, ni femme, ni enfant, plus de père et une mère fatiguée, mais il se sentait vidé, comme si on lui avait arraché un organe vital.

Il baissa les yeux et vit un petit électrophone

d'enfant. Il y avait un disque dessus. Il repéra la pochette à côté : *Pierre et le Loup*, lu par Gérard Philipe.

Martin sentit le trouble du jeune inspecteur et adoucit sa voix.

— C'est moche... Allez, ce n'est pas la peine de vous attarder. Mon adjoint a tout consigné. Venez avec moi dans le salon, j'ai encore deux ou trois choses à vous signaler.

Blanchard se laissa saisir par la manche et pivota sur lui-même. Il suivit Martin comme un automate pendant que les ambulanciers se répandaient dans l'appartement avec sacs et civières.

Il y avait des fauteuils et un canapé dans le salon, mais Martin resta debout devant une fenêtre qui donnait sur une ruelle. Blanchard fit de même. Il ne savait pas s'il devait poser des questions ou attendre que l'autre parle. Martin résolut le dilemme pour lui :

— Je ne vous ai pas fait parcourir le même chemin que le tueur. Je voulais vous ménager.

Blanchard ne dit rien.

— Je suis presque sûr de moi. Voilà ce qui s'est déroulé : le tueur sonne, la femme lui ouvre et l'invite à l'intérieur. Il la tue à bout portant, retient sa chute. Il voit de la lumière à chaque bout des deux couloirs. Il va au plus proche, dans la chambre des enfants, et il tire sur le père et les mômes. Il fait ensuite demi-tour sans toucher à rien, revient dans l'entrée, bouge le cadavre de la femme pour fermer la porte qu'il avait laissée entrouverte, met malencontreusement le pied dans la flaque de sang, puis se dirige vers la cuisine. Il s'arrête sur son seuil et il abat le type qui n'a pas le temps de crier. Il traverse la pièce et s'enfuit par l'escalier de service.

Contrairement au début de la visite de l'appartement, le cerveau de Luc tournait au ralenti, comme anesthésié. Puisque aucun commentaire ne venait, Martin continua :

— J'avais des doutes sur l'ordre des crimes au début. Mais le tueur a marché dans le sang de la femme et il a laissé des traces dans le couloir qui va vers la cuisine. Or il n'y a qu'un seul jeu de traces, de l'entrée vers la cuisine, et ensuite dans l'escalier de service.

— Les traces, je les ai vues, hasarda Blanchard.

— Je vous donnerai mes conclusions définitives dans le rapport, mais ces marques appartiennent à un homme apparemment grand et plutôt lourd, ou musclé. On les suit depuis l'appartement jusque dans la rue derrière où elles disparaissent. Il a probablement nettoyé la semelle de ses souliers dans le caniveau, ou alors il est monté dans un véhicule. Ce sera à vous de le déterminer.

Discuter de ces détails de l'enquête permettait à Luc d'éloigner les images des morts dans la chambre d'enfants et de se ressaisir tout doucement.

— Ça ne vous semble pas bizarre qu'il ait refermé la porte après avoir tiré sur quatre personnes, et pas juste après être entré ?

Le corps de Martin se tendit et il redressa le menton. Il répliqua sèchement :

— Je ne vois pas d'autre explication !

— Un type suffisamment précautionneux pour fermer la porte et utiliser une sortie différente...

N'aurait-il pas poussé la porte juste après avoir tué la femme ?

Tout piqué qu'il était, Martin s'était visiblement déjà fait cette réflexion. Il se racla la gorge.

— En attendant d'autres éléments, c'est ce que je considère comme le plus probable. Mais nous avons également effectué des relevés d'empreintes digitales en divers endroits et sur plusieurs poignées de porte et nous allons les analyser. Cela nous permettra peut-être d'en savoir plus.

Blanchard n'avait pas envie de se quereller avec son collègue de la police technique. Mais il avait encore une question :

— Comment expliquez-vous que personne n'ait bougé ?

— Je ne comprends pas votre question !

— Il semble que toutes les victimes ont été tuées à tour de rôle, dans l'activité qu'elles faisaient, comme si elles n'avaient rien entendu de ce qui se déroulait dans la pièce d'à côté.

Martin était bien obligé d'admettre que la question était pertinente.

— Ah... Je dirais : le silencieux, d'abord. Ensuite, je pense que tout s'est déroulé très vite. Il ne doit pas s'être écoulé plus de trente ou quarante secondes entre le moment où l'assassin a pénétré dans l'appartement et sa fuite par l'escalier de service.

Martin fit comprendre à Blanchard qu'il était temps de débarrasser le plancher.

— Ça fait deux heures qu'on est ici. On ne trouvera rien de plus. Je ferai encore quelques prélèvements sur les victimes à l'Institut médico-légal et je vous rendrai mon rapport dans quelques jours.

Il tourna les talons et partit rejoindre les ambulanciers pour superviser l'enlèvement des cadavres.

Blanchard maudit une nouvelle fois le médecin qui lui avait fait perdre son début de matinée. Il aurait souhaité arriver plus tôt sur les lieux pour avoir le temps de s'imprégner de la scène du crime et d'en examiner tous les détails. Il avait le sentiment confus qu'il lui manquait des éléments pour se faire une idée indépendante de celle de Martin. Il n'avait pas envie d'être tributaire de cet escogriffe rugueux.

Il ne récolterait que des grimaces s'il se mettait dans les pattes des brancardiers. Il se dirigea donc vers la porte et descendit les escaliers.

Amédée faisait une pause à l'entrée de l'immeuble. Il avait toujours l'air de mourir d'envie d'un ballon de rouge. Il tirait sur une Gitane maïs.

Janvier cracha une bouffée et fixa Blanchard.

— On est dans la mouise, gamin… C'est pas juste qu'une famille entière s'est fait dessouder, c'est son pedigree qui nous fout dedans.

— Et si tu m'affranchissais ?

Blanchard remarqua du coin de l'œil une DS noire qui arrivait au niveau du cordon de police, suivie d'une fourgonnette pie. Janvier prit sa respiration, sortit son carnet de notes.

— Alors, voilà : le macchab dans la chambre c'est Abderhamane Bentoui. Un avocat algérien, inscrit au barreau de Paris. Il défend surtout ses compatriotes, et souvent des types du FLN. Si l'on s'en tient au nombre de pruneaux qu'il a reçus, c'était lui la cible. Les enfants, c'étaient les siens. La femme dans l'entrée, c'était leur daronne. Française. Elle vient d'une famille de la haute. Elle est née Jeannette de la Salle de Rochemaure. C'est ce que m'a raconté la concierge. Le jeune gars dans la cuisine, c'était Slimane Bentoui, le jeune frère d'Abderhamane. Il vit en Algérie normalement, je ne sais pas ce qu'il foutait ici.

Blanchard commençait à saisir. Son esprit moulinait de nouveau. Une famille entière trucidée dans Paris à cinq cents mètres du quai des Orfèvres, c'était mauvais. Une famille franco-algérienne, ça compliquait les choses. Une épouse avec un tel pedigree, ça attirait les ennuis. Un avocat descendu, ça suscitait des questions. Un avocat descendu qui bosse avec le FLN, ça pouvait être bon ou mauvais, selon qui l'a refroidi. Ça devenait politique. Un frère qui n'était pas censé être là, ça soulevait des interrogations... Bref, un beau bordel.

Janvier tourna une page de son carnet, comme s'il avait oublié ce qu'il avait écrit une heure plus tôt. Ou alors il se raccrochait à ses notes comme à une bouée de sauvetage.

— La bignole m'a dit que les mercredis soir, Jeannette va passer la nuit chez ses parents dans le XVIe avec les deux petits. Mais hier soir, un des marmots était malade, alors elle a préféré rester à la maison.

Comme un bon élève désireux d'impressionner son professeur, Blanchard s'exclama :

— Ça veut dire que le tueur ne savait pas que la femme et les enfants étaient chez eux hier soir !

— Si c'était prémédité, oui peut-être. Mais on n'en sait rien, gamin. C'est peut-être un accident. Ou un cambriolage qui a mal tourné...

Ça y est, Amédée tentait de noyer le poisson et lui avec.

— Voyons, il n'y a pas de traces d'effraction !

Martin n'a rien mentionné sur des objets qui auraient été déplacés ou volés ! Franchement Amédée, je ne crois pas que...

Janvier l'interrompit en levant la paume de la main, comme s'il prêtait serment.

— Attention gamin, il faut garder l'esprit ouvert.

Janvier dit cela avec l'air le plus débonnaire possible. Puis il plissa les yeux et baissa la voix :

— Cette affaire, c'est un tombereau d'emmerdes ! En plus, elle intéresse les huiles. J'ai reçu un coup de fil d'en haut avant de venir ici, et maintenant les voilà qui débarquent.

Janvier se tourna et fit un signe de menton en direction des trois personnes descendues de la DS noire. L'un, les cheveux gris plaqués en arrière, se tenait droit comme un i pour essayer de paraître plus grand que son mètre soixante-quinze. L'autre, petit, rondouillard, binoclard et moustachu, marchait à ses côtés, avec quelques centimètres de recul pour bien marquer sa déférence. Le dernier, en uniforme beige de l'armée, galonné, restait à côté de la Citroën, le visage masqué par l'ombre de son képi.

Tout jeunot qu'il était, Blanchard reconnut immédiatement dans les deux premiers le Préfet de police de Paris Maurice Papon et son bras droit Jean-Paul Deogratias.

On lui avait dit que Papon était pour quelque chose dans son embauche à la Crim', mais il ne l'avait jamais rencontré en personne. Quant à Deogratias, il passait parfois dans les bureaux de la Brigade criminelle, mais il ne parlait qu'aux chefs, et généralement à coups de messes basses.

Janvier le saisit par le poignet avec fermeté.

— Ces deux-là ne se déplacent pas pour des clopinettes ! Alors tu les écoutes, tu dis «Oui, Monsieur ! », et tu la boucles !

C'était la consigne la plus proche d'un ordre qu'il ait jamais reçue de la bouche d'Amédée.

— Et le militaire, c'est qui ?

— J'en sais rien. Il est pas de la maison. On s'en fout !

Blanchard observa Papon s'approcher de la poignée de journalistes et de photographes qui s'agitaient derrière le cordon de policiers.

Janvier remarqua :

— Tiens, y a cet emmerdeur de *France-Soir*. Paolini.

Deogratias, lui, évita les gratte-papier et se dirigea vers eux avec un grand sourire.

— Messieurs. J'ai été informé de l'essentiel. Inutile de vous dire que c'est une affaire sensible.

Le ton était mielleux et autoritaire à la fois. Il ne souffrait pas la contestation.

— Vous comprenez qu'en ce moment, il vaut mieux jouer la discrétion.

Il laissa un silence flotter afin de donner le poids nécessaire à ses paroles.

— J'ai deux consignes pour vous, messieurs. Premièrement, on ne raconte pas tout à la presse. Pour l'instant, il s'agit de l'assassinat d'un avocat algérien et de son frère. On ne mentionne pas la famille. C'est sans doute une affaire interne aux indépendantistes, donc pas la peine d'effaroucher les Parisiens. Deuxièmemement, vous me résolvez ça vite fait. Tous les indices pointent en direction d'un déséquilibré. Il ne devrait pas être trop compliqué à retrouver.

Janvier opina du chef.

Blanchard resta immobile.

Les brancardiers descendaient les deux premiers corps dans des sacs de toile blancs sur des civières. Janvier alla les intercepter pour leur intimer d'attendre. Malgré son air ahuri, le Gros avait encore des réflexes. Il ne fallait pas que les badauds ni la presse puissent compter le nombre de cadavres.

Deogratias attira Blanchard à lui. Il parlait bas, le contraignant à se pencher vers lui.

— Vous savez mon garçon, j'ai fait en sorte que ce soit Janvier et vous qui traitiez cette affaire. La jeunesse et l'expérience. La fidélité à l'institution policière. Rien de tel pour mener rapidement une enquête à son terme ! Je compte sur vous.

Deogratias aperçut Papon qui le cherchait du regard. Le Préfet avait fini de causer aux journalistes. Deogratias serra avec emphase la main de Blanchard et tourna les talons.

Papon laissa son regard errer sur le bâtiment. Il accrocha le visage of Blanchard qui le scrutait. Il fit un imperceptible mouvement de tête, comme un geste de reconnaissance, à l'attention du jeune inspecteur.

Deogratias se retourna un instant vers Luc :

— Ne me décevez pas, inspecteur Blanchard !

Le bras droit du Préfet trottina pour rejoindre son patron au plus vite, et tous se dirigèrent ensemble vers la DS noire et le galonné qui les attendait.

6

Antoine Carrega, 25 septembre 1959

Il respirait encore son odeur dans le lit, à côté de lui. Un peu de sa chaleur aussi.

Il s'était rendormi après avoir fait l'amour au réveil.

Il l'entendait finir de se préparer. Elle enfilait ses escarpins. Elle passait son imperméable. Elle attrapait son sac à main sur la commode de l'entrée. Elle déverrouillait la serrure. Elle refermait doucement la porte. Le bruit de ses pas s'estompait dans les escaliers. Elle ne prenait jamais l'ascenseur.

Il s'étira dans le lit et se redressa. Attrapa le paquet de cigarettes sur la table de chevet. Vide. Il allait devoir se lever.

Antoine aimait généralement se réveiller tôt. Ça lui rappelait son enfance, quand il partait pêcher à l'aube avec son père. Ses collègues riaient lorsqu'il leur racontait. Eux étaient plutôt du genre oiseaux de nuit. Il fallait qu'il s'adapte.

Neuf heures et demie. Il n'était pas encore trop tard.

Il posa les pieds par terre et, sans prendre la peine

de se vêtir, traversa l'appartement pour aller aux toilettes. Il pissa en regardant le ciel par la lucarne. Gris, comme presque toujours à Paris. La Corse lui manquait.

Il restait un peu de buée sur le miroir. Il grimpa dans la baignoire et mit la douche en route.

Il aimait ces moments de quiétude. Seul avec ses pensées. Personne pour lui parler.

Les gens causaient trop, en général.

Il ne menait pas la vie qu'il avait envisagée quand il était gamin. Faut dire qu'il venait d'un monde où l'imagination était limitée. Son père, son grand-père, son arrière-grand-père et tous ses aïeux, pour autant qu'il sache, avaient été pêcheurs. Les amis de son père étaient pêcheurs et les pères de ses copains étaient pêcheurs. Cela tenait du miracle qu'il ne fût pas, en ce moment précis, en train de relever des casiers dans les bouches de Bonifacio.

La guerre était passée par là.

Il ne s'en plaignait pas.

Au fond de lui, il préférait sa vie à celle de ses parents et de ses voisins d'enfance.

Il se sentait bien avec Margot. Oui, assez bien.

Elle était plus âgée que lui. Il ne lui avait jamais demandé, mais elle devait avoir quarante ans. Il l'avait connue quatre ans plus tôt, quand elle s'était extirpée du tapin. Une femme intelligente et déterminée. Elle avait eu assez de jugeote pour mettre de l'argent de côté et choisir ses macs avec discernement. Après avoir rassemblé un pécule suffisant, elle s'était acheté un magasin et était devenue fleuriste aux Abbesses. Antoine, lui, avait acheté l'appartement pour eux deux. Dans l'immeuble au-dessus de la boutique.

Un semblant de bourgeoisie qui ne cadrait ni avec son tempérament ni avec ses occupations.

Il finit de se doucher, peigna en arrière sa chevelure épaisse, tailla sa moustache au ciseau puis s'habilla.
Il dénicha un paquet de cigarettes et s'en grilla une en attendant que la cafetière italienne crache son breuvage. Il sirota le café en observant par la fenêtre le va-et-vient de la rue.
Il regarda sa montre. Il avait encore un peu de temps avant son rendez-vous.
Il enfila sa veste, coiffa son chapeau et sortit.
Une fois dehors, il se dirigea vers la boutique de fleurs. Armelle, la jeune employée, était en train d'arranger les pots à l'extérieur. Dès qu'elle le vit, son visage s'éclaira. Il faisait souvent cet effet-là aux femmes.
Il lui rendit son sourire et pénétra dans la boutique. Margot coupait les tiges des fleurs qui venaient d'être livrées depuis le pavillon des Halles. Il jeta un coup d'œil pour s'assurer qu'il n'y avait aucun client, fit le tour du comptoir et embrassa Margot à pleine bouche.
Elle se laissa faire.
Puis le repoussa gentiment.
— Un baiser, ça suffit.
Il ne s'offusqua pas et lui demanda si elle avait besoin d'aide.
— On m'a livré des sacs de terreau. Il faut les mettre dans l'arrière-boutique. Tu peux t'en charger ?
Antoine s'empara d'un tablier et se mit à charrier des sacs de dix kilos. Il eut fini en quelques minutes. Ça tombait bien, il voulait éviter de piquer une suée.

Une fois sa besogne achevée, il se rapprocha de Margot.

— J'ai un rendez-vous avec une vieille connaissance. Puis j'aurai quelques trucs à régler. Ce soir, si tu veux, je t'emmène au ciné.

— Je ne peux pas. Je vais voir ma mère. Je te l'avais dit, tu ne te rappelles pas ?

— J'avais oublié. Bon, demain soir alors.

Ce coup-ci, il l'embrassa sur la joue.

Cela faisait au moins dix ans qu'ils ne s'étaient pas vus. Il avait été plus que surpris lorsqu'un coursier lui avait remis l'enveloppe, deux jours plus tôt. Un carton et quelques lignes tapées à la machine le priant de venir le visiter, signées du pseudonyme de résistant : Félix.

Ils ne pouvaient pas être plus différents. Félix était riche, il était banquier, il avait des biens, des connaissances, un nom à double particule, mais quand il avait fallu choisir entre se coucher ou se cabrer, il n'avait pas transigé. Il avait rejoint de Gaulle dès 1940 et il était devenu chef d'un réseau clandestin en Provence. Il y avait investi ses deniers et payé de sa personne. Il avait dirigé des hommes en se tenant droit avec eux.

Carrega avait transporté toutes sortes de choses pour la Résistance sur le bateau de son père, entre la Corse et le continent, et parfois même l'Afrique du Nord : des hommes, des armes, des provisions, de l'argent, des faux papiers... Dans les derniers mois de la guerre, il avait rejoint Félix sur le continent pour mener des opérations au-delà du convoyage. Il avait partagé avec lui et d'autres compagnons des nuits à se geler et des matins sans café. Ils avaient échangé du tabac et des munitions. Ils avaient sauvé des juifs et tabassé des Boches. Et quand le conflit s'était achevé, Félix était retourné à Paris et Antoine s'était installé à Marseille. Félix était redevenu banquier et resté gaulliste, Antoine était resté aux marges de la loi et redevenu anarchiste.

Ils s'étaient revus deux ou trois fois, par hasard. Mais ni l'un ni l'autre n'était porté sur les souvenirs ou l'amicale des anciens combattants.

Antoine regardait les immeubles cossus défiler par la fenêtre de son taxi. Le chauffeur stoppa dans la contre-allée de l'avenue Kléber, devant une grande porte en fer forgé. Carrega le paya et descendit. Il ne put s'empêcher d'ajuster sa cravate.

Il prit l'ascenseur jusqu'au cinquième étage.

Un valet entièrement vêtu de noir, chemise comprise, lui ouvrit avec une tête d'enterrement. Il lui donna son nom.

— Monsieur Aimé de la Salle de Rochemaure va vous recevoir, répliqua le majordome, visiblement averti de sa visite. Veuillez vous installer dans le salon, je vous prie.

Il lui montra le chemin et s'assura qu'il s'asseyait bien où il fallait.

Antoine jeta un coup d'œil autour de lui. Il y avait des fleurs fraîches mais la pièce sentait le renfermé, comme si elle n'avait pas été aérée depuis plusieurs jours.

La porte grinça et Félix s'avança. Il avait vieilli.

Aimé de la Salle de Rochemaure portait toujours beau : haute stature, cheveux blancs et drus, regard bleu perçant. Mais la robe de chambre et la canne sur laquelle il s'appuyait lui donnaient un coup de vieux.

Et, chose surprenante chez cet homme qu'Antoine avait toujours connu tiré à quatre épingles, même dans le maquis, il ne s'était pas rasé.

Antoine se leva et tendit la main.

— Félix.
— Gallura.

Cela faisait des lustres que personne ne l'avait plus appelé par son patronyme de résistance. Gallura, du nom d'une ruelle de Bonifacio où il jouait quand il était minot.

— Tu prendras un café? Noir, serré, sans sucre, si je me rappelle bien?
— S'il te plaît.

Ils se tutoyaient comme si c'était la chose la plus naturelle au monde.

Félix commanda les boissons puis s'assit sur une chaise.

— Tu dois te demander pourquoi je veux te voir?
— Un peu, oui.
— J'ai besoin d'un service.

Aimé de la Salle regarda le bout de sa canne, comme s'il réfléchissait à la meilleure manière de présenter les choses.

— Ma fille a été assassinée.

Carrega savait que les convenances exigeaient qu'il glisse une banalité avec l'air contrit. En même temps, ce genre de phrase ne servait à rien sauf à dissimuler un silence embarrassant. Alors qu'il essayait de trouver quoi dire, Félix reprit.

— Ma fille unique a été assassinée et je voudrais que tu m'aides à retrouver qui a fait ça. Je n'ai aucune confiance en la police et j'ai besoin de tes contacts dans le Milieu.

Antoine avait failli oublier que Félix tournait rarement autour du pot.

— Il faut que tu m'en dises plus.

Ils avaient beau se tutoyer, ils ne connaissaient rien l'un de l'autre. En tout cas rien des détails privés qui forment une connivence ou une véritable amitié. Antoine comprit que Félix allait rompre cette distance, et que cela lui coûtait.

— Mon épouse ne pouvait pas avoir d'enfant, alors nous avons adopté. C'était une orpheline que nous avons élevée comme notre propre fille. Nous l'aimions beaucoup, vraiment beaucoup. Il y a onze ans, elle a épousé un Algérien. Inutile de te dire que cela ne nous a pas vraiment réjouis. Les conventions… On a beau se dire qu'elles sont la marque des conformistes et des esprits faibles, elles te rattrapent souvent. Il nous a fallu du temps pour accepter la décision de notre fille, mais son époux était un avocat de talent, un homme de convictions. Puis ils ont eu des enfants et nous sommes devenus grands-parents.

Antoine se demandait où allait cette conversation. Quelque part, espérait-il, car il commençait à se sentir mal à l'aise face à ces confidences familiales.

On frappa à la porte. Le majordome entra avec un plateau contenant des tasses, un pot en porcelaine et une assiette de biscuits. Il les déposa sur une desserte et ressortit.

— Je ne vais pas t'ennuyer plus longtemps avec mes histoires de famille. J'en viens aux faits. Dans la nuit de mercredi à jeudi, notre fille a été assassinée avec son mari et leurs enfants. Le frère de mon gendre, qui les visitait, a été tué également.

Il parlait d'une voix froide. Presque désincarnée.

Il en avait fini avec la vie privée. Il exposait un plan de bataille.

— Normalement, tous les mercredis, notre fille vient passer la soirée et la nuit chez nous avec nos petits-enfants. Ce jour-là ils ne sont pas venus car la petiote était malade. Ma femme et moi avons été avertis du crime par hasard, et non par la police. C'est la concierge de leur immeuble qui nous a joints par téléphone, alors que les policiers lui avaient ordonné de ne rien raconter à personne. Quand j'ai appelé la Brigade criminelle, on m'a transféré directement au cabinet du Préfet puis au Préfet lui-même. Tu le connais ?

— De nom seulement.

— Maurice Papon. Une ordure de premier rang. Ce type a été un collabo durant la guerre. Pas n'importe lequel. Un Secrétaire général de Préfecture, à Bordeaux. Il a du sang sur les mains et sous les bottes.

Carrega sentait la tension dans la voix de Félix. La main du vieil homme se crispait sur sa canne.

— Aujourd'hui, tout le monde préfère oublier le passé. Pas moi. Papon a été protégé et s'en est sorti sans dommage, mais il reste un nuisible de la pire espèce. Tu connais mes fidélités : je suis gaulliste et je suivrai le Général où qu'il aille. Papon, c'est l'inverse. Un cancrelat arriviste.

— Qu'est-ce qu'il t'a dit ? coupa Carrega, qui sentait de nouveau Aimé de la Salle s'égarer.

— Il a tenu à me dire qu'il prenait l'affaire très au sérieux et qu'elle serait résolue rapidement. Il m'a demandé de garder le silence sur les assassinats. La Préfecture ne veut pas créer de panique et ne parle pour le moment que de deux victimes, Abderhamane

Bentoui, l'époux de ma fille, et son frère. Si tu as lu les journaux, c'est ce que tu as pu voir : « Double meurtre d'Algériens sur les quais de la Seine ». Papon m'a fait le coup de la sécurité nationale, le risque de psychose antimusulmans, et tout le fatras.

— Tu as accepté ?

— Je suis un vieux grognard. J'obéis. Pour l'instant... Mais j'ai des soupçons. Papon m'a renvoyé vers son bras droit, un certain Jean-Paul Deogratias. L'exécuteur des basses œuvres de la Préfecture. Un rebut pire encore ! Cet homme n'a jamais effectué le moindre travail de police de sa vie, et on m'assure que c'est lui qui suit l'enquête. Deogratias m'a baladé en me racontant avoir mis ses meilleurs hommes sur l'affaire. Il m'assure que la police technique travaille d'arrache-pied, qu'ils ont déjà des empreintes et des pistes à suivre... Je connais ce langage, je suis banquier ! C'est celui d'un directeur de succursale qui a joué en Bourse avec l'argent de ses clients et qui essaie de dissimuler ses coffres vides ! Deogratias m'a de nouveau suggéré le silence. Comme si ces salauds se souciaient de ne pas alimenter la haine contre les Arabes !

Carrega avait écouté attentivement, mais il restait perplexe. Cela devait se lire sur son visage.

— Tu le sais très bien, renchérit Félix : je connais les hommes. Je sais quand ils me mènent en bateau.

— Qu'est-ce que tu veux de moi ?

— Un individu capable de tuer cinq personnes et de disparaître dans Paris est un professionnel. Ou alors il a des complices. Je veux que tu poses des questions. Le tueur est peut-être connu du Milieu.

— Tu sais que je ne trempe pas dans les règlements de comptes ou les assassinats.

— Je sais. Mais je n'ai aucune foi dans la police. Mon gendre défendait des gens du FLN, mais il est toujours resté propre. Il n'a jamais été mêlé aux querelles internes des mouvements indépendantistes algériens. Il savait beaucoup de choses car il discutait avec tout le monde, c'est pour cela qu'il était respecté. Deogratias a essayé de me vendre un coup fourré de dissidents du FLN qui l'auraient abattu avec sa famille. Je n'y crois pas un instant !

Antoine demeurait dubitatif. Il ne voyait pas trop ce qu'il pouvait apporter. Il était convoyeur, c'est ce qu'il avait fait toute sa vie. Transporter discrètement des choses d'un point A à un point B. Félix, avec tous ses réseaux politiques, devait avoir le bras bien plus long que lui. S'il croyait ce qu'il avait lu de-ci, de-là, Aimé de la Salle de Rochemaure était un financier des gaullistes, un homme qui avait ses entrées dans plusieurs ministères.

— Je ne vois pas trop ce que je peux…

— Il s'agit de ma fille et de mes petits-enfants !

Les yeux de Félix devinrent humides. Sa voix s'était faite plaintive. Son attitude jurait avec celle, habituelle, de l'homme accoutumé à commander.

— Ma fille est morte et des ordures piétinent son cadavre, Gallura ! Ce sont les mêmes salauds que ceux que nous combattions dans le maquis !

Il gémit presque.

— Les politicards qui nous gouvernent n'ont pas de principes ! De Gaulle est revenu aux affaires, porté par des médiocres et des minables. Il a choisi de les garder à ses côtés, il s'est entouré de requins au nom de la raison d'État! Il a accepté de pardonner et de fermer les yeux parce qu'il a une haute idée de la France. Une plus haute idée que moi en tout cas. Papon aurait dû être fusillé à la Libération! Et maintenant on lui a confié la police de Paris.

Carrega ne pouvait s'empêcher d'être touché par le vieil homme. Sa douleur était évidente, palpable. Et ses idées lui paraissaient... quoi? Nobles? En tout cas, elles correspondaient toujours à celles de l'homme qu'il avait rallié dans le maquis. Cette fidélité à leurs idéaux antérieurs le touchait.

Carrega, lui, était un idéaliste introverti et égoïste, mais s'il devait choisir un camp, il était dans celui d'Aimé de la Salle.

— De Gaulle va octroyer l'indépendance à l'Algérie. Il a compris que le temps de l'asservissement des populations est révolu. Seulement, les gens autour de lui ne veulent pas l'entendre. Ce sont des crétins qui n'envisagent qu'un monde de dominés et de dominants qui sert leurs intérêts. Le Général est devenu un politicien, il leur a donné des prébendes, et ils s'imaginent être les plus forts.

Les discours politiques avaient toujours ennuyé Antoine. Surtout quand ils viraient au monologue.

— Excuse-moi Félix, tout cela me dépasse. Pour être franc, cela ne m'intéresse pas tellement. Je veux bien t'aider mais je ne comprends pas ce que tu attends de moi. Tu connais plein de gens bien placés.

— Ils ne m'écoutent plus. J'appartiens à une espèce en voie de disparition. Les Gaullistes ont trouvé d'autres moyens de se financer que ma petite banque d'affaires. Ils n'ont plus besoin d'un vieux grincheux qui leur rappelle leurs engagements passés. Papon ne m'a pas pris au téléphone par courtoisie, mais pour s'assurer que je me tairais.

— Eh bien, ne te tais pas !

— Je leur laisse une chance. Mais je veux que tu essaies d'en apprendre un maximum de ton côté. Il n'y a plus grand monde sur qui je puisse compter...

Carrega avait pris ses résolutions. Il n'avait rien à perdre à aider un vieux compagnon d'armes. Pas mal de monde, chez ses amis du Milieu, lui devait des faveurs qu'il n'avait jamais encaissées.

— J'irai poser des questions, mais je ne te garantis rien.

— J'apprécie ton geste.

Félix avait recouvré sa stature. Il y avait encore de l'humidité aux coins de ses yeux, mais sa voix ne tremblait plus.

Aimé de la Salle de Rochemaure se leva, signalant la fin de l'entrevue. Antoine se dressa aussitôt et remit son chapeau.

Aimé lui ouvrit la porte et tendit la main :

— Tu viens ici quand tu veux, jour et nuit. Si je n'y suis pas, on saura où me trouver.

— Je ne te fais aucune promesse...

— J'ai plus confiance en toi qu'en ces collabos de Préfecture ! grinça Félix, la voix éraillée.

Carrega préféra tourner les talons au plus vite et descendre les cinq étages par l'escalier. Il n'aurait pas supporté un nouvel épanchement de sentiments.

7

Sirius Volkstrom, 29 septembre 1959

Les nouvelles dans la presse étaient réduites au strict nécessaire.

Bientôt une semaine depuis qu'il avait déguerpi en quatrième vitesse de cet appartement maudit qui empestait la mort. Une semaine qu'il avait passée à se terrer dans son meublé et à essayer de joindre Deogratias depuis des cabines téléphoniques. Sans succès. Volkstrom avait bien songé à surgir directement à la Préfecture, mais il s'était abstenu. Le geste aurait été malvenu, voire risqué.

Deogratias avait fini par l'appeler ce matin pour lui fixer rendez-vous en début d'après-midi, dans une grande brasserie proche des Halles.

Sirius était arrivé en avance et s'était positionné dans le café d'en face. Il finissait de lire *France-Soir*. Pour le quotidien, le quintuple meurtre était ramené à un « double assassinat sur fond de règlement de compte » entre Algériens. Quelques avocats avaient protesté en soutien à leur ex-collègue, demandant une enquête «diligente», mais cela n'avait pas ému grand monde.

Deogratias tenait bien ses hommes. La version officielle correspondait à son souhait de départ. Peu importe si quelque chose avait capoté en cours, tant pis s'il n'y avait pas eu de coupable désigné – et refroidi – en la personne de Victor Lemaire.

Volkstrom était tout de même bien ennuyé. Sa mission avait déraillé, sans qu'il y fût pour grand-chose. Surtout, il ne comprenait pas ce qui s'était produit. Il commençait à s'interroger : faisait-il office de pigeon ? Il se demandait par ailleurs si son accord avec Deogratias concernant son dédommagement tenait toujours.

Il reposa *France-Soir* sur le comptoir et acheva de boire son sixième café de la journée au milieu du va-et-vient bruyant des commerçants et des forts des Halles. Francis Paolini, le journaliste qui écrivait sur l'assassinat des Bentoui, était un malin, cela se décelait dans ses articles. Il rapportait la version officielle des policiers, mais semblait ne pas être dupe. Des adjectifs bien placés laissaient entendre des choses plus complexes.

Il vit finalement Deogratias s'asseoir dans la brasserie d'en face, comme convenu. Volkstrom l'observa un moment pour s'assurer que l'adjoint du Préfet s'était déplacé seul.

Cela semblait être le cas.

Il paya et traversa l'avenue au milieu du flot de fourgonnettes de marchandises et de charrettes à bras. Deogratias le vit approcher et lui fit un signe de la tête l'invitant à le rejoindre. Il avait choisi une table isolée pour converser discrètement.

Deogratias prit un air embarrassé :

— Tu as essayé de me joindre, je le sais. Mais les choses sont compliquées…

— Tu m'en diras tant !

Volkstrom n'avait pas voulu répliquer aussi brusquement, mais il avait besoin d'un exutoire à la tension accumulée. Il valait pourtant mieux éviter de contrarier Deogratias.

— Excuse-moi, je ne voulais pas la ramener ainsi. Mais vu la tournure des événements, il fallait qu'on se parle. Qu'est-ce qu'il s'est passé l'autre soir ? Pourquoi toute la famille était-elle là ? Qu'est-ce que Lemaire a foutu ?

Deogratias leva la main pour l'interrompre.

— Tu me poses trop de questions ! Tout ce que je sais pour le moment c'est que la famille n'aurait pas dû se trouver là. Un des mioches est tombé malade et tout le monde est resté au domicile. S'agissant de Lemaire, il a merdé dans les grandes largeurs ! Je ne sais pas pourquoi. Ce con a eu la mauvaise idée de ne pas se faire descendre par toi !

Deogratias, réjoui par son trait d'esprit, ou ce qu'il tenait pour tel, partit d'un rire bien gras.

Volkstrom ne trouvait pas cela drôle. Non par compassion à l'égard de la famille trépassée, mais parce qu'il redoutait d'être la victime d'un coup monté. Qui était vraiment le dindon de la farce ?

Lemaire ?

Lui ?

Ou les deux ?

Deogratias remarqua les lèvres pincées de Sirius. Il cessa brutalement de s'esclaffer.

— Lemaire a déconné. S'il avait suivi le plan, quand bien même il aurait zigouillé toute la famille, nous aurions pu trouver une histoire à raconter : l'acte d'un dérangé ou un truc de cet acabit. Mais là, nous sommes dans la panade. La presse écrit ce qu'on lui dit, pour le moment, mais il y a un ou deux scribouillards qui ont commencé à flairer quelque chose de louche.

— Comme ce Paolini de *France-Soir* ?

Deogratias eut l'air surpris que Sirius ait noté ce genre de chose.

— Oui, comme lui. Mais j'ai aussi mes inspecteurs qui enquêtent. L'un est un vieil ivrogne et l'autre une bleusaille. Je peux les ralentir et les orienter vers ce que je souhaite, mais je ne peux pas les faire disparaître. Il faut qu'ils trouvent un coupable !

— Donc il nous faut Lemaire.

— Exactement !

Deogratias frappa du plat de la main sur la table pour appuyer son interjection. Il la retira aussitôt en voyant le serveur qui approchait avec sa commande : un verre de blanc et une demi-douzaine d'huîtres.

— Tu veux la même chose ? proposa Deogratias.

— Juste un ballon de blanc.

Deogratias noua une serviette blanche autour de son cou replet. Il attrapa une huître et l'avala dans un grand chuintement.

— Mmmm, délicieuse. Tu aurais dû en commander ! C'est la Préfecture qui régale !

Deogratias repartit de son rire gras.

Sirius gardait sa mine irascible.

— Faut pas trop t'en faire, tu vas retrouver Lemaire !
— Je ne sais même pas où tu as déniché ce cave !

Deogratias aspira une nouvelle huître.

— Je l'ai connu durant la guerre, il bossait à la Carlingue, mais il avait aussi hérité d'un manoir dans le Perche où il avait rassemblé toutes sortes d'armes avec lesquelles il passait ses journées à tirer. C'est pour ça que je l'ai recruté. C'est un fondu des pétoires, une vraie gâchette. Il est par ailleurs complètement cintré : il est persuadé que les bonnes personnes peuvent conquérir le pouvoir par les armes.

— Les bonnes personnes ?

— Ses potes d'extrême droite. Il traîne beaucoup dans ces cercles-là : royalistes, pétainistes, poujadistes, nostalgiques du IIIe Reich. Lemaire sait aussi manier la plume. Quand il ne joue pas avec ses flingues, il écrit. Des tracts, des pamphlets publiés à compte d'auteur... Tu vois le genre ? Il fait office de nègre pour les politicards de son marigot. Je vais te filer un numéro où tu peux joindre l'un d'entre eux. Il l'emploie de temps à autre pour rédiger ses discours.

Sirius s'abstint de rappeler à Deogratias qu'il barbotait dans le même cloaque à une époque. Il trouvait que ce coup continuait de puer l'embrouille. Deogratias ne disait que le strict minimum. Il y avait trop de zones d'ombre.

— Admettons que je le retrouve, j'en fais quoi ?

— Ce que tu devais faire la première fois. Tu le dézingues. Si possible proprement, afin qu'il puisse nous servir pour le meurtre de la famille d'Arabes. Un cadavre, c'est encore mieux qu'un coupable : il ne risque pas de parler !

Deogratias ricana avant de se goinfrer un mollusque,

puis essuya sa bouche et sa moustache-pinceau avec la manche de sa veste.

— Retrouve Lemaire et tu n'as pas à te faire de bile. Tu n'as laissé aucune trace et tu n'as touché à rien dans l'appartement. Exact ?

— Bien sûr ! Pourquoi cette question ? Tes flics ont trouvé quelque chose ?

— Pas du tout. Je voulais juste m'en assurer.

Sirius se remémora la flaque de sang dans laquelle il avait marché, et la chemise en carton qu'il avait emportée en sortant de l'appartement. Dès qu'il avait pu, il avait nettoyé et javellisé ses chaussures, puis il avait baguenaudé dans la boue d'un terrain vague et les avait briquées de nouveau.

Quant au porte-documents, il avait jeté un coup d'œil rapide dessus, le temps d'apercevoir des écritures arabes, des photos en noir et blanc de bâtiments dans le désert, et surtout deux fascicules tamponnés « Secret Défense ». Son palpitant avait fait un bond. Sa main avait commencé à devenir moite. Il était déjà dans la mouise, pas question d'être alpagué avec ça dans sa penderie. Il avait filé à la papeterie puis à la boîte PTT la plus proche pour expédier le paquet à son nom en poste restante dans une ville normande où il n'avait jamais mis les pieds. Vieille technique qui permettait d'être tranquille en cas de fouille policière. Maintenant, il se disait qu'il avait bien fait. Ces documents, quels qu'ils soient, risquaient de lui servir.

Deogratias engloutit sa dernière huître pendant que le serveur amenait le second verre de blanc. Il restait encore un point à aborder, mais il ne savait pas comment. Sirius prit lentement le breuvage pour le porter à ses lèvres. On aurait dit qu'il prenait son temps pour déguster un grand cru, au lieu de la piquette qui lui avait été servie.

Deogratias, qui détestait ce genre de moment suspendu, rompit la pause.

— Pour la question du fric, je vais te demander de patienter un peu. Je ne remets pas en cause notre arrangement mais les biftons que j'avais sortis pour Lemaire devaient te revenir. C'est compliqué pour moi de récupérer de nouveau cette somme aussi vite.

— Je comprends.

— Quant à ton ami Danguin...

Deogratias laissa la phrase en l'air, le temps de saisir un cigarillo dans sa poche de veste et de l'allumer avec un briquet doré.

Sirius trépignait. Il savait que Deogratias jouait avec lui comme un greffier retors avec une souris à sa merci.

— Quant à ton ami Danguin, je disais : rien n'a changé dans notre accord. J'ai engagé la procédure pour le faire libérer de manière anticipée. Cela va prendre quelques mois.

— Comment as-tu su que c'était mon cousin ?

— Excuse-moi, ton cousin, pas ton ami... Disons qu'il a joué de malchance. L'ambassadeur des Pays-Bas est une vieille connaissance. Il m'a raconté ce qui lui était arrivé, je me suis renseigné, et voilà...

Volkstrom eut l'impression d'être pris pour un abruti. Il fit un effort et décida de se taire.

Deogratias saisit son calepin et un stylo, puis griffonna un numéro de téléphone.

— Voilà le contact pour tenter de joindre Lemaire. Tu ne mentionnes pas mon nom. Tu dis juste que tu le cherches pour un boulot de nègre.

Deogratias dénoua sa serviette et se leva en écrasant le cigarillo à peine consumé.

— Allez, le devoir m'appelle ! Tu me préviens quand tu as du neuf.

Il serra mollement la paluche de Sirius et se dirigea vers le comptoir pour régler l'addition.

Volkstrom ne finit pas son verre et quitta les lieux.

D'accord, il devait dénicher Lemaire, mais il lui fallait aussi protéger ses arrières.

8

Luc Blanchard, 30 septembre 1959

La porte s'ouvrit quelques secondes seulement après qu'il eut toqué. Pauline Doré ne prit même pas la peine de s'enquérir de qui il s'agissait avant de déverrouiller.

Luc la voyait pour la première fois dans des circonstances ordinaires, c'est-à-dire maquillée et les yeux secs, dans un lieu où il n'y avait qu'un seul policier, lui.

Pauline lui fit signe d'entrer chez elle et, sans un mot, se dirigea vers une cuisine où une petite table en bois et deux chaises occupaient presque tout l'espace.

— Vous voulez un café ? J'en ai fait ce matin. Je n'ai plus qu'à le réchauffer.

— Volontiers.

Luc se tenait poliment dans l'encoignure. La jeune femme s'affairait devant un petit réchaud à gaz. Tous les deux se tenaient silencieux pendant que le café chauffait. Quand le liquide commença à frémir, la jeune femme le versa dans deux tasses en porcelaine joliment ouvragées.

Pauline réalisa soudain que le policier se tenait toujours debout et le pria de s'asseoir.

Il faisait une chaleur agréable dans cette pièce de poupée. Un rayon de soleil traversait les carreaux. Blanchard n'avait aucune envie de procéder à un interrogatoire.

C'est finalement elle qui brisa le silence.

— Pourquoi vouliez-vous me revoir inspecteur... inspecteur Leblanc ?

— Blanchard, mademoiselle. Luc Blanchard.

— Excusez-moi. Je n'ai pas la mémoire des noms.

— Ce n'est pas grave. Je voulais tout d'abord m'excuser. Nous avons été un peu débordés récemment avec des enquêtes compliquées. Mais le fait est que nous n'avons guère avancé sur votre... votre affaire.

Blanchard avait répété son discours dans sa tête en venant. Pauline Doré le surprit en le regardant droit dans les yeux, sans bouger, avec une expression indéchiffrable.

— En nous basant sur votre témoignage, nous avons interrogé un grand nombre de personnes suspectes. Des individus correspondant à la description que vous nous avez fournie. Et... Et aucun n'a avoué ou dénoncé le coupable.

Pauline Doré baissa la tête, contemplant sa tasse de café, les paupières mi-closes.

— Comprenez-moi bien : ce n'est pas terminé. J'ai pu identifier trois individus qui correspondent au signalement et qui ont quelque chose à se reprocher : deux n'ont pas leurs papiers en règle, le troisième possède un casier judiciaire. Je souhaiterais que vous veniez à la Préfecture voir si vous les reconnaissez.

La jeune femme releva le visage, un voile d'inquiétude dans les yeux.

— Rassurez-vous, ils sont actuellement détenus. Je vous montrerai juste leurs photos d'identification. En attendant, je voudrais reprendre votre témoignage, afin de voir s'il n'y a pas un détail que vous auriez oublié et qui vous reviendrait à l'esprit.

— Comme vous voulez...

La voix de Pauline était devenue plus faible et l'étudiante avait imperceptiblement rentré les épaules.

Pendant la demi-heure qui suivit, Blanchard lui fit raconter une seconde fois la soirée de son viol. Elle en fit un récit identique à celui qui avait déjà été couché sur procès-verbal deux semaines auparavant. Elle n'apporta pas le moindre élément supplémentaire.

Blanchard ne voulait pas la brusquer car il voyait bien que les mots ne sortaient pas aisément de sa bouche. Il n'insista pas. À un moment, lorsque Pauline se leva pour les resservir en café, il vit l'image d'Amédée Janvier surgir dans sa tête, se moquant de lui : « Ah ! Tu es capable de foutre ton poing dans la gueule d'un bougnoule menotté sur une chaise, mais tu te défausses quand il s'agit de questionner une mignonne ! Elle est belle, la relève policière ! »

Blanchard avait noirci plusieurs pages de son carnet, mais il n'en avait pas appris davantage. Il prit rendez-vous avec Pauline deux jours plus tard, afin qu'elle vienne examiner les photos de l'identité judiciaire – peut-être qu'elle y reconnaîtrait son violeur.

De retour à la PJ, Luc fila droit à son bureau et se laissa tomber sur sa chaise.

Janvier n'avait pas l'air d'être dans les parages. Par contre, il y avait un dossier en plein milieu de son écritoire, recouvert de la calligraphie fine et minutieuse des services de la police technique. Aucun nom sur la chemise cartonnée, juste un numéro de dossier. Mais il devina qu'il s'agissait des premières conclusions de ses collègues scientifiques sur l'assassinat de la famille Bentoui.

Il se plongea dans le rapport d'expertise.

Cela commençait par des choses qu'il savait déjà : l'adresse, cinq morts, leurs âges, etc. Quelque chose de neuf : le type avachi dans la cuisine : Slimane Bentoui, le frère cadet d'Abderhamane, résident algérien, était arrivé en métropole deux jours avant son décès.

Selon le légiste, tout le monde était mort sur le coup. Par balles. Personne n'avait souffert. Maigre consolation.

Le document décrivait ensuite le déroulement du quintuple assassinat d'après les indices recueillis sur les lieux. Il reprenait la chronologie que lui avait détaillée Martin l'autre jour : le tueur sonne à la porte, abat la femme, va dans la chambre des enfants et les élimine avec leur père, se rend ensuite dans la cuisine et descend l'oncle, avant de filer par l'escalier de service.

Le rapport prenait bien soin d'expliquer qu'on ne pouvait déterminer avec suffisamment de précision l'ordre des décès des cinq personnes, survenus quasiment au même moment. Mais «*deux indices probants plaident pour ce déroulé des faits*», soulignaient les techniciens : «*Des empreintes d'une chaussure ensanglantée ont été relevées entre l'entrée et la cuisine, puis dans l'escalier de service. La chaussure a ensuite été vraisemblablement essuyée dans une flaque d'eau dans la cour intérieure.* » Puis « *Trois empreintes digitales ont été relevées sur la poignée extérieure de la porte de l'escalier de service ainsi que sur la poignée intérieure de la porte d'entrée. Ces empreintes n'appartiennent à aucune des victimes et n'ont été retrouvées nulle part ailleurs dans l'appartement. Elles sont en cours d'analyse à l'identité judiciaire.* »

S'ensuivaient des considérations techniques sur la datation des empreintes, les axes de pénétration des projectiles et la difficulté qu'il y aurait à exploiter les traces de sang sur la semelle si jamais on retrouvait les chaussures (avec ou sans le propriétaire dedans, ce n'était pas spécifié).

Blanchard, qui n'y connaissait rien en armes bien qu'il en portât une quotidiennement, nota que le calibre utilisé n'était pas de nature courante et qu'il était parfois en usage dans la police. Quelqu'un, probablement Janvier, avait annoté dans la marge : « Vérifier attaques FLN de commissariats. » L'usage du silencieux, que lui avait déjà suggéré Martin, était repris ici aussi. On signalait : « *Au vu de son efficacité (personne n'a rien entendu dans l'immeuble), il doit s'agir d'un modèle professionnel et non pas d'un silencieux artisanal.* »

Blanchard referma le dossier en soupirant un bon coup.

Il aurait voulu que Janvier soit là pour échanger avec lui.

Il croisa les bras derrière sa nuque, ferma les yeux et se pencha en arrière sur sa chaise.

Après quelques minutes de pérégrinations mentales, son cerveau revint au rapport de la police technique. Il ouvrit les paupières et parcourut de nouveau le document. Derrière le langage assuré des spécialistes, des points d'interrogation lui piquaient les yeux. Il prit un bloc-notes et coucha sur le papier les éléments qui lui paraissaient étranges.

Primo, les empreintes digitales du suspect avaient été relevées sur la poignée extérieure de la porte de service. Il n'y avait rien sur la poignée intérieure. Le criminel aurait donc fermé la porte sans l'ouvrir ? Inversement, il n'y avait rien à l'extérieur de la porte d'entrée, mais des empreintes sur la poignée intérieure. Tout cela ne semblait guère logique. Ou alors les hommes de Martin avaient-ils saligoté leurs prélèvements ?

Secundo, si l'assassin était arrivé par la porte d'entrée, pourquoi s'était-il carapaté par la porte de service ? Connaissait-il l'immeuble ? Avait-il été surpris durant sa sale besogne ?

Tertio, Martin lui avait assuré que le meurtrier était une bonne gâchette. Le frère, Slimane Bentoui, avait en effet été abattu à trois mètres de distance, en pleine tête. Mais il avait fallu six balles pour occire le père et ses gamins, dont une qui s'était logée dans le mur. Le tireur était-il si doué que cela ? Avait-il été déstabilisé par la présence des enfants ?

Il n'avait soudain plus tellement hâte que Janvier resurgisse. Il devinait par avance la réaction de celui-ci : un haussement d'épaules et un grognement. Tout ce qui pouvait contrarier le prompt classement d'une affaire était malvenu.

Luc, lui, était intrigué.

9

Antoine Carrega, 2 octobre 1959

Il était 22 heures passées, vendredi soir. Heure à laquelle les amis d'Antoine Carrega avaient terminé de souper et attaquaient le pousse-café. Qui ne serait que le premier alcool d'une longue nuit passée à palabrer, se vanter, planifier, jouer, se battre et baiser. Mais à palabrer, surtout.

Antoine poussa la porte des Trois Canards, salua Marius qui essuyait des verres derrière le bar et qui lui indiqua du menton la porte du fond, devant laquelle était assis un costaud à la mine patibulaire. Antoine connaissait la musique : il écarta les pans de sa veste à l'attention du cerbère qui le palpa, puis franchit le seuil. Une grande table occupait la majeure partie de l'arrière-salle, sur laquelle trônaient les reliefs d'un repas. Une seconde porte communiquait directement avec un corridor qui menait aux toilettes et aux cuisines.

Une demi-douzaine de convives conversait avec plus ou moins d'animation, dans un nuage de fumée. L'un d'entre eux se leva quand il aperçut Antoine.

— Je savais que tu passerais !

— Bonjour François.

François Marcantoni. Une connaissance du pays et un habitué des Trois Canards. Un homme qui avait ses entrées un peu partout. Antoine savait qu'une partie de la blanche qu'il convoyait partait chez lui pour être écoulée dans son bar du côté des Champs-Elysées, auprès de « ses amis les artistes », comme on disait.

Marius avait annoncé à Antoine : « J'ai parlé de ton truc à François et il sait peut-être quelque chose. » Son « truc », c'était la requête de Félix. Il avait promis de l'aider et n'avait qu'une seule parole. De toute manière, il n'avait pas grand-chose à faire en ce moment. Le dernier convoyage lui avait rapporté suffisamment pour vivre quelques semaines sans soucis financiers.

Il avait commencé à parler à ses accointances, ne leur révélant que le strict nécessaire. Il rendait service à un ami. Il cherchait un type suspect, profil de tueur violent. Rien à voir avec « nos » affaires.

Un service. Un ami. Dans son milieu, le Milieu, ces deux mots suffisaient. Ils agissaient comme une note de service dans la bureaucratie. Les gens enregistraient la consigne et la suivaient sans barguigner. Tant que cela ne contrariait pas leurs intérêts.

Marcantoni, donc, avait peut-être un tuyau. Ce serait le premier.

Après lui avoir donné l'accolade, il entraîna Antoine à un bout vide de la table. Carrega salua le reste des attablés, qu'il connaissait avec des degrés variables de familiarité. Un signe de tête, un geste de la main, et ils poursuivirent leur conversation.

— Alors, ça marche bien les transports avec Marius ?

Carrega savait que ce n'était pas une vraie question.

Qui n'appelait donc pas de vraie réponse. C'était juste une mise en bouche. Il se contenta de hocher la tête.

— Marius m'a dit que tu recherchais un mec?

— Exact. Une famille de cinq personnes s'est fait salement dessouder il y a quinze jours. Le père était Algérien, la mère des beaux quartiers parisiens. Les condés ont étouffé l'affaire. Une de mes vieilles connaissances, un type bien, un ami de la famille assassinée, aimerait en apprendre davantage. Je peux te garantir deux choses. Le gonze qui a fait ça est une ordure. Il a abattu deux gamins. Et mon ami n'ira pas baver aux flics.

— Je te fais confiance.

Marcantoni tourna alors la tête vers la porte du couloir. Il en arrivait un jeune homme qui rajustait sa braguette. Il était tiré à quatre épingles, beau comme une sculpture italienne, et il le savait. Carrega le reconnut immédiatement. Il ressemblait à ses photos dans les rubriques cinéma et les gazettes à potins.

Marcantoni fit les présentations.

— Antoine, je te présente Lionel. Lionel, voici Antoine, un compatriote corse et un associé de Marius.

Lionel Adan serra la main de Carrega avec un sourire charmeur. Puis il choisit de rester debout, le temps d'allumer sa cigarette avec le mégot de la précédente et de projeter, ne serait-ce qu'un instant, sa supériorité de jeune premier du Septième Art sur les simples mortels. Quand il se décida à s'asseoir, ce fut pour se vautrer sur la banquette, les bras étalés sur le dossier.

Le comédien n'avait pas encore vingt-quatre ans et se comportait déjà comme un seigneur. Il était parfaitement conscient de l'effet qu'il faisait aux gens, hommes comme femmes, qu'il subjuguait d'un regard.

— Lionel connaît beaucoup de monde. Il m'a parlé récemment d'un mec étrange qu'il a croisé par hasard, reprit Marcantoni.

Adan s'amusait à se faire prier, alors qu'il avait été averti de ce qu'on attendait de lui.

Marius brisa l'attente en apportant une bouteille d'armagnac pour la tablée.

— C'est moi qui régale !

Il posa sa grosse main sur l'épaule d'Antoine. Un geste quasi paternel. Puis il fixa Adan et fit glisser son torchon sur son avant-bras en s'inclinant.

— Et pour môssieur l'acteur, je remets des bulles ?

Lionel Adan, malgré son assurance, craignait toujours qu'on se moque de lui. Il se redressa et répliqua avec la même obséquiosité feinte.

— Oui, chef ! Remets-nous une bouteille.

Sentant qu'il avait assez minaudé, il se tourna alors franchement vers Carrega et prit un ton d'affranchi.

— François m'a parlé de ton histoire et je me suis souvenu d'un truc. Je suis passé chez un copain réalisateur de cinéma l'autre jour. Il m'a promis de me faire tourner un de ces quatre et, en attendant, il veut me faire travailler mon personnage. Alors, il m'appelle et me dit : « Viens chez moi, je vais t'apprendre à tirer. » Je lui dis que je sais déjà, mais il me répond : « Non, tu ne sais pas. Viens chez moi, j'ai un professionnel qui va te montrer. » Comme je n'ai rien à faire ce jour-là, j'y vais. C'est dans le XIIIe, des grands studios de cinéma. Mon réalisateur me présente un vieux bonhomme, efflanqué comme un chat de gouttière, pas rasé, un peu agité. Mon pote, qui aime bien traîner avec des types louches, me raconte qu'il héberge cette connaissance de passage à Paris. Il m'embrouille avec une histoire de manoir, d'écrivain et puis il finit par me dire : « Tu ne sais pas tirer comme dans mes films, il va t'apprendre ! »

Carrega observait Adan raconter son histoire comme s'il interprétait un rôle. Les intonations sur les mots. Les pauses. Les mimiques de type à la coule. On aurait dit qu'il avait répété son dialogue avant de venir. Carrega n'aimait pas servir de faire-valoir, mais ça n'avait pas l'air de déranger Marcantoni, tout fier de sa vedette.

Carrega avait l'impression de perdre son temps.

— ... le type crèche dans un coin du bureau. Il a une tête de vautour, hirsute et mal rasé. Il pue comme s'il ne s'était pas lavé depuis plusieurs jours. Et là le mec farfouille dans son sac pour en sortir un gros pistolet automatique avec...

Adan fit une pause dramatique, jaugeant son auditoire.

— ... un silencieux ! Et là je me dis : « OK, on ne se fout pas de moi. Ce mec est un pro. » Puis, en reposant son sac, il fait tomber une petite boîte en fer-blanc qui s'ouvre. Elle contient une seringue et un garrot. Mon copain me glisse à l'oreille : « Il est diabétique. » De plus en plus curieux, je vous l'avais bien dit !

Adan part d'un grand rire à peine simulé, complètement immergé dans son rôle. La curiosité de Carrega est piquée.

— Le type n'a plus de munitions pour son automatique, alors notre hôte lui passe un revolver rangé dans un tiroir de son bureau. Et nous voilà partis pour le grand plateau de cinéma dans un hangar.

On trimbale un mannequin de costumière qu'on dispose à un bout de la pièce et nous nous mettons à l'autre bout. Mon pote tire en premier. Il rate. Il me passe le calibre. Je rate de peu. Ça résonne du tonnerre dans le hangar, mais le tôlier m'assure qu'on n'entend rien depuis l'extérieur. L'inconnu me marmonne des indications pour corriger ma pose. Je rate à nouveau. Il s'approche pour guider mon bras, mais le mec sent le putois. Je ne veux pas qu'il me touche. Je leur dis que je n'ai plus envie de tirer. Le réalisateur tire la gueule, le type hausse les épaules. Il me prend le revolver des mains, ajuste le mannequin, tire et l'atteint en plein poitrail! Puis, il nous dit qu'il en a marre et qu'il va se pieuter. Et le voilà reparti dans le bureau.

Antoine opinait. Un peu surjoué comme histoire. Mais, si Adan ne divaguait pas, il y avait matière à creuser.

— Tu connais pas son blaze, par hasard?

— J'ai pas demandé. Mon ami m'a glissé en passant que le mec avait déjà flingué du monde. Et pas en état de légitime défense.

Carrega imaginait la scène et il sentait bien que le jeune acteur, malgré sa gouaille, n'avait pas dû en mener large à ce moment-là.

Il se pencha vers Adan :

— Ton histoire m'intéresse. Tu peux me donner l'endroit où crèche ton réalisateur? J'ai bien envie d'aller y faire un tour.

— Les studios Jenner, rue du même nom dans le XIIIe. Tu ne dis pas que tu viens de ma part.

— T'inquiète, je te revaudrai ça.

Antoine regarda sa montre. 23 heures. Il pouvait

attendre encore un peu. Cela ne se faisait pas de filer à l'anglaise après avoir obtenu ce que l'on était venu chercher. Il allongea le bras vers la bouteille d'armagnac. Dans deux heures, il irait faire un tour rue Jenner.

10

Sirius Volkstrom, 4 octobre 1959

Volkstrom passait une bonne partie de ses journées à se morfondre seul dans sa chambre. Il n'avait pas tellement envie de bouger tant que l'affaire Lemaire restait en suspens. Il n'osait plus aller visiter Hector en prison, de crainte de fusiller son espoir de libération anticipée. Superstition. Il lui avait toutefois écrit une lettre où il mentionnait cette perspective, de manière sibylline.

Alors il fumait, allongé sur son lit. Il relisait les romans de gare qui étaient venus avec les meubles dans l'appartement. Il sortait juste pour manger et passer des coups de téléphone. Grâce au numéro glissé par Deogratias, il avait fini par mettre la main sur un individu qui savait peut-être où trouver Victor Lemaire.

Il s'était fait passer pour un obscur éditeur alsacien désireux de publier des textes inédits sur la Seconde Guerre mondiale du point de vue de Vichy. Des mémoires qui avaient besoin d'être réécrites par une plume de confiance. Il cherchait un certain Lemaire qu'on lui avait recommandé. Après avoir été promené d'interlocuteur en interlocuteur, il avait fini par joindre un personnage qui avait l'air au parfum. Ils n'avaient échangé aucun nom au téléphone, mais ils avaient convenu de se retrouver en fin d'après-midi dans un café à proximité des jardins du Luxembourg.

Volkstrom avait eu l'étrange sensation de reconnaître la voix à l'autre bout de la ligne. Ça le gênait un peu car s'ils s'étaient déjà croisés, sa couverture d'éditeur menaçait de tomber à l'eau. En même temps, il avait suffisamment fréquenté la clique d'extrême droite pour savoir que les doubles identités, les activités multiples et les coups de billard à trois bandes pullulaient. Lui qui gagnait sa vie avec son culot et son poing, il pouvait très bien vouloir publier des vieux papiers et avoir besoin d'un nègre pour ce faire. Après tout, il courait bien lui-même après un écrivain assassin.

Quand il fut l'heure d'y aller, il enfila sa veste. Il laissa de côté son calibre. Il ne voulait pas courir le moindre risque en cas de contrôle de police inopiné. La maréchaussée était sur les dents en ce moment, en raison de l'incertitude entretenue par de Gaulle sur la situation algérienne. Le Général avait été porté au pouvoir par les spadassins de l'Algérie française, mais voilà que le grand moustachu tergiversait. Les indépendantistes algériens avaient flairé l'hésitation, ils n'avaient rien à perdre. Ils voulaient porter leur combat en métropole et plus seulement de leur côté de la Méditerranée. Chaque camp fourbissait ses armes, le climat politique, poisseux, s'en ressentait.

Volkstrom subodorait que Deogratias, qui autrefois lui aurait servi de porte de secours en cas d'ennuis, serait aujourd'hui trop heureux de l'expédier au trou en cas d'infraction.

Il sortit du métro à la station Odéon et marcha jusqu'au café en remontant la rue de Condé. Il avait une dizaine de minutes de retard et c'était très bien. Si son interlocuteur était déjà arrivé, il pourrait l'observer et peut-être l'identifier. Il y avait une petite foule de Parisiens dehors en ce dimanche, une des dernières belles journées avant de plonger dans l'automne. Ils flânaient aux terrasses, musardaient du Panthéon aux jardins du Luxembourg.

Parvenu au point de rendez-vous, il ne reconnut personne et alla s'asseoir dans un coin du café. Il commanda une pression, fouilla dans ses poches pour constater l'absence de cigarette, et se retourna pour héler le patron afin qu'il lui apporte un paquet de brunes.

C'est alors qu'il entendit dans son dos une grosse voix lui lancer :

— Ça alors ! Si on m'avait dit que tu t'intéresserais un jour à la littérature !

Le ton était hâbleur, pas vraiment menaçant.

Il pivota et reconnut instantanément la trogne qui lui faisait face. Un visage rondouillard, des cheveux blonds peignés en arrière et un bandeau qui lui barrait l'œil gauche.

— J'étais presque sûr d'avoir reconnu ton accent au téléphone, lui lança l'ex-député en tendant la main.

— Ah, moi aussi, ta voix me rappelait quelque chose, mais elle a mué depuis que tu fais des discours au Palais-Bourbon !

Sirius Volkstrom se dit qu'il avait été bien bête.

Comment avait-il pu ne pas associer la voix au téléphone avec celle de Jean-Marie Le Pen, alors qu'il était sur la piste d'un écrivaillon facho dans les cercles de l'extrême droite parisienne ? On entendait moins parler de lui depuis le retour du Général et de ses affidés, mais il n'avait pas complètement disparu de la circulation.

Réflexion faite, il était plutôt content de tomber sur lui. Parmi toutes ses accointances dans cette mouvance, Le Pen était sans doute celui avec lequel il s'entendait le mieux. Ils s'étaient rencontrés début 1957 en Algérie, quand Sirius était allé faire profiter l'armée française de son expertise ès interrogatoires en pleine bataille d'Alger, à la demande d'un colonel de sa connaissance. Contrairement à lui qui filait des coups de main en douce, Le Pen était un vrai militaire. Un para qui jouissait toutefois d'un statut particulier du fait de son élection en tant que représentant de la nation l'année précédente. Ils avaient bien fait la bringue ensemble, et quelques coups tordus aussi. Le Pen n'était jamais le dernier quand il s'agissait de secouer un Algérien.

— T'es borgne maintenant ? lui demanda Sirius sans ménagement.

— Et toi, toujours manchot ?

— Ça n'a pas changé !

— Le borgne et le manchot ! Si on retournait en Algérie ensemble, on sèmerait la terreur !

Les deux acolytes s'esclaffèrent.

Le Pen commanda une mousse et tous les deux trinquèrent à la bataille d'Alger. Leur bataille d'Alger.

— Alors, c'est quoi ces histoires d'édition ? Ça ne te ressemble pas trop.

— C'est un truc que je fais pour un vieux bonhomme qui veut éditer ses souvenirs pour la postérité. Comme il ne sait pas vraiment écrire, il m'a demandé de lui trouver une plume. On m'a recommandé ce Victor Lemaire.

— Je ne sais pas si c'est le mec qui te convient. Il écrit bien, c'est sûr, mais il est un peu, comment dire… instable.

— Ça, j'en fais mon affaire. Mon client est prêt à allonger.

— Avec Lemaire, ça aidera. Il est toujours en quête de blé.

— Tu le fais bosser?

— Ça m'est arrivé. Mais je dois surveiller. Sinon, il me ferait dire des trucs que, même moi, je ne suis pas prêt à balancer!

— Il doit être gratiné, alors!

— Tu peux le dire!

Ils trinquèrent à nouveau, presque heureux de se retrouver. Frères d'armes et d'idéologie trouble.

— Ça fait plusieurs jours que j'essaie de le trouver sans y parvenir.

— En ce moment, il est difficile à joindre. Si tu veux, je m'en occupe.

— J'aimerais bien lui causer rapidement.

— Il me téléphone régulièrement, ou alors à certains de mes collègues, dès qu'il a besoin de thunes, c'est-à-dire souvent. Ne t'en fais pas, je vais lui faire passer le message.

Sirius n'avait guère le choix. Le Pen était sa seule piste pour mettre le grappin sur cette anguille de Lemaire.

Il ne lui faisait pas totalement confiance, mais il devrait faire avec.

11

Luc Blanchard, 7 octobre 1959

Le jeune inspecteur avait revêtu son plus beau costume ce matin. Il n'était guère différent des autres. Juste un peu plus frais, un peu mieux repassé. Si ses collègues avaient remarqué sa mise, ils s'étaient abstenus de jaser. Amédée Janvier avait marmonné quelque chose à Blanchard qu'il n'avait pas bien compris. Il avait juste entraperçu son binôme disparaître en enfilant sa veste. En direction du bistrot le plus proche ou d'un autre service, il n'en avait aucune idée. Au fond, cela l'arrangeait bien.

Pauline Doré arriva pile à l'heure. Elle portait une robe violette et un imperméable gris. Avec ses cheveux châtains qui lui tombaient sur les épaules et son cartable en cuir, elle ressemblait vraiment à l'étudiante qu'elle était. Elle s'était maquillée juste ce qu'il fallait. Il lui serra la main avec un grand sourire. Qu'elle ne lui rendit pas. Blanchard oubliait que, pour le commun des mortels, franchir la porte de la Brigade criminelle, même lorsqu'on n'avait rien à se reprocher, n'était pas source de félicité.

— Bienvenue à la Crim', mademoiselle Doré. Allons dans mon bureau, je vous prie.

Il lui indiqua la direction à suivre et lui emboîta le pas. La plupart des autres flics ne levèrent même pas les yeux de leurs dossiers. Aucun ne hasarda la moindre grivoiserie, comme Blanchard s'y était attendu.

Il la fit asseoir et lui proposa un café, qu'elle déclina. Il se plaça à côté d'elle, avec un gros classeur qu'il posa devant eux. Il releva les lunettes sur son nez.

— Voici des photos de l'identité judiciaire. Certaines appartiennent à des suspects que nous avons interpellés après votre plainte. D'autres proviennent de nos archives.

Pauline ne bougeait pas. Elle avait les mains sagement posées sur ses cuisses.

— Je vais tourner les pages une par une, assez lentement. Arrêtez-moi si vous croyez reconnaître quelqu'un.

Blanchard ouvrit grand son classeur et commença à faire défiler les images.

Tous les visages avaient les mêmes caractéristiques : des cheveux sombres et bouclés, aplatis vers l'arrière ou ébouriffés, la peau mate, les yeux noirs. La plupart des hommes étaient jeunes, certains avaient des blessures ou des coquards. Ils arboraient tous l'une des deux expressions : inquiétude ou résignation. Aucun n'avait cette attitude bravache typique des portraits criminels de l'identité judiciaire.

Pendant de longues minutes, Blanchard fit défiler en silence ce concentré d'humanité anthropométrique.

Ils arrivèrent au bout du classeur, une soixantaine de faciès, sans que Pauline n'ait prononcé le moindre mot.

— Je ne reconnais personne...

— Prenons notre temps. Regardons à nouveau.

Blanchard en profita pour se rapprocher de Pauline, son épaule frôlant désormais la sienne.

Il reprit la consultation à partir du début.

Après une dizaine de visages, Pauline Doré tendit l'index vers l'un d'entre eux.

— Celui-là... Il me dit quelque chose.

— Très bien, je le mets de côté. Poursuivons.

Arrivée presque au bout, la jeune femme réagit de nouveau.

— Celui-ci également, je crois...

Blanchard atteignit la dernière fiche et referma le classeur.

— Souhaitez-vous les examiner encore une fois ?

— Je ne pense pas que cela soit nécessaire.

Blanchard s'empara des deux clichés désignés par Pauline et les disposa côte à côte.

— Regardez-les attentivement. Pensez-vous qu'il puisse s'agir de votre agresseur ?

L'étudiante fixa intensément les figures des deux hommes en tortillant ses mains.

— Oui, j'ai l'impression que c'est l'un des deux. Je confonds peut-être celui... celui qui m'a molestée, avec un de ceux du groupe qui l'accompagnait, je ne sais pas... Mais je pense avoir vu l'un de ces deux hommes ce soir-là.

— Très bien, c'est une bonne base de départ.

Au moment où Luc Blanchard disait cela, Amédée

Janvier arriva vers lui avec un dossier à la main, zigzaguant entre les bureaux.

— Ah, ah! J'amène une bonne nouvelle!

Prenant conscience qu'il avait oublié de saluer la jeune femme, Janvier s'arrêta de parler et vint se positionner devant elle en soulevant son chapeau.

— Mademoiselle. Pardonnez-moi de vous interrompre. Je dois parler avec notre jeune ami.

Blanchard comprit qu'il devait se lever et c'est à regret qu'il s'éloigna de Pauline Doré.

— Qu'est-ce qu'il y a, Amédée?

— J'ai les résultats des empreintes du quai de Montebello! Nous avons un nom!

— Fais-moi voir.

Blanchard s'empara du dossier, sans attendre que Janvier le lui cède. L'inspecteur, droit comme un i, était en train de réaliser le parti qu'il pouvait tirer de sa prestance face à son collègue échevelé et entre deux verres.

Blanchard parcourut avec grand sérieux les pages dactylographiées et les schémas comparant les dermatoglyphes relevés sur les lieux et ceux contenus dans les archives de la Préfecture.

Il sentait le regard de Janvier posé sur lui, qui attendait confirmation de son enthousiasme tel un caniche guettant une caresse. Plus important, il devinait également les yeux bruns de Pauline qui le scrutaient.

Il fit durer le plaisir.

Puis, d'un ton professoral :

— Nous cherchons donc un certain… Sirius Volkstrom.

— Oui, et nos collègues de l'identité judiciaire sont sûrs de leur fait, il ne peut pas y avoir d'erreur!

— D'accord, mais comment se fait-il que nous n'ayons aucune information sur ce Volkstrom ? S'il est dans nos fichiers, c'est pour une raison. Or je ne vois rien dans ce dossier. Ni adresse, ni casier judiciaire, ni photo.

Blanchard secouait les feuillets dactylographiés avec reproche. Janvier se passait nerveusement la main dans les cheveux.

— C'est étrange en effet...

— Bon, nous verrons cela plus tard, Janvier. Je vais finir avec mademoiselle Doré et nous en rediscuterons.

Amédée Janvier maugréa et partit s'asseoir à son bureau.

Blanchard resta debout mais se tourna vers la jeune femme.

— Excusez-moi pour cette interruption. Une affaire très importante.

— Je comprends.

— Je vais désormais orienter mon enquête sur la base des deux portraits que vous m'avez indiqués. Je vais interroger ces individus, leurs proches, et vérifier ce qu'ils faisaient la nuit du crime. Vous n'avez pas à vous en faire. Nous allons bientôt appréhender le coupable.

— Et si vous ne trouvez pas ? Si je me suis trompée de personne ?

Pauline le dévisageait avec des yeux inquiets.

— Nous aviserons à ce moment-là. Je vous appellerai pour vous tenir informée de la progression de mes recherches.

Blanchard s'effaça devant Pauline et la conduisit vers la sortie. Il lui serra la main en se fendant d'un grand sourire. Qu'elle lui rendit, en partie.

Il s'autorisa un ultime regard sur la fine silhouette qui s'éloignait, puis retourna à son bureau. Il analysa en détail les deux photographies sélectionnées par la jeune femme.

Au bout de quelques secondes, il réalisa que les deux suspects ne se ressemblaient absolument pas.

12

Antoine Carrega, 12 octobre 1959

Antoine poireautait au zinc du bistrot le plus proche en parcourant le journal, prenant tout son temps pour siroter un deuxième petit noir serré. Il feuilletait *France-Soir* tout en observant le siège du quotidien, rue Réaumur. La presse n'était pas son truc, et on le lui avait parfois reproché, sachant que ses activités remplissaient parfois les colonnes des journaux, généralement à la rubrique faits divers.

Il s'était rendu chez le cinéaste, aux studios de la rue Jenner, dans la foulée de sa conversation avec Lionel Adan. Il avait beau être deux heures du matin, il avait aperçu de la lumière émanant d'une des fenêtres.
Escalader le mur s'était avéré bien moins compliqué que prévu et, après être passé par la propriété adjacente dont les balcons n'étaient pas très hauts, il s'était retrouvé dans la cour intérieure des studios. Il avait gravi l'escalier principal en prenant soin de ne pas faire de bruit. Arrivé en haut, il n'avait eu qu'à pousser une porte pour pénétrer dans des

appartements privés. Il avait débouché dans une vaste pièce qui servait à la fois de salon, de salle de réunion et de bureau. Il avait tout de suite repéré un grand canapé sur lequel reposaient en vrac une couverture et un oreiller. Mais c'était le cliquetis d'une machine à écrire qui avait attiré son attention. Un homme était penché dessus, éclairé par un petit projecteur de cinéma. Il tapait allègrement dans des volutes de fumée de cigare.

Vêtu d'une chemise blanche retroussée aux manches, il portait un immense chapeau sur le crâne. Depuis l'autre extrémité de la pièce, Antoine voyait aisément qu'il n'avait pas affaire à un rapace déplumé, mais plutôt à un bonhomme bien en chair. Il doutait que ce fût le personnage singulier décrit par l'acteur. Ce devait plutôt être le cinéaste.

Comme Adan lui avait dit qu'il aimait les armes et en possédait une dans son bureau, Carrega s'était approché tout doucement. Arrivé à hauteur du dactylo, il l'avait brusquement saisi par le col de chemise, l'avait fait pivoter sur son fauteuil tournant et l'avait projeté par terre. Surpris, le metteur en scène avait poussé un cri strident. Antoine s'était positionné au-dessus de lui, menaçant, et lui avait intimé de la boucler.

— Je veux juste vous causer. Alors plus de hurlements et tout se passera bien !

— D'accord, d'accord… Qu'est-ce que vous voulez ?

Comme le propriétaire des lieux obtempérait et que ses mains tremblaient, Antoine l'avait aidé à se relever et lui avait désigné son fauteuil pour qu'il s'assoie.

— Laissez vos tiroirs tranquilles et répondez à mes questions !

Ayant compris que Carrega n'avait pas l'intention de le tabasser, le cinéaste s'était détendu et, avec des gestes calculés, avait recoiffé son Stetson et s'était emparé d'une paire de lunettes de soleil qui traînait à côté de la machine à écrire.

— Vous permettez ? J'ai des problèmes d'yeux.

Carrega n'avait pu s'empêcher d'esquisser un sourire. Un inconnu s'infiltrait chez lui au cœur de la nuit pour le secouer, mais il lui fallait revenir au plus vite à son rôle de composition.

— Ce n'est pas après vous que j'en ai. Je veux savoir où est le type que vous hébergez.

Il avait eu un haussement de sourcil interrogatif, puis il avait compris.

— Vous voulez parler de Lemaire ?

— Un bonhomme tout maigre qui aime les flingues.

— C'est bien lui. Victor Lemaire. Qu'est-ce que vous lui voulez ?

— C'est moi qui pose les questions ! Où est-il ? Je sais qu'il dort ici.

Carrega avait fait un geste en direction du canapé et de la couverture en boule.

— Dormait ici. Il est parti hier. Il trouvait qu'il y avait trop de monde qui défilait dans mon bureau.

— Où est-il allé ?

— Je n'en sais rien. Il m'a juste dit qu'il s'en allait. Inutile de préciser qu'il ne m'a même pas remercié.

— Il est resté combien de temps ici ?

— Une semaine, peut-être dix jours.

Levant les bras en hauteur pour bien montrer qu'il n'avait pas l'intention de faire un geste de travers, le réalisateur avait pointé du doigt un mur où étaient punaisés des dizaines de clichés en noir et blanc.

— C'est lui, là !

Il avait désigné le portrait d'un homme maigrelet, la cinquantaine avancée, l'air d'avoir mal dormi. Pas rasé, pas coiffé et visiblement agacé de se retrouver sous les flashs.

— Je prends la plupart de gens que je croise en photo. Ça peut toujours servir au moment d'écrire un scénario ou de faire un casting. Vous, par exemple, avec votre tête de méridional qui a roulé sa bosse...

— N'y songez même pas ! l'avertit Carrega.

Le réalisateur avait eu l'air sincère. D'après Adan, il appréciait les personnalités équivoques et les histoires viriles. S'il avait dû vendre sa mère pour dénicher un bon personnage ou une bonne histoire, il l'aurait fait sans hésitation. Or, cette nuit-là, Carrega promettait une aventure plus intéressante que Lemaire, alors il lui déballait la vérité.

— Je ne sais pas où il est parti, comme je ne savais pas d'où il venait. Lemaire est un type bizarre. Je l'ai rencontré il y a quelques années quand je cherchais un décor pour l'un de mes films. Il avait un manoir dans le Perche qui aurait pu coller, mais cela ne s'est pas fait. Il m'avait montré sa collection de pétards. On s'est revus plusieurs fois à Paris. Il passait me voir ici, à l'improviste, il me faisait voir des armes rares. Il y a deux ans, il m'a proposé une histoire qu'il voulait que je mette en scène. C'est là que j'ai découvert qu'il frayait avec l'extrême droite : il me proposait de rencontrer ses accointances qui auraient financé le film.

— L'extrême droite ?

— Oui, un ramassis de vichystes, d'anticommunistes, de royalistes et j'en passe. Lemaire ne savait même pas que j'ai participé à la Résistance ! Et que, par ailleurs, je suis juif ! Alors ses histoires d'émules de Céline, ça ne prend pas trop avec moi.

— Ça ne vous a pas empêché de le recevoir et de l'accueillir ici.

— J'aime bien entretenir la diversité de mes fréquentations.

— Où a-t-il pu aller en partant d'ici ? Dans son manoir ?

— J'en doute. À mon avis, un type qui se balade avec un flingue équipé d'un silencieux et qui campe sur le canapé d'une vague connaissance ne va pas rentrer chez lui de sitôt.

— Vous n'avez pas cherché à en savoir plus ?

— J'ai un intérêt professionnel pour quelqu'un comme Lemaire. Mais sa vie ne m'intéresse pas. Par ailleurs, je ne suis pas une balance. Si vous vouliez profiter de mon hospitalité cette nuit par exemple, je vous l'offrirais sans rien demander et je n'irai pas appeler les flics, bien que vous soyez rentré chez moi par effraction.

Le cinéaste, sous son grand chapeau et derrière ses lunettes de soleil, paraissait s'amuser. Il était dans son élément. Ou dans celui de ses films. Oubliée la tremblote du début de leur rencontre, il aimait jouer un rôle de dur à cuire et sa sincérité insouciante respectait un code pas si éloigné de celui de Carrega et de ses amis.

Antoine avait fini par laisser l'homme à ses histoires, convaincu qu'il avait joué franc jeu. Le cinéaste lui avait proposé de visiter les studios, mais il avait décliné et s'était éclipsé vers 3 heures du matin, par la porte principale.

Antoine regarda sa montre et avala ce qui restait de café au fond de sa tasse. Il était temps d'aller discuter avec Francis Paolini.

Après sa rencontre avec le réalisateur, il avait envoyé un mot à Aimé de la Salle de Rochemaure pour lui faire part de la découverte possible de l'identité de celui qui avait décimé sa famille : Victor Lemaire. Il avait aussi dit que la piste semblait froide. À moins d'une rencontre fortuite dans Paris, il ne voyait plus trop comment avancer maintenant qu'il avait activé toutes ses connaissances. Félix lui avait répondu en l'incitant à rencontrer le journaliste de *France-Soir* qui avait écrit sur le crime. Antoine n'aimait pas cette suggestion car elle lui donnait l'impression d'avancer à découvert, mais il ne voyait pas comment dire non à Félix.

Vu son patronyme, Paolini devait être corse. Il y avait sans doute moyen de s'entendre entre gens du pays et de rester discret.

À l'heure convenue, Carrega traversa la rue Réaumur et pénétra dans le hall du journal où flottait une odeur d'huile mécanique et de pâte à papier. Il avisa la réceptionniste et demanda à rencontrer Francis Paolini. La secrétaire lui indiqua le chemin à suivre dans les étages.

Carrega n'était pas familier des bâtiments administratifs, mais ceux-ci lui paraissaient répondre à la définition même du capharnaüm. Il dut demander deux fois son chemin avant d'aboutir dans un recoin rempli de journaux, d'annuaires, de paperasses, de cendriers pleins et de verres vides, duquel émergeaient un téléphone et une machine à écrire.

Un homme entre deux âges, au regard noir et aux tempes grisonnantes, leva la tête vers lui et se redressa.
— Paolini ?
— Oui c'est moi. Vous êtes le mystérieux Antone que j'ai eu au téléphone ? Vous n'avez pas de nom de famille ?
— Je n'aime pas trop le donner aux journalistes. Si cela vous intéresse, disons qu'il vient de Bonifacio.
— Je m'en contenterai. Faveur de compatriote.
Paolini était aimable, sans se forcer. Il devait être habitué à ce genre d'approche.
— Prenez une chaise. On peut discuter ici tranquillement.
Les deux hommes allumèrent leurs cigarettes en même temps.
— Qu'est-ce qui vous amène ? Vous ne m'avez rien dit au téléphone.
— Eh bien, je m'intéresse à un crime commis il y a un mois environ, sur lequel vous avez écrit quelques articles. Quai de Montebello.
— Je vois très bien. Un sale truc.
— On peut dire ça...
— Je connais bien les flics, et je devine quand ils me cachent quelque chose. Je sens aussi quand on n'a pas tellement envie que j'écrive sur une affaire criminelle.
Il pointa son index vers le plafond. Antoine comprit qu'il désignait les étages supérieurs, donc ses chefs.
— Je suis venu vous proposer un échange d'information. Je sais probablement des choses que vous ignorez. Et peut-être qu'en retour vous pourrez m'aider.
Antoine répéta presque mot pour mot ce que Félix lui avait conseillé comme entrée en matière.

— Quel est votre intérêt dans cette histoire? J'ai besoin de savoir pourquoi vous venez me voir.

— Je connais le parent d'une des victimes. Lui aussi a l'impression que certains préfèrent garder le silence.

— Assurément. Mais vous ne m'avez pas l'air très musulman, vous! Vous êtes copain avec des Algériens? Ou alors vous êtes un porteur de valises?

Antoine fut pris de court un instant. Puis il comprit que Paolini faisait référence aux deux victimes officielles, les frères Bentoui, et aux raisons évoquées pour leur assassinat : le journaliste ne savait pas qu'il y avait eu cinq victimes.

— Justement, une des personnes assassinées n'était pas musulmane.

— Là, vous m'intéressez. Dites-moi ce que vous savez et j'essaierai de vous rancarder. Je connais un des flics sur l'enquête, même s'il ne me balance rien.

— Vous écrirez un article?

— Je ne sais pas encore. Ceux qui veulent camoufler l'histoire n'aiment pas qu'on vienne touiller leur potage. Quant aux flics, ils n'aiment pas que la presse les oblige à se bouger quand ils veulent enterrer quelque chose.

— Si vous écrivez, je ne veux pas être mentionné.

— Je ne parlerai pas de vous. D'ailleurs, je ne connais même pas votre patronyme.

Satisfait, Carrega poursuivit :

— Premièrement, il n'y a pas eu deux victimes, mais cinq. Les deux qui ont été identifiées par les condés, Slimane et Abderhamane Bentoui, mais aussi la femme de ce dernier, une Française qui s'appelle Jeannette de la Salle de Rochemaure, et leurs deux mômes.

— La Salle de Rochemaure? La famille du banquier? C'est pour lui que vous bossez?

— Exact.

— Putain! Je savais qu'il y avait eu plus de morts que les deux frangins algériens, et qu'il y avait probablement une Française dans le décompte, mais je n'ai jamais pu le confirmer. Les flics ne veulent rien lâcher et les habitants de l'immeuble non plus. Les pandores leur ont dit de la boucler!

Paolini avait sorti un calepin de la pile de bazar sur son bureau et il prenait frénétiquement des notes tout en tirant sur sa cigarette.

— Les gamins, ils avaient quel âge?

— Autour de dix ans.

— Merde! C'est horrible... Est-ce que La Salle de Rochemaure, le banquier, accepterait de me confirmer que sa... sa qui d'ailleurs, est morte?

— Sa fille unique.

— Est-ce qu'il est prêt à causer?

— Il faudrait voir avec lui, mais je pense que oui.

— Pourquoi n'a-t-il rien dit jusqu'ici?

— Vous lui demanderez.

Paolini continuait de noircir son carnet. Antoine le voyait aligner des points d'interrogation au bout des lignes.

— Très bien. Qu'est-ce que vous savez d'autre?

— Je pense avoir identifié le tueur. Mais je n'en suis pas entièrement sûr.

— Balancez!

— Il s'agirait d'un certain Lemaire. Victor Lemaire. Un type pas tout jeune, qui aime les armes et qui sait qu'il est recherché.

— Comment avez-vous appris cela?

— Je préfère le garder pour moi. J'ai dit la même chose à Aimé de Rochemaure. Donc je ne vous raconte pas des crasses.

— Je vous crois. Rien d'autre?

— Ce Lemaire fricote avec l'extrême droite.

— Allons bon, voilà autre chose. La maison Poulaga s'obstine à raconter qu'il s'agit d'un règlement de compte entre Algériens, une histoire interne aux mouvements d'indépendance, une querelle de factions ou de fric.

Carrega secoua la tête. Paolini reprit :

— Je vais être honnête avec vous : il faut que je recoupe ce que vous venez de me raconter. Auprès du banquier, mais aussi des flics et du voisinage. C'est une sacrée histoire et si elle se vérifie, même mes chefs enverront Papon se brosser! Il y a une dimension politique, une dimension humaine...

Le journaliste écrivait l'article dans sa tête, imaginant déjà la Une de *France-Soir*. Il était tout agité et sa lèvre supérieure frémissait. Carrega le ramena sur terre.

— Qu'est-ce que vous me filez en échange?

— Je n'ai pas grand-chose. Je connais un flic qui, d'habitude, s'épanche un peu, mais là il m'a envoyé paître. C'est ce qui m'a mis la puce à l'oreille.

— Vous pourriez me le faire rencontrer?

— Faut pas rêver. Il refuse de me parler et si je me pointe avec vous, ça sera pire encore. Il vaut mieux que vous tentiez seul. Vous devez avoir vos méthodes...

Antoine lui jeta un regard noir. Paolini détourna les yeux.

— Ce flic s'appelle Amédée Janvier et il est porté

sur la bouteille. Il doit y avoir moyen de le faire causer en s'y prenant bien.

— Vous ne savez rien de plus ?

— Je vous avais prévenu que j'étais à sec. C'est vous qui êtes venu me trouver. Mais ne sous-estimez pas le raffut que peut provoquer un article en Une. Ne serait-ce qu'en révélant qu'il y a eu cinq assassinats au lieu de deux. Une famille entière ! La PJ qui étouffe l'affaire ! Ça fera du tintouin.

— Si vous le dites.

— Je vous le garantis !

Paolini serrait la main d'Antoine avec l'enthousiasme d'un chien de chasse prêt à s'élancer derrière le gibier.

Carrega sortit du journal en se demandant où il avait mis les pieds. Lui qui chérissait la discrétion, il avait le sentiment que ce service rendu à Félix le poussait hors de ses retranchements. Il n'aimait pas ça. Vraiment pas.

Causer à un journaliste, c'était comme causer à un flic. Ça risquait de vous revenir à la figure.

13

Sirius Volkstrom, 15 octobre 1959

Il avait mis le temps, mais Le Pen avait fini par le rappeler. Avec une seule indication : Victor Lemaire rencontrait une connaissance ce soir à Saint-Germain-des-Prés.

Volkstrom se tenait donc sous un platane éloigné des lampadaires, sur la contre-allée du boulevard Saint-Germain. Il observait une terrasse de café avec l'air nonchalant du flâneur qui attend un rendez-vous galant : feutre bien enfoncé sur la tête, journal dans la main, cigarette au bec.

Il avait repéré le tueur assez vite, toujours aussi échevelé et l'air mal en point. Il était attablé avec deux individus et non un seul. Celui qui lui faisait face avait une allure assez quelconque, taille moyenne, cheveux courts, grand front. Il parlait beaucoup. L'autre était un gaillard massif aux larges mains et à l'air benêt. Il ne pipait mot. Lemaire écoutait son interlocuteur avec attention, et quand il ouvrait la bouche, c'était avec un air de conspirateur.

Il était 23 heures bien sonnées et le trio consultait

la pendule publique sur le boulevard à intervalles réguliers. À un moment, le grand simplet se leva et partit. Il revint cinq minutes plus tard au volant d'une Dauphine, qu'il gara juste devant la terrasse. Sans un mot il se rassit avec Lemaire et l'autre.

Tout cela ne faisait pas les affaires de Sirius. Il avait espéré que Lemaire boirait un coup et puis s'en irait de son côté. Il avait prévu de le suivre jusqu'où il demeurait et de lui régler son compte. Il ne savait pas encore comment ni où, mais il improviserait. Il avait un calibre glissé à la ceinture, un grand couteau militaire attaché au mollet, et son nerf de bœuf le long de la cuisse. Il était paré. Dans le doute, ne sachant comment sa cible rentrerait chez lui, il avait embauché un chauffeur de taxi qui l'attendait en ronflant dans son véhicule à quelques mètres. Sirius lui avait glissé suffisamment de billets pour qu'il ne pose pas de questions et se satisfasse de la situation, course ou pas course.

Tout d'un coup, Volkstrom remarqua un changement dans l'attitude des trois hommes. Ils avaient tourné leurs chaises vers le croisement du boulevard avec la rue de Rennes. Ils venaient de régler leurs consommations, mais ne bougeaient toujours pas.

Puis il vit le type à l'allure quelconque filer un coup de coude au grand et dire deux mots à Lemaire. Ils fixaient intensément la brasserie Lipp, située à une vingtaine de mètres. Plusieurs convives en sortaient.

D'un seul coup le trio se leva et fila vers la Dauphine. Benêt s'installa derrière le volant, lança le moteur et attendit. Lemaire monta sur la banquette arrière et l'autre sur le siège passager.

Sirius alla secouer son chauffeur de taxi et se glissa

dans l'habitacle. Il surveillait alternativement son trio et les groupes qui devisaient devant la brasserie Lipp. Finalement, parmi ces derniers, il ne resta plus que deux hommes bien mis qui conversaient sur le trottoir. Ils finirent par se serrer chaleureusement la main et l'un d'entre eux grimpa dans une 403, pendant que l'autre s'éloignait.

L'inconnu dans la 403 démarra et la Dauphine lui colla au train. Volkstrom ordonna à son chauffeur de faire de même.

Volkstrom n'entendait pas lâcher Lemaire, il voulait boucler au plus vite cette sinistre affaire.

Le conducteur de la 403 prenait son temps. Il sembla hésiter sur le chemin à suivre, avant de se diriger vers le Sénat, puis de tourner vers le boulevard Saint-Michel. La Dauphine était sur ses talons, et le chauffeur de Sirius suivait docilement. Dans les rues quasi désertes de Paris, cette petite caravane n'était pas des plus discrètes.

Soudain, la 403 accéléra, passa un feu à l'orange et tourna à droite dans la rue Auguste-Comte. La Dauphine grilla le feu rouge et le suivit, mais le taxi de Sirius s'arrêta.

— Couillon! Suis-les!
— C'est rouge, chef! J'veux pas risquer une amende.
— Putain, y a personne! Suis-les ou je me fâche!

Le taxi obtempéra, redémarra au rouge et tourna lui aussi à droite.

— Arrête-toi!
— Mais chef, vous m'avez demandé de les suivre...
— T'es miro ou quoi?

Le taxi pila en même temps que Sirius étendait la main vers le tableau de bord pour couper les phares.

Bien que l'éclairage public soit faiblard, Sirius distinguait la 403 arrêtée, grossièrement à cheval sur le trottoir. La Dauphine s'était immobilisée, à une dizaine de mètres de la voiture qu'elle suivait.

Volkstrom était penché en avant, essayant de comprendre ce qui se tramait au travers du pare-brise.

Brusquement, la portière de la 403 s'ouvrit et l'homme de la brasserie Lipp en surgit. Il sprinta vers les taillis du jardin de l'Observatoire et sauta par-dessus avec la maladresse empâtée d'un rond-de-cuir en costume.

Volkstrom vit alors Simplet et Quelconque sortir de la Dauphine et arroser la 403 à la mitraillette !

La rafale crépita dans la nuit.

Sirius se figea. Son cerveau peinait à déchiffrer ce qui se passait. Pourquoi ces olibrius canardaient-ils une automobile vide ? Ils avaient bien vu que son passager s'était carapaté.

Lemaire, le seul qui lui importait, était resté à l'intérieur de la Dauphine.

Sirius sentit alors son corps se mouvoir. Son chauffeur était en train de faire demi-tour sur les chapeaux de roues.

— Arrête-toi, connard ! Tu vas nous faire repérer !

— Ça va pas ? Je suis pas payé pour prendre des pruneaux !

Volkstrom comprit que l'homme, effrayé, ne lui obéirait plus. Il tira donc sur la poignée de la portière et se jeta dehors.

Le manège du taxi n'avait pas échappé aux autres. Quand Sirius se rétablit sur la chaussée après un roulé-boulé douloureux sur les pavés, il entendit distinctement une voix : « On se casse ! »

Volkstrom s'empara de son arme et mit un genou au sol.

Il vit le grand simplet se rasseoir au volant de la Dauphine et l'autre grimper sur le siège passager.

Sirius était à une trentaine de mètres, ses côtes lui faisaient mal, mais il leva néanmoins son arme pour viser le véhicule. Avec un peu de chance, il toucherait un pneu ou le moteur.

La portière arrière de la Dauphine s'ouvrit brusquement et Lemaire en sortit précipitamment, s'enfuyant dans la direction opposée. Le type était peut-être décharné, mais il était vif.

Sirius tira à l'instinct. Sa balle se perdit dans l'obscurité.

La Dauphine démarra en trombe.

Lemaire détalait comme un lapin. Il s'était éloigné des jardins et galopait le long des immeubles.

Sirius courait, mais il voyait bien que Lemaire était plus rapide.

Il décida de tenter le tout pour le tout.

Il s'arrêta, visa... et rabattit le chien de son arme avec le pouce. Ce n'était pas la peine, il avait neuf chances sur dix de rater sa cible.

Il fit demi-tour et repartit vers la 403 désormais trouée par une demi-douzaine de balles. Il l'examina, ouvrit le coffre. Que dalle. Ni sacoche ni papiers.

Il se dirigea vers les taillis où l'inconnu avait sauté.

Personne.

Il avait décampé à son tour, sans demander son reste.

Sirius n'y comprenait rien et il n'aimait pas ça. Qui étaient ces types qui avaient mitraillé un véhicule vide? Pourquoi Lemaire avait-il décidé de se faire la malle tout seul? Où était passé le sauteur de haies?

Volkstrom préféra ne pas traîner. Quelques lumières s'étaient allumées derrière des fenêtres et, tous trouillards qu'ils étaient, les riverains avaient dû appeler Police-Secours.

Il déguerpit en maudissant les chauffeurs de taxi, les mitrailleurs amateurs, les conducteurs de 403... et Lemaire, qui lui échappait une nouvelle fois.

14

Luc Blanchard, 16 octobre 1959

— Blanchard, Marchetti veut te voir. De suite !

Un collègue de Luc venait de passer sa tête par l'encadrement de la porte pour aboyer l'ordre du chef, avant de repartir illico.

Blanchard se tourna vers Amédée, qui haussa les épaules en signe d'ignorance.

Luc se leva, ajusta sa cravate devant un miroir imaginaire et se mit en branle. Le commissaire Bastien Marchetti était son supérieur : un homme d'intendance qui ne prenait jamais de risque, n'émettait jamais d'hypothèse audacieuse, et se contrefichait des dossiers bien ficelés. Ce qu'il voulait, c'était des résultats. Il était la parfaite courroie de transmission entre les grands chefs, Maurice Papon et son bras droit Jean-Paul Deogratias, et les inspecteurs de la Crim'.

Luc frappa à la porte du bureau. Derrière le verre dépoli, il apercevait plusieurs silhouettes.

— Entrez !

En pénétrant dans la pièce, il remarqua tout de suite la présence de Papon et de Deogratias. Le premier était assis avec Marchetti et le second se tenait debout, un peu en retrait. Il y avait également un sténographe, sur un coin de table avec sa machine à écrire portative, au côté d'un autre commissaire de la Crim', Georges Clot. Face à tout ce beau monde se tenaient deux individus, l'un avec une sacoche, des cheveux épais peignés en arrière et l'œil pétillant, l'autre, à sa droite, cheveux noirs et courts, vaste front et début de double menton, l'air un peu précieux. Quand Luc s'avança, ce dernier lui fit un sourire avenant. Blanchard le reconnut immédiatement.

François Mitterrand, sénateur, ancien député, ministre à tout faire de la IVe République : même Blanchard, qui ne s'intéressait guère à la politique, l'identifiait. Il devina également ce qu'il faisait ici. Ses collègues lui avaient dressé le topo ce matin : Mitterrand s'était fait tirer dessus en rentrant en voiture à son domicile la nuit précédente, sept balles dans la carrosserie. Il en avait réchappé de justesse en se dissimulant dans les fourrés des jardins du Luxembourg. L'affaire empestait le règlement de compte politique.

Blanchard rendit le sourire et fit un signe de tête à l'attention du reste des présents. En son for intérieur, il se sentait mal à l'aise. Pourvu qu'on ne lui refile pas cette enquête ! Il avait déjà assez à faire avec le bâton merdeux du quai de Montebello et le viol de Pauline Doré, en plus d'autres affaires en cours qui suivaient, heureusement, leur chemin vers la lumière. Il n'avait pas besoin d'un autre dossier sensible qui allait faire la Une des journaux dans les heures à venir, si ce n'était déjà le cas.

Marchetti dissipa tout de suite ses craintes.

— Inspecteur Blanchard, monsieur le sénateur

Mitterrand vient d'effectuer sa déposition sur l'attentat indigne dont il a été victime la nuit dernière. Le commissaire Clot est chargé de l'enquête, avec tous les moyens dont il aura besoin. Je vous ai appelé afin que vous raccompagniez le sénateur chez lui et que vous vous assuriez de la sécurité de son domicile. Nous allons effectuer des rondes de police régulières autour de son appartement. Mais il serait bon que vous vérifiiez les points faibles du dispositif chez lui. Nous avons besoin du regard d'un inspecteur diligent, et vous l'êtes !

Bastien Marchetti devisait pour la galerie. Tout le monde s'en rendait compte.

Georges Clot salua l'assemblée et s'en alla, le sténographe sur ses talons. Deogratias murmura quelque chose à l'oreille de Papon. Mitterrand et l'homme qui devait être son avocat se levèrent. Blanchard restait planté au milieu du bureau, ne sachant quoi faire. Puis Papon s'adressa à Mitterrand :

— Ne vous en faites pas, monsieur le sénateur. Clot est notre meilleur élément et Marchetti va veiller à ce que l'on avance vite. Quant à Blanchard, c'est un de nos policiers les plus prometteurs.

Deogratias hochait la tête à tout ce que disait son chef en regardant alternativement Blanchard et Mitterrand.

— Il va contrôler la sécurité de votre domicile et vous servira de relais avec nous. Je tiens à ce que Clot se consacre exclusivement à son enquête. Il est hors de question que nous laissions impuni un crime contre un élu de la République !

Papon aussi était en représentation. Si Mitterrand n'était pas dupe, il le dissimulait bien.

Finalement, tout le monde se serra la main sur des paroles de remerciements et d'encouragements. Marchetti indiqua à Blanchard où se trouvaient la voiture et le chauffeur mis à disposition de Mitterrand.

Luc entraîna l'homme politique et son avocat dans le dédale des couloirs de la PJ, marchant cinq pas devant eux. Parvenu dans la grande cour intérieure, Mitterrand salua son acolyte.

— Merci, Roland. Il n'y a pas de souci à se faire. Je peux te déposer quelque part ?

— Pas la peine, je vais rentrer à pied. Puis je passerai quelques coups de fil au ministère pour m'assurer qu'ils n'enterrent pas l'affaire.

— J'ai confiance en Michelet, mais Debré est prêt à tout pour me couler !

— Courage, François ! On va coincer ces crapules !

Blanchard attendait docilement à côté du véhicule banalisé que la conversation prenne fin. Puis Mitterrand se dirigea vers lui.

— En route, mon jeune ami.

La voiture démarra et Mitterrand indiqua son adresse au chauffeur, rue Guynemer, comme il l'aurait fait dans un taxi.

Blanchard l'examina du coin de l'œil. Le politicien avait l'air détendu et ne montrait aucun signe de la tension ou de la fatigue d'une nuit blanche et tumultueuse.

Mitterrand se pencha vers lui.

— D'où venez-vous, inspecteur Blanchard ?

— De Chalon-sur-Saône, monsieur le sénateur. J'y suis né et j'y ai grandi jusqu'à l'âge de quinze ans.

— Ah, mais c'est juste à côté de chez moi ! Je représente la Nièvre, vous savez. Je n'y suis pas né, hein, je viens de Charente. Mais j'aime bien la Nièvre. Les gens y sont aimables. Cela fait longtemps que vous êtes inspecteur à la Brigade criminelle ?

— Bientôt deux ans.

— Ah, vous êtes un jeunot !

Blanchard baissa les yeux vers son chapeau qu'il avait posé sur ses cuisses.

— Je ne pensais pas à mal, inspecteur. Au contraire, j'aime bien les jeunes. Vous savez, j'ai été élu député et je suis devenu ministre à trente ans ! Il faut démarrer tôt et avoir de l'ambition dans la vie. Vous êtes sur le bon chemin !

Mitterrand parlait d'une voix onctueuse. Il avait le timbre d'un homme qui sait ce qu'il veut dire et très conscient de la personne à qui il s'adresse.

— Mais dites-moi, qu'est-ce que vous pensez de Papon ?

Blanchard ne savait quoi répondre.

— Je ne vous demande pas de cafter. J'essaie juste de me faire une idée de l'efficacité de la police parisienne sous ses ordres. Tout ce que vous me direz restera entre nous, je vous le garantis.

— Comme je vous l'ai dit, cela ne fait pas longtemps que je suis à la police criminelle. Et puis la période n'est pas facile, avec les troubles algériens et la nouvelle République…

Blanchard marchait sur des œufs. Il essayait de se faire une place à la Crim' et il n'avait jamais réfléchi au contexte plus général de sa fonction ou de la conduite de ses chefs. De surcroît, il le savait, le sénateur de la Nièvre était dans l'opposition au gouvernement.

Mitterrand fit comme s'il n'avait rien entendu.

— Papon est un fonctionnaire serviable. Serviable

et efficace. Il m'avait reçu en Algérie lorsque j'étais garde des Sceaux et qu'il était Préfet à Constantine. Il tenait bien sa région, c'est ce que tout le monde disait à l'époque. C'est un homme du Général, bien entendu, mais j'ai du respect pour lui. Vous savez qu'il a appelé ma femme, Danielle, pour la prévenir de l'attentat contre moi la nuit dernière? C'est un geste élégant.

En confiance, Blanchard osa une question :

— Avez-vous une idée de qui a pu vous tirer dessus la nuit dernière? C'est quand même audacieux de s'attaquer à la mitraillette à un élu en plein Paris.

— Beaucoup de gens m'en veulent, vous savez. On n'aime pas mes positions politiques. Que ce soit contre de Gaulle ou contre ce qui se passe en Algérie. Il y a des gens qui ne font pas la part des choses entre l'expression publique et la conduite des affaires du pays. Juste entre nous, je n'ai pas des idées aussi dangereuses qu'on le dit !

Mitterrand gloussa. Blanchard ne comprenait pas trop ce qu'il lui racontait.

— Dans la vie, mon jeune ami, il faut choisir ses combats, et se méfier des embrigadements. On ne sait jamais ce que demain nous réserve. Bien, nous arrivons chez moi.

Le chauffeur se rangea le long du trottoir.

Blanchard descendit en se disant qu'il n'avait pas obtenu de réponse à sa question.

Il fit un tour rapide de l'appartement de François Mitterrand, qui était vide à cette heure-là. Il examina également les issues de service, les escaliers, les verrous. Il prit des notes et discuta avec les deux policiers affectés à la ronde supplémentaire.

Avant de partir, il revint saluer Mitterrand à qui il laissa sa carte de visite. Le sénateur le remercia et lui promit de l'appeler prochainement. Il voulait en apprendre davantage sur les méthodes policières, « maintenant que je suis au cœur d'une enquête criminelle », sourit-il.

Blanchard repartit à pied avec le curieux sentiment d'avoir été séduit par un homme public.

15

Antoine Carrega, 17 octobre 1959

Francis Paolini n'avait toujours rien écrit. Pas une seule ligne n'était parue dans *France-Soir*. Il semblait, ces jours-ci, que toute l'encre des quotidiens servait à imprimer des flopées d'articles sur ce sénateur, Mitterrand, qui avait manqué de se faire dessouder en plein Quartier latin. Carrega se demandait comment on pouvait rater un type qui sortait de sa voiture et courait se planquer dans un buisson en bordure des jardins du Luxembourg. Ce n'était quand même pas la forêt de Fontainebleau...

Il avait pris soin de relater à Félix son rendez-vous avec Paolini. Autant qu'il put en juger au téléphone, son ancien chef de réseau lui avait semblé atone. Il avait répondu par des «oui» et des «non» sans aucun commentaire. Cela faisait bientôt un mois que sa fille avait été assassinée : le vieil homme devait se débattre avec les démons de la disparition, sans la maigre satisfaction d'une enquête qui progressait, ni la reconnaissance publique de sa douleur, puisque le crime demeurait toujours secret. Carrega se sentait curieusement coupable de cet état de fait. Il se sentait redevable à son égard depuis qu'il avait accepté sa mission.

Carrega ne s'était jamais considéré comme un sentimental sur le plan des affaires. Il avait compris depuis longtemps qu'il s'était spécialisé dans le convoyage de marchandises justement pour ne pas approcher l'affect de trop près. Une cargaison était un objet inanimé avec lequel il n'y avait pas d'interaction. Avec les êtres humains, c'était différent.

Antoine sortit de sa rêverie en voyant Margot fermer boutique pour la pause déjeuner. Il traversa la place des Abbesses pour la rejoindre avant qu'elle ne s'engouffre dans la porte de leur immeuble. Il la saisit par la taille pour l'embrasser. Elle eut un mouvement de surprise, puis se laissa faire.

— Je t'emmène déjeuner !

— D'accord, mais rapidement. Je dois rouvrir la boutique dans une heure.

Ils s'assirent dans un troquet de la rue des Trois-Frères et commandèrent tous deux la formule du jour.

La conversation roula sur leur vie parisienne : le temps qu'il faisait, l'aménagement de leur appartement, les finances de la boutique, les nouveaux commerces du quartier. Au dessert, Margot suggéra qu'ils partent une semaine tous les deux pour des vacances en Normandie. Ils n'avaient jamais pris de congés ensemble au-delà d'un ou deux week-ends en amoureux. Antoine balaya la proposition un peu sèchement, arguant de son « boulot » sur Paris. Margot se renfrogna. Antoine lui suggéra alors d'aller le soir même au spectacle. Margot répliqua qu'elle était fatiguée. Antoine serra le poing et vida son verre. Le silence s'installa entre eux.

Après quelques minutes, Antoine le brisa :

— Je ne voulais pas refuser aussi brusquement. Je m'excuse. On ira en Normandie quand tu veux. C'est juste qu'en ce moment, je m'occupe d'une affaire pour un ami à Paris.

Margot haussa les épaules et regarda par la fenêtre. Quand les cafés arrivèrent, elle se tourna posément vers Antoine :

— Tu es disponible quand ça t'arrange. Tu es à Paris, tu pars de Paris, tu rentres à Paris quand cela te chante. Pareil le soir : tu es là, tu n'es pas là, tu vis ta vie. Eh bien, moi aussi je vis la mienne, et ce soir je souhaite me reposer.

Antoine resta coi. Elle continua :

— Je ne t'ai jamais rien reproché. J'ai toujours accepté notre relation ainsi. Je n'étais pas de l'étoffe dont on fait les bonnes épouses, tu le sais... Mais désormais, j'ai envie d'autre chose.

Elle temporisa un moment puis asséna ce qui lui trottait dans la tête, depuis longtemps, peut-être :

— J'aimerais que tu trouves un vrai travail, Antoine.

Il faillit s'esclaffer tellement cette demande lui semblait incongrue. Il avait un vrai travail. Il gagnait de l'argent, pas mal même. Mais lui suggérer d'avoir un boulot de 8 heures à 17 heures, avec un salaire fixe et des chefs, lui semblait contraire à tout ce qu'il était.

Ne sachant comment réagir, désireux d'éviter la moquerie pour ne pas aggraver la situation, il posa plusieurs billets sur la table, l'embrassa sur le front et lui dit : « À ce soir. Ou demain matin. »

Il décida d'aller faire la sieste dans son hôtel au bas de la rue des Martyrs. Celui dont il payait la chambre au mois sans jamais l'occuper, ou presque.

L'idée avait germé pendant qu'il contemplait le plafond, allongé sur son lit. Quelques coups de téléphone et un peu de chance avaient suffi.

Il avait appelé Lionel Adan. L'acteur se morfondait entre deux essayages de costume pour son prochain film et avait dit oui tout de suite. Il avait joint l'inspecteur de la Criminelle qui n'avait pas fait de difficulté. Il était passé chercher Adan, et maintenant ils pénétraient tous les deux dans une brasserie chic de Montparnasse. Ils se mêlèrent à la foule du soir, mélange de couples bourgeois qui s'apprêtaient à sortir au cabaret et d'hommes d'affaires peu pressés de rentrer chez eux. Quelques poules de luxe sirotaient des cocktails américains en se croyant à Chicago.

Antoine avait fait un effort de tenue, il portait un costume croisé à fines rayures qui, même à ses yeux, tirait vers la caricature du look de gangster. Adan, lui, était habillé avec un veston de sport et une fine cravate.

Carrega s'était dit qu'il y avait un risque à impliquer le jeune premier dans cette histoire. Mais il avait conclu que l'acteur était tellement désireux de s'encanailler qu'il saurait tenir sa langue. Il connaissait les codes du Milieu : la place accordée pouvait être reprise à n'importe quel instant. Avec dommages et intérêts.

Antoine l'avait affranchi succinctement. Ils allaient rencontrer un inspecteur de la Brigade criminelle pour lui soutirer des informations sur une enquête en cours. Adan devait servir d'appât au prétexte d'un prochain film dans lequel il jouerait un inspecteur. Carrega, lui, était producteur et scénariste du long-métrage, et c'est lui qui poserait les questions.

Le comédien s'était moqué de lui en lui disant qu'aucun producteur n'avait jamais eu la moindre idée digne d'intérêt et qu'aucun scénariste n'aurait investi d'argent dans ses histoires ! Cependant, ils en avaient convenu, c'était un détail que le policier ne relèverait sans doute pas, à moins que, par malchance, il soit lecteur des *Cahiers du cinéma*.

Amédée Janvier ne l'était pas. Par contre, il était tout émoustillé en arrivant dans la brasserie, comme si la perspective de rencontrer une jeune vedette du cinéma français l'avait incité à lever le coude au préalable. Il se dirigea tout droit vers la table située dans un recoin qu'occupaient Carrega et Adan, l'air proprement ravi d'avoir été ainsi sollicité.

— Messieurs, messieurs, désolé pour mon retard. J'étais retenu par une affaire pressante au quai des Orfèvres !

— Je vous en prie. C'est nous qui vous remercions d'avoir répondu à notre invitation.

Adan avait spontanément pris les commandes de la conversation, arborant un sourire immense et carnassier. Il était fascinant à observer : il assumait d'emblée une position de supériorité nonchalante sur l'autre, qui ne pouvait que se soumettre à la vénération d'une image descendue du grand écran.

Carrega espérait que le comédien savait ce qu'il faisait.

— Comme mon ami vous l'a dit au téléphone, je m'apprête à signer pour un film qu'il va écrire et produire. J'y jouerai le rôle d'un inspecteur de la police judiciaire. Comme je n'aime pas m'engager à la légère, et que je ne voudrais surtout pas causer du tort à l'institution policière en commettant des erreurs, nous

nous sommes dit qu'il me serait profitable d'obtenir les conseils d'un vétéran de votre tempérament.

Les mots sortaient de la bouche d'Adan comme autant de caresses. Il attrapa au passage un serveur en livrée et lui commanda une bouteille de son meilleur champagne.

Amédée s'était assis sur la banquette en face d'eux. Il semblait aux anges.

— Vous vous êtes adressés à la bonne personne ! Je vais tâcher de vous aider de mon mieux. Mais qui vous a parlé de moi ?

Carrega avait anticipé la question :

— Un ami critique de cinéma à *France-Soir* m'a conseillé de vous appeler. Il a beaucoup entendu parler de vous en discutant avec ses collègues des pages faits divers.

Carrega s'était dit qu'avec ce demi-mensonge enrobé de flatterie, il n'éveillerait pas la suspicion de Janvier, tout en couvrant Paolini.

— Bien sûr, *France-Soir* ! C'est une longue histoire entre eux et moi... Messieurs, que voulez-vous savoir ?

Janvier prononça ces paroles en ouvrant grands ses bras, comme s'il offrait son corps en sacrifice à l'Art.

Adan rebondit du tac au tac :

— Racontez-nous quelques-unes de vos enquêtes récentes. C'est la meilleure manière de procéder pour bien saisir vos méthodes. Que je puisse appréhender votre métier dans ce qu'il a de plus ordinaire mais aussi de plus exaltant.

À cet instant-là, Adan aurait pu demander à Janvier de se déshabiller au milieu de la brasserie, il se serait exécuté.

Le champagne arriva, les coupes furent remplies

et Janvier parla, parla, parla, à peine aiguillonné par l'acteur et le producteur factice. Les histoires défilèrent, racontées par un flic ravi de cabotiner. Adan lui portait un intérêt sincère, peut-être apprenait-il vraiment des choses pour ses rôles à venir, et Carrega s'amusait de cette lucarne ouverte sur l'envers de son métier de truand.

Il fallut néanmoins attendre plusieurs tournées avant d'arriver où Carrega désirait aller. Vers la fin de la troisième bouteille, Antoine reprit le contrôle de la discussion. Il sentait le policier suffisamment éméché et en confiance pour livrer des détails.

— Nous aimerions ancrer notre film dans la réalité contemporaine, notamment le travail de la police confrontée aux attentats sur le territoire de la part des mouvements d'indépendance algériens. J'ai lu récemment une histoire dans le journal à propos de deux frères assassinés suite à un règlement de compte du FLN...

— Les frères Bentoui! Vous tombez bien, je suis justement en charge de cette enquête.

— Pouvez-vous m'en dire plus? Avez-vous des pistes?

— Ah vous êtes bien un scribouillard! Le travail de police est rarement simple, et encore moins linéaire, mes jeunes amis! On ne déniche pas les criminels aussi facilement que dans les romans de gare. Il faut de la patience, et du doigté.

Contrairement aux autres histoires qu'il avait narrées jusqu'ici et qui appartenaient au passé, Janvier noyait le poisson.

— Honnêtement, inspecteur, vous ne me ferez pas croire que vous n'avez pas des soupçons?

— Ha, ha ! Bien sûr que nous avons une piste ! Il ne faut pas imaginer que nous racontons tout à la presse.

Lionel Adan, qui avait étonnamment bien retenu ce que lui avait confié Carrega quelques heures auparavant, porta l'estocade :

— Quand même, cela fait presque un mois que cet assassinat a été commis, et vous n'avez arrêté personne !

Le vieil inspecteur ébouriffé se rapprocha de la table avec un air de conspirateur. Les yeux pétillants et les joues passablement rosies, il ne semblait pas trouver suspecte la curiosité de ces deux saltimbanques pour le meurtre de deux Algériens inconnus.

— Cela doit rester entre nous. Je vais vous révéler un indice connu seulement de nos services. Nous avons identifié l'assassin !

Carrega se redressa sur son siège.

Adan, plus grand seigneur que jamais, planta ses yeux bleus dans ceux de Janvier.

— Nous sommes du même monde, inspecteur ! Vous êtes la réalité, le crime sanglant. Nous sommes sa représentation, sa sublimation aux yeux du monde. Vous êtes le tranchant, nous sommes la lame !

Adan déclamait quelque chose d'à peine compréhensible qu'il avait dû lire ailleurs. Mais Janvier gobait l'hameçon, et la ligne avec.

— Ah, mes amis, nous sommes faits pour nous entendre !

Janvier allait verser une larme d'ivrogne. Il se reprit en vidant sa coupe. Il mourait d'envie de briller de mille feux face à ces gens de cinéma.

— Il n'y a pas eu deux assassinats, mes amis, il y en a eu cinq ! C'est une famille entière qui a été décimée.

Adan eut une grimace sincère. Carrega se composa un mauvais masque de dégoût. Janvier continua :

— C'est un crime atroce. Mais grâce à notre police technique, qui est l'une des plus compétentes au monde, nous avons pu relever des empreintes digitales. Et nos fichiers nous ont livré le nom du criminel.

— Le criminel, vous êtes sûr ?

— Vous connaissez bien mon métier désormais, messieurs : vous êtes circonspects ! Disons pour être précis, que nous avons un suspect très… très… suspect.

— C'est donc un Algérien du FLN ?

— Pas du tout ! En tout cas, il ne semble pas… Le suspect a un nom bien de chez nous… Enfin pas du tout… mais pas arabe non plus…

Janvier clignait des yeux. Les bulles lui embrumaient le cerveau.

Carrega tenta le tout pour le tout. Il fallait lui faire cracher des informations sur Lemaire !

— Je serais curieux de le connaître, des fois les noms arabes ressemblent à des noms français…

— Sirius Volkstrom ! Vous en connaissez beaucoup des Bougnoules avec un blaze pareil, vous ?

Adan ricana. Janvier l'imita. Carrega resta interdit.

Il venait de récolter un nouveau nom. Il ne s'y attendait pas. Il avait espéré apprendre des détails sur le crime et, au mieux, obtenir un moyen de remonter jusqu'à Lemaire. Voilà qu'il se retrouvait avec un suspect dont il n'avait jamais entendu parler, alors qu'il s'était convaincu que la piste de Lemaire, aussi froide soit-elle, était la bonne.

Adan avait profité de son silence pour relancer Janvier :

— Vous ne l'avez pas logé, ce Volkstrom ?

— Pas encore. Il figure bien dans nos fichiers, mais il nous manque des éléments sur lui. C'est étrange d'ailleurs. Mais n'allez pas croire que nous sommes dans une impasse ! Il faut juste un peu de patience, comme je vous le disais…

Janvier, qui s'était mis à rechercher maladivement le serveur pour lui commander une autre bouteille, décida de se lever.

— Excusez-moi les amis, il faut que je file au petit coin. Je commande une autre boutanche au passage.

Carrega demeurait silencieux. Adan le regardait en souriant, satisfait de lui-même.

Carrega posa son bras sur l'épaule de son compagnon.

— Merci, Lionel. Ce n'est pas tout à fait ce que j'attendais, mais ça m'est utile. Finissons-en avec ce sac à vin et mettons les bouts. Je ne pense pas qu'il nous en dira davantage.

Janvier revint et siffla presque tout seul la dernière bouteille de champagne en évoquant ses vieilles enquêtes de manière de plus en plus décousue. Carrega et Adan finirent par le convaincre d'aller prendre un dernier verre dans un autre bar. Ils hélèrent un taxi et le propulsèrent dedans en claquant la porte.

Après avoir remercié Adan une dernière fois, lui assurant qu'il lui était redevable, Antoine Carrega rentra chez lui, la tête farcie de questions.

Le sommeil allait être long à trouver.

16

Sirius Volkstrom, 20 octobre 1959

Avant même de glisser la clé dans la serrure de son domicile, Sirius devina qu'on s'était introduit chez lui durant son absence. Le paillasson était déplacé et, en se penchant sur la serrure, il remarqua des éraflures récentes.

Il tourna la poignée et poussa doucement. La porte n'était plus verrouillée.

Il saisit son revolver et avança lentement dans l'appartement. Il sentit l'odeur âcre d'un cigarillo.

Il aperçut deux pieds qui reposaient sur une chaise, et un corps affalé sur le canapé. Visiblement, l'intrus prenait ses aises.

Sirius se carra dans l'encoignure de la porte du salon, gardant le canon pointé vers l'homme qui était vautré dans son sofa, un cendrier posé en équilibre sur l'accoudoir.

L'indésirable avait rabattu son chapeau sur son visage, comme s'il faisait la sieste. Cela n'empêcha pas Volkstrom de le reconnaître immédiatement.

Il s'assura d'un coup d'œil circulaire que personne

d'autre ne l'accompagnait et, voyant les portes closes, fit le pari que Jean-Paul Deogratias avait pénétré seul dans son appartement.

Sirius désarma le chien de son revolver, malgré l'envie qui le démangeait de s'en servir.

Le cliquetis fit bouger Deogratias, qui releva son feutre et tenta de se redresser avec les gestes pataude d'un phoque sur la terre ferme.

— Depuis quand sais-tu crocheter des serrures ?

— Je me suis fait assister par un vieux copain dont c'est le gagne-pain.

— Je n'aime pas trop qu'on rentre chez moi sans invitation.

— Comme tout le monde, *mein Freund*, comme tout le monde... Mais c'est un cas de force majeure. Il faut que je te cause. À la guerre comme à la guerre, comme on disait autrefois quand on était copains avec les Boches !

Le rire de Deogratias secouait son embonpoint.

Sirius ne sourit même pas. Il agrippa une chaise pour s'asseoir en face du canapé.

— Que se passe-t-il ?

— Il y a eu des développements...

Volkstrom détestait quand Deogratias jouait les anguilles. L'homme était retors. Il le savait depuis longtemps et s'en était toujours accommodé parce qu'il y trouvait son intérêt. Désormais, il n'était plus aussi convaincu que le jeu en valait la chandelle. Deogratias avait des intérêts supérieurs. Il appartenait aux rouages de l'État, et un type comme Volkstrom s'apparentait à un grain de sable. S'il ne justifiait pas son utilité, il menaçait le bon fonctionnement de la machine.

Les routes de Deogratias et de Volkstrom s'étaient croisées du côté de Nîmes, à l'automne 1940. Le premier était un obscur gratte-papier à la Préfecture du Gard, sous les ordres d'un des plus zélés auxiliaires de Vichy, le Préfet Angelo Chiappe. Il ne lui avait fallu que quelques mois pour se rendre indispensable à l'émissaire du gouvernement pétainiste. Il était vite devenu son bras droit chargé du renseignement, des rafles, des déportations... Un zèle qu'il mettrait ensuite au service d'autres agents de l'État français puis de la République, passant, comme de nombreux autres, au travers du tamis de l'épuration.

Sirius Volkstrom, lui, était une petite frappe qui avait atterri à Nîmes par hasard. Il y avait d'abord eu l'attrait d'être au soleil et en zone libre, ce qui autorisait des trafics avec la France occupée. Puis, quand les nazis s'étaient installés dans tout l'Hexagone, ses origines germaniques et sa maîtrise de la langue de l'occupant étaient devenues des atouts. Il avait formé un tandem efficace avec Deogratias : l'un possédait une couverture officielle, l'autre l'audace de ceux qui n'ont rien. Ils avaient fait fructifier leur complémentarité en espèces sonnantes et trébuchantes. Rares furent ceux qui, quand ils eurent la chance de revenir chez eux après avoir été envoyés en Allemagne ou en prison, qu'ils fussent juifs, résistants ou corvéables du STO, retrouvèrent leurs biens.

En 1944, quand il devint évident qu'ils avaient choisi le camp des futurs vaincus, les deux compères s'évanouirent dans la nature. Séparément, chacun à sa manière. Telle une puce changeant d'animal, Deogratias avait déniché des protecteurs plus puissants dans l'administration d'État. Sirius, lui, s'était planqué jusqu'au débarquement en Provence puis, dans la confusion générale des forces alliées remontant vers le nord, avait usurpé l'identité d'un soldat mort de la Première Division blindée. De collabo, il devint libérateur en l'espace de quelques semaines. La vie militaire pendant quelques mois, jusqu'à la libération des Ardennes, sa terre natale, ne lui parut pas un prix trop lourd à payer pour échapper aux tribunaux d'après-guerre.

Il y avait des invariants dans la vie. Deogratias trouvait toujours refuge dans l'appareil bureaucratique tandis que lui, Sirius, demeurait irréductiblement en marge. Plus leurs chemins divergeaient, plus il se trouvait en danger.

L'intrusion de Deogratias chez lui était un signe manifeste.

— Écoute, Jean-Paul, j'ai accepté le boulot que tu m'as confié. Une tâche qui s'apparentait davantage à un service qu'à une mission officielle. Je ne saisis toujours pas pourquoi ça a merdé… Je te soupçonne de ne pas m'avoir tout raconté. Je suis prêt à m'asseoir sur le fric que tu me dois, mais je préférerais qu'on solde nos comptes.

Volkstrom avait parlé posément, mais avec une fermeté dans la voix qu'il soupçonnait Deogratias de ne pas avoir oubliée. Tout bras droit du Préfet de police de Paris qu'il était, il devait se remémorer à qui il avait affaire. Un type qui avait fait de sa survie un brevet d'existence. Un type qui savait qu'un bon coup de poignard se donne du bas vers le haut.

Deogratias dut sentir la menace planer dans l'atmosphère. Il se redressa sur le canapé, lissa sa moustache, et montra les dents à son tour.

— C'est trop tard pour filer à l'anglaise ! On a retrouvé tes empreintes sur une porte chez les Bicots !

Volkstrom s'affaissa légèrement sur sa chaise. Depuis cette saloperie de soirée, il avait repensé cent fois à l'oubli momentané de son gant, se demandant s'il allait devoir en payer le prix. Il avait désormais sa réponse.

Deogratias ne put s'empêcher d'en rajouter.

— Putain, Sirius ! T'as qu'une seule pogne et il a fallu que tu la laisses traîner !

Le manchot encaissa la pique. Il se moquait des vannes sur son bras.

Son esprit se mit à tourner en surmultiplié. Devait-il s'enfuir – une nouvelle fois – et se mettre au vert ? Y avait-il une excuse crédible à inventer et à soumettre aux flics pour justifier la présence de ses empreintes digitales sur la poignée de porte ? Fallait-il qu'il s'abaisse à demander à Deogratias d'intervenir ?

Il était en train de soupeser les différentes solutions aussi vite que ses neurones le lui permettaient, quand Deogratias intervint, avec un ton de voix redevenu aimable.

— Rassure-toi, *mein Freund*, ton dossier chez nous est vide.

Sirius le regarda droit dans les yeux. Il refusait de formuler la question qu'il avait sur la langue.

Deogratias avait repris l'avantage.

— Tu ne crois tout de même pas que j'allais laisser traîner les états de service d'un vieil ami dans les archives de la Préfecture ? Surtout un ami qui me rend des services, comme tu dis. Sirius sentit la banderille se planter dans ses flancs.

La disparition temporaire de son casier judiciaire

ne signifiait nullement son effacement. Bien au contraire. C'était juste une nouvelle épée de Damoclès entre les mains de Deogratias, qui semblait désormais très détendu. Il saisit un cigarillo dans sa poche et en proposa un à Sirius qui refusa. Il sortit son briquet en or.

— Dis camarade, tu ne nous servirais pas quelque chose à boire pour célébrer la poursuite de notre collaboration ?

Volkstrom eut la brusque tentation d'en finir tout de suite. Abattre Deogratias sur son canapé d'un coup de revolver et prendre la tangente. Très vite, très loin. Il pouvait encore sauver sa peau.

Mais, dans ce cas-là, il ne parviendrait pas à sortir Hector Danguin de prison. Il choisit donc de dévoiler la carte qu'il avait camouflée jusqu'ici, précisément pour ce genre d'occasion : la chemise cartonnée qu'il avait récupérée chez les frères Bentoui et qu'il avait expédiée en poste restante dans un bled de Normandie.

Pendant qu'il cogitait, il s'était levé pour prendre deux verres qu'il disposa sur le guéridon, puis une bouteille de whisky. Il arracha le bouchon avec les dents et servit deux solides rasades.

— Désolé, je n'ai pas de glace.

Il n'allait pas, en plus, se déplacer jusqu'au frigo pour offrir des glaçons à une telle ordure.

Deogratias leva son verre pour trinquer.

— Allez, pas de mauvaises ondes entre nous ! Notre amitié remonte à trop loin ! Je te le garantis : ton casier n'atterrira jamais entre les mains de mes enquêteurs. De plus, j'ai autre chose à te proposer en attendant de remettre le grappin sur Lemaire. Mais tu ne m'as pas dit si la piste que je t'avais refilée auprès des gugusses d'extrême droite a porté ses fruits?

— Non, ça n'a pas abouti. Je suis remonté jusqu'à un mec qui m'a dit où le trouver, mais son tuyau était percé. Lemaire est une vipère. Même ses accointances ne savent pas où le loger.

Sirius savait d'instinct qu'il valait mieux garder pour lui la filature de Lemaire jusqu'aux jardins du Luxembourg et la scène étrange qui s'était ensuivie, et qui faisait la Une des journaux depuis quatre jours, quoique dans une version différente de celle dont il avait été le témoin.

Deogratias tapotait nerveusement sur son cigarillo pour faire tomber les cendres, l'air sincèrement préoccupé.

— Écoute, c'est emmerdant, mais on ne va pas se faire des nœuds au cerveau. Tu continues à chercher Lemaire, et si j'ai du nouveau du côté de mes inspecteurs, je t'en fais part. Ce con va bien finir par resurgir. Tant qu'il ne dégoise pas, nous sommes peinards.

Il avala une gorgée de whisky.

— Concernant nos affaires, rien n'a changé. La libération de ton ami Danguin suit son cours, et l'argent qui te revient va arriver. En attendant, je te propose un boulot temporaire, qui te sera payé. Ça te changera, c'est presque officiel!

Deogratias rit de nouveau grassement.

— L'UNR, le parti de De Gaulle, a besoin de gros bras pour protéger le Général et les huiles du parti contre les cocos, mais aussi pour calmer tous ceux qui râlent de manière un peu trop véhémente. Il s'agit de casser quelques crânes et puis de fouiner du côté des

Bougnoules afin qu'ils ne mettent pas trop le bordel, si tu vois ce que je veux dire.

— J'en ai rien à carrer des gaullistes...

Volkstrom ne tenait pas à participer à une nouvelle combine orchestrée par Deogratias. Il avait son compte.

— Je me doutais de ta réponse, mon ami, mais ce turbin s'accompagne d'une jolie carte tricolore ! Presque identique aux nôtres dans la police. C'est une magouille, mais elle ne me concerne pas. Pour l'heure, cette activité auprès de l'UNR est limitée, mais elle va sûrement prendre de l'ampleur et être reconnue officiellement, d'après ce que l'on m'a dit.

— Et à toi, cela t'apporte quoi ?

— À moi directement, rien. Mais je rends service à mes chefs et à des gens bien placés. Comme nous sommes débordés à la Préfecture, un coup de main en loucedé n'est pas à négliger.

Si Deogratias disait vrai, et s'il n'y avait pas d'entourloupe à la clef, ce piston pouvait s'avérer profitable. Volkstrom savait depuis longtemps que la meilleure protection était celle fournie par le pouvoir et ceux qui l'occupent. Quand un ouvrier piquait dans la caisse c'était du vol, quand un ministre faisait la même chose, c'était juste un malentendu.

— D'accord, je marche dans la combine.

— Si ça fonctionne, je crois même que ça pourra nous aider à enterrer ton histoire d'empreintes digitales. C'est encore trop tôt pour t'en parler, mais j'ai ma petite idée, une bonne idée...

Deogratias finit son verre et enfila son imperméable. L'homme de Papon était devant la porte avec un grand sourire, l'air de dire : « Tu vois, il n'y a rien de grave, tout s'arrange entre nous ! »

Volkstrom le laissa sortir.

Au moment où Deogratias tendit la main vers Sirius, celui-ci le regarda droit dans les yeux sans ciller :

— Juste pour que tu le saches, Jean-Paul, j'ai récupéré des documents dans l'appartement de la famille Bentoui. Ils étaient aux pieds du jeune frère. Je les ai emportés avec moi et je les ai planqués. Pas ici, bien sûr, ni dans aucun autre endroit que tu connais. J'ai donné des consignes à plusieurs personnes au cas où je disparaîtrais subitement.

Deogratias garda la main suspendue dans le vide et la bouche ouverte, grimaçante.

— C'est mon assurance-vie, et la garantie que tu respecteras tes engagements comme je respecte les miens. C'est notre vœu de fidélité à nous, ou de silence, comme tu préfères ! Sur ce, à la revoyure ! Tu sais où me trouver. Je continue à chercher Lemaire et j'attends tes gaullistes.

Sans lui serrer la main, Sirius Volkstrom lui claqua la porte au nez et, d'un pas tranquille, s'en alla terminer son verre de whisky. Cul sec.

Chacun son tour. Il venait, lui aussi, d'allumer un bâton de dynamite à mèche lente.

17

Luc Blanchard, 22 octobre 1959

Il était tout juste 8 heures du matin, Luc arrivait de sa salle de boxe, et il était en pleine forme. Ce qui n'était pas le cas de ses collègues déjà présents.

Il régnait à la Crim' une agitation inhabituelle. Le temps de traverser les locaux pour rallier son bureau, il entendit prononcer plusieurs fois l'expression : « Ça va chier en haut lieu ! » En tant que benjamin des inspecteurs, il avait l'habitude que personne ne réponde à ses salutations lorsqu'il embauchait. Il fut donc déstabilisé quand il eut droit à plusieurs hochements de têtes et quelques regards appuyés. Blanchard chercha Amédée Janvier des yeux afin d'éclaircir la situation. Le Gros était bien présent dans les locaux – la veste sur le dossier de sa chaise en témoignait – mais il devait se trouver ailleurs pour l'instant.

Luc comprit les raisons de l'agitation en parvenant à son coin de table, sur lequel une bonne âme avait déposé un exemplaire de *France-Soir*. Sur plusieurs colonnes à la Une, un titre attira immédiatement son attention : « Assassinats du quai de Montebello : une famille décimée. La police a caché le crime.» Blanchard s'empressa de parcourir les premières lignes de l'article, qui l'informaient de ce qu'il savait déjà, mais qui aurait dû rester confidentiel. Pour la première fois, et l'auteur prenait bien soin de vanter ce «scoop», le meurtre de la famille Bentoui au complet était rendu public, y compris l'identité de la mère des enfants, dont le père, «un ancien banquier des cercles gaullistes», livrait son témoignage de douleur et son mécontentement à l'égard «des lenteurs de la police et de son goût exagéré pour la dissimulation». Il était également fait mention d'un suspect que la PJ traquait. Le journaliste écrivait : «Il s'agit d'un certain V. L. (nous ne divulguons que ses initiales, à la demande des enquêteurs), un homme ayant la cinquantaine, spécialiste des armes à feu, selon une source bien informée.» En découvrant ce détail, la première réaction de Blanchard fut de se dire que le scribouillard, un certain Francis Paolini, s'était planté, ce qui serait bien commode pour le discréditer. Puis, aussitôt, une seconde pensée germa dans sa tête : et si le pisse-copie avait été tuyauté et en savait plus que lui ? Et qui étaient ces fameux enquêteurs qui avaient demandé la rétention du nom complet du suspect ? Quel était ce patronyme dont les initiales ne correspondaient pas à leur suspect, l'homme au casier étrangement vide, Sirius Volkstrom ?

Pour le reste, l'article mentionnait l'inclination de la police en faveur d'un «règlement de compte interne au FLN», sans élaborer davantage. La prose s'attardait surtout sur le massacre de la famille entière et «l'insécurité qui règne en ce moment en France en raison du terrorisme algérien».

L'article se concluait par quelques éléments sur les frères Bentoui, qui correspondaient à ce qu'il avait glané lors de son enquête : Abderhamane, l'aîné, était un avocat respecté, qui avait fait ses études et démarré sa pratique en métropole. Paolini, tout comme Blanchard au lendemain de l'assassinat, avait interrogé ses confrères au Palais de justice, qui ne tarissaient pas de compliments à son sujet. Ses clients étaient des Algériens, mais pas exclusivement. Ses accointances avec le FLN étaient circonstancielles et aucun policier ne l'avait jamais serré pour cela. Quant au jeune frère, Slimane, le journaliste en savait encore moins que l'inspecteur : il avait le profil d'un étudiant en classe scientifique, bon élève, jovial quoique un peu timide. Les éléments que Luc avait récoltés auprès de ses homologues à Alger ne l'avaient pas beaucoup aidé : il avait été embauché au département de physique de l'université pendant quelques mois, puis il avait raccroché sa blouse et semblait avoir disparu de la circulation jusqu'à sa réapparition sous forme de cadavre au quai de Montebello.

Blanchard reposa le journal sur sa table en se disant qu'il lui fallait un café. Tout de suite.

Il se dirigea vers la cafetière en évitant les regards de ses collègues qui le scrutaient, comme lorsqu'on attend qu'un passant dérape sur la peau de banane qui traîne sur le trottoir.

Alors qu'il remplissait sa tasse, le commissaire Marchetti fit irruption dans la salle et hurla : « Janvier ! Blanchard ! Dans mon bureau tout de suite ! » Il fit demi-tour aussi sec, en laissant bâiller la porte.

Devinant qu'il valait mieux ne pas le faire attendre, Luc se dirigea illico vers le bureau de son supérieur.

Heureusement, Amédée arrivait dans le couloir et, au vu de la mine qu'il affichait, Luc devina immédiatement qu'il était déjà au courant de la convocation chez Marchetti.

— Ça va barder, p'tit. Je crois que j'ai fait une connerie...
— Qu'est-ce que tu veux dire, Amédée?
— Plus tard. Suis-moi et fais le dos rond. L'orage passera vite.

Ils pénétrèrent ensemble dans l'antre de Marchetti.

L'engueulade fut brève, et absolument pas circonstanciée. Le commissaire joua le parfait chefaillon, raillant les fuites de manière générale, omettant même de leur demander, ne serait-ce que pour la forme, s'ils en étaient responsables. Il exigea des résultats rapides et se plaignit de la pression mise sur ses épaules à cause de cette histoire surveillée en haut lieu. Au bout de quelques minutes, sans leur avoir donné la parole, Marchetti les congédia.

Janvier agrafa Blanchard par la manche et l'entraîna vers les escaliers.

— Viens, on va boire un café à l'écart des grandes oreilles...

Blanchard lui emboîta le pas et ils sortirent de la PJ pour se diriger vers le bistrot situé juste à côté, un repaire de flics dont le brouhaha ambiant autorisait des conversations relativement privées.

Janvier se commanda un café calva. Blanchard, un café serré.

— Tu sais, p'tit, je crois que la fuite dans le journal, c'est ma pomme...
— Comment ça? Tu as causé à ce journaliste, Paolini?

— Je le connais depuis un bail, mais quand il m'a appelé, j'ai refusé de lui parler de cette affaire. Elle est trop sensible.

— Alors c'est pas toi!

— L'autre soir, je me suis laissé entraîner par deux types qui prétendaient faire du cinéma, un producteur et un acteur un peu connu, il est dans les gazettes parfois. Ils m'ont fait causer de mon boulot. Ils disaient qu'ils voulaient faire un film réaliste sur le travail de police, la chasse au FLN, et tout le toutim. Comme un con, je leur ai craché des trucs sur l'assassinat des Bentoui.

Pas besoin d'explications plus approfondies, Blanchard devinait que les deux fripouilles avaient arrosé Amédée et joué sur la corde sensible de son ego. Le Gros, aussi flatté qu'imbibé, s'était fait berner.

— Tu crois que ces mecs étaient de mèche avec Paolini?

— C'est possible.

— De toute manière c'est trop tard. La prochaine fois tu t'écraseras!

Dans de telles circonstances, Luc avait l'impression que c'était lui le flic expérimenté et Janvier le débutant. Sans même s'en rendre compte, Blanchard poursuivit sur cette lancée en se coulant dans le moule de l'enquêteur chevronné.

— Il y a quand même un truc qui me chiffonne dans cet article. Il est fait mention d'un suspect qui serait un certain «V. L.», et de policiers qui ont exigé qu'on n'imprime que les initiales du suspect. Or ce ne sont pas les initiales de Volkstrom!

— Je ne pige pas non plus... À mon avis, connaissant un peu l'animal Paolini, il ne faut pas trop se fier à ce qu'il écrit sur la requête des enquêteurs. Il est capable d'avoir inventé ça juste pour couvrir une source. Quant aux initiales, soit il raconte n'importe quoi, ce qui est possible, soit il y a quelque chose qui nous échappe...

— Mmmm...

— J'ai prévu de descendre aux archives aujourd'hui. Je voudrais savoir pourquoi le dossier de ce fils de pute est vide alors qu'il est fiché. Si ça se trouve, « V. L. » est un pseudonyme.

— Bon, faut que j'y aille. J'ai encore un rapport à rédiger et puis je dois aller interroger des suspects dans l'affaire Doré.

— Ah oui, la fille qui s'est fait violer... Tu devrais laisser tomber, cette histoire c'est un nid à emmerdes. Soit tu fous quelques basanés en tôle au hasard pour l'exemple, soit tu classes l'affaire. Mais ça m'étonnerait que tu déniches le coupable.

Luc Blanchard fit un effort pour ne pas coller son poing sur la figure du Gros qui finissait sa tasse cul sec.

En début d'après-midi, Blanchard pénétra dans une arrière-cour de la rue Jean-Pierre-Timbaud. Plusieurs ateliers s'alignaient, formant un vaste espace de manufacture. L'endroit sentait à la fois la graisse de moteur, la sciure de bois, la terre humide et la pisse.

Luc avisa un type en salopette debout devant un bureau un peu à l'écart des autres postes de travail. Il ressemblait à un contremaître.

— Bonjour, Luc Blanchard, police judiciaire. Je peux vous poser quelques questions sur l'un de vos employés ?

Le type se redressa. Il avait la quarantaine massive, une épaisse moustache rousse, un regard perçant peu aimable.

— C'est à quel sujet ?

— Je recherche un certain Karim Selaoui, qui dit être employé ici.

Blanchard lui montra l'une des deux fiches d'identité qu'avait désignées Pauline Doré. Son interlocuteur regarda à peine, comme s'il craignait de se salir les yeux.

— Vous lui voulez quoi ?

— Lui poser une ou deux questions.

L'homme à la salopette planta ses deux mains sur ses hanches et fit passer le tabac qu'il chiquait d'une joue dans l'autre.

— Je me répète : vous lui voulez quoi ?

Plusieurs ouvriers, pour la plupart des Maghrébins, levèrent la tête de leurs machines ou de leurs établis pour observer la confrontation bourgeonnante. Un peu déstabilisé par la tournure des événements, et le manque de respect pour l'autorité dont le bonhomme faisait preuve, le jeune policier opta pour la prudence.

— Je voudrais lui parler d'une affaire dans laquelle quelqu'un l'a impliqué. Son témoignage pourrait nous aider à élucider cette affaire...

— Ou l'expédier au trou ! Je connais votre manège : désigner l'Arabe et lui faire porter le chapeau.

— Écoutez, monsieur, je crois que vous ne comprenez pas bien. Karim Selaoui a été identifié comme suspect dans une affaire de viol et je voudrais l'interroger.

Luc se dit qu'il avait été stupide de venir seul. S'il tombait sur son client, qu'est-ce qu'il en ferait après l'avoir interrogé ? Il prendrait son adresse avant de lui dire « Merci beaucoup mon brave, je repasserai chez vous si j'ai des questions complémentaires » ? Il lui mettrait les poucettes en espérant qu'il soit docile ?

— Tous les Arabes sont des violeurs, c'est ça ? Donc si vous en alpaguez un, peu importe que ce soit le bon, il paiera pour les autres ? C'est bien ça votre méthode ?

Le moustachu n'avait pas bougé d'un poil, mais on voyait les veines de son cou qui pulsaient. Puis, le contremaître afficha tout d'un coup un sourire large et franc, comme s'ils étaient potes depuis l'enfance.

— J'aime bien quand la maison Poulaga envoie ses blancs-becs au charbon en solo ! Si, si, c'est une belle preuve de confiance dans l'institution !

Luc ne comprenait pas où il voulait en venir avec ce brusque retournement narquois.

— Je vais vous faire une fleur : adressez-vous aux ouvriers ! Demandez-leur s'ils connaissent le type que vous cherchez ? Après tout, ce sont des Bougnoules, hein ! Ils se connaissent tous entre eux...

L'homme à la salopette se retourna vers les visages qui les regardaient intensément sans bien comprendre ce qui se tramait. Sa voix grave retentit dans toute l'arrière-cour et les ateliers.

— Camarades ! Il y a là un officier de police qui veut vous demander quelque chose. Comme je lui ai dit que nous aimons bien la police de notre pays et que nous sommes de bons citoyens, vous allez lui répondre !

Blanchard vit les sourires sur les lèvres et même quelques gars qui pouffaient. Il passa un doigt dans un sourcil humide de transpiration.

— Messieurs, je m'appelle Luc Blanchard, je suis inspecteur à la police judiciaire...

Sa voix sonnait comme un murmure dans l'atelier. Il n'avait pas l'habitude de s'adresser à une foule.

Le moustachu se pencha vers lui :

— Plus fort, personne ne vous entend...

Luc reprit :

— Messieurs, je m'appelle Luc Blanchard, je suis inspecteur à la police judiciaire et je sollicite votre collaboration dans une affaire importante.

Il voyait bien que les ouvriers devant lui captaient ses propos, mais que ceux au fond du local semblaient tendre l'oreille.

Luc recommença une troisième fois. Il avait l'impression de crier.

— Je suis Luc Blanchard, inspecteur de police judiciaire et je sollicite votre collaboration dans une affaire importante ! Je recherche le témoin d'un viol...

Ce coup-ci, tout le monde l'écoutait.

— ... Je répète : la personne que je recherche n'est qu'un témoin. Je veux juste lui poser quelques questions.

Tous les regards étaient fixés sur lui, mais personne n'exprimait la moindre émotion. Blanchard eut l'impression qu'ils auraient observé un poisson dans un aquarium avec davantage d'excitation.

— Vous ne leur avez pas dit le nom de votre homme, lui suggéra le contremaître...

Blanchard rougit.

Il regarda de nouveau sa fiche d'identité judiciaire.

— L'homme que je recherche se nomme Karim Selaoui. Est-ce que vous le connaissez ?

Luc Blanchard avait de nouveau parlé avec sa petite voix de fonctionnaire de police, plus habitué aux salles de réunion ou aux coups de sang en cellule d'interrogatoire qu'aux harangues sur les estrades.

Le contremaître poussa un soupir et se retourna vers les ouvriers. Il décida de siffler la fin de la récréation en prenant les choses en main.

— Notre ami cherche un certain Karim Selaoui ! Si vous le connaissez, vous le dites ! Sinon, on retourne au boulot ! On n'a pas que ça à faire de nos journées !

Personne ne broncha.

Un par un, les ouvriers se remirent à leur ouvrage.

Luc ne savait pas quoi penser. Ce Selaoui était-il inconnu au bataillon ? Ou bien refusait-on juste de lui répondre ?

La réponse importait peu, seule l'humiliation subsistait.

Il ne lui restait plus qu'à battre en retraite, la queue entre les jambes.

Il hésita à proférer une vague menace du style « Je reviendrai ! » ou « Vous ne vous en tirerez pas comme ça ! », mais il préféra y renoncer.

Le contremaître faillit lui enjoindre de déguerpir, mais lui aussi préféra laisser tomber. Il retourna à son bureau sans même le saluer.

Sur le chemin de la sortie, sous le porche sombre, Blanchard remarqua une affiche qu'il n'avait pas aperçue en entrant, placardée par-dessus d'autres plus anciennes. On y voyait deux poings anonymes en train de bâillonner une Marianne bleu-blanc-rouge avec son bonnet phrygien. Sur le bâillon était écrit : « Le fascisme ». En haut, le slogan : « La guerre en Algérie, c'est aussi en France », puis en petits caractères : « Journaux saisis... Pouvoirs spéciaux... Jeunes soldats emprisonnés... Activité protégée des bandes fascistes… Camp de concentration ouvert à Mourmelon… » Puis, en gros caractères : « Paix en Algérie ». En pied, à droite, en toutes petites lettres : « Le Parti Communiste Français ».

Luc Blanchard résista à l'envie d'arracher l'affiche. Il préféra cracher par terre.

18

Antoine Carrega, 27 octobre 1959

La note manuscrite avait été déposée au comptoir de l'Hôtel des Martyrs : « Antoine, passe nous voir ce soir aux Trois Canards pour une opération de rectification. Marius. » C'était laconique, mais Carrega sut immédiatement de quoi il retournait. Il n'aimait guère cela. Mais lorsqu'il était ainsi convié, il ne pouvait se défiler.

Antoine avait balancé le mot dans la poubelle de sa chambre d'hôtel et s'était allongé sur le lit. Il prit une cigarette dans son paquet et tira langoureusement la première bouffée. Il fixait le plafond, essayant de réfléchir. À Margot et à leur relation, qui se détériorait. Cela faisait plusieurs semaines, voire quelques mois, qu'il sentait une distance s'installer entre eux, mais il ne parvenait pas à arranger la situation. Il ne savait même pas s'il en avait envie.

Ce n'était pas la première fois qu'il atteignait ce stade de la réflexion. Il n'arrivait pas à le dépasser. Soit parce qu'il ne réussissait pas à trouver de solution. Soit, plus fréquemment, parce que son esprit s'absorbait dans autre chose. La mission qu'il menait pour Félix mobilisait ses pensées.

Paolini avait fini par publier son article, reprenant presque tout ce qu'il lui avait refilé, en y ajoutant des éléments de son cru ainsi que des citations d'Aimé de la Salle de Rochemaure, sorti de son silence. Pour autant, Antoine ne voyait pas ce que cela apportait. Il n'avait aucun moyen d'évaluer si le papier avait fait bouger les choses. Il n'allait certainement pas retourner voir Amédée Janvier. Le flic s'était fait avoir une fois, il ne plongerait pas une seconde. Et puis il y avait cette énigme Sirius Volkstrom. Qui était ce mec qui surgissait dans le paysage ? Était-ce un complice ? Ou alors le véritable nom de Victor Lemaire ? Une fausse piste ?

Pour l'instant, il avait gardé cette information pour lui. Il avait juste lancé le nom auprès de ses connaissances, comme on jette une traîne de pêche. Rien n'était remonté jusqu'ici.

Il détestait cette situation, avait l'impression de faire du surplace.

Après avoir rempli le cendrier de ses interrogations, il se décida finalement à bouger. Il aurait pu aller passer la soirée avec Margot en attendant de se rendre aux Trois Canards, mais il préféra descendre jusqu'aux grands boulevards. Un cinéma projetait un film avec Lionel Adan et Antoine décida d'aller voir à quoi ressemblait le bonhomme sur grand écran.

Il sortit de la salle un peu avant minuit, pas vraiment convaincu par ce qu'il avait vu. Il préférait le cinéma américain. Il prit son temps pour arriver rue de La Rochefoucauld. Il poussa la porte et, au lieu de l'agitation habituelle, fut accueilli par les regards sombres de quatre hommes attablés autour d'une bouteille de whisky : Marius, Marcantoni et deux gorilles qu'il connaissait de vue.

Marius se leva pour donner l'accolade à Antoine, les autres le saluèrent du chef. L'ambiance était celle d'une veillée funèbre corse.

Marius remplit un verre et le fit glisser vers Carrega. Il le vida d'un seul trait. Marius le resservit et attendit que tous aient séché leurs boissons. Puis il prit la parole :

— Il est temps d'y aller. Yves et Pierrot se chargent du gros œuvre. François et moi, on pose les questions. Toi, Antoine, tu surveilles les opérations.

Marius sortit un flingue d'une toile huilée et le tendit à Antoine. Les deux gros bras firent craquer leurs jointures. Marcantoni ôta sa veste et la suspendit à sa chaise.

Les cinq affranchis se levèrent pesamment et se dirigèrent vers l'arrière-salle. Là, Pierrot saisit une poignée en métal à ras de terre et souleva la lourde trappe en bois qui menait au sous-sol. Un escalier métallique s'enfonçait dans les profondeurs. Ils descendirent en file indienne. Quelqu'un avait actionné l'interrupteur et une lumière jaune blafarde illuminait les contours d'une grande cave voutée. Elle était vide à l'exception de quelques vieux éléments de mobilier vermoulus et de casiers de bouteilles vides.

Antoine resta au pied de l'escalier, tenant son arme à bout de bras, bien en évidence. Marius et Marcantoni se placèrent au milieu de la pièce. Pierrot et Yves accrochèrent leurs vestes à des clous sur les murs et marchèrent vers la paroi du fond.

Antoine n'avait pas besoin de regarder, il savait ce qui s'y trouvait.

Assis sur une chaise en bois, les mains derrière le dos et un sac de jute sur la tête, se tenait un homme immobile.

Pierrot arracha le sac. Le type cligna à peine des yeux tellement la lumière était faible. Ses yeux accrochèrent immédiatement ceux de Marius. Il ouvrit la bouche :

— Marius ! Marius ! Tu sais que je vais payer ! J'ai juste un peu de retard...

Il avait à peine fini sa phrase qu'il se prit une gifle en plein visage, délivrée par Yves du plat de la main, qu'il avait large et musclée. Puis ce fut au tour de Pierrot d'y aller de la même manière. Puis de nouveau Yves. Puis Pierrot... On aurait dit que les deux gaillards jouaient au ping-pong. Le type essayait à chaque fois d'en placer une, mais il n'avait pas le temps de former les mots dans sa bouche avant que ne claque un nouveau coup.

Du sang commença à perler au coin de sa lèvre. Puis à s'écouler de ses narines.

Marius restait immobile, les yeux fixés sur le bonhomme. Marcantoni auscultait la propreté de ses ongles. Antoine regardait devant lui sans rien voir.

Marius prit enfin la parole.

— Je t'ai fait confiance, Patrice. Une fois, deux fois, trois fois. Tu m'as toujours déçu.

Yves avait cessé d'allonger des taloches et était parti farfouiller dans un des meubles en bois vermoulu. Cliquetis de métal.

— Mais, Marius...

— Tu connais les règles, Patrice. Tu les as acceptées.

Mon ami François a bien voulu te vendre une partie de son stock en dépit du fait que tu opères dans le même quartier que lui. En échange, tu nous dois 30% de tes ventes, on te garantit que tu n'auras pas d'autre concurrence, et que les condés ne viendront pas traîner chez toi. C'était notre marché.

— Je vais te payer, Marius! J'ai l'argent.

Un coup de poing puissant. L'œil du malheureux commençait à enfler.

— J'y compte bien.

Yves revint avec un marteau et un tabouret.

— Pitié, Marius! François! J'amène l'argent demain!

Marcantoni releva la tête et lui répondit d'une voix posée.

— Sûr, Patrice. Je compte sur toi.

Les beignes avaient cessé. Yves et Pierrot dénouaient les liens qui entravaient les mains du tenancier récalcitrant.

Carrega connaissait la musique. Il ne suffisait pas que le type promette de payer son dû, intérêts compris. Il fallait lui faire passer l'envie de recommencer. Pour l'exemple. Pour les suivants. Pour la santé du petit commerce. Alcool et clopes de contrebande, protection, racket, c'était l'ordinaire des affaires de Marius. Aujourd'hui, il s'agissait d'héroïne. Celle qu'Antoine convoyait depuis Marseille. Marcantoni était une des chevilles ouvrières de sa revente grâce à son bar près des Champs-Elysées, ouvert avec le propre frère de Tino Rossi. De nombreuses vedettes le fréquentaient : elles étaient friandes de cette came qu'elles payaient rubis sur l'ongle. Pourquoi vendre à des caves qu'on ne connaît pas quand on peut récolter l'argent des rupins qui assouvissent leurs vices discrètement?

Quand Patrice avait ouvert son propre établissement dans le même quartier, il avait ciblé la même clientèle, avec le même produit. Mais, au lieu d'affronter Marcantoni, il s'était entendu avec lui. Pas la peine de se marcher sur les pieds, il y avait de la place pour deux. Marius, qui voyait ainsi son marché croître, avait donné son accord. Tout baignait. Jusqu'à ce que Patrice omette plusieurs paiements.

Pierrot tenait fermement le bras droit de Patrice pendant qu'Yves lui avait plaqué la main gauche sur le tabouret. Son œil encore valide roulait dans tous les sens.

Dans deux secondes, il allait se débattre et crier, Antoine le savait.

Cela ne changerait rien.

Il ne put s'empêcher de penser que le type s'en tirait à bon compte. Main gauche, marteau. Il avait déjà vu pire en ces lieux. Antoine Carrega n'approuvait pas ces méthodes, mais il n'avait jamais refusé de descendre dans la cave tant qu'on ne lui demandait pas de se charger des beignes et de la boîte à outils...

Marius fit signe à Marcantoni et à Antoine de remonter avec lui.

De retour dans la salle du rez-de-chaussée, Marcantoni enfila sa veste. Antoine voulut rendre son arme à Marius.

— Garde-le, Antone. Il va bientôt falloir faire un nouvel aller-retour à Marseille.

— Déjà?

— Les affaires sont bonnes, que veux-tu? En dépit des mauvais payeurs..., sourit Marius en jetant un coup d'œil vers le sous-sol.

François Marcantoni les salua et s'éclipsa. Marius servit deux rasades de whisky.

— Antone, tu sais, le type dont tu m'avais donné le nom, Sirius quelque chose? J'ai trouvé quelqu'un qui l'a connu.

— Connu, comment?

— Il ne l'a pas vu depuis des années, mais il m'assure que c'est le genre de mec qui ne change pas de profession. Un nervi. Un gros bras avec un peu de cervelle. Capable d'organiser un braquage, de dessouder sur commande. Mais il n'appartient pas au Milieu. Il bosse en individuel. Il paraît qu'il aurait de bons contacts dans la police. C'est un client dont il faut se méfier.

— Merci, Marius. Ton mec sait-il où le loger?

— Selon lui, il est sur Paris, mais il n'en sait pas plus. Ah si, le mec est manchot. Si ça peut t'aider à le reconnaître...

À ce moment, Yves et Pierrot remontèrent de la cave en soutenant Patrice. Il avait le visage tuméfié, des croûtes de sang durcissaient sur ses lèvres et sous ses narines. Sa main gauche était enveloppée dans un chiffon sale.

Yves ouvrit la porte du bar et Pierrot balança le mec dans la rue sans ménagement. Il rebondit sur une voiture en stationnement et s'effondra dans le caniveau. Les deux escogriffes coiffèrent leurs galurins et filèrent dans la nuit sans même jeter un regard à Patrice qui tentait de se relever en agrippant un pare-chocs.

Marius ferma la porte, confiant dans le fait qu'il n'ameuterait pas le voisinage et s'en irait en claudiquant une fois qu'il aurait retrouvé la position verticale. Confiant également dans le fait que l'argent dû serait prochainement versé.

— Dis Antone, je ne te demande pas ce que tu fais en dehors de nos affaires, ça ne me regarde pas. Mais fais quand même gaffe. Un gonze comme ce Sirius n'est pas à prendre à la légère. Il peut t'attirer des emmerdes. Nous attirer des emmerdes.

— Ne t'en fais pas. Je fais juste de la collecte d'informations pour un vieil ami, je t'en ai déjà causé.

— Comme je t'ai dit, je te fais confiance.

Puis, après une pause :

— Allez, on va se pieuter tôt pour une fois. On se voit demain soir pour organiser le prochain convoyage ?

— Ça marche. Bonne nuit, Marius.

Carrega sortit et prit la direction de l'Hôtel des Martyrs.

Il eut une vision fugace de Patrice, rentrant chez lui dans les rues de Paris, le visage et la main ensanglantés.

C'était peut-être le froid de fin octobre, mais il frissonna.

1960

19

Sirius Volkstrom, 4 janvier 1960

Deogratias lui avait remis le flingue une semaine plus tôt, et la consigne qui allait avec. L'arme était du même modèle que celle qu'il avait fournie quelques mois plus tôt à Victor Lemaire, silencieux compris. Il fallait au moins reconnaître à ce fils de pute de Deogratias qu'il ne manquait jamais d'idées retorses. Ni de la volonté de les mener à leur terme.

Cela faisait plusieurs jours que Sirius Volkstrom traînait dans les bistrots de Suresnes. Le soleil n'avait pas percé depuis qu'il s'y baladait à la recherche du pigeon parfait, ce qui contribuait à rendre encore plus déprimante cette cité-dortoir faite de vieux immeubles bas et de constructions modernes s'élevant au milieu des pavillons.

Tout musulmans qu'ils étaient, les Algériens des usines Citroën n'étaient pas les derniers à venir picoler une fois le travail terminé. Les fêtes de la nouvelle année n'avaient pas grand sens pour des manœuvres faisant les trois-huit dont les familles vivaient bien souvent de l'autre côté de la Méditerranée.

Volkstrom, qui passait difficilement pour un ouvrier arabe, s'était efforcé de faire tapisserie dans un des bars en amont de l'écluse de Suresnes. Il y était parvenu sans trop de difficultés. Les prolos qui venaient lever le coude en bande après le travail ignoraient ce Blanc en fond de salle qui ressemblait à un ivrogne. Ainsi, Sirius avait pu tranquillement trouver sa cible : un grand échalas qui n'appartenait à aucune des bandes constituées, qui importunait tout le monde avec ses soliloques historico-politiques, et qui tenait mal l'alcool. Il se faisait toujours jeter avant la fermeture.

Cette nuit-là, Sirius n'était pas rentré dans le bistrot. Il attendait patiemment dehors, une bouteille d'eau-de-vie dans la poche de sa veste. Le froid piquant de début janvier lui mordait les joues. Au moins, cette nuit, il ne pleuvait pas.

Vers 22 h 30, son client émergea de l'estaminet en titubant, expulsé par un barman qui avait eu sa dose de philosophie de comptoir.

Il attendit que l'homme s'éloigne un peu puis il le héla.

— Ho, l'ami ! Un coup de main pour un pauvre homme à qui il en manque une !

Sirius s'avança vers l'autre à pas pesants, sa bouteille à bout de bras.

— L'ami, tu peux m'aider à déboucher cette bibine ? J'y arrive pas tout seul.

Volkstrom lui exposa sa manche vide.

L'ouvrier s'était arrêté sur le trottoir. Il avait le regard vitreux, l'assise instable. Il s'empara néanmoins de la bouteille qui lui était tendue.

Sirius fouilla dans sa poche pour en extraire un limonadier.

L'autre venait de comprendre. Il sourit.

— Excuse-moi, j'avais pas saisi. Je t'ouvre ça et tu m'offres une rasade ?

— La gnôle, c'est fait pour être partagé !

L'Algérien déplia lentement la spire métallique et la planta dans le bouchon avec les gestes de celui qui se concentre pour maîtriser ses mouvements. Il ôta le bouchon d'un geste brusque, manquant de tomber à la renverse.

— J'ai pas de godets, mais on n'va pas faire de manières entre nous, hein ?

— Si ça ne te dérange pas de boire au goulot avec un Arabe...

— Je m'en tape !

Ils s'abreuvèrent chacun leur tour de cette eau-de-vie d'origine incontrôlée, mais qui devait bien grimper dans les soixante-dix degrés.

— Viens, je connais un banc en bord de Seine pas loin. On pourra siroter notre grand cru en paix et le cul posé.

Sirius ouvrit la marche.

L'autre hésita un instant puis suivit, car c'était lui qui avait la bouteille entre les mains.

— T'es un drôle de mec, toi. Tu offres souvent des coups à boire comme ça ?

— Je pouvais pas me débrouiller seul avec le bouchon, alors je suis en dette.

— C'est pas souvent que les Français nous régalent...

Les deux hommes avançaient en zigzaguant vers le bord du fleuve, en direction d'un banc adossé au mur d'un entrepôt abandonné.

Ils s'affalèrent sur les lattes de bois tels deux compagnons de beuverie synchrones.

— Je t'ai jamais vu par ici. T'es pas ouvrier, toi ? Avec ta pogne...

— Je l'ai été. Jusqu'à ce qu'une machine me tranche le bras. Le patron n'a pas été mauvais bougre. Il m'a bien dédommagé. Ça m'a permis de m'acheter une cabane et un jardin un peu plus haut sur les rives. Je viens d'emménager. Ce soir, j'arrivais pas à pioncer alors je suis venu chercher un poteau pour m'ouvrir cette bouteille qui traînait chez moi.

L'Algérien avala une goulée. Volkstrom trempa à peine ses lèvres.

— Faut pas m'en vouloir si j'étais méfiant tout à l'heure. C'est juste que j'ai pas l'habitude qu'un Français s'adresse à moi autrement que pour me gueuler dessus.

On apercevait les lumières de l'écluse en aval. Hormis le hululement occasionnel d'une chouette, le clapotis de l'eau contre le quai était le seul bruit alentour.

Rasade. Silence. Nouvelle rasade. Silence.

Sirius farfouillait dans la poche intérieure de sa veste.

L'Algérien scrutait le fleuve noir, méditatif.

— Tu sais, il faudrait que les Français comprennent que la France, elle est aussi musulmane. À partir du moment où vous avez décidé d'annexer notre pays, de nous intégrer dans votre armée et de nous faire bosser dans vos usines, nous faisons partie de la France...

Contrairement à son acolyte, Sirius n'était pas saoul. Il n'avait presque rien bu de la soirée.

Il sortit le flingue de sa veste, l'ajusta tranquillement sur la tempe de son compagnon et pressa la détente.

Le silencieux fit « plop ». De la matière grisâtre vola

contre le mur. La bouteille ne se fracassa même pas en chutant.

Le cadavre inanimé de l'Algérien resta assis sur le banc, la tête en arrière comme s'il contemplait les cieux.

Volkstrom fit les poches du mort, retirant tous ses papiers sauf sa carte de Citroën, dont il arracha le coin où figurait le nom de son possesseur. Il n'avait presque pas d'argent, quelques centaines de francs à peine qu'il lui laissa. Il lui fourra au fond de la poche portefeuille une vieille facture qu'il avait apportée.

Puis, il souleva le macchabée et le traîna jusqu'au bord du quai. Il revint sur ses pas pour essuyer les deux traînées laissées par ses jambes dans la poussière. Il ramassa ensuite du sable et des cailloux dont il remplit les poches du décédé, espérant que cela serait suffisant pour le maintenir quelques jours au fond de l'eau. Il n'avait pas besoin de plus de temps. Ce n'était pas un travail de disparition, mais de réapparition...

Une fois qu'il eut fini de charger le bonhomme, il le poussa du pied dans le fleuve. Le cadavre s'enfonça lentement dans l'eau noire. Sirius essuya soigneusement ses empreintes sur l'arme, puis la jeta dans la Seine. Il scruta les environs à la recherche de quelque chose qu'il aurait oublié. Ne vit rien. Il vida la bouteille de gnôle dans le fleuve, puis la remplit d'eau et aspergea les traces de sang et de cervelle sur le mur et sur le banc. C'était sommaire, mais ce serait bien le diable s'il ne pleuvait pas dans les jours suivants. De toute manière, il n'était pas prévu que le légiste s'intéresse de trop près au paysage.

Un dernier coup d'œil, puis Sirius mit les bouts. Il avait encore un rendez-vous à honorer cette nuit.

Volkstrom finit par arriver rue Taitbout vers une heure du matin. Ce n'était pas un horaire pour traiter des affaires de bureau, mais on lui avait dit qu'il pouvait passer à n'importe quelle heure du jour et de la nuit.

De fait, quand il sonna à la porte, il ne fallut pas longtemps pour qu'on lui ouvre. Un grand type aux sourcils broussailleux le regarda fixement, puis le fit entrer dans l'appartement.

— Deogratias m'a dit de passer.

— Il m'a prévenu. On va s'installer dans mon bureau.

Les deux hommes empruntèrent un long corridor qui aboutissait dans une pièce remplie de paperasses, de livres et de photos encadrées : des hommes en armes, de Gaulle en uniforme, des remises de médailles et le propriétaire des gros sourcils sur plusieurs d'entre elles.

L'hôte des lieux se cala dans un large fauteuil rembourré et désigna une chaise à l'attention de Sirius.

— Deogratias m'a dit que vous étiez disponible pour rejoindre notre petite fraternité d'amis du Général.

Ce n'était pas vraiment une question, alors Sirius se contenta de hocher la tête. Ça lui évitait de mentir.

— Aujourd'hui, ou plutôt hier, devrais-je dire, est un jour important. Notre association a été déclarée officiellement : le Service d'action civique. Dûment enregistrée à la Préfecture. Ce n'est pas que nous n'existions pas auparavant, mais nous avons désormais une vitrine officielle.

Sirius continuait de hocher la tête. Il se demandait

ce qu'il fabriquait là. Deogratias lui avait dit que c'était important, qu'il pouvait s'acheter une protection supplémentaire à bon compte. Mais si c'était pour entendre des discours sur les parutions au *Journal officiel*, il préférait encore les bords de Seine.

— On m'a dit que vous seriez disponible pour nous donner un coup de main de temps à autre.

— C'est à peu près ça.

— Le fait que nous soyons désormais enregistrés officiellement ne signifie pas que tout ce que nous entreprenons se fait au grand jour. Le Général a besoin d'alliés capables d'œuvrer pour lui en relative discrétion. Vous me suivez ?

Gros Sourcils le jaugeait et Sirius n'aimait pas cela. Il avait le sentiment que toutes ces phrases pour ne rien dire servaient à l'évaluer.

Au vu des clichés sur les murs, l'homme n'avait pas fait la guerre dans le même camp que lui, mais si les Gaullistes jugeaient bon de s'acoquiner avec leurs anciens ennemis, c'était leur problème. Ils n'avaient qu'à assumer ouvertement leurs compromissions plutôt que de se prétendre garants de nobles idéaux. Il n'y avait pas pire opportunistes que ceux qui refusaient d'admettre qu'ils l'étaient.

Le silence de Sirius était en soi une réponse. Le patron du Service d'action civique le suspecta et s'en fit une raison. Il soupira tout bas puis sortit une enveloppe d'un tiroir et glissa son contenu en direction de Sirius.

— Voici pour vous. Comme convenu avec le cabinet du Préfet de police.

Volkstrom s'empara d'une carte tricolore au nom de Pierre Lherbier – le nom qu'il avait fourni. Elle ressemblait à s'y méprendre à une authentique carte de police. Il comprenait maintenant l'insistance de Deogratias. C'était le genre de sésame qui pouvait s'avérer commode.

— Bienvenue parmi les nôtres. Je m'appelle Pierre Debizet.

L'homme lui tendait le bras par-dessus le bureau. La poignée fut plutôt franche en dépit des circonstances.

— Vous passez nous voir une fois par semaine. Vous demandez à me parler, je vous dirai si j'ai besoin de vous et quand.

Le ton était devenu professionnel. Plus la peine de prétendre que l'on œuvrait pour un intérêt moral supérieur incarné par un képi à deux étoiles.

— Pas de problème. Je suis à votre disposition.

Volkstrom pouvait se montrer aimable quand les circonstances l'exigeaient. La nouvelle année démarrait à peine et ses perspectives lui semblaient de bon augure.

Pour une fois.

20

Luc Blanchard, 6 janvier 1960

Cela faisait plusieurs semaines que Luc Blanchard n'avait pas revu François Mitterrand. Le sénateur de la Nièvre était au ban de la République après les révélations sur ce qui s'appelait maintenant «le faux attentat de l'Observatoire». Selon les journaux, le politicien avait monté lui-même une attaque contre sa personne afin de se faire de la publicité.

Luc avait suivi les développements de l'histoire d'assez loin : ce n'était pas son enquête et cela fleurait les chicaneries politiques dont il se méfiait. Blanchard avait néanmoins reçu une recommandation directement de la bouche du bras droit de Papon : «Continuez à voir Mitterrand.»

Il s'exécutait donc.

Ce fut, comme de coutume, Danielle Mitterrand, l'épouse du sénateur, simple et élégante, qui lui ouvrit la porte lorsqu'il arriva au domicile de la rue Guynemer. Elle l'accueillit avec un grand sourire et le remercia d'être venu.

— Merci, monsieur l'inspecteur. Nous sommes bien seuls ces temps-ci.

Blanchard ne savait pas trop quoi dire. Il se contenta de jouer le fonctionnaire modèle.

— Je ne fais que mon devoir, madame.

— Mon mari va vous recevoir. Il est dans son bureau. Désirez-vous un café ?

Au moment où Luc refusait poliment, la porte du bureau s'ouvrit et un homme joufflu, au large front, en sortit.

Luc le salua de la tête pendant que celui-ci disparaissait dans la cage d'escalier de l'immeuble.

Mitterrand pria l'inspecteur de le rejoindre.

Le bureau était rempli de livres. Des classiques, des éditions originales, des collections entières. Chose rare dans ce genre de bibliothèque aussi fournie, la plupart des ouvrages avaient l'air d'avoir été lus, et même relus. Mitterrand n'aimait pas les livres pour la décoration.

Le sénateur saisit chaleureusement la main du jeune policier.

— Merci de votre visite, inspecteur. Vous avez reconnu l'homme qui vient de sortir ?

— Non, je ne crois pas.

— C'est mon voisin, maître Isorni. L'avocat du maréchal Pétain.

Mitterrand semblait attendre une expression de surprise de la part de Blanchard. Luc détestait se faire dicter ses émotions. Et il n'entendait pas offrir trop de lui-même à ce sénateur qui jouait de sa séduction.

— Il habite dans l'immeuble. Il est le premier vers lequel je me suis tourné lors de cette fâcheuse histoire de l'Observatoire. Il ne peut pas me représenter, bien sûr. Que dirait-on si le principal opposant de gauche était défendu par l'avocat de Pétain ?

Mitterrand se fendit d'un petit rire.

Luc Blanchard était mal à l'aise. Il ne savait pas se mouvoir dans ce monde des conversations policées à multiples tiroirs. Il n'avait pas assez de culture historique ni d'éducation politique pour livrer les réponses que l'on paraissait attendre de lui dans ces circonstances.

Il approuva gentiment en esquissant un sourire neutre.

C'est alors que Mitterrand le surprit.

— J'ai entendu parler de votre père, vous savez ? Un homme bien. Un grand résistant.

Luc se crispa légèrement, il ne savait toujours pas quoi répondre.

— Un de mes camarades dans la Résistance a combattu les Allemands à ses côtés, à Lyon. Il m'a souvent parlé de lui. Un homme courageux.

On avait beau lui parler régulièrement des compagnons d'armes de son père, Luc ne les connaissait pas. Il n'en avait jamais rencontré, ou alors les avait croisés sans le savoir. Il fut tenté un instant de demander à Mitterrand s'il pouvait lui présenter son ami, puis renonça, se doutant que cela n'arriverait pas.

D'ailleurs, l'homme politique avait déjà changé de sujet.

— Les gaullistes me traînent dans la boue avec cette histoire de l'Observatoire, mais ils n'osent pas porter le coup de grâce. Ils savent que je connais des choses qu'ils préfèrent garder secrètes…

Las de jouer les faire-valoir, Luc décida de se jeter dans la conversation.

— Vous soupçonnez les gaullistes d'avoir organisé l'attentat ?

— Les choses sont compliquées. Pesquet et Dahuron sont des illuminés d'extrême droite.

— Voulait-on vous faire taire en raison de vos positions sur l'Algérie ?

— C'est possible. Mais ceux qui sont au pouvoir savent que quand j'étais garde des Sceaux, je n'ai pas démérité. J'ai écouté les militaires. Vous savez, on dit également que c'est moi qui aurais organisé l'attentat contre ma propre personne. Vous y croyez, vous, monsieur le policier ?

François Mitterrand détestait perdre la maîtrise des échanges. Il n'aimait pas non plus répondre aux questions. Il préférait les poser.

Remué par l'allusion à son père, un peu vexé par la nonchalance du sénateur, Blanchard s'arracha de son rôle de gentil garçon.

— Pourquoi pas ? Une demi-douzaine de balles tirées, aucune ne vous atteint, alors…

— La Sten n'est pas une mitraillette très précise.

Mitterrand le fixait droit dans les yeux. Puis il cilla et sourit malicieusement, découvrant ses canines.

— Vous avez raison, mon garçon. J'aurai pu organiser cet attentat pour me faire de la publicité. Mais avouez quand même que je m'y serais mieux pris et que j'aurais trouvé des complices un peu plus fiables !

Il écartait les bras en rigolant.

— Tout cela sera vite oublié. Ce sont les aléas de la vie politique. Allez jeune homme, je vous raccompagne. N'hésitez pas à repasser me voir.

Mitterrand le précéda et lui ouvrit la porte – ce qu'il n'avait pas fait avec Isorni.

Luc Blanchard regarda sa montre puis grimpa dans la 403 de service. Comme il faisait froid, il dut mettre le contact à plusieurs reprises avant de parvenir à démarrer.

Ses rencontres avec Mitterrand étaient toujours aussi déroutantes. Telle une araignée, l'homme politique se déplaçait sur plusieurs fils à la fois. Il vantait les mérites du père de Luc, grand résistant, juste après avoir dit du bien d'un proche de Pétain. Il se prétendait victime d'une machination tout en laissant entendre qu'il aurait pu en être l'auteur. Il choisissait de deviser avec un bleu alors qu'il aurait pu tutoyer le sommet de la hiérarchie policière.

Le trafic parisien était fluide en milieu de journée. Luc n'eut même pas besoin de mettre la sirène pour parvenir à l'heure au rendez-vous que lui avait fixé Amédée Janvier dans le XVIe arrondissement. Ses pensées quittèrent progressivement Mitterrand pour basculer sur ce qui l'attendait : le jeune premier Lionel Adan. Luc en avait vaguement entendu parler comme d'une belle gueule montante du cinéma français, mais il s'avérait que c'était aussi le type qui avait roulé son partenaire dans la farine quelques mois auparavant.

Le Gros avait passé une bonne partie de son temps à traquer l'acteur qui l'avait embobiné. Amédée s'était senti humilié et n'avait pas l'intention de passer l'éponge sur cet affront. Janvier avait été un bon flic autrefois. Pas un grand flic qui mène une carrière fulgurante, mais un bon flic qui résout des affaires, qui a du flair. Aujourd'hui, il était fatigué et l'alcool avait pris le dessus.

Le fait d'avoir trahi la police en révélant ce qui

aurait dû rester caché avait remué quelque chose chez le vieux flic. Il pouvait supporter les moqueries sur son alcoolisme, le manque de considération de ses collègues, le regard condescendant de ses chefs, mais il ne souhaitait pas mettre l'éteignoir sur cet affront.

Luc avait observé Amédée se démener jusqu'à ce qu'il finisse par obtenir les coordonnées et l'emploi du temps de Lionel Adan. Après plusieurs délibérations avec Blanchard, ils étaient parvenus à la conclusion qu'Adan n'était que l'appât : le manœuvrier était celui qui s'était fait passer pour le producteur de films. Pour le dénicher, il fallait faire parler l'acteur. Blanchard, lui, était prêt à suivre n'importe quelle piste dans cette affaire qui piétinait.

Voilà donc ce qui amenait Luc dans une impasse chic du XVIe. Belles pierres, balcons fleuris, portail en fer forgé et vitraux. Selon Amédée, Adan logeait ici à l'œil, grâce aux faveurs d'une star sur le retour ou d'un financier ambitieux, il ne savait plus.

Janvier lui avait dit : « Gentil flic, méchant flic. La plus vieille technique du manuel. Je ferai le méchant. »

Blanchard était resté dubitatif. Il doutait sérieusement qu'Amédée, du haut de son mètre soixante-douze, avec son air pataud et sa figure rougeaude, puisse sérieusement intimider le jeune premier. Mais son collègue était déterminé, alors il ne l'avait pas contredit. En arrivant devant la porte cochère, Luc retrouva Janvier remonté comme un coucou suisse.

— Enlève tes lunettes, p'tit. Ça sera mieux.

Sans attendre de réponse, Janvier poussa la porte, ignora la loge de la concierge et grimpa dans l'ascenseur jusqu'au cinquième étage.

Avant de sonner, Amédée desserra enfin les dents.

— Tu me laisses prendre l'initiative et mener la conversation. Tu te mets en retrait et tu joues le type qui n'arrive pas à contrôler son corniaud.

Amédée appuya sur la sonnette.

Ils patientèrent une vingtaine de secondes avant qu'un pas glissant ne se fasse entendre.

Adan entrouvrit le battant. Il était en robe de chambre de soie noire, des pantoufles aux pieds et avait l'air ébouriffé de celui qui vient de s'extraire du lit.

Amédée glissa son soulier dans l'interstice et poussa brusquement la porte. L'acteur n'eut pas la présence d'esprit de résister.

— Tu me remets, cabotin de mes deux ?!

Sans hésiter Janvier lui balança un coup de poing à l'estomac.

L'autre se plia en deux, dérapa sur le parquet et s'affala de tout son long. Sa robe de chambre bâillait, révélant sa nudité.

Blanchard ne put s'empêcher de regarder. Un jeune premier, mais pas vraiment un étalon.

Sans même attendre de découvrir s'ils étaient seuls dans l'appartement, Janvier se jeta sur l'acteur à terre et le saisit à la gorge.

— T'as cru pouvoir m'embobiner ? Eh bien je suis venu régler mes comptes !

En même temps qu'il appuyait sur la glotte d'Adan avec sa main gauche, il lui asséna un uppercut au foie avec la droite.

Blanchard eut soudain la vision de ce qu'avait dû être Amédée Janvier au faîte de sa carrière de flic. Résolu. Batailleur.

Il scruta le reste de l'appartement bourgeois. Chic

et clinquant. Miroirs et lustres. Tapis et guéridons. Plus important, rien n'avait l'air de bouger. Ils étaient seuls. Ou alors, la personne avec qui Adan avait passé la nuit préférait se planquer. Sage décision.

— Maintenant, tu vas me cracher le nom du type qui t'accompagnait l'autre soir! Toi t'es trop chochotte pour être meneur de revue. Je te donne cinq secondes pour me balancer son blaze!

Amédée continuait d'appuyer sur la glotte et, d'un geste qu'il semblait avoir exécuté des dizaines de fois, il lui enserra les testicules de sa main droite et se mit à serrer.

L'acteur se tordit sur lui-même, cherchant de l'air et repliant les genoux.

Au bout de cinq secondes, Janvier relâcha la pression.

— Alors?

Adan avalait de grandes goulées d'air, comme un poisson hors de l'eau.

Janvier se tourna vers Luc et lui fit un clin d'œil, avant de resserrer sa prise.

L'acteur se tortilla de nouveau.

La douleur masculine était communicative. Luc eut la tentation de vérifier son entrejambe pour s'assurer qu'il n'avait pas mal puis il répondit au signal de son comparse.

— Monsieur Adan, je serais vous, je parlerais. Mon collègue est un peu énervé et je ne suis pas sûr de pouvoir le raisonner. Si vous nous dites ce que nous sommes venus chercher, nous repartons illico. Sinon, nous vous embarquons au poste. À mon avis, une fois en cellule, vous risquez de regretter les caresses amicales de mon ami.

Janvier relâcha son étreinte.

— ...carre... Carrega... 'toine Carrega... C'est lui qui m'a embarqué dans ce coup...

— Répète un peu ou je te broie les couilles!

— Antoine Carrega! Il m'a demandé de l'accompagner pour vous monter le ciboulot.

— Il crèche où ce type?

— J'en sais rien.

— Mauvaise réponse!

Janvier appuya de nouveau sur la glotte, relâcha les parties et lui flanqua un coup de poing rapide dans le sternum.

— Rassure-toi, ça laisse pas de marques visibles! Maintenant, si tu ne veux pas que je m'occupe de nouveau de tes joyeuses, tu me racontes tout ce que tu sais. Je compte jusqu'à trois. Un...

Adan n'attendit même pas le «deux».

— C'est un type de la bande des Trois Canards. Mais là, il m'a sollicité pour un boulot perso...

— C'était moi, le boulot?

— Oui, je devais juste l'aider à vous faire cracher ce que vous saviez sur cette affaire.

— Merci, pauvre andouille! Ça, j'avais compris. Maintenant, tu me dis où dénicher ce type, et je ne veux pas la même réponse que tout à l'heure!

Blanchard voyait dans le regard craintif d'Adan que celui-ci avait décidé de balancer tout ce qu'il savait.

— Il passe de temps en temps aux Trois Canards, mais ce n'est pas non plus un régulier. La rumeur dit qu'il est à la colle avec une vendeuse de fleurs de Montmartre, place des Abbesses.

Amédée lâcha l'acteur et se redressa.

Adan, toujours à terre, se passa la main sur le cou puis sur son ventre, mais il se retint de palper son entrejambe. Il rabattit le peignoir sur ses jambes nues et se releva.

Blanchard admirait les restes de professionnalisme de son collègue. Adan n'aurait aucune marque visible de ce qu'il venait de subir. À la rigueur quelques bleus sur les flancs mais, s'il n'avait pas de scène torse nu à jouer, personne ne soupçonnerait rien.

Janvier semblait satisfait, mais Luc désirait en savoir plus.

— Pourquoi Carrega voulait-il apprendre des trucs sur l'affaire du quai de Montebello ?

— Ce n'est pas un type très causant. Il m'a juste dit qu'il fallait soutirer un maximum d'informations.

— Était-il content de ce qu'il avait obtenu à la fin de la... hum... rencontre avec mon collègue ?

Blanchard jeta un bref regard en direction d'Amédée qui, tout d'un coup, ne semblait plus concerné par leur présence ici.

— Il m'a juste remercié, mais il était plus chaleureux que d'habitude, alors, oui, je pense qu'il était satisfait de ce qu'il avait obtenu.

— Vous savez, monsieur Adan, entraver une enquête judiciaire est un délit grave. Nous ne sommes pas obligés de faire un rapport sur notre visite ici aujourd'hui et nous allons espérer que vous avez été de bonne foi avec nous. Mais si vous mettez encore votre nez dans nos affaires, ou si vous nous avez raconté des crasses, nous sommes capables de mordre.

Adan l'écoutait, mais Blanchard voyait qu'il aurait aussi bien pu s'adresser à l'une des natures mortes qui ornaient l'appartement. Adan savait ce qu'il faisait.

Ou il ne le savait pas, mais il s'en moquait. Amédée avait eu raison sur la manière de procéder en le tabassant d'emblée : ce type-là n'entendait pas les raisonnements subtils.

Les deux flics quittèrent l'appartement sans une parole pour l'acteur.

Redescendus dans la rue, Blanchard et Janvier prirent un moment pour envisager la suite des opérations.

— On fait comment ? demanda Luc. Les Trois Canards ou la donzelle ?

— Tu connais les Trois Canards, fiston ?

— Pas vraiment.

— C'est bien ce que je pensais. On ne touche pas aux Trois Canards. En tout cas, pas sans autorisation officielle. Ce sont des truands protégés. Donc, je pense que la poulette est notre meilleure entrée. Et comme c'est toi le beau garçon, je te laisse procéder.

21

Antoine Carrega, 8 janvier 1960

Tel un chat se dorant au soleil, Antoine profitait des rayons qui le réchauffaient en cette douce matinée marseillaise. Il prenait le temps de siroter son café. Des pêcheurs commençaient à rentrer du large et installaient leur marchandise sur les étals du Vieux-Port. Comparé à Paris où il avait toujours l'impression que tout allait trop vite, Marseille lui donnait le sentiment figé d'une carte postale. Mais il aimait ce daguerréotype : il faisait partie du paysage, il s'y sentait bien.

Comme lui avait dit Marius, leurs affaires se portaient au mieux et il effectuait désormais des allers et retours réguliers entre la capitale et la cité phocéenne. Il avait passé l'après-midi et la nuit précédente sur les nationales 7 et 8 avec la camionnette Pernod. Il se vidait la tête en avalant les kilomètres. Ce n'était pas de la concentration, c'était autre chose : un état d'abstraction temporelle. Quand José conduisait, celui-ci s'échinait à écouter la radio malgré la difficulté à capter les grandes ondes sur de nombreux tronçons du trajet. Quand c'était lui qui prenait le volant, il coupait l'autoradio et roulait sans penser à rien ni à quiconque.

Attablé à une terrasse du Vieux-Port, la donne était différente. Son cerveau furetait dans les méandres de ses préoccupations. Au rang desquelles il y avait le convoyage qu'il venait d'effectuer. Le parcours Paris-Marseille se faisait normalement à vide. Mais là, Marius lui avait demandé de transporter des trucs. Il ne s'agissait pas de rentabiliser le voyage, lui avait dit son associé des Trois Canards, mais de rendre service. Antoine n'aimait pas trop l'idée de faire savoir à d'autres qu'il effectuait une navette régulière à travers l'Hexagone. Il ne goûtait pas non plus qu'on puisse soupçonner la camionnette Pernod de transporter autre chose que de l'anisette.

Marius l'avait rassuré en lui expliquant que le transport n'était pas amené à se répéter et qu'il pouvait leur apporter quelques bénéfices intangibles en matière de protection de leurs affaires.

— C'est un nouveau truc qui s'est monté autour de De Gaulle, lui avait raconté Marius. Un machin un peu clando : des fidèles qui bossent pour la vieille baderne, mais qui ne sont pas dans les registres du gouvernement, si tu vois ce que je veux dire.

— En quoi ça nous concerne ?

— Ils ont besoin de coups de main de temps en temps. Je connais quelques-uns de ces types, notamment un de leurs patrons sur Marseille. C'est lui qui m'a demandé une faveur.

— Je ne veux pas prendre le risque de griller notre combine de transport. C'est moi qui conduis.

— Je sais, Antone. Je n'aurais pas accepté si ça nous mettait en danger. Et puis, je pense que ça peut nous aider un peu. Leur nouvelle organisation, ils appellent ça le sac…

— Le sac?

— Oui, ça veut dire quelque chose mais j'ai oublié. Leur truc bénéficie d'appuis plus ou moins officiels. Il m'a parlé d'une carte tricolore qu'ils allaient distribuer à leurs membres.

— Une carte de flic?

— Un papier y ressemblant.

Antoine s'était montré sceptique malgré les explications rassurantes de Marius. Mais il avait fini par accepter.

Le « service » en question avait consisté à transporter des caisses et du matériel en vrac. Antoine avait examiné le chargement avant de quitter la capitale. Cela lui avait paru assez anodin : des longerons de bois de diverses tailles, des rouleaux de tissu blanc, des pots de peinture noire, des planches. L'attirail du parfait manifestant. Il y avait aussi des cartons sortis de l'imprimerie qui contenaient des milliers de brochures et de tracts facturés au Service d'action civique, si l'on en croyait le bordereau de commande collé dessus. Enfin, il y avait quelques caisses hermétiquement fermées, ressemblant à des empaquetages militaires. Toujours méfiant, Antoine en avait ouvert une au pied de biche, en s'assurant qu'il pourrait la reclouer. Elle contenait des dizaines de matraques, moins longues que les bidules utilisés par la police, faciles à dissimuler sous une veste ou un imperméable.

Si les autres caisses ne contenaient pas des grenades ou des pistolets automatiques, il ne prenait pas un gros risque à descendre tout ce fatras à Marseille. Au pire, s'il était stoppé en route, il donnerait le nom et l'adresse du SAC.

Au final, il n'avait pas été contrôlé. Encore un convoyage sans encombre.

Il était arrivé avec José aux petites heures de la matinée à Marseille et s'était dirigé droit vers le quartier Sainte-Marthe, au pied du massif de l'Étoile, pour y délivrer sa cargaison à l'usine Ricard.

Antoine, qui ne riait pas souvent, avait manqué de s'esclaffer quand il avait franchi les grilles de l'enceinte avec son camion Pernod. Le garde chargé de la sécurité avait bien failli ne pas lui ouvrir la barrière. C'était uniquement quand il avait fait mention d'une livraison pour «monsieur Charles» que le préposé s'était exécuté.

Un homme rondouillard, avec des cheveux noirs plaqués en arrière et un faux air de Fernandel, l'avait accueilli devant un des quais de déchargement. Il s'était présenté comme «Charles, un ami de Marius». Antoine, pressé d'en finir, avait refusé l'offre de café. Deux magasiniers avaient déchargé la camionnette en un rien de temps. Au moment de repartir, ledit Charles avait gardé la main de Carrega dans la sienne :

— Merci pour votre aide, lui avait dit le bonhomme sans lui lâcher la pogne. Je ne vous propose pas de dédommagement, je sais que ce n'est pas comme ça que vous fonctionnez. J'espère que nous aurons d'autres occasions de faire affaire ensemble. Si vous avez le moindre souci sur Marseille, n'hésitez pas à me contacter. Je vous suis redevable.

Carrega avait remercié poliment, tout en trouvant

le type un peu trop patelin à son goût. Il jouait un rôle pour la galerie.

Monsieur Charles avait quand même lancé un trait d'humour avant que la camionnette ne démarre :

— Si vous avez besoin d'une chignole un peu plus moderne, faites-moi signe. Je la passerai au budget commercial et l'on ne me regardera pas de travers si vous revenez ici... Pernod, ce sont des voleurs !

Carrega commanda un troisième express au serveur qui passait devant lui. Il aurait probablement dû aller se coucher après la nuit blanche passée sur la route, mais il ne parvenait pas à s'y résoudre. Il y avait quelque chose dans le spectacle du port qui le fascinait. Les allers et retours des pêcheurs débarquant leurs cageots face à la criée, les manœuvres des chalutiers, les préparatifs d'appontage d'un paquebot faisant la liaison entre la Corse et le continent, les vieux qui lançaient des lignes et les gamins avec leurs épuisettes, les chantiers d'hivernage où les ouvriers s'affairaient sur les coques, les camions réfrigérés qui venaient charger du poisson pour l'emmener au loin et les charrettes pleines de glace qui allaient vendre la pêche du jour aux restaurants de la ville...

C'était sa vie d'avant, celle dont il s'était détourné.

Antoine ne se demandait pas s'il devait y revenir. Cette question, il l'avait réglée des années auparavant. Il ne serait pas pêcheur comme le reste de sa famille. Sauf peut-être quand il serait vieux et qu'il aurait pris sa retraite, chez lui, sur son île.

Cette pensée lui fit plisser les lèvres. La retraite... Encore faudrait-il qu'il y parvienne. Il n'exerçait pas une profession garantissant la longévité. Et la retraite pour quoi faire? Il doutait avoir un jour des enfants sur lesquels veiller, ou des petits-enfants à chérir.

Avec Margot, cela lui semblait de plus en plus improbable. Une haie de non-dits et de silence s'était désormais installée entre eux. Il passait au moins une nuit sur deux dans sa chambre d'hôtel. Leur relation ressemblait à la phase terminale d'une longue maladie, quand on ne sait pas s'il faut toujours espérer ou lâcher prise. Ils se ressemblaient trop : sérieux, taciturnes, besogneux, secrets, blessés... Ce qui les avait rapprochés au début les plombait aujourd'hui.

Avait-il consacré trop de temps à l'enquête que lui avait confiée Félix? Il avait dévoué l'essentiel de son temps ces derniers mois à essayer d'aider son vieux compagnon. Sans le moindre succès. La frustration de cette enquête qui n'aboutissait pas reflétait-elle l'impasse amoureuse dans laquelle il avait l'impression d'être engagé?

En dépit de tous ses efforts, il n'était pas parvenu à retrouver Victor Lemaire, pas plus que Sirius Volkstrom, ni à éclaircir le lien qu'il pouvait y avoir entre les deux. La presse non plus n'avait été d'aucune aide. Elle n'avait pas embrayé sur l'article de Paolini dans *France-Soir,* et celui-ci n'écrivait plus sur l'affaire. Quant à Félix, la dernière fois qu'il l'avait appelé, il semblait désabusé. L'homme vaillant, qui s'était déclaré prêt à se dresser contre ses propres amis politiques pour obtenir la vérité sur la mort de sa fille et de ses petits-enfants, lui avait paru abattu. Il lui avait néanmoins demandé de poursuivre l'enquête. Antoine craignait que sa piètre investigation ne soit devenue la bouée de secours de Félix. Quelque chose auquel le vieil homme se raccrochait encore parce qu'il l'avait lancé, mais qui dérivait désormais aux limites de la ligne de flottaison.

Carrega ne voulait être le radeau de sauvetage de personne.

Il prit la décision en avalant sa dernière goutte de café : en rentrant à Paris, il irait voir Félix pour lui dire qu'il en avait terminé. Il n'avait rien remonté de neuf dans ses filets, il était temps de clore l'affaire.

Antoine s'y reprit à trois fois pour solder l'addition avec les nouvelles pièces du franc Pinay qu'il avait du mal à identifier, puis il partit en direction du Panier.

Il était 11 h 30 du matin. Temps d'aller dormir.

22

Sirius Volkstrom, 9 janvier 1960

Ne pouvant plus conduire depuis qu'il avait perdu un bras, Volkstrom en était réduit aux transports en commun.

À la gare de Lyon, il grimpa dans une automotrice en acier gris qui s'arracha du quai dans un grincement métallique et une odeur de freins brûlés. Comme il en avait pour une heure de trajet, il prit ses aises sur la banquette, allongeant ses jambes et baissant son chapeau sur ses yeux. Il n'espérait pas dormir dans le brinquebalement incessant de la rame et les haltes stridentes, mais en occupant toute la place comme un malpoli, il évitait de subir les familles avec leur marmaille en ce samedi de balades à la campagne.

La banlieue grise céda la place à la banlieue beige puis à la banlieue verte. Des champs de betteraves et quelques forêts. Juste après avoir franchi la Seine, son train s'arrêta définitivement, comme s'il n'en pouvait plus. Il était arrivé à Melun.

Il ne savait pas encore si Deogratias était décidé à honorer leur accord ou s'il jouait la montre, mais

Hector Danguin avait été transféré d'une prison éloignée à la centrale de Melun. On était encore loin de l'élargissement négocié mais, au moins, il pouvait maintenant rendre visite à son amant d'un coup de tortillard.

Il marcha une quinzaine de minutes entre la gare et la prison située sur une île au milieu de la Seine. Une fois rendu, il se campa devant les portes du vieux bâtiment vétuste qui suintait l'humidité tout autant que la misère et l'ennui.

Il remplit la paperasse à l'entrée, mentionna « cousin » dans la case s'enquérant de la relation avec le détenu. Il n'adressa pas un mot au gardien qui l'avait accompagné au parloir et qui s'établit dans un coin de la salle avec un exemplaire du *Parisien libéré* qui avait déjà tourné entre pas mal de mains.

Volkstrom attendit une quinzaine de minutes avant que la porte ne s'ouvre de nouveau. Hector Danguin s'avança vers lui dans son uniforme bleu-gris mal taillé, les mains menottées devant lui. Malgré une coupe de cheveux au hachoir et un teint plutôt blême, Sirius le contempla avec émotion.

Hector Danguin restait beau comme un dieu.

Cela faisait plus de six mois qu'il ne lui avait pas rendu visite et leurs échanges de lettres se réduisaient au strict minimum – aucun d'eux n'était un grand épistolier.

Sirius dut se retenir de prendre Hector dans ses bras. Les contacts entre détenus et visiteurs étaient interdits. Ils se regardèrent fixement dans les yeux avant de s'asseoir de part et d'autre d'une petite table.

— Je suis heureux de te voir, entama Volkstrom.
— Moi aussi.

— Comment tu t'en sors ?
— Je tiens le coup.
— La nouvelle taule ?
— Pas pire que l'ancienne. Pas mieux non plus…
— Je suis désolé de ne pas être venu plus tôt, j'avais…
— Pas la peine de t'excuser. Je ne t'en veux pas.
— Merci.

Doucement, Volkstrom rapprocha sa chaise de la table et se pencha vers Hector. Aux dernières nouvelles, les messes basses n'étaient pas interdites.

— Je suis venu t'annoncer qu'on tient le bon bout. J'ai rendu service à un ponte de la Préfecture de police. Ta sortie anticipée est mon paiement.

Pas la peine de raconter toute l'histoire. Sirius savait que si Hector découvrait que l'initiative de cet arrangement était venue de la police directement, cela voulait dire que leur relation était connue. Être un beau gosse en cabane n'était déjà pas une sinécure, si on apprenait en plus qu'il était homo, il risquait au mieux de ne plus pouvoir dormir tranquille, au pire de finir suriné.

— La sortie de ton cousin ?
— On ne laisse pas tomber la famille.

En disant cela, Sirius serra son poing posé sur la table, comme s'il tenait la main de Danguin dans la sienne. Il lui fit un grand sourire dénué de toute ironie. Hector le lui rendit avec la même sincérité.

À cet instant, Volkstrom sut que rien n'avait changé entre eux.

Ils passèrent le reste du temps qui leur était imparti à échanger des nouvelles. Une discussion entre amoureux séparés.

Le gardien finit par se rappeler à eux en marmonnant : « C'est terminé ! Danguin, tu rentres en cellule ! »

Sirius le regarda s'en aller sans le quitter des yeux, serrant les dents à s'en broyer les gencives.

Après avoir franchi tous les verrous en sens inverse, il ne lui restait plus qu'à regagner Paris. Il songea un instant à s'arrêter manger un morceau avant de repartir mais non, franchement, Melun lui foutait le moral à zéro.

Il monta dans le premier train pour la capitale.

Là-bas, il avait des choses à faire.

23

Luc Blanchard, 12 janvier 1960

Il y avait plus de deux heures que Luc planquait devant l'unique magasin de fleurs de la place des Abbesses. Malgré la fraîcheur de saison, le temps était ensoleillé. Il s'était donc assis sur un banc avec des journaux et un bouquin pour observer discrètement le manège de la boutique. Il n'y avait que deux personnes qui semblaient s'en occuper. Une jeune fille qui arrangeait les fleurs en chantonnant et flirtait avec les commis du quartier. À l'intérieur, se tenait une femme plus âgée qui emballait les bouquets, encaissait les clients, et paraissait diriger l'endroit.

Blanchard décida que la conjointe de Carrega était la plus âgée. Il ne connaissait rien du truand sauf ce que lui avait dit Janvier du fond de ses souvenirs avinés et les bribes qu'ils avaient soutirées à Lionel Adan. Mais il lui semblait que le bonhomme était aguerri, calme et malin. Il doutait que la jeune espiègle soit son type d'amante.

Il avait entretenu le mince espoir d'entrapercevoir Carrega durant son observation matinale, mais aucun individu lui ressemblant ne s'était pointé chez la fleuriste. Il attendait maintenant qu'Amédée Janvier le rejoigne pour décider de la marche à suivre, mais ce dernier était en retard.

Comme souvent ces derniers temps, dès qu'il avait un instant de distraction, son esprit partait vagabonder du côté de Pauline Doré.

Il avait continué à revoir occasionnellement la jeune femme en dehors du travail, l'emmenant parfois au cinéma, parfois au spectacle et quelquefois au restaurant. Ils ne parlaient pas de sa plainte pour viol ni de son enquête, c'était la condition qu'elle avait mise à leurs rencontres, et ils passaient de bons moments ensemble. Luc trouvait Pauline jolie, spirituelle, intelligente. Il était venu la chercher une fois à la sortie de ses cours et ils avaient discuté de ses études d'Histoire. Elle l'interrogeait assez peu sur son métier, ce qui lui allait très bien car il n'aimait pas s'épancher à ce sujet.

Dans ces instants complices, il se prenait à rêver de vie conjugale. Pourtant, quelque chose coinçait. Il n'était toujours pas parvenu à embrasser plus de deux fois celle qu'il considérait comme son amoureuse. Deux mois et demi de flirt pour deux embrassades furtives. C'était tout. Luc était d'un naturel patient, mais il sentait le désespoir pointer. Il se demandait si elle éprouvait autre chose que de la sympathie pour lui. Il se sentait blessé dans son amour-propre et dans sa masculinité.

Blanchard regarda de nouveau sa montre. Bientôt midi et demi. Janvier avait trente minutes de retard. Il décida de l'appeler depuis le téléphone du café adjacent mais, au moment où il se levait, il vit la jeunette des fleurs rentrer dans la boutique et en ressortir avec son paletot. Ensuite, celle qui était vraisemblablement la patronne sortit à son tour, verrouilla la porte et alla donner une pièce au cireur de chaussures qui avait ses quartiers juste en face. Le bonhomme devait être chargé de la surveillance des fleurs pendant la pause déjeuner.

Blanchard s'apprêtait à suivre la femme dans les rues alentour quand il la vit tourner les talons et pénétrer dans l'immeuble juste au-dessus du magasin. Tant pis pour Janvier, il décida de lui emboîter le pas. Il laissa ses journaux sur le banc, glissa son livre dans la poche de sa veste et s'introduit à son tour dans le bâtiment. Les rideaux de la loge étaient tirés. Il entendit des pas dans l'escalier. Il pencha la tête dans la cage en colimaçon et aperçut la silhouette de la femme qui gravissait les étages. Elle s'arrêta au troisième, puis il entendit le cliquetis des verrous.

Il hésita un instant. Devait-il chercher à joindre Janvier et patienter? Fallait-il attendre que Carrega fasse son apparition, quitte à devoir planquer encore pendant plusieurs jours?

Il était fatigué de cette enquête sans issue et des sottises de son coéquipier. Il s'élança dans l'escalier.

Parvenu au troisième, il rajusta son nœud de cravate et ses lunettes, puis avisa les noms sous le bouton de la sonnette : Desjoyaux, Carrega.

Il appuya.

Il temporisa quelques secondes avant que la porte ne s'entrebâille et reconnut sans difficulté la fleuriste, mais il pouvait désormais la dévisager avec précision. Il lui donna la quarantaine à peine entamée, taille moyenne, plutôt fine, des cheveux bruns retenus par des épingles et une barrette, un beau visage allongé marqué par de légères rides et une expression générale qui exprimait la fatigue. Cet air était toutefois contrebalancé par des yeux verts perçants et inquisiteurs.

— Bonjour, madame. Inspecteur Luc Blanchard, police judiciaire.

Le regard de la femme se fit interrogateur. Luc s'était attendu à une grimace ou un signe réprobateur, mais ce ne fut pas le cas.

— J'enquête sur une affaire compliquée et l'on m'a orienté vers monsieur Carrega. On m'a dit qu'il pouvait m'aider.

La femme le dévisagea de haut en bas. Lentement. Luc craignait de se faire rabrouer, mais elle le surprit en ouvrant grande la porte.

— Margot Desjoyaux. Donnez-vous la peine d'entrer, inspecteur.

À sa surprise, Luc Blanchard s'avança dans un logis classiquement bourgeois. Seul élément décalé, une bibliothèque remplie d'ouvrages qui s'empilaient de manière anarchique.

— Je m'apprêtais à déjeuner, inspecteur, annonça Margot en l'orientant vers la salle à manger. Je ne vous propose pas de partager les restes que je vais réchauffer, mais voulez-vous un verre de vin ? J'allais m'en servir un.

Margot n'avait pas du tout l'air déstabilisée par la présence d'un policier chez elle, ni par sa requête. Cela perturbait Blanchard qui, ne sachant trop pourquoi, accepta la proposition si contraire à ses habitudes.

— Je ne vais pas vous déranger longtemps.

— Il n'y a pas de souci, inspecteur. Je dois juste rouvrir ma boutique à deux heures et demie.

Elle saisit deux verres à pied et une bouteille déjà entamée et versa le vin.

— Alors, inspecteur, dites-moi ce qui vous amène chez moi.

— Comme je vous l'ai dit, je recherche monsieur Carrega pour m'entretenir avec lui.

— Il a fait une connerie ?

Elle dit cela avec naturel et détachement, comme si la réponse était déjà dans la question.

— Non, non. On m'a juste rapporté qu'il possédait des éléments susceptibles de m'aider dans une enquête.

Blanchard était mal à l'aise. Quand il avait décidé de suivre cette femme, il pensait juste s'assurer que Carrega vivait bien ici. Maintenant, il se retrouvait à faire la conversation avec elle sans savoir qui interrogeait qui. Elle était peut-être en train de lui tirer les vers du nez pour avertir son amant.

— Antoine Carrega et moi ne nous voyons plus beaucoup.

Elle laissa planer un silence.

— Il habite officiellement ici, mais il passe l'essentiel de son temps ailleurs.

— Excusez ma curiosité, mais n'êtes-vous pas mariés ?

— Vous avez vu les deux noms sur la sonnette ? Non, nous ne sommes pas mariés.

Luc serra la mâchoire. Bévue de jeunesse.

— Vous savez, inspecteur, il arrive parfois un temps dans les couples où il devient superflu d'exprimer certaines choses... Elles s'imposent comme des évidences.

Luc ne savait trop quoi répondre. Il avait de nouveau

le sentiment de se retrouver dans une impasse. Il n'avait pas l'habitude des femmes, et encore moins de celles qui se comportaient ainsi. Indépendantes et assurées.

— Savez-vous où je pourrais le joindre ?

— Il ne m'a pas laissé de numéro ni d'adresse. C'est lui qui se manifeste quand il en a envie.

Chou blanc sur toute la ligne. Il avait à peine touché à son verre de vin alors, par politesse, il le porta à ses lèvres pendant que Margot faisait de même.

— Dites-moi, inspecteur, que lisez-vous ?

Margot avait les yeux rivés sur la poche de sa veste.

— Ah, ça..., fit Luc un peu gêné. Je lis quand j'ai un moment de libre.

Il sortit instinctivement l'ouvrage : *Aimez-vous Brahms...*

— Françoise Sagan... Vous avez des goûts étonnants pour un policier.

Elle souriait de toutes ses dents, qu'elle avait fort jolies.

Luc rougit.

Il adorait lire. De la littérature contemporaine surtout. Mais c'était le genre de hobby qu'il ne partageait pas avec grand monde, et surtout pas avec ses collègues. La plupart se seraient gaussés de lui s'ils avaient distingué un fascicule émergeant de sa poche qui fût autre chose qu'une gazette hippique.

— Ne vous en faites pas, je ne le répéterai à personne, s'amusa Margot.

Ne sachant quoi rétorquer, Blanchard décida de sourire aussi. Il avait l'air d'un jeune gourmand pris la main dans le pot de confiture.

— J'ai assez abusé de votre temps, madame. Je

vous remercie pour votre aide. Si monsieur Carrega se manifeste, pas la peine de mentionner ma visite. Par contre, si vous savez comment le contacter, appelez-moi, je vous prie.

Il venait de jouer son va-tout. Il lui remit sa carte de visite. Il y avait neuf chances sur dix pour qu'elle fasse le contraire de ce qu'il venait de lui demander, mais c'était tout ce qu'il pouvait faire pour le moment.

Il la salua, remit son chapeau et fila.

Une fois dehors, il se dirigea rapidement vers le café du coin et demanda à utiliser la cabine téléphonique.

Au bout de trois sonneries, Amédée Janvier décrocha.

— Amédée, pourquoi tu ne t'es pas pointé ?
— Pas possible, Blanchard. C'est le bazar ici ! Nous sommes convoqués par le grand chef. Il faut que tu te radines fissa !
— Qu'est-ce qui se passe ?
— On a retrouvé l'assassin du quai de Montebello !

Lorsque Luc Blanchard arriva essoufflé à la PJ une demi-heure plus tard, Janvier n'était pas là. Comme il ne lui avait pas dit quel « grand chef » les avait convoqués, il se dirigea vers le bureau du cabinet du Préfet.

Dans l'antichambre, un secrétaire lui reprocha :

— Inspecteur Blanchard, vous êtes en retard. Ils vous attendent.

Luc remarqua qu'à l'autre bout de la pièce, derrière le factotum, un colonel de l'armée de terre en uniforme était assis, droit comme un i sur une chaise, un cartable posé sur ses genoux.

Détournant les yeux, il revint vers le rond-de-cuir

guindé qui lui ouvrit en grand la porte matelassée du bureau de Jean-Paul Deogratias.

Il ne s'attendait pas à être seul, mais il y avait tout de même beaucoup de monde autour de la table Empire. Des chaises dépareillées avaient été ajoutées, qui détonnaient par rapport au mobilier habituel.

Luc Blanchard salua tout le monde d'un signe de tête et alla s'asseoir sur le seul fauteuil resté libre, à côté d'Amédée.

— Inspecteur Blanchard! Il ne manquait plus que vous.

Deogratias était mielleux, comme à son habitude. Mais il ne fallait pas s'y méprendre, c'était lui qui menait le jeu.

— Veuillez excuser mon retard. J'ai appris la convocation de cette réunion alors que j'étais sur une filature.

— Il n'y a pas de souci, inspecteur. Le terrain, il n'y a que cela de vrai! De toute manière, nous venons à peine de démarrer notre petite réunion.

Luc avait eu le temps de regarder autour de lui. Outre Janvier, il y avait leur supérieur direct, le commissaire Marchetti. Normal. Il reconnut aussi le docteur Martin, de la police technique, plus surprenant en ces lieux. Ensuite il identifia un autre homme entre deux âges, avec une coupe en brosse. Visiblement un collègue, d'après son maintien et le renflement sous sa veste. Enfin, légèrement décalé par rapport au demi-cercle de chaises assemblées autour du bureau, se tenait un type étrange. Il avait une tête froissée, se tenait à moitié avachi sur son siège et il ne cessait de porter une cigarette à ses lèvres de sa seule main disponible. Son bras gauche disparaissait dans sa veste. Un manchot.

Deogratias avait déjà effectué les présentations et n'avait nulle intention de les réitérer. Blanchard devrait se débrouiller pour suivre.

— Comme je venais de l'annoncer, reprit Deogratias qui s'adressait ostensiblement à Luc, notre collègue de l'ouest du département de la Seine a repêché un cadavre qui ressemble en tout point à l'assassin que nous traquons depuis si longtemps dans ce crime sordide du quai de Montebello. Inspecteur, vous voulez nous en dire plus ?

Le type à la coupe en brosse prit la parole.

— Il y a trois jours, nous avons remonté un cadavre à l'écluse de Suresnes. Ce sont des bateliers qui nous ont appelés. C'était un bronzé, avec un trou de balle dans la tempe.

— Suicide ? interrogea Deogratias.

— Je suis pas expert, mais ça se pourrait bien. Nous avons fait draguer la partie du fleuve avant l'écluse, où il y a des quais et pas mal de bâtiments abandonnés. Nous avons remonté un pistolet automatique 7,65 mm qui pourrait coller rapport aux blessures.

— Vous indiquez dans votre rapport qu'il y avait un silencieux sur l'arme.

— C'est exact.

Blanchard avait le net sentiment que son collègue à la brosse n'avait pas inventé l'eau tiède. Janvier écoutait néanmoins avec attention, tout comme Marchetti. Le visage de Martin restait indéchiffrable. Quant à l'inconnu, il continuait de tirer sur ses cigarettes, un œil fermé à cause de la fumée.

Tout d'un coup, on frappa à la porte et le secrétaire passa sa tête pour annoncer :

— Docteur Martin, vous êtes requis.

Celui-ci leva un sourcil interrogateur avant de faire de même avec le reste de son corps. Il se dirigea vers la porte et disparut.

— Continuez, inspecteur, s'il vous plaît. Le docteur Martin nous fera part de ses conclusions plus tard.

— Comme je disais, nous avons retrouvé une arme pas loin d'où le cadavre a été découvert.

— Quoi d'autre ?

— Pas grand-chose. Le type n'avait pas de papiers, juste une carte déchirée de chez Citroën, sans son nom. Donc on pense qu'il bossait là-bas. Il n'avait pas beaucoup d'argent dans les poches, quelques centaines de francs.

— Anciens ou nouveaux ?

— Anciens.

Deogratias, qui questionnait le collègue de Suresnes, avait l'air de s'impatienter.

— Rien d'autre qui permette de l'identifier, inspecteur ?

— Personne ne nous a signalé de Bicot disparu dans le coin.

— C'est tout ?

— Ah non, on a aussi retrouvé une note de restaurant dans sa poche. C'est dans mon rapport.

Deogratias se pencha sur le dossier qui s'étalait devant lui, en sortit une feuille dactylographiée et la poussa vers Janvier et Blanchard assis côte à côte.

— Vous allez comprendre, messieurs, pourquoi j'ai convoqué cette réunion, et pourquoi je pense que nous venons d'effectuer un bond décisif dans notre enquête !

Blanchard déchiffra le rapport : « *Facture de restaurant difficilement lisible à cause du séjour dans l'eau mais qui, après étude au microscope, permet de déchiffrer ceci (les croix remplacent ce qui n'a pu être lu par les inspecteurs et les policiers présents)* : « *L'Auberge du Quai. 7 quai de Montebello, Paris V^e. 1 couvert. 1 XXXX de veau. 1 eau XXXX. 1 tarte du jour. 1 café. (Une signature et un tampon illisible.) 23 septembre 1XX9.* »

Janvier avait ouvert la bouche et ne la refermait plus.

Blanchard relut le paragraphe deux fois, se concentrant sur la date de la facture. C'était bel et bien au soir de l'assassinat. Quant à l'auberge, il voyait très bien où elle se situait, à deux pas de l'immeuble de la famille Bentoui.

Deogratias, derrière ses petites lunettes rondes, souriait comme un chat qui vient d'attraper une souris.

Luc allait demander une précision, mais l'adjoint du Préfet ne lui en laissa pas le temps.

— Je considère que cet élément est parfaitement probant pour notre enquête si on l'ajoute au pistolet repêché. Une arme qui correspond à la fois au trou dans la tête du suicidé et, Martin devrait nous le confirmer, à l'arme utilisée contre les cinq malheureuses victimes du quai de Montebello. Par ailleurs, sitôt informé de ces indices, j'ai pris sur moi d'appeler un ami de longue date qui travaille au service du personnel des usines Citroën. Il a bien voulu me confier qu'un de leurs ouvriers algériens n'avait plus donné signe de vie depuis deux semaines : un certain...

Deogratias regarda des notes griffonnées sur une feuille volante.

— ... un certain Ali Bensalem. Une forte tête, selon lui. Un type toujours en train de faire des discours auprès de ses collègues. Soupçonné d'être un nationaliste. Probablement un type du FLN, nous allons vérifier dans nos fichiers. Il va m'envoyer la photo qu'ils ont dans leurs fichiers et nous comparerons avec celle retrouvée sur sa carte d'employé.

— Vous faites tout mon boulot !

Cheveux en brosse rigolait comme s'il assistait à une pièce de boulevard. Il n'y avait pas la moindre trace d'ironie dans sa voix.

Deogratias reprit la parole, tout enjoué.

— Vous m'accorderez, messieurs, que nous tenons là un présumé coupable très solide, même s'il est un peu liquide !

Il s'esclaffa. Le flic de Suresnes continuait de se ballonner. Janvier hochait la tête. L'inconnu eut un rictus. Marchetti était transparent. Blanchard ne savait quoi penser. C'était inespéré. Surprenant. Trop facile.

— Je ne voudrais pas me mettre en avant, mais c'est la thèse que j'ai défendue depuis le début, se vanta Deogratias. J'ai toujours pensé qu'il s'agissait d'un règlement de compte entre crevures du FLN. Ces gens sont des sauvages qui s'entre-tuent ! Ce qui est tragique, c'est qu'il y ait eu des victimes françaises cette fois-ci !

La porte du bureau s'ouvrit de nouveau et Martin réapparut, suivi par Maurice Papon en personne.

À la vue du Préfet de police, tout le monde se leva à l'unisson, même si Luc remarqua que le manchot avait hésité un instant avant d'imiter les autres.

Papon ne prit pas la peine de serrer les mains des personnes présentes. Il se dirigea droit vers le fauteuil de Deogratias, que celui-ci s'empressa de lui céder.

— Alors, messieurs, on me dit que notre grande affaire du quai de Montebello est en passe d'être résolue ? C'est une excellente nouvelle. Le crime ne doit pas rester impuni !

— Je crois que nous avons en effet identifié l'assassin, monsieur le Préfet, renchérit Deogratias. Docteur Martin, vous êtes revenu mais nous ne vous avons pas encore entendu. Que disent vos expertises ?

Le grand bonhomme sec semblait gêné. Il se racla la gorge avant de parler.

— Hum-hum, je n'ai pas eu beaucoup de temps pour examiner le cadavre que l'on m'a apporté il y a quelques heures, mais il est à peu près certain que la cause du décès provient bel et bien d'un impact de balle dans la boîte crânienne. L'homme est tombé à l'eau ensuite.

— Combien de temps a-t-il passé dans l'eau ?

Blanchard avait ouvert la bouche sans réfléchir, posant la question qu'il avait sur le bout de la langue.

Papon et Deogratias le fixèrent intensément.

Martin le regarda avec froideur, mais répondit quand même :

— Je ne peux pas encore me prononcer avec certitude, mais je dirais quelques dizaines de jours, quelques semaines éventuellement…

— Est-il normal de retrouver un cadavre à la surface aussi longtemps après son décès ? N'aurait-il pas dû remonter plus tôt ?

— Euh, écoutez, c'est compliqué…

Papon interrompit le technicien dont la morgue habituelle avait laissé place à l'embarras.

— Quelle fougue, inspecteur Blanchard! Je reconnais l'entrain de la jeunesse. Mais permettez-moi de poser une question à notre collègue de Suresnes qui a repêché l'assassin.

Le Préfet se tourna vers la coupe en brosse, dont Blanchard ne connaissait toujours pas le patronyme.

— Quelle est la principale caractéristique de l'écluse de Suresnes, inspecteur?

— Euh, qu'est-ce que vous voulez dire? Sa profondeur?

— Non, non. Comment se situe-t-elle par rapport à Paris?

— Ah! C'est la première écluse sur la Seine après Paris.

— Cela veut donc dire qu'on y récupère, passez-moi l'expression, toute la merde qui tombe dans le fleuve dans la capitale. Voyez, vous avez votre réponse, inspecteur Blanchard!

Papon et Deogratias lui souriaient à la manière d'un maître qui vient de donner une leçon à son élève.

Sauf que Blanchard voyait bien qu'on n'avait pas répondu à sa question. Si le type était tombé à la Seine dans Paris, et qu'il avait dérivé jusqu'à Suresnes, pourquoi son flingue avait-il été repêché à proximité de l'écluse? Une note manuscrite de restaurant pouvait-elle demeurer lisible après plusieurs semaines dans l'eau? Comment Deogratias avait-il été averti que le cadavre avait été repêché?

Il hésitait à poursuivre à voix haute avec ses interrogations quand Papon reprit la parole.

— Messieurs, vous avez tous très bien travaillé. Je

vous en félicite. Ce que j'ai appris aujourd'hui me confirme dans ce qu'avait laissé sous-entendre mon adjoint avant cette réunion. Nous tenons notre assassin avec une quasi-certitude. Nous allons laisser notre collègue de Suresnes rentrer chez lui, nous avons son compte rendu. Le docteur Martin va finaliser son rapport d'autopsie. Quant à vous, inspecteurs Janvier et Blanchard, j'attends vos conclusions sur mon bureau dans les prochains jours. Merci à vous tous !

Papon se leva, et les autres firent de même. Le Préfet se dirigea vers la porte sans plus de manières et sortit.

— Vous avez entendu, messieurs. Tout le monde possède sa feuille de route, annonça Deogratias.

Pendant que les autres sortaient, il fit signe à Janvier et Blanchard de rester assis. Le manchot qui n'avait pas bougé allumait une énième cigarette. Deogratias prit tout son temps pour se rasseoir derrière sa table Empire. Puis il se tourna vers les deux inspecteurs.

— Messieurs, je souhaite vous présenter quelqu'un. Sirius Volkstrom.

L'inconnu hocha la tête.

Janvier ouvrit de nouveau la bouche en grand. Blanchard s'efforça de demeurer impassible. Au point où il en était, plus grand-chose ne pouvait le surprendre.

— Je ne pouvais pas vous le révéler avant, chers collègues, mais Monsieur Volkstrom travaille pour nous. Nous l'avions chargé d'une mission de surveillance auprès d'activistes du FLN en col blanc, dont Abderhamane Bentoui. C'était une mission confidentielle, c'est la raison pour laquelle je n'ai rien pu vous dire quand son nom est apparu dans le dossier.

— Et les empreintes ? interrogea Janvier, sortant de sa stupeur.

Sirius Volkstrom se tourna vers les deux flics et rompit son silence :

— Je m'étais introduit chez l'avocat deux jours auparavant car nous le soupçonnions de posséder des documents volés.

Blanchard observait ce manchot plein de suffisance. Il parlait avec un tel aplomb qu'il aurait pu justifier le crime de toute la famille Bentoui avec la même roguerie.

— Pourquoi son dossier chez nous était-il vide ?

Janvier semblait étrangement mobilisé, comme si apprendre qu'un type jouait au policier dans leur dos avec la bénédiction des grands patrons était la pire entorse à l'étiquette du 36.

Blanchard devina la réponse de Deogratias avant que celui-ci ne la formule.

— C'est une mission en dehors des clous si vous voulez, mais approuvée par le grand patron. Vous pensez bien que je protège mes informateurs en faisant en sorte que leur existence demeure discrète.

— Rassurez-vous, je n'ai jamais tué que des salauds ! L'honneur de la police est sauf avec moi !

Volkstrom se fendait la pêche et Deogratias avec lui.

— Voilà, messieurs. Vous savez tout. Il n'y a finalement aucun mystère dans cet assassinat, aussi tragique soit-il. Vous avez entendu les consignes du Préfet. Nous attendons votre rapport définitif au plus vite.

Deogratias congédia Blanchard et Janvier. Ils descendirent d'un pas fatigué les marches du grand escalier de la Préfecture pour rejoindre les bureaux de la Criminelle.

Amédée brisa le silence en premier.

— Si ce type-là est en mission d'espionnage auprès du FLN, je suis la femme de l'archevêque de Milan !

— C'est ça qui te chiffonne ?

— Si on a un casier sur ce mec, ce n'est pas pour y conserver ses médailles de scout ! Je me moque qu'on emploie des gars comme lui pour des affaires tordues, mais je n'aime pas être le dindon de la farce.

— Qu'est-ce que tu penses du cadavre repêché ? Ça aussi, ça pue l'entourloupe.

— Écoute, petit, je serais toi, je n'y toucherais pas. Papon nous a dit ce qu'il attendait, alors on s'exécute.

— C'est tout ? Tu viens de me dire qu'on se fout de notre tronche et tu veux t'écraser ?

— J'ai pas dit que j'aimais ça, mais j'obéis aux ordres. Surtout quand ils viennent d'aussi haut. Ce ne sera pas ma première affaire classée. Ni la dernière. Si tu veux durer dans ce métier, fiston, faut l'accepter. La raison d'État a ses raisons que nous, ses pauvres serviteurs, ignorons...

— C'est lâche, Amédée.

Il avait dit cela sans passion, sur le ton froid de la colère.

Il pensa que le Gros allait se vexer.

Janvier n'en fit rien.

— Je le sais. Et je m'en porte très bien.

24

Antoine Carrega, 21 janvier 1960

Carrega avait essayé de joindre le journaliste de *France-Soir* à plusieurs reprises, mais celui-ci l'avait éconduit à chaque fois. Il avait donc résolu de lui rendre visite en personne.

Antoine savait que les reporters n'embauchaient pas aux aurores, mais il était dix heures et demie du matin et Francis Paolini n'avait toujours pas pointé son nez rue Réaumur. Il patientait sur un coin de trottoir depuis deux heures, au milieu du ballet incessant des passants et des grossistes du Sentier charriant leurs ballots de toiles. Il commençait à avoir les nerfs en pelote.

Il était rentré de Marseille quelques jours auparavant quand il avait découvert l'article de Paolini en manchette de *France-Soir* : « Quintuple assassinat du quai de Montebello : le coupable retrouvé mort dans la Seine ». Il l'avait relu trois fois pour être sûr de n'avoir manqué aucun détail. L'affaire semblait bel et bien bouclée. Selon le quotidien, un ouvrier algérien en bisbille avec le FLN avait assassiné l'avocat

Abderhamane Bentoui et, ayant particulièrement mal choisi le jour de son crime, s'était retrouvé face à toute la famille, qu'il avait exterminée. La suite de la chronologie rapportée par l'article était un peu floue, mais le tueur s'était suicidé avec l'arme du crime. Son corps avait basculé dans la Seine et on avait fini par le repêcher quelques semaines plus tard à l'écluse de Suresnes, accompagné du pétard et d'une note de restaurant attestant de sa présence quai de Montebello au soir des meurtres.

Le Préfet de police de Paris et son adjoint étaient cités dans le papier. Ils disaient attendre le rapport définitif des inspecteurs chargés de l'enquête, mais ils exprimaient leur certitude : l'affaire était résolue. Ils offraient leurs condoléances à la famille de la Salle de Rochemaure – mais pas à la famille Bentoui, nota Antoine. Personne d'autre n'était interrogé dans l'article : ni Félix, qui avait pourtant déjà parlé à Paolini, ni les policiers qui enquêtaient, ni les collègues de l'assassin qui travaillait chez Citroën. Aucune mention non plus des pistes qu'il avait poursuivies ou soufflées à Paolini : celles de Victor Lemaire et de Sirius Volkstrom.

Franchement dubitatif sur l'issue de l'enquête telle qu'elle était rapportée par *France-Soir*, Carrega avait décidé de rendre visite à Paolini pour voir s'il en savait davantage. Après, seulement, il irait discuter avec Félix pour boucler l'histoire. Il souhaitait mettre un point final à cette affaire. Et ainsi faire le deuil de son sentiment d'échec.

Un type charriant maladroitement plusieurs rouleaux de tissu lui donna un coup dans l'épaule avec sa marchandise. Il s'apprêtait à râler quand il vit la silhouette de Paolini émerger du métro Sentier et marcher à pas rapides vers l'entrée de *France-Soir*. Carrega se porta à sa rencontre et se plaça sur sa trajectoire à un endroit où le trottoir se rétrécissait pour filer entre une vespasienne et un mur d'immeuble.

Francis Paolini reconnut d'emblée la figure fringante d'Antoine devant lui. Il se doutait qu'il resurgirait un jour.

— Qu'est-ce que tu veux ?
— Te parler cinq minutes.
— Je t'ai déjà fait savoir que j'étais pas intéressé.
— Je veux juste que tu me donnes les éléments que tu as dû omettre dans ton article sur l'assassinat des Bentoui.
— Va te faire foutre, tu m'emmerdes ! Je n'ai rien à te raconter. Laisse-moi passer !

Antoine n'était pas d'humeur à plaider sa cause indéfiniment.

Il fit mine de laisser Paolini se glisser entre le mur et lui, saisit son avant-bras et le tordit dans son dos. Le plumitif cria, mais pas assez fort pour dominer le vacarme de la rue. Carrega, qui avait choisi cet endroit à dessein, le fit pivoter grâce à la clef de bras et le propulsa sans ménagement dans la pissotière. Paolini s'affala dans l'urinoir la tête la première. Un inconnu qui était en train de remonter sa braguette les regarda un instant puis sortit précipitamment sans prononcer une parole. Ce qui se passait dans les vespasiennes parisiennes avait vocation à rester dans les vespasiennes parisiennes.

Carrega saisit son compatriote corse par les cheveux, fit mine de le relever, et lui flanqua un coup de pied dans les reins. Paolini s'étala de tout son long dans le drain d'écoulement des urinoirs.

— Tu arrêtes tes conneries et tu me dis ce que je veux savoir.

Gisant dans un mélange d'eau et de pisse, le reporter de *France-Soir* ne pouvait qu'acquiescer.

Carrega se retint de se boucher les narines.

— Qui t'a refilé ce que tu as écrit?
— La Préfecture.
— Pourquoi n'as-tu interrogé personne d'autre?
— Tu t'intéresses à la cuisine journalistique, maintenant?

Carrega fit un pas en avant.

— D'accord, d'accord! On m'a fait comprendre que le récit de la police est la version définitive de l'histoire.
— Qui ça, «on»?
— Mes chefs. La Préfecture. Personne ne veut faire de vagues.
— Tu y crois à cette version, toi?
— Qu'est-ce qu'on en a à foutre de mon avis?
— Moi, il m'intéresse. L'Algérien repêché dans la Seine : il a fait le coup selon toi?
— Peut-être, j'en sais rien.
— Pourquoi Lemaire et Volkstrom n'apparaissent-ils nulle part?

Paolini le regarda comme s'il ne captait pas. Carrega avait oublié qu'il ne lui avait jamais parlé de Volkstrom.

— Je reformule ma question : pourquoi Lemaire ne figure-t-il pas dans le paysage?
— J'en sais rien. Il ne cadre pas dedans, probablement.

Carrega le laissa se redresser en signe d'apaisement.

— Écoute, je ne suis pas un journaliste en croisade pour la défense de la veuve et de l'orphelin. Je veux bien sortir une bonne histoire qui emmerde le gouvernement ou les flics de temps en temps, mais je connais les limites à ne pas franchir. Tu m'as filé un tuyau, je t'ai filé un tuyau, nous sommes quittes.

Antoine ne parvenait pas à lâcher le morceau.

— Tu es convaincu par ce que tu as torché ?

— Non... Mais comme je te l'ai dit, on s'en carre de mon avis. Et tu devrais accepter la même chose pour le tien.

Carrega s'était trompé sur Paolini. Il l'avait cru plus acharné. En fait, comme tout le monde, il suivait l'inclinaison de la plus forte pente.

Maintenant que la tension retombait, Antoine respirait à plein nez l'odeur âcre de l'urine. Il n'avait plus qu'une envie : se tirer.

— Si tu m'as raconté des crasses, je l'apprendrai. Et ce ne sera pas de la pisse sur tes vêtements, mais du sang !

Carrega fit demi-tour et sortit de la vespasienne sans penser un traître mot de la menace qu'il venait de proférer. Pour lui aussi, l'histoire était terminée. Peu importe s'il ne croyait pas la version officielle. Il n'était pas parvenu à démêler l'écheveau et c'était trop tard.

Il héla un taxi et bondit dedans.

Le chauffeur avait tenté de lui faire la conversation, râlant contre le passage au nouveau franc, l'inutilité de cette mesure de crânes d'œufs et les difficultés du taux de conversion, mais Antoine n'avait rien écouté.

L'autre avait fini par se lasser. En arrivant devant l'immeuble d'Aimé de la Salle de Rochemaure, il lui avait glissé un tas de pièces jaunes et était descendu, laissant le conducteur à ses laborieuses divisions par cent.

Quand Carrega frappa à la porte de l'appartement, le majordome ne parut pas surpris et l'introduisit rapidement dans le salon.

Félix était assis sur un fauteuil face à la fenêtre, ses jambes reposant sur une petite banquette en velours, une couverture remontée jusqu'aux hanches. Il avait le teint parcheminé.

— Félix ?
— Ah, bonjour Gallura !

La voix éraillée était celle d'un vieillard qui ne conversait presque plus.

— Félix, je suis désolé. Je n'ai rien trouvé.

Le silence pesait.

— Je n'ai pas réussi à remonter les pistes que j'avais.
— Tu as fait de ton mieux, je ne t'en veux pas.

Carrega avait du mal à se l'avouer, mais ces mots desserraient la pression qui lui comprimait l'estomac depuis plusieurs jours. Il avala goulûment une bouffée d'air.

— J'ai revu le journaliste de *France-Soir* avant de venir ici. Il n'a rien de plus. Il est convaincu que l'affaire est enterrée par les condés. Pardon, par la police.

— Cette ordure de Papon lui-même m'a appelé tout faraud pour me dire qu'ils avaient retrouvé l'assassin et qu'il s'était suicidé ! Il a osé me dire « Justice est rendue » ! Je lui ai raccroché au nez.

Félix retrouvait un peu de sa verve, même si Antoine

avait l'impression qu'un mort-vivant s'adressait à lui : un homme qui ne survivait que grâce à la colère, celle que lui inspirait la mort de sa fille et de ses petits-enfants, mais aussi celle de l'individu héroïque qui prend acte que son pays est dirigé par des salauds.

Le compagnon de résistance reprit son souffle.

— Papon m'a fait rappeler par son bras droit, Deogratias. Il m'a présenté ses condoléances, avant de me faire savoir que des inspecteurs de la Brigade des jeux s'intéressaient à des dépôts suspects dans ma banque. L'ordure ! Il me confiait ça pour me prévenir, m'a-t-il dit…

Félix toussa, raclant sa gorge bruyamment.

— Ces brigands n'ont aucun scrupule ! De Gaulle a fait rentrer les loups dans la bergerie…

Antoine baissait les yeux.

— Je crois que je peux plus rien faire, Félix.

— Je te suis reconnaissant d'avoir essayé. Il n'y a pas grand monde qui m'a aidé.

— Je vais m'en aller. Je te laisse te reposer.

— Merci, Gallura. Repasse me voir quand j'irai mieux.

— Je n'y manquerai pas.

Aimé de la Salle de Rochemaure lui agrippa les mains, comme s'il s'accrochait à un esquif en plein océan.

Ils restèrent ainsi quelques secondes. Puis Antoine Carrega se dégagea doucement et se dirigea vers la porte. Il avait l'impression de s'évader d'un mouroir.

Quelques jours plus tard, Antoine Carrega reçut un paquet ficelé et emballé dans du papier marron à l'hôtel de la rue des Martyrs. C'était un petit tableau de 30 centimètres de côté. Une marine représentant un port inconnu avec des bateaux de pêche voguant vers le large au petit matin. La signature était indéchiffrable mais le style était celui des impressionnistes.

Il n'y avait aucun mot accompagnant la peinture, seulement l'adresse de l'expéditeur. Celle de Félix.

Antoine suspendit le tableau au mur, en face de son lit.

Une semaine plus tard, une notice nécrologique dans les journaux lui révéla qu'Aimé de la Salle de Rochemaure était décédé dans son sommeil. Le cœur avait lâché.

Antoine choisit de ne pas se rendre aux obsèques, dont la date et le lieu figuraient pourtant dans la notule.

Il préférait contempler la marine.

25

Sirius Volkstrom, 4 février 1960

Sirius avait toujours aimé le travail bien fait. Quel qu'il soit, et qui qu'en fût le commanditaire. Il s'efforçait d'accomplir sa tâche du mieux qu'il pouvait. Tant que ses propres intérêts ou sa survie n'étaient pas en jeu.

Depuis la curieuse confrontation à la Préfecture de police dans le bureau de Deogratias, il se sentait soulagé. Il était libre de ses mouvements et n'avait plus à craindre une arrestation intempestive. Les pauvres enquêteurs de la PJ qui tentaient, de leur côté, de bien faire leur métier avaient saisi le message : l'affaire était bouclée et leur clapet aussi.

Intérieurement, Volkstrom ne pouvait s'empêcher de tirer son chapeau à Deogratias. C'était lui qui avait imaginé ce plan tordu mais génial : puisque Victor Lemaire restait insaisissable, il fallait trouver un autre coupable et le servir sur un plateau à ses propres ouailles, moyennant un peu de pression hiérarchique habilement appliquée. Sirius s'était employé à dénicher le bouc émissaire idéal et la mise en scène adéquate. Cela avait fonctionné à merveille.

Lors de l'aparté qu'il avait eu avec Deogratias à l'issue de la réunion au quai des Orfèvres, ils avaient remis les pendules à l'heure entre eux. Le bras droit du Préfet avait promis de respecter rapidement leur accord : il lui avait remis l'argent dû et il s'était engagé à élargir Hector Danguin dans les quatre mois. Puis il s'était enquis des documents que Sirius avait planqués. Même s'il avait tenté de le faire de manière détachée, Sirius avait compris que cela le turlupinait sérieusement. Il avait donc joué franc jeu avec lui. En partie.

— C'est mon assurance-vie. Je ne sais pas ce qu'il y a dedans et je ne le saurai jamais, sauf si tu me contrains à y mettre le nez pour sauver mes abattis. Le jour où Danguin franchit la porte de sa taule, je te les remets et on n'en parle plus ! Je suis comme une vipère se dorant au soleil : tant qu'on ne m'emmerde pas, je ne bouge pas.

Deogratias avait pesté, mécontent mais impuissant.

Sirius lui avait menti. Lorsque Deogratias l'avait surpris chez lui avec ses menaces à peine voilées, il avait décidé d'en savoir plus sur ces mystérieux feuillets.

Il avait d'abord traîné, rechignant à s'éloigner de Paris tant qu'il était dans le collimateur de la police à cause de ses empreintes. Puis il s'était décidé, un matin de fin décembre, à prendre le train pour Dieppe, puis un autobus pour le bled où il s'était expédié les documents en poste restante. Hélas, le jour était mal choisi : c'était le 24 et le bureau de poste fermait à midi. Le réveillon de Noël était un jour comme les autres pour Sirius, qui avait réalisé trop tard que ses concitoyens aimaient leurs fêtes et leurs congés.

Il n'avait eu qu'un quart d'heure sur place avant la fermeture et avait paré au plus pressé. Récupérer son paquet, s'isoler dans un coin du bureau de poste, l'ouvrir rapidement. Il en avait sorti un cahier usé. La chose écrite n'avait jamais été son fort, surtout lorsque la calligraphie était arabe. Il l'avait écarté. Puis il avait parcouru des photos : des paysages dans le désert, des panneaux indicateurs, des camions, des monticules de terre. Sirius ne reconnaissait rien, ne comprenait pas ce qu'il regardait.

Il y avait également une lettre décachetée, qui avait été échangée entre les deux frères Bentoui, c'était bon signe. Mais après l'avoir déchiffrée en diagonale, elle n'avait ni queue ni tête pour lui. Le contexte lui échappait.

Volkstrom avait failli tout flanquer dans la poubelle à ses pieds.

Il restait les deux fascicules sur lesquels était apposé le tampon « Secret Défense » qu'il avait gardé pour la fin.

C'est le moment qu'avait choisi un agent postal pour annoncer la fermeture imminente des locaux.

Sirius avait jeté un œil empressé : des listes de matériel, des colonnes de chiffres. Cela restait obscur, mais ça s'annonçait prometteur. Le sceau du ministère des armées n'aurait su mentir !

Il avait dû réagir vite, avant de se faire expulser par l'employé impatient de farcir sa dinde. Il avait tout remballé précipitamment et avait réexpédié l'ensemble des documents vers une autre adresse normande en poste restante, sous le regard las du fonctionnaire désireux de fermer boutique.

Il avait ensuite rebroussé chemin vers Paris, convaincu qu'il détenait un atout dans sa manche, sans toutefois en saisir la nature exacte. Qu'est-ce que les Bentoui faisaient avec des documents « Secret Défense » chez eux ? Était-ce la véritable explication de l'opération à laquelle il avait participé ?

Il n'en savait pas plus aujourd'hui, mais cela avait suffi pour maintenir Deogratias à distance. L'adjoint du Préfet avait laissé tomber le sujet et, une fois cette tension évacuée, ils avaient discuté affaires. Leurs affaires.

Elles étaient la raison pour laquelle Sirius Volkstrom se retrouvait dans une rue miteuse du côté du quai de la Gare, dans le XIIIe arrondissement de Paris, sous une pluie fine mais incessante. Il était presque 23 heures et il était transi. Il faisait face à un hôtel borgne au crépi noirâtre, attendant que la douzaine d'hommes sous ses ordres finisse de se rassembler au sortir des deux fourgonnettes Citroën Type H banalisées.

Les types avaient l'air aussi frigorifiés que lui, d'autant qu'ils n'étaient guère habitués à ces températures. C'étaient tous des Algériens recrutés quelques semaines plus tôt en raison de leurs sympathies pour le drapeau tricolore. Des harkis.

Deogratias lui avait expliqué les grandes lignes de la mise en place d'une force de police auxiliaire destinée à opérer de manière autonome dans la lutte contre le FLN, n'ayant de compte à rendre qu'au Préfet. Des Algériens devaient combattre d'autres Algériens.

Comme le lui avait annoncé Deogratias : « Ce sont tous des Bougnoules, mais ceux-là ce sont NOS Bougnoules. Ils vont faire le sale turbin pour nous ! »

Sirius comprenait la logique. Il avait été embauché pour les encadrer au début. Après, il devait disparaître, les laissant gérer leur tambouille entre eux.

Ce soir était un galop d'essai avant le grand démarrage des opérations qui devaient, selon la Préfecture, permettre d'éradiquer le FLN dans le département de la Seine. Cela faisait maintenant deux ans que les indépendantistes algériens commettaient des attentats dans l'Hexagone, semant la peur dans la population. Le Premier ministre Michel Debré, menton en avant, ne pouvait évidemment tolérer que les braves Français de métropole soient réveillés la nuit par le bruit des bombes ou des rafales, et encore moins qu'ils y succombent. Il fallait donc terroriser les terroristes !

Volkstrom observait l'hôtel où rien ne bougeait. C'était une pension pour travailleurs musulmans et, à cette heure-là, ils devaient déjà dormir. Sirius jeta un coup d'œil à ses recrues. Elles n'avaient pas l'air vaillantes, mais elles devraient néanmoins s'acquitter de leur tâche, guère compliquée.

Sirius avait un pistolet avec lui et un des harkis, un ancien de l'armée française, s'était vu confier une mitraillette. Les autres étaient armés de matraques.

Ils traversèrent la rue au pas de course. Volkstrom entra en premier. Il allongea une beigne au veilleur de nuit puis brandit sa carte tricolore – celle généreusement fournie par le Service d'action civique. Comme le gardien avait du mal à émerger de son sommeil, il le saisit par le col de veste.

— Réveille-toi, ahuri ! Police ! Ordres spéciaux du Préfet ! On vient faire le ménage dans ton taudis !

Pendant qu'il secouait le pauvre hère, les harkis filaient derrière lui et investissaient l'escalier.

Au bout de quelques secondes, il entendit les premiers coups frappés aux portes des chambres, le fracas des huisseries, les ordres et les menaces en français et arabe mélangés. L'hôtel, paisible comme un cimetière deux minutes auparavant, n'était plus que cris, engueulades et lamentations. Tous les locataires qui possédaient de la littérature du FLN, ne serait-ce qu'un tract, tous ceux qui résistaient, tous ceux qui avaient l'air suspects, devaient être embarqués. C'était la consigne.

Le veilleur de nuit s'était rassis. Sirius ordonna à l'ancien militaire à la mitraillette de le surveiller, ainsi que le vestibule, et il s'élança vers les étages.

Il s'arrêta au premier palier. Les portes étaient grandes ouvertes et, dans leurs chambres, leurs habitants se tenaient contre le mur pendant que les harkis retournaient tout sans égard.

Il grimpa au second. Même topo. Un de ses hommes venait de trouver une pile de feuilles imprimées qu'il brandissait en direction d'un des travailleurs algériens en le houspillant. Avant que celui-ci n'ait eu le temps de répondre, il reçut une volée de coups de matraque à la tête et au ventre. Puis on lui passa les menottes.

Volkstrom se moquait de savoir ce que ses troupes dénichaient. Son travail consistait à s'assurer qu'elles fassent bien la besogne, c'est-à-dire qu'elles soient hargneuses et efficaces. Pas la peine de monter au troisième et dernier étage, ce qu'il avait vu jusqu'ici le satisfaisait. Quelques minutes plus tard sa troupe le rejoignit. Elle ramenait cinq hommes menottés et quelques liasses de documents, ainsi que deux calepins qui ressemblaient à des carnets d'adresses.

— Vous avez tout fouillé ?

— Oui, chef. On ramasse ces cinq-là. C'est des FLN ou des sympathisants. On peut y aller !

Un des Algériens menottés tenta de protester qu'il n'avait rien à voir avec le FLN. Il récolta un coup de matraque sur l'oreille qui le fit hurler de douleur.

— Bon, on les embarque dans les paniers à salade et on y va !

La douzaine d'hommes et leurs prises de la soirée se dirigèrent vers les deux fourgonnettes Citroën. Sirius s'assura qu'on accrochait les captifs à des anneaux scellés dans les parois afin qu'ils ne tentent rien pendant le trajet. Puis il grimpa à l'avant de la camionnette de tête.

— Si ça se trouve, un de nos passagers a vissé les boulons de la carrosserie, plaisanta-t-il à l'adresse du chauffeur.

Il leur fallut à peine une vingtaine de minutes à cette heure tardive pour contourner Paris par les maréchaux et parvenir à Romainville. Sirius regardait les lumières des lampadaires et des bars de nuit défiler sans voir autre chose que des taches colorées. Personne ne pipait mot.

Ils finirent par arriver à l'entrée du fort de Noisy où ils étaient attendus.

Un soldat aux écussons de capitaine, visage joufflu et cheveux en brosse qui luttaient contre la calvitie, faisait les cent pas devant l'entrée de la caserne. C'était le grand manitou des Forces de police auxiliaires.

Raymond Montaner. Ancien spahi algérien, il avait conçu ce plan d'utiliser des harkis contre les indépendantistes, et l'avait vendu à Michel Debré et Maurice Papon. Il dirigeait désormais sa petite milice privée dans les coulisses de la République.

Il se précipita vers Sirius qui ouvrit la fenêtre de son véhicule.

— Tout s'est bien passé ?
— Comme sur des roulettes. On en ramène cinq.

Volkstrom avait passé quelques jours dans ces lieux la semaine précédente en compagnie du capitaine, afin de commencer à former les recrues. Il trouvait l'endroit sinistre. On lui avait dit que le fort, sur le modèle Vauban, avait servi de camp d'internement durant la guerre – on y détenait les opposants aux nazis avant de les fusiller –, mais c'était moins ce passé ténébreux qui le gênait que les vieux murs qui suintaient l'humidité et la mort.

Ils finirent par se ranger devant un immeuble administratif et Montaner prit le commandement des opérations, dirigeant tout le monde – prisonniers et geôliers – vers une porte qui conduisait au sous-sol.

Volkstrom prit le temps de griller une cigarette dehors avant de rejoindre sa troupe, qui était redevenue celle du capitaine. C'était aussi bien ainsi. Il n'avait aucune intention de s'impliquer dans cette tâche trop longtemps. Il le faisait parce que Deogratias le lui avait demandé, en contrepartie d'une généreuse rémunération par le SAC pour quelques actions pas bien compliquées. Ce que ces barbouzes attendaient de lui ne taxait ni sa santé ni son intelligence. Il avait servi deux fois de garde du corps à un ponte gaulliste lors d'un déplacement dans une ville communiste de banlieue. Il avait accompagné une équipe pour coller des affiches de nuit, et il s'était joint au service d'ordre lors d'une manifestation en faveur de l'Algérie française. C'était à peu près tout. Les dirigeants du SAC ne semblaient pas très regardants sur l'argent, ils avaient toujours des liasses de billets dans leurs bureaux pour payer les gens comme lui. Et il leur devait sa carte tricolore qui, ce soir l'avait encore prouvé, s'avérait bien commode.

Il plongea à son tour dans les caves du bâtiment. Une douzaine de cellules étaient alignées dans le couloir devant lui. Les cinq captifs y avaient été enfermés. Il retrouva Montaner qui transmettait ses consignes à la douzaine de policiers auxiliaires, glissant parfois des mots d'arabe ou d'argot dans la conversation.

Ses ambitions n'étaient pas minces. Il entendait démanteler les réseaux algériens du FLN sur Paris et sa banlieue en infiltrant ses agents dans les hôtels et les foyers de travailleurs, puis en arrêtant les individus suspects d'appartenir à l'organisation clandestine, enfin en les obligeant à dénoncer leurs petits copains, et ainsi de suite jusqu'à éliminer tous les terroristes algériens. Le gros de cette opération devait être lancé bientôt, mais puisqu'il fallait démarrer par un bout, Sirius avait été chargé de ramener quelques individus logeant dans un hôtel du XIIIe afin d'amorcer la pompe à renseignements.

Maintenant, il fallait faire causer les types en cellule.

Sirius connaissait le métier, mais on ne l'avait pas désigné pour ce versant des opérations. Il ne s'en plaignait pas.

Dans des caisses à même le sol, il y avait une variété

d'ustensiles : pinces, marteaux, clous, chiffons, fer à souder... C'était du matériel de seconde main, visiblement racheté à des carrossiers. Quelques seaux en métal étaient rangés à côté d'un tuyau d'arrosage. Sur un tabouret se trouvait également une grosse batterie de camion reliée à des pinces crocodile grand format.

Il y avait un bureau en métal dans un coin, mais il était vierge de tout papier, crayon ou machine à écrire. Les informations qu'allaient saigner et vomir les prisonniers n'étaient pas destinées à figurer sur des procès-verbaux en bonne et due forme.

D'une manière générale, Sirius préférait ignorer cette guerre. Les Algériens pouvaient réclamer leur pays si ça leur chantait, ils n'avaient qu'à se débrouiller pour balancer les colons à la mer. Quant aux Français, les plus malins avaient compris que c'était une cause perdue. Même de Gaulle parlait maintenant d'autodétermination. Seuls les imbéciles et les atrabilaires voulaient garder les Algériens en bleu, blanc, rouge.

Comme il fallait quand même qu'il dise quelque chose à Montaner, qu'il joue au minimum son rôle, il lui fit un bref rapport :

— Les mecs n'ont pas été mauvais ce soir. Encore une ou deux sorties et ils pourront se débrouiller seuls.

— C'est mon sentiment aussi. On va commencer par le XIIIe, et puis on verra ensuite dans le XVIIIe.

— T'as encore besoin de moi ?

— J'aimerais bien que tu surveilles encore quelques descentes. Pour ce soir, ça ira. Les types savent ce qu'il faut faire. Ça ne va pas prendre trop de temps, c'est du menu fretin.

Quelques frappes sur des chairs molles se firent

entendre depuis une cellule, suivis de cris et de plaintes. Des claques. C'était la première étape. Avant les coups de poing, puis les outils, puis l'électricité.

Montaner se tourna vers Sirius qui s'apprêtait à partir.

— Pourquoi se salir les mains, je te le demande? Ils font le boulot pour nous. Arabe contre Arabe! Algérien contre Algérien! C'est tout bénef.

Volkstrom haussa les épaules et gravit l'escalier en murmurant : « Si tu crois qu'on ne se salit pas les mains juste parce qu'on garde les ongles propres... »

26

Luc Blanchard, 14 février 1960

Tout était bon pour échapper à la rédaction de ce satané rapport.

Blanchard arrivait au bout après plusieurs jours de labeur, mais il croyait tellement peu à ce qu'il rédigeait qu'il peinait à avancer. Janvier lui avait lancé : « Écris ce qu'on t'a demandé, pas de fariboles, pas d'hypothèses, pas de doutes », mais le Gros n'était pas réapparu au bureau depuis plusieurs jours. Il avait fait savoir à la médecine du travail qu'il était cloué au lit par une sciatique. Luc ne savait pas si c'était vrai ou inventé de toutes pièces, par lâcheté, pour ne pas avoir à subir le regard nourri de reproches de son jeune adjoint.

Toujours est-il que Blanchard devait boucler seul le rapport d'enquête sur la mort de la famille Bentoui et que, plus il approchait du point final, plus son rythme de frappe sur la machine à écrire ralentissait. Le cliquetis des barres à caractères faisait penser au balancier d'une horloge comtoise qui scandait les secondes. Ses collègues s'en rendaient compte et venaient gentiment le distraire de temps en temps. Mais aujourd'hui, un dimanche, il n'y avait presque personne pour lui sortir la tête de sa Japy.

Luc Blanchard avait toujours eu la mentalité du bon élève. Rédiger un document avec autant d'incohérences heurtait son sens du devoir.

Il se replongea dans le rapport d'autopsie du docteur Martin qu'il avait à côté de lui. Le responsable scientifique semblait avoir écrit son compte rendu avec le même embarras que lui. Il tergiversait sur la durée d'immersion du cadavre dans la Seine, ses estimations variaient selon les paragraphes. À un endroit, le spécialiste parlait de «quelques semaines». Pourtant, quand il expertisait la facture de restaurant retrouvée dans la poche du macchabée, il notait que l'encre disparaissait normalement au bout de quelques jours dans l'eau. Dans ses conclusions, il entretenait le flou, en refusant de se prononcer, avant de se contredire en mentionnant «un séjour prolongé dans l'eau d'une à plusieurs semaines».

Tout le reste était à l'avenant : flou, imprécis, contradictoire. Lors d'une enquête ordinaire, Luc aurait décroché son téléphone pour interroger Martin, mais il se doutait que c'était inutile. Le technicien se murerait dans sa tour d'ivoire scientifique. Il n'était déjà guère aimable en temps normal, il ne fallait pas espérer qu'il se montre loquace dans ces circonstances.

Il referma le rapport de la police technique et positionna de nouveau ses doigts au-dessus de sa machine à écrire. Jusqu'ici, il avait fidèlement suivi les conclusions, si on pouvait les qualifier ainsi, de l'expert. Mais, là, il se demandait quand même s'il ne devait pas mentionner un détail absent du rapport. L'arme utilisée pour le suicide, un pistolet automatique 7,65 mm, était celle qui équipait une grande majorité de la police parisienne. Avec un silencieux, qui plus est. Comment un simple ouvrier de Citroën avait-il mis la main sur un tel calibre ? Pourquoi se faire sauter le ciboulot avec autant de discrétion ? Pour épargner le sommeil des voisins ?

Luc se perdait en conjectures aussi tarabiscotées qu'inutiles. Il enlevait ses lunettes, les essuyait, les remettait. Il se remémora avoir lu un jour un texte à propos du rasoir d'Ockham. Il avait même regretté que cela ne lui ait pas été enseigné lors de sa formation. Cette théorie – ou était-ce juste une ligne de conduite ? – établie par le philosophe anglais Guillaume d'Ockham au XIVe siècle postulait un « principe de parcimonie ». Selon ce savant homme, il ne fallait pas rajouter des hypothèses à celles déjà existantes, dans le but de parvenir à une conclusion plus satisfaisante, voire préordonnée. En langage commun, c'est-à-dire en termes policiers, on pouvait traduire cela ainsi : « les hypothèses les plus simples sont les plus vraisemblables ».

Or il paraissait de plus en plus évident à Luc que cette enquête acceptait au contraire les hypothèses les plus tordues et les moins vérifiables pour déterminer ce qui s'était passé. Guillaume d'Ockham n'avait jamais eu affaire à Papon ou à Deogratias.

D'ailleurs, le dossier ne comprenait nul procès-verbal de l'entretien que le bras droit du Préfet avait soi-disant mené avec le responsable du personnel de l'usine de Citroën. Blanchard se demandait s'il devait se contenter de ce que lui avait dit oralement

Deogratias ? Ou alors fallait-il signaler l'absence de PV et, du coup, remettre en cause le nom même du suicidé coupable d'un quintuple crime, Ali Bensalem ?

Un de ses rares collègues présents en ce dimanche gris de février passa à proximité de son bureau et lui donna une tape dans le dos.

— Allez Blanchard ! Encore un effort et tu seras dans les petits papiers de Papon !

Luc voulut le fusiller du regard, mais il se retint. Au moins ses affres l'avaient rapproché des autres inspecteurs. La camaraderie dans le bourbier. Autant ramasser quelques miettes de cette sollicitude plutôt que de crever de faim pour l'honneur, se dit-il.

Blanchard esquissa un sourire qu'il espérait pas trop forcé.

Il regarda sa montre. Dix heures du matin. Il décida de s'accorder une petite pause, et puis il boucleraient définitivement cette saleté de rapport. Il allait y arriver. Aujourd'hui.

En attendant, il s'empara de l'exemplaire du *Monde* qu'il avait ramassé sur une banquette de métro sur le chemin de la Préfecture. Le gros titre de Une annonçait : « La France fait exploser sa première bombe atomique ». Luc avait déjà entendu l'information à la radio, mais il n'avait encore rien lu dessus. La nouvelle semblait importante, d'après ce qu'il pouvait en juger, mais elle ne faisait pas un bon sujet de conversation de bureau.

Il prit son temps pour lire l'article. C'était toujours ça de gagné sur la rédaction de son rapport.

« Il est 7 h 4 min 20 s lorsque le compte à rebours (qui a été enregistré pour prévenir une éventuelle défaillance humaine provoquée par l'émotion) prend fin. Un très

violent éclair se substitue alors à ce qui était jusque-là le sommet de la tour. Puis, instantanément, une énorme boule de feu monte très rapidement dans le ciel, aveuglante malgré les lunettes noires spéciales dont se sont munis les expérimentateurs. Alors que le sol est toujours plongé dans l'obscurité, un nuage virant de l'orange au mauve, puis au gris bleu, s'élève dans le ciel. Le spectacle apparaît tellement grandiose à ceux qui y assistent qu'ils en oublient l'onde de choc à venir (une quarantaine de secondes pour atteindre le PC d'Hamoudia).

« *L'explosion de Gerboise bleue venait de donner une puissance voisine de 70 kilotonnes de TNT, soit quatre fois la puissance d'Hiroshima.*

« *Dès 7 h 46, le général de Gaulle adresse un message de félicitations : "Hourra pour la France! Depuis ce matin, elle est plus forte et plus fière. Du fond du cœur, merci à vous et à ceux qui ont pour elle remporté ce magnifique succès."* »

Une fois terminée sa lecture, le bon élève Luc Blanchard saisit le dictionnaire qui traînait sur un coin de bureau. Il tourna les pages jusqu'à la lettre G. Oui, la gerboise était bien un petit rongeur à grandes pattes, il ne s'était pas trompé.

Il ne savait s'il devait en rire ou célébrer l'imagination débridée de l'armée française qui avait choisi un animal bondissant à l'air saugrenu pour baptiser un engin de destruction. Peut-être qu'un officier s'était trompé en retranscrivant les directives : ce devait être Gauloise bleue et il avait mal compris…

Luc sourit intérieurement à sa blague potache. Il n'osait évidemment la partager avec ses collègues, ne sachant comment elle serait reçue. Après tout, si l'on en croyait de Gaulle, il fallait être fier de cet événement. Fier d'être Français en ce moment historique où les descendants des Gaulois pissaient désormais aussi loin que les Américains, les Russes et les Britanniques.

Il revint à son journal pour lire l'éditorial du *Monde*, censé aider les gens à penser droit.

« *Voici donc la France dotée de l'arme atomique. Peut-être la nation en tirera-t-elle une fierté accrue, peut-être son prestige sera-t-il grandi aux yeux de l'univers. Se sentira-t-elle mieux protégée ? De cela au moins il est permis de douter. On peut estimer au contraire que la France eût mieux répondu à sa vocation et aurait gagné davantage à s'engager dans une autre voie, à vouer ses ressources et ses efforts aux applications pacifiques de l'énergie atomique, à s'efforcer, inlassablement, de tenir en alerte la conscience du monde et de l'éclairer sur les conséquences de la prodigieuse mutation qui commande désormais son destin. Ce que la France vient de faire, d'autres pays voudront le faire aussi, et l'on voit mal quels arguments il serait possible de leur opposer.*

« *Cela dit, mieux vaut le fait accompli qu'une attente devenue pénible qui, plus encore que les retombées atomiques, empoisonnait l'atmosphère internationale. Si, comme il est permis de l'espérer, l'explosion de Reggane ne porte aucun dommage réel aux populations alentour, la campagne d'agitation organisée dans les pays africains, qui nous avait mis l'an dernier en position difficile à l'ONU, devra s'arrêter faute d'objet.* »

Cela continuait ainsi sur plusieurs paragraphes, une sorte de reproche poli qui ne parvenait pas à cacher le fait que tout ce qu'on pouvait écrire ne servait à rien. La bombe atomique tricolore était bel et bien là, et il fallait faire avec.

Cependant, pour l'instant, Gerboise bleue, en dépit de sa belle technologie hexagonale, campait au milieu du désert d'Algérie. Et les Algériens, il le savait fort bien depuis son poste d'observation de la Préfecture de police parisienne, semblaient déterminés à se débarrasser de la présence des rongeurs tricolores sur leur sol.

Tout cela ne paraissait guère prometteur.

Comme son compte rendu définitif d'enquête. Il posa le journal et se remit à écrire.

Quelques heures plus tard, il avait bouclé le rapport. Soulagement.

Il n'allait pas le remettre tout de suite à ses supérieurs. Il voulait le laisser décanter un jour ou deux, même s'il savait qu'il ne reviendrait pas dessus. Il avait fait ce qu'on lui avait demandé. Bon petit soldat. Bon petit flic. Tout le monde serait content de lui. Sauf lui.

Las et désormais désœuvré pour la journée, il décida sur un coup de tête de se rendre chez Pauline Doré. À cette heure-là, un dimanche en fin d'après-midi, elle devait sans doute être chez elle.

Il quitta son bureau, animé par un curieux mélange de confiance en lui et de revanche après avoir achevé son rapport. Il voulait voir Pauline, la surprendre et la prendre dans ses bras. Franchir enfin ce fossé qui les séparait depuis des semaines.

Il sauta dans un bus et, une quinzaine de minutes plus tard, descendait au croisement de la rue Saint-Maur et de la rue de la Fontaine-au-Roi. Il pénétra dans l'immeuble de Pauline qui était grand ouvert en raison d'un déménagement dans la cour intérieure.

Arrivé devant sa porte, il s'immobilisa un instant pour écouter avant de frapper. C'est alors qu'il entendit des voix assourdies. Au bout de quelques secondes, il reconnut celle de Pauline qui parlait tout doucement. Il n'arrivait pas à distinguer les mots, mais c'était bien elle. L'autre voix était celle d'un homme. Lui aussi conversait à voix basse.

Luc n'osait s'approcher davantage de la porte. Coller son oreille au battant lui aurait permis de suivre l'échange, mais l'idée qu'il se faisait de lui en gentleman l'en empêchait.

Il se concentra sur la voix masculine. Il savait que les parents de Pauline la visitaient de temps en temps. Peut-être était-ce son père ?

Non, le timbre était trop jeune. C'était celui d'un trentenaire, d'un quadragénaire peut-être. La conversation paraissait fluide, intime, personnelle. Il avait la sensation qu'il aurait pu être de l'autre côté du mur. Que c'était exactement la tonalité feutrée qu'il employait quand il était seul avec Pauline dans un endroit isolé, au cinéma avant le début du film ou dans le recoin d'un restaurant.

Il décida quand même d'avancer sa tête vers la porte, pour entendre un peu mieux, sans pour autant se résoudre à plaquer son oreille sur le bois.

Alors qu'il commençait à déchiffrer quelques mots insignifiants (« Tu.. », « Moi.. », « Je vais.. », « Qu'est-ce que tu… », « Pourquoi ? »…), il entendit une bouilloire qui se mettait à siffler. Puis le son de chaussures à talons qui se déplaçaient sur du carrelage et la voix de Pauline, parfaitement audible : « Je fais du thé.

Est-ce que tu en veux ? » La réponse fut tout aussi nette : « Non merci, ma chérie. Je ne bois que du café, tu sais bien. »

Luc se redressa, figé dans le couloir.

La conversation de l'autre côté avait repris un ton ouaté, mais il n'écoutait plus. Blanchard exécuta un demi-tour si parfait qu'on aurait pu l'enseigner dans une école militaire, et il descendit l'escalier.

Pauline Doré avait donc quelqu'un d'autre. Qui l'appelait « chérie » et avec qui elle susurrait un dimanche après-midi chez elle. Il aurait dû s'en douter. Il avait l'impression que son estomac contracté tirait sur son diaphragme à lui faire mal. Il dut s'arrêter de marcher dans la rue et s'efforça de respirer lentement. Il s'adossa à un mur, ôta son chapeau et ferma les yeux. Il n'en revenait pas de la force avec laquelle la douleur psychologique de ce qu'il venait de découvrir se manifestait dans son corps.

D'un seul coup, son cerveau n'était plus anesthésié. Il tournait à plein régime. Il essayait de se rassurer, non pas sur ce qu'il avait entendu, qui était limpide, mais sur ses propres sentiments. Il était las du manège sans issue avec Pauline. S'ils avaient dû tomber éperdument amoureux dans les bras l'un de l'autre, cela se serait déjà produit. Il s'était accroché à un mirage.

Il demeura ainsi une dizaine de minutes, le long du mur, à explorer les méandres de ses émotions, essayant d'éloigner toute sensation de tristesse. Il ferma de nouveau ses paupières en s'appliquant à faire le vide, tenter de retrouver l'état d'esprit qui lui avait permis de s'arracher de la porte de Pauline et de faire demi-tour.

Il rouvrit les yeux.

Un homme marchait lentement et le fixait du regard. Un Maghrébin, jeune et maigre, avec une fine moustache. Il était rare que les musulmans soutiennent le regard des Européens qu'ils croisaient. Généralement, ils baissaient les yeux. Mais celui-là continuait de le dévisager tout en poursuivant son chemin.

Blanchard avait l'impression que l'homme ne le scrutait pas par curiosité. Ses yeux semblaient pleins de reproches. Il le connaissait.

Le type finit par le dépasser, mais il se retourna à trois reprises sans aucune gêne, pour, cette fois, lui jeter un regard noir.

Il décida d'ignorer ce passant curieux pour revenir à ses problèmes. Mais, à l'instant où il prononçait le prénom de Pauline dans sa tête, il réalisa : le Maghrébin qu'il venait de croiser était l'un de ceux qu'il avait tabassés à la PJ au lendemain du viol de la jeune femme.

Il se revit en train de lui asséner des claques et de le questionner en vain. Il ne se souvenait plus de son nom mais il s'était comporté comme tous les autres : silencieux, craintif, dépassé par les événements. Seuls son air chétif et sa petite moustache permettaient à Luc de s'en souvenir des mois plus tard. Mais le type, lui, n'avait pas oublié le sale moment qu'il avait passé dans les griffes de la police parisienne.

Après plusieurs jours en cellule, Blanchard l'avait fait relâcher, avec les autres, sans se préoccuper de ce qui avait pu se passer pendant ce temps-là. Certains avaient peut-être perdu leur boulot. Des familles avaient peut-être paniqué. Des rendez-vous importants avaient été manqués...

Il ne s'en était pas soucié un seul instant.

Aujourd'hui, ce regard lourd de reproches venait renforcer le sentiment de culpabilité qu'il éprouvait depuis qu'on lui avait ordonné de boucler le rapport d'enquête Bentoui. Dans son pays, aujourd'hui, certains hommes valaient moins que d'autres. Péniblement, il se remit en marche. La rue descendait en pente douce vers le canal Saint-Martin. Il était plus facile de se laisser porter par la déclivité.

Arrivé rue du Faubourg-du-Temple, il rentra dans un café et commanda un calva. C'était la première boisson qui lui était venue en tête. Probablement parce qu'il avait vu Janvier s'en enfiler des dizaines dans les moments de désarroi.

Il avala le premier verre cul sec, en commanda un second et se mit à le siroter doucement. Il voulait passer à autre chose, penser à autre chose. Il fut tenté de retourner à la PJ et de se proposer pour le service de nuit à la place d'un de ses collègues. Mais il n'était pas sûr de pouvoir affronter la collégialité d'une veille nocturne et l'humour de corps de garde qui va avec.

Il décida alors de passer un coup de fil et se dirigea vers la cabine téléphonique au fond du bar. Retrouvant un numéro sur son carnet, il composa : MON 28.12. Au bout de trois sonneries, une voix féminine décrocha.

— Bonjour, c'est l'inspecteur Blanchard.

— Bonjour monsieur l'inspecteur, comment allez-vous ?

— Bien, et vous ?

— Très bien. J'étais en train de lire.

Luc hésita, un instant. Mais la femme ne dit rien de plus, lui laissant l'initiative.

— Vous avez reçu le livre que je vous ai envoyé ?
— Bien sûr. C'est justement celui que je suis en train de lire. J'attendais de l'avoir fini pour vous envoyer un mot de remerciement. J'aurais trouvé impoli de vous remercier sans vous parler de ma lecture. Mais je vous accorde que *L'arrache-cœur* est un choix intrigant… Comme vous, monsieur l'inspecteur.
— J'aime beaucoup Boris Vian.

Il avait répondu la première chose qui lui passait par la tête.

Il avait acheté ce livre pour l'envoyer à Margot Desjoyaux, de manière instinctive, quelques jours après l'avoir rencontrée, alors qu'il passait devant un bouquiniste sur les quais. Cela lui avait semblé une évidence. Il adorait lire mais le cachait. Elle s'en était rendu compte, elle aimait aussi les romans contemporains, alors il avait voulu partager cette connivence. Il n'avait pas réfléchi davantage. Pas plus qu'au sens du titre *L'arrache-cœur*.

Hormis le crachouillis de la connexion, la ligne téléphonique demeurait silencieuse.

Finalement, c'est Margot qui reprit la parole.

— Moi aussi, j'aime beaucoup Boris Vian. Merci pour votre cadeau.
— Ravi qu'il vous plaise.

De nouveau, le silence.

— Que faites-vous inspecteur ?
— Rien de particulier. Je me promenais le long du canal Saint-Martin.
— Voulez-vous venir prendre un verre à la maison d'ici une heure et demie ? J'aurai terminé le livre et je pourrai vous confier ce que j'en ai pensé.
— D'accord. À tout à l'heure, alors.

Luc regarda sa montre. Il avait juste le temps de repasser chez lui pour se changer.

Il arriva à l'heure dite. Il avait opté pour une bouteille de muscat de Frontignan plutôt qu'un bouquet de fleurs, puisqu'il était invité à boire un verre chez une fleuriste. Devant la porte, il hésita à ôter ses lunettes qui le faisaient passer pour un premier communiant, puis renonça. Margot l'avait déjà vu avec.

La première chose qu'il remarqua quand elle entrouvrit la porte fut ses yeux verts. Ils étaient discrètement maquillés et le dévisageaient en souriant. Il renifla un effluve de parfum qui lui prouvait qu'il était attendu. Margot était habillée de manière simple : une jupe en laine grise, des bas noirs et un chandail vert sombre qui épousait son buste.

Elle le fit entrer dans le salon. Une cigarette finissait de se consumer dans un cendrier qui jouxtait l'ouvrage qu'il lui avait offert. Elle remarqua son regard scrutateur et sourit.

— Vous voyez, je ne vous ai pas menti, inspecteur ! J'ai bien lu votre livre.

— Je n'en doutais pas. Je constate que vous aimez corner les pages.

— Uniquement les passages qui me plaisent et que je souhaite relire quand j'ai la flemme d'entamer un nouveau livre. Je vous débarrasse, inspecteur ?

— Uniquement si vous cessez de m'appeler inspecteur.

— Très bien. Monsieur Blanchard, alors ?

— Luc, c'est encore mieux.

— D'accord, Luc.

Il lui tendit son manteau, son chapeau et la bouteille.

Elle disparut un instant et revint avec deux verres, un tire-bouchon et une assiette d'olives noires confites.

Elle lui fit signe de s'asseoir sur le canapé et prit place à côté de lui.

Luc s'empara de la bouteille de muscat pour la déboucher. Il remplit copieusement les deux verres mais, aussitôt, s'excusa presque.

— Vous savez, normalement, je ne bois quasiment jamais.

— Mais vous faites une exception pour moi?

Il rigola sans répliquer.

Il agissait depuis plusieurs heures en pilotage automatique : les calvas, le coup de téléphone, l'acceptation du rendez-vous, le beau costume qu'il avait enfilé, le vin doux…

— À votre santé, à vos amours!

Margot levait son verre dans sa direction.

Il ne savait que répondre.

Il fit tinter son verre contre le sien et dit ce qui lui passait par la tête :

— Et à nos cœurs arrachés!

Margot fit la moue.

— Je ne suis pas sûre de vouloir trinquer à cela…

— Je faisais référence au livre de Vian.

— J'avais compris. Mais quand même…

Ils burent chacun une gorgée.

Margot tendit la main vers le paquet de cigarettes sur la table et lui en proposa une.

— Vous fumez?

— Non, je vous remercie.

Il se saisit du gros briquet en argent à côté du

cendrier et l'approcha de la cigarette qui pendait aux lèvres de Margot.

Il arrêta son geste un instant et la regarda droit dans les yeux. Elle avait un visage impassible. Une petite moue perplexe se forma à la commissure de sa bouche.

Luc écarta le briquet sans avoir allumé la cigarette. Il le reposa.

La curiosité se lisait dans le regard de Margot.

Il ramena sa main vers sa bouche et, avec délicatesse, lui ôta sa cigarette des lèvres.

Il rapprocha sa tête.

Puis il colla ses lèvres aux siennes en fermant les yeux.

Il s'attendait à un mouvement de recul de sa part, ou alors à se faire repousser, mais Margot se laissa embrasser.

Il goûta le vin sucré sur ses lèvres.

Au bout d'une poignée de secondes, il releva la tête, rouvrit les yeux.

Margot l'observait. Sans animosité, ni condescendance. Ce qui l'aurait tétanisé. À dire vrai, elle avait l'air plutôt amusée. Un peu émoustillée même.

Luc n'était jamais parvenu à se convaincre qu'il était beau garçon. On le lui avait déjà dit, bien sûr : les filles qu'il voyait en cachette dans les couloirs reculés du pensionnat lorsqu'il était au lycée, les quelques amourettes qu'il avait vécues lors de ses études, et puis les prostituées bien sûr, qui étaient souvent plus âgées que lui et qui s'émerveillaient devant la finesse de ses traits, mais il avait du mal à les croire puisqu'il les payait pour un ersatz d'amour.

Il savait qu'avec ses lunettes et son air souvent

pincé, il était loin des don Juans tels qu'il se les imaginait. Loin de Lionel Adan dont la seule photo dans un magazine semblait transporter les midinettes.

Alors, que pouvait bien penser Margot ?

Il se rapprocha de son visage et elle se laissa de nouveau embrasser. Il lui sembla même qu'elle remuait les lèvres.

Il s'enhardit en posant une main sur son cou.

Il respira goulûment son parfum.

Il entrouvrit les paupières pour constater qu'elle avait fermé les siennes.

Il ne voulait plus bouger.

Mais il eut soudain un besoin irrépressible de respirer. Il recula un peu brusquement et donna un coup de pied dans la table basse. Un verre de muscat se renversa, répandant son contenu.

— Flûte, je suis désolé…

Il voulut redresser le verre, mais Margot s'y opposa. D'un seul mouvement, elle se pencha sur lui, l'embrassa, le saisit par la cravate et lui plaqua une main sur la braguette. Il ne s'en était pas encore rendu compte, mais il était déjà dur.

Il eut un mouvement de surprise et il se tendit.

Sans lâcher prise, Margot lui susurra :

— Laissez-vous faire, inspecteur.

Il se sentit dépassé par ce qu'il avait provoqué.

Pas Margot, qui avait pris le commandement des opérations en tirant sur sa cravate d'une main et lui caressant l'entrejambe de l'autre. Elle continuait de l'embrasser.

Le nœud de sa cravate se défit. Les mains de Margot entreprirent de s'attaquer à sa ceinture.

Elle savait ce qu'elle faisait. Et elle le faisait bien. Luc lui en était reconnaissant.

Elle avait défait la boucle de métal. Elle tira sur son pantalon. Puis sur son caleçon.

Elle s'empara de son membre et le caressa. Luc ne put retenir un grognement de plaisir.

Alors elle se pencha et le prit dans sa bouche.

Luc voulut dire quelque chose, protester, mais n'y parvint pas.

Elle le suça quelques dizaines de secondes puis se redressa. Elle grimpa sur lui en relevant sa jupe, écarta sa culotte et s'accroupit sur lui.

Luc sentit la chaleur et l'humidité de son sexe.

Margot se mit en mouvement, doucement.

Luc peinait à réaliser ce qui lui arrivait. Toutes les émotions de la journée lui descendaient dans le bas-ventre. Il se mit à haleter.

Margot, elle, ne faisait aucun bruit. Elle se levait et redescendait en cadence, une main posée sur le torse de Luc pour asseoir son équilibre.

Elle maintenait un rythme constant, sans accélérer. Luc sentit la jouissance monter. Il voulut se redresser, prononcer quelques mots, mais Margot l'en empêcha doucement.

Elle ouvrit les yeux et le fixa pendant qu'il jouissait en elle.

Luc se relâcha progressivement et fut pris de courts frémissements.

Quand il cessa de tressaillir, elle l'attira vers lui et plaqua sa tête sur sa poitrine.

Ils restèrent quelques minutes ainsi, puis Margot pivota et s'assit sur le canapé, la jupe toujours sur ses hanches et sa culotte recouvrant à peine sa toison brune.

Luc enleva ses lunettes de guingois et, sans remonter son pantalon, bascula et posa sa tête sur les cuisses nues de Margot, à la limite de ses bas.

Margot saisit une cigarette et l'alluma pendant que Luc fermait les yeux.

Il n'avait qu'un désir : ne plus bouger et s'endormir ainsi.

27

Antoine Carrega, 15 mars 1960

À bien y réfléchir, Antoine n'avait jamais vu Marius en dehors de son bistrot. Il le connaissait depuis une dizaine d'années, mais il n'avait aucun souvenir de lui ailleurs que dans son bar de la rue de La Rochefoucauld. Sa vie semblait arrimée à son zinc.

Autant dire qu'il avait été surpris quand il était passé voir Marius et que celui-ci lui avait demandé de l'accompagner rue Taitbout « pour affaires ». Certes, il n'y avait que cinq minutes de marche entre les deux endroits, mais ça l'avait interloqué.

En chemin, Marius l'avait affranchi. Cela avait un rapport avec le convoyage effectué quelques semaines auparavant à destination de l'usine Ricard de Marseille. Apparemment, le SAC avait encore besoin de leurs services et il allait négocier leur participation. Ou plutôt, comme le comprit Carrega en arrivant, il allait procéder à un échange.

Une fois parvenus rue Taitbout, ils furent conduits dans le bureau d'un grand bonhomme aux sourcils fournis, qui se présenta sous le nom de Pierre Debizet.

Marius l'avait visiblement déjà rencontré et les deux hommes paraissaient en bons termes.

Debizet leur proposa des cafés et, en attendant qu'une secrétaire les apporte, Marius lui tendit une grosse enveloppe marron. Antoine n'eut aucune difficulté à deviner ce qu'elle contenait.

Marius ne s'en cacha même pas :

— C'est pour vos œuvres de charité, rigola-t-il avec son accent provençal à couper au couteau.

L'autre sourit et glissa l'enveloppe dans un tiroir.

Antoine savait ce que signifiait ce genre de geste avec une personne censée avoir besoin de « vos » services. C'était de l'argent pour se protéger. Debizet devait avoir le bras long et, en l'arrosant ainsi, Marius achetait un brin de tranquillité pour ses propres affaires.

Une fois les cafés servis, Debizet ne perdit pas de temps en palabres inutiles.

— Il me faudrait quelques costauds pour samedi prochain, afin d'assurer la protection d'une grosse huile du gouvernement qui doit prononcer un discours à Paris. Il doit parler de l'Algérie et on craint du grabuge. J'ai déjà une demi-douzaine de bonshommes, mais j'aurais besoin de cinq ou six autres. Vous pouvez m'arranger ça ?

Marius se tourna vers Antoine avec un air interrogatif.

Carrega réfléchit quelques secondes et répondit :

— Oui, ça me paraît possible.

— J'ai besoin de types sûrs. Qui savent se comporter en public et qui n'ont pas peur d'ouvrir quelques crânes si ça tourne vinaigre. Pas d'arme à feu.

— D'accord.

Debizet griffonna une adresse dans le XVIIᵉ arrondissement de Paris avec un horaire de rendez-vous et la tendit à Carrega.

Marius reprit la parole.

— Et à propos de notre arrangement?

— On va faire ça tout de suite.

Debizet se leva et leur fit signe de le suivre. Il les entraîna vers le fond de l'appartement bourgeois transformé en bureaux, dans une pièce remplie de meubles de classement, de paperasses et de matériel d'imprimerie, avec un gros bonhomme en bras de chemise qui transpirait en tournant la manivelle d'une ronéotypeuse.

— Albert, je te les laisse. Tu leur fais deux cartes.

Debizet leur serra la main tout en assurant à Antoine qu'ils se reverraient dans cinq jours.

Pendant ce temps-là, le dénommé Albert s'empara d'un appareil photo équipé d'un flash. Il plaça Marius puis Antoine devant un des rares espaces blancs entre les affiches collées aux murs et leur tira le portrait dans un éclair de tungstène. Il disparut une dizaine de minutes dans un cagibi attenant et revint avec des photographies noir et blanc qui feraient bon effet à l'identité judiciaire.

Durant l'absence d'Albert, Antoine et Marius avaient scruté la pièce en détail. Visiblement, c'était le département propagande du SAC ou ce que l'on pouvait qualifier de tel. Au milieu des armoires métalliques étiquetées «adhérents», «opposants», «à vérifier», etc., il y avait des tracts imprimés avec divers slogans en soutien à de Gaulle, des appels à des rassemblements progouvernementaux, quelques affichettes dénonçant des politiciens d'opposition comme Mendès France ou Mitterrand en des termes à la limite de l'injure. Antoine aperçut également dans un coin le genre de matériel qu'il avait transporté l'autre fois : des longerons de bois, des rouleaux de papier, des pots de peinture.

C'étaient les coulisses de la mécanique politique. Le genre de bâtardise que l'on planque au fond d'immeubles semi officieux et que les têtes pensantes et les beaux parleurs des partis font mine d'ignorer. Antoine, accoutumé à opérer dans l'ombre, n'était pas surpris. Pour lui qui ne votait pas et s'intéressait peu à la chose publique, cette pièce représentait la quintessence de la politique. Une fois les discours et les débats idéologiques évanouis, que restait-il au cœur de la machinerie démocratique ? Ce genre d'endroit.

Albert avait agrafé leurs photos sur des cartes tricolores présignées et il était en train de recopier leurs patronymes d'après leurs papiers d'identité. S'il avait su ce qui se préparait, Carrega aurait pris un jeu de faux documents car il n'aimait pas laisser traîner son vrai nom dans ce style de magouille, mais c'était trop tard.

Albert finit par lui remettre, ainsi qu'à Marius, une carte toute neuve à son nom qui, c'est certain, ressemblait fort à celles de la police. Marius, qui avait passé la majeure partie de sa vie à éviter les flics, ressemblait à un gamin extatique devant son nouveau jouet.

À peine sorti de l'immeuble, il entreprenait Antoine :

— C'est bonnard ! Tu te rends compte : si on a des emmerdes, on a plus qu'à brandir cette carte et hop ! on s'en tire !

— Tu ne crois pas que les flics savent faire la différence entre leurs propres fafiots et ceux-ci ?

— Oui, mais c'est pas grave. Ce Service d'action civique, c'est la propre milice de De Gaulle. Les condés le savent, ils ne te cherchent pas de noises.

— T'as déboursé cher ?

— C'est pas un achat, Antone, c'est un investissement. Considérant les enjeux et les sommes que nous rapportent nos activités, non, ce n'est pas cher payé.

Carrega savait qu'il n'en dirait pas plus. Et il n'avait pas à le faire. S'ils étaient associés dans le transport et la revente d'héroïne, Marius avait des affaires complémentaires de son côté.

Ils remontèrent lentement vers la rue de La Rochefoucauld en discutant des aspects pratiques du travail qu'on leur avait demandé. Revenus aux Trois Canards, ils avaient dressé une liste de cinq hommes de confiance. Antoine avait décidé d'en faire partie. Il voulait superviser le job, mais aussi comprendre de quoi ce SAC retournait.

Cinq jours plus tard, Antoine Carrega arrivait à l'heure convenue devant un gymnase derrière la place des Ternes. Il était accompagné de quatre types avec qui il avait déjà travaillé, des proches de Marius, dont Pierrot et Yves, les gorilles qui officiaient dans la cave des Trois Canards. Ils marchaient en silence, détendus, ne semblant pas concernés outre mesure par l'objet de leur tâche. Ils ne savaient pas qui ils venaient protéger, mais ils le découvrirent très vite : le mur du gymnase était constellé d'affiches collées sauvagement annonçant un « discours de mobilisation patriotique » de Michel Debré, le Premier ministre. Autrement dit, l'alter ego du Général, celui qui avait rédigé le texte fondateur de la Ve République, le deuxième homme le plus puissant de France.

Carrega aurait pensé que les services de sécurité de l'État suffisaient à assurer la protection du chef du gouvernement – d'ailleurs, de nombreux véhicules de police étaient présents sur place. Il en conclut que les gaullistes ne voulaient courir aucun risque dans un contexte de lutte ouverte contre les nationalistes algériens, mais aussi contre les réseaux indépendantistes qui les appuyaient dans l'Hexagone. Cela faisait néanmoins tout bizarre à Carrega et à ses quatre compagnons de réaliser qu'ils allaient bosser côte à côte avec les flics pour assurer le bon déroulé d'un discours gouvernemental…

Antoine repéra Pierre Debizet qui devisait avec un assortiment d'hommes en uniforme et en civil. Il attendit qu'il eût fini pour se présenter à lui.

— Monsieur Carrega, merci d'être venu. Je savais que je pouvais compter sur Marius et ses amis.

Le patron du SAC passa cinq minutes à lui expliquer comment les choses allaient se dérouler et où ses hommes devaient se positionner. Les policiers assuraient la protection rapprochée du Premier ministre et le filtrage à l'entrée du gymnase. Les supplétifs devaient se poster à la fois à l'extérieur du bâtiment, pour surveiller tout mouvement suspect de véhicule, et à l'intérieur, parmi la foule, pour contrecarrer tout importun qui tenterait de s'en prendre au chef du gouvernement.

Antoine délégua ses quatre collègues pour rester à l'extérieur et choisit de se positionner dans le bâtiment. Il rentra à l'intérieur en même temps que le public qui commençait à arriver. Pour l'essentiel, il s'agissait de familles des beaux quartiers de la capitale et d'hommes seuls dans des costumes sombres.

Une tribune avait été dressée au fond du gymnase, encadrée par de grands étendards tricolores, d'une photo du général de Gaulle en uniforme, et d'une carte de la France et de ses possessions africaines. Un pupitre doté d'un microphone paraissait surveiller la salle. Laquelle était remplie pour moitié de rangées de sièges et d'un espace à l'arrière, destiné à accueillir les derniers arrivés qui resteraient debout.

Il se dirigea vers un des types qu'il avait vu converser avec Debizet auparavant. On lui avait expliqué qu'il était chargé de coordonner la sécurité. Antoine lui montra sa carte du SAC.

— Debizet m'a averti. Vous avez de bons yeux ?

— Oui, plutôt.

— Vous savez siffler fort ?

— Vous voulez que je vous fasse une démonstration ?

— Pas la peine, je vous crois. Vous voyez la galerie autour du gymnase ?

Carrega leva la tête vers une galerie de vestiaires à cinq mètres du sol qui courait sur trois des quatre côtés de la salle.

— Elle est condamnée aujourd'hui. Personne n'a le droit d'y monter et les vestiaires sont vides. Mais on n'est jamais assez méfiants. Elle offre un bon point d'observation. Vous irez vous garer là-haut avec un de mes adjoints. Vous surveillerez les vestiaires. Si jamais un hurluberlu s'était planqué dedans, vous l'interceptez. Et vous observez la salle d'en haut. Si vous remarquez un type suspect dans la foule, vous sifflez et vous nous l'indiquez du doigt, on s'en chargera. C'est bien compris ?

Le gars employait un ton de commandement auquel Antoine n'était pas habitué, mais il n'était pas agressif. Il faisait juste son boulot. Antoine approuva de la tête et se dirigea vers l'escalier qui menait à la galerie. Il sortit de nouveau sa carte tricolore pour la présenter à un gardien de la paix qui interdisait l'accès à l'étage. On le laissa passer.

Une fois en haut, Carrega salua un autre individu, probablement l'adjoint, qui s'était positionné à un bout de la galerie. Antoine se rendit à l'autre extrémité. De là, il avait un bon point de vue sur la rangée de vestiaires, sur toute la salle, ainsi que sur la tribune.

Il s'accouda à la rambarde et regarda le gymnase se remplir. Il y avait déjà plusieurs centaines de personnes. Que de bons petits gaullistes confits dans leur amour du Général et du drapeau. Les fanions tricolores étaient fièrement brandis à bout de bras par les pères et leur progéniture.

Il repensa à Félix, qui aurait probablement désapprouvé ce qu'il faisait : servir de gros bras à des politiciens au petit pied. Mais comme il était mort, il n'avait plus rien à dire. Pas même dans les pensées d'Antoine. Il songea ensuite à Margot, qu'il n'avait pas revue depuis son retour de Marseille. Elle lui manquait un peu, mais il sentait bien qu'elle n'avait plus tellement envie de lui parler. Leurs derniers échanges téléphoniques avaient été laconiques.

Alors qu'il était perdu dans ses pensées, un homme monta à la tribune, se fit applaudir, et s'empara du micro. Il ne s'était pas présenté mais la plupart des spectateurs semblaient le connaître. Un ministre, sans doute.

Carrega scruta la foule : les chaises étaient quasiment toutes occupées par des gens qui écoutaient attentivement l'orateur et applaudissaient poliment quand ils sentaient que c'était le moment. Les rangs du fond étaient plus clairsemés. Antoine se prit au jeu de sa mission : il se mit à balayer, zone par zone, différentes sections de la salle en essayant de repérer un type louche, ou excité, ou nerveux, qui aurait transporté un gros colis ou qui aurait une bosse sous le manteau. En fait, il ne savait pas trop quoi chercher. Et pourquoi pas une femme faussement enceinte ? Ou alors un gamin faisant distraction ? Un vieillard en fauteuil roulant dont la couverture sur les jambes pouvait dissimuler n'importe quoi ? Au bout d'une demi-heure, alors qu'un second orateur avait succédé au premier, Antoine en conclut que n'importe qui pouvait être un terroriste en puissance. Il était illusoire de vouloir l'identifier à l'avance avec des schémas tout droit sortis de romans d'espionnage.

Tout ce qu'il avait à faire, c'était attendre, les sens en alerte, en espérant que, s'il se passait quelque chose, on s'en rendrait compte suffisamment vite pour pouvoir intervenir à temps. C'était la raison pour laquelle on avait multiplié les types comme lui chargés de la surveillance. Il en avait repéré une bonne douzaine : ils étaient aisés à distinguer, c'étaient les seuls qui passaient leur temps à regarder ailleurs qu'en direction de la tribune.

Alors que le second orateur s'approchait de sa conclusion – sa voix montait plus fréquemment dans les aigus – le gardien de la paix qui bloquait l'entrée de l'escalier fit irruption sur la galerie accompagné de sept ou huit enfants qui n'avaient pas l'air d'avoir plus de dix ans. Antoine s'approcha d'eux, instinctivement prêt à faire respecter l'interdiction de monter à l'étage. Mais le policier lui fit signe que tout allait bien.

— C'est un groupe des jeunesses de l'UNR. Ils sont arrivés en retard alors on va les faire asseoir ici. C'est arrangé avec le patron.

Carrega ne savait pas qui était le « patron », mais un coup d'œil aux enfants le tranquillisa. Ils étaient tous en costume cravate et s'asseyaient en tailleur par terre, sans piper mot. Le flic se tourna vers eux et leur intima de se tenir à carreau, sinon il viendrait lui-même les chercher par la peau des fesses pour les faire redescendre.

Antoine regagna sa position d'observation.

Soudain, les têtes s'orientèrent toutes dans la même direction et un grondement monta dans le gymnase, puis les applaudissements se firent nourris. Les drapeaux tricolores s'agitaient comme de l'écume au-dessus de la foule. Michel Debré venait de grimper sur scène. Antoine ne put s'empêcher de le regarder brièvement puis revint à sa surveillance.

C'est à cet instant que les yeux de Carrega furent accrochés par un type assez costaud, qu'il avait déjà repéré au préalable car il fumait clope sur clope. Il l'avait identifié comme un gros bras du SAC, plus préoccupé par le public que par les discours. Il l'avait remarqué car, outre sa tabagie, le bonhomme avait l'air de s'ennuyer à cent sous de l'heure. Antoine s'était dit qu'il devait être comme lui une recrue de circonstance, aussi passionnée par les huiles du gaullisme que par l'élevage de lapins de garenne.

Le vigile s'était retourné un instant vers l'estrade pour jeter un coup d'œil à l'orateur et Carrega découvrit quelque chose qu'il n'avait pas vu auparavant : le type était manchot. Antoine se mit à le scruter intensément. Au bout d'une minute, il était convaincu que le gaillard n'avait pas le bras en écharpe mais que son membre était bel et bien absent.

Ses lèvres formèrent les mots « Sirius Volkstrom ? ».

Le bonhomme correspondait parfaitement à la description qu'il en avait. Et pourtant, des manchots, il n'y en avait pas qu'un seul à Paris. Les éclopés des deux guerres mondiales auraient pu remplir dix salles de bal.

Antoine avait complètement abandonné son travail de surveillance. Il ne lâchait plus le type du regard, profitant de sa position surélevée pour observer sans être vu.

Sur scène, le Premier ministre avait démarré son intervention : « *Grâce au général de Gaulle, la France a repris un prestige dans le monde, ses amis s'en réjouissent, ses adversaires le déplorent mais chacun le voit, chacun le sent, en France comme hors de France. C'est dans ce contexte nouveau que se situe le problème majeur, le vôtre, le nôtre : l'Algérie*[1] ».

Il ne faisait pas plus chaud qu'avant, mais Antoine sentait des gouttes de sueur perler sur son front. La situation était improbable, mais il n'arrivait pas à se détacher de la sensation qu'il avait peut-être fini par mettre la main sur l'assassin de la fille et des petits-enfants de Félix.

1. Discours en fait donné par Michel Debré le 13 avril 1960 à Alger.

L'homme à qui il manquait un bras avait repris sa faction ennuyeuse. Il regardait à droite, à gauche mais, heureusement pour Antoine, jamais en hauteur.

Debré continuait de marteler son discours, accentuant toutes les premières syllabes de chaque mot : « ... *nous continuons à pacifier et nous savons que nous avons raison de continuer et tous les Algériens savent que nous avons raison de continuer à pacifier.* »

Les neurones d'Antoine tournaient en surrégime. Il essayait de se convaincre qu'il faisait fausse route, que les estropiés couraient les rues et que, de toute manière, Félix dévorait les pissenlits par la racine, donc il ne lui devait plus rien. À quoi bon remuer l'eau qui dort ?

Et pourtant...

Antoine devait trouver un moyen de vérifier si ce manchot était bien Volkstrom.

Il reporta son attention sur les enfants assis sur la galerie. Ils suivaient attentivement le discours, ou alors ils faisaient très bien semblant. Sauf l'un d'entre eux qui dessinait des voitures dans un cahier d'écolier. Carrega s'approcha de lui et s'accroupit à ses côtés. Il mit un doigt sur ses lèvres pour lui imposer le silence et lui demanda à l'oreille s'il pouvait lui emprunter son cahier et son crayon.

Antoine déchira une feuille vierge, la plia en quatre et inscrivit dessus : « À l'attention de Sirius Volkstrom ». Il se pencha alors vers le marmot qui l'observait d'un air inquisiteur.

— Tu vas me rendre un service, petit. Tu vois le monsieur là-bas, avec un chapeau, qui allume une cigarette en regardant vers la sortie ?

Le môme suivit la direction indiquée et, au bout de cinq secondes, hocha positivement la tête.

— Tu vas aller lui donner ce bout de papier, mais tu ne dis surtout pas qui te l'a donné. S'il te demande, tu lui dis que c'est un monsieur au-devant de la salle. Tu comprends ?

— Oui, m'sieur.

— C'est important de ne pas lui dire. Je veux lui faire une surprise.

— Mais il n'y a rien sur votre message !

— C'est justement ça, la surprise. Pour ta peine, je te donne cinq francs.

Le gamin ouvrit de grands yeux. C'était une belle somme. Antoine fouilla dans sa poche et lui tendit une grosse pièce argentée. Le minot reconnaissant l'empocha et fila comme une flèche accomplir sa mission.

Antoine retourna où il était positionné précédemment. Il vit son émissaire se frayer un chemin entre les adultes.

Le Premier ministre avait l'air d'être parvenu à sa conclusion : « *Ce qu'il faut et ce qui doit arriver, c'est comme l'a dit le général de Gaulle : que le démon soit exorcisé et que l'Algérie reste avec la France !* »

La salle éclata dans un tonnerre d'applaudissements et un torrent de drapeaux agités. Des hourras et des bravos fusèrent.

Un tueur aurait pu appuyer son fusil sur l'épaule de Carrega et faire un carton sur le chef du gouvernement : Antoine n'avait plus rien à faire de sa besogne. Il ne lâchait pas le garçonnet des yeux.

Ce dernier atteignit finalement le manchot, qui le toisa. Il lui tendit la feuille de papier pliée en quatre. L'homme regarda les mots griffonnés dessus et releva illico la tête. Son visage pivota dans tous les sens, nerveusement. Puis il demanda quelque chose au marmot qui s'était déjà carapaté.

La foule était désormais debout et claquait des mains en criant : « *Vive de Gaulle ! Vive la France ! Vive l'Algérie française !* » Toute la salle reprenait *La Marseillaise* en chœur, guidée par le Premier ministre et un aréopage de gaullistes montés sur scène avec la main sur le poitrail.

Sirius Volkstrom, lui, lançait des regards alarmés dans toutes les directions, tenant le bout de papier dans sa main. Antoine en était désormais persuadé : l'homme qui s'était montré flegmatique jusqu'ici était maintenant à cran. Il avait visé dans le mille !

Soudain, il le vit fendre le public en direction de la sortie. Il avait décidé de filer avant la fin de la grand-messe patriotique.

Carrega décida de faire de même. Il se rendit au bout de la galerie et dévala les escaliers. Une fois au rez-de-chaussée, il ne voyait plus Sirius, mais il estima être arrivé à la porte avant lui. Il sortit et accéléra le pas.

Antoine traversa la rue en courant et se dissimula derrière un arrêt de bus. De là, il embrassait du regard la placette devant le gymnase. Il ne tarda pas à voir sortir Volkstrom, qui jetait des coups d'œil derrière lui. Le manchot se plaça un instant en bordure de l'esplanade et observa la sortie du bâtiment. Il resta ainsi trente secondes, puis partit en direction de la place des Ternes.

Carrega entreprit de filer le bonhomme, mais celui-ci était méfiant, il se retournait toutes les cinq secondes. Cela allait s'avérer compliqué.

Antoine fit alors un pari : le métro. Du côté de la rue où il était, il pouvait atteindre une entrée à cinquante mètres. Sirius, lui, devait soit traverser la rue, soit effectuer cent mètres de plus pour rejoindre une autre entrée. Antoine avait une chance de l'atteindre avant lui. Sauf si le manchot choisissait de filer à pied, en taxi ou en autobus.

Les dés étaient jetés.

Carrega marcha rapidement vers la bouche d'accès à la station et pénétra dedans en courant. Il farfouilla dans la poche de sa veste et eut le bonheur d'y trouver un ticket. Il le tendit au poinçonneur, le récupéra et se trouva face à un dilemme.

Son plan était de se positionner, de manière bien visible, sur le quai, en attendant que Volkstrom arrive, partant du principe que lorsqu'on se croit suivi, on ne pense justement pas être précédé. Mais il y avait deux quais, deux directions. Antoine regarda l'indicateur des arrêts à venir. Direction porte Dauphine : trois stations. Direction Nation : au moins une vingtaine. C'était un nouveau coup de dés. Il suivit la loi des probabilités et descendit quatre à quatre les marches vers le quai en direction de Nation.

Il se rendit compte qu'il transpirait. Il saisit un mouchoir et se tamponna le visage.

Personne ne se montrait en haut de l'escalier.

Antoine vit alors une famille avec des petits drapeaux tricolores qui venait à coup sûr du gymnase. Les premiers spectateurs arrivaient.

La rame d'en face, direction porte Dauphine, pénétra dans la station dans un grincement de métal.

Antoine s'essuya de nouveau le visage. Il avait chaud.

Ses orteils dansaient dans ses souliers.

Le métro d'en face repartit.

Il regarda la trotteuse sur sa montre. Il se donnait encore une minute à attendre puis il ressortirait du métro en espérant pouvoir encore retrouver Volkstrom.

Quinze secondes, trente.

Un couple descendait les marches.

Quarante secondes, cinquante.

Carrega commençait à entendre le bruit lointain de la rame qui arrivait dans sa direction.

C'était râpé, il avait fait le mauvais choix.

Il s'apprêtait à remonter à la surface, quand il vit le manchot surgir en haut de l'escalier. Celui-ci se retourna, puis descendit sur le quai.

Volkstrom alla se positionner à une dizaine de mètres de lui, le regard tendu vers l'escalier.

La rame rentra dans la station.

Antoine, l'air de rien, monta dans le wagon de tête. Une fois assis, il observa Sirius discrètement. Celui-ci avait l'air d'attendre sur le quai puis, quand la voix du contrôleur annonça le départ, il bondit dans la seconde voiture. Carrega soupira un grand coup.

La suite fut un jeu d'enfant.

À chaque halte, Antoine se positionnait de manière à voir qui sortait du wagon derrière le sien.

Finalement, au bout d'une douzaine d'arrêts, il vit Volkstrom descendre à la station Colonel-Fabien. Il ôta sa veste et son chapeau et sortit juste avant que le métro ne redémarre.

Il n'y avait qu'une issue à cette station. Une fois dehors, il vit Volkstrom qui traversait la place. Celui-ci ne se méfiait plus. Il avait cessé de surveiller ses arrières. Antoine lui emboîta le pas, à bonne distance. Mais il n'eut pas loin à aller.

Il aperçut Sirius pénétrer dans un immeuble de la rue de Meaux. Il n'y avait aucune enseigne mais, en observant le vestibule derrière une porte en verre, Antoine devina qu'il s'agissait d'un hôtel meublé.

Après des mois de déceptions et de fausses pistes, il avait fini par mettre le grappin sur Sirius Volkstrom.

Il savait désormais où il logeait.

Il pouvait revenir un autre jour. Quand il se serait préparé.

Il fit demi-tour et regagna le métro. Il commençait à esquisser un plan dans sa tête.

28

Sirius Volkstrom, 22 mars 1960

Sirius avait passé une sale nuit.

Les deux précédentes n'avaient guère été meilleures. Il avait mis des plombes à s'endormir et s'était réveillé à intervalles réguliers pour finir, à six heures du matin, les yeux grands ouverts et l'oreiller moite de transpiration.

Depuis qu'un gamin lui avait remis une feuille vierge avec son nom inscrit dessus, il se sentait traqué. Quelqu'un avait voulu vérifier qui il était, et il y était parvenu. Au sein du SAC, il était identifié sous le nom de Pierre Lherbier, son patronyme maternel associé au prénom le plus répandu qui soit. Personne n'y connaissait Sirius Volkstrom. Sauf celui qui lui avait fait parvenir ce mot et qui avait, sans nul doute, observé sa réaction.

Il n'avait rien anticipé, il n'avait pas été suffisamment sur ses gardes. Il aurait dû feindre l'étonnement quand le môme lui avait tendu le message. Au lieu de cela, il avait paniqué. Et s'était démasqué.

Heureusement, il avait eu la présence d'esprit de

prendre la tangente tout de suite. Il était persuadé qu'il n'avait pas été suivi. Mais cela signifiait peut-être que la personne qui l'avait identifié savait où le retrouver.

Volkstrom était allongé dans son lit, cigarette aux lèvres, fixant le plafond. Il n'était pas sorti de chez lui depuis trois jours, sauf pour acheter quelques provisions à l'épicerie d'à côté. Il allait quand même falloir bouger. Peut-être même déménager complètement. Ce ne serait pas forcément une mauvaise idée. Danguin n'allait pas tarder à sortir de prison.

Il regarda autour de lui. Rassembler toutes ses affaires et les transférer dans un autre meublé ne serait pas une grosse opération. Revigoré par la perspective de se remettre dans la danse, de ne pas se laisser gagner par l'inertie, il fila sous la douche. Il avait déjà deux ou trois idées d'hôtels dans d'autres quartiers où il pourrait s'établir en attendant une mise au vert plus éloignée. Il retournerait bien dans le Sud. Nîmes était exclu vu son passé sur place durant la guerre. Montpellier trop proche de Nîmes. Nice, Bordeaux, trop bourgeoises. Marseille ou Toulouse, pourquoi pas ? L'Italie, peut-être ? Il aimait bien Rome. Il parlait un peu la langue et il y avait du potentiel là-bas pour des types comme Danguin et lui. Il allait y réfléchir, et demander à Hector son avis.

En attendant, il devait tenter de dénicher un meublé discret dans le XIVe ou le XVe arrondissement, des endroits qu'il fréquentait rarement. Il y déambulerait incognito.

Il finit de s'habiller, vérifia sa tenue devant le miroir, coiffa son couvre-chef et sortit. Il fit une halte prolongée devant l'entrée pour scruter les alentours.

Des mamies charriant leurs paniers de courses, des passants nonchalants, le chantier au bout de la rue. Personne d'immobile avec l'air de surveiller son immeuble. Il se dirigea vers le métro.

Il avait à peine parcouru cinquante mètres qu'un petit malingre avec une casquette vissée sur le crâne lui coupa la route. Il tenait un objet dans sa poche de blouson et le menaçait avec.

— Tu pivotes sur tes arpions et tu grimpes dans la camionnette, pépère !

Il lui désignait une fourgonnette à l'enseigne de Pernod garée juste à côté de lui.

Il dévisagea le bonhomme. À armes égales, il n'en ferait qu'une bouchée. Avec un flingue, ce n'était pas gagné d'avance. Mais était-ce vraiment un pétard qu'il tenait dans sa poche ?

Il regarda rapidement devant lui. Le trottoir était bouché par les travaux. Aucun piéton n'arriverait par là. Sur ses côtés, un mur d'immeuble et la camionnette. L'emplacement pour l'intercepter était bien choisi.

Le type avait la main dans son blouson. Ce n'était pas idéal pour ajuster un tir sur une cible en mouvement. S'il se précipitait sur lui au moment de monter dans le véhicule, à l'instant où l'autre pensait la partie gagnée, il avait peut-être une chance de prendre le dessus.

Il se dirigeait vers la porte passager quand il entendit une autre voix derrière lui.

— Non, non, mon vieux. Tu grimpes à l'arrière. Avec la marchandise.

Un second type, avec un calibre dans sa veste, pointé sur son ventre. Celui-ci était plus grand, musclé, avec une moustache élégante, et il ne paraissait pas du genre à se laisser surprendre.

Il lui désignait du menton le vantail arrière de la camionnette.

— Tu tentes un geste et je t'abats. Compris ?

Sirius opina de la tête.

— Maintenant, tu ouvres la porte et tu montes dedans.

Ils formaient un trio étrange au milieu du trottoir. Des passants allaient trouver cela bizarre, pour sûr. Sauf que c'était Paris, où chacun vaque à ses occupations sans se soucier de ce qui se passe à proximité.

Volkstrom secoua la poignée et parvint à décoincer la porte de chargement. L'intérieur était vide hormis trois caisses en bois. Le sol empestait l'anis et semblait gluant. Il allait se retourner pour demander s'il n'y avait pas une couverture pour s'asseoir quand il reçut un coup sur la nuque. Le haut de son corps bascula dans le véhicule. Il eut le temps de sentir un deuxième coup au même endroit.

Puis il perdit connaissance.

Quand Sirius retrouva ses esprits, il était allongé sur le ventre à même le plancher de la camionnette. Son unique main était nouée à sa cheville, l'obligeant à une contorsion incommodante. Le véhicule roulait et il recevait tous les cahots du trajet dans la figure. Il avait beau aimer l'anisette, il n'avait pas pour habitude de l'inhaler. Le mal de crâne gagnait ses tempes.

Par chance, il ne resta pas longtemps dans cette position. La fourgonnette s'arrêta, il entendit une portière claquer, puis un portail grincer. Le véhicule repartit, roula sur un sol non goudronné et le moteur fut coupé.

Le vantail s'ouvrit et il se sentit tiré vers l'arrière par son lien. Il s'affala comme un sac de patates sur le sol en terre. Il était dans la cour intérieure d'un petit garage de mécanique, cernée de murs. Il ne voyait aucun bâtiment dépasser. Il était probablement en banlieue.

Le petit mec marcha vers l'atelier, le beau gosse se positionna au-dessus de lui.

Il allait protester quand il reçut un coup de pied en plein dans l'estomac Qui lui fit pousser un râle de douleur.

— J'ai été marin. Les nœuds ça me connaît. Tu n'as aucune chance de t'échapper à moins que tu ne sois un champion à cloche-pied !

Sirius grommela.

— Le mieux est que tu répondes à mes questions. Si je suis satisfait de tes réponses, tu pourras décaniller.

Volkstrom s'était retrouvé tant de fois dans la situation inverse qu'il en aurait presque piqué un fou rire. Il n'avait plus qu'à connaître les réponses. Ce n'était pas une garantie, mais cela valait mieux que de ne rien savoir. Il n'y avait de toute manière pas grand-chose que Sirius ne soit prêt à avouer. Sa peau valait plus que tout le reste.

— Je suis tout ouïe, annonça-t-il, narquois en dépit de sa position qui évoquait celle d'une tortue sur le dos.

— Pourquoi as-tu descendu la famille Bentoui ?

Volkstrom se demanda un instant si c'était Deogratias qui avait envoyé des sicaires lui faire la peau.

Si c'était le cas, à quoi bon l'interroger ? Pour vérifier qu'il ne vendait pas la mèche ?

Il en était là de ses réflexions lorsqu'il vit le pied de son interrogateur lui rentrer dans le ventre. Au même endroit que tout à l'heure. Il hurla.

— Ai-je besoin de répéter ma question ?

— On t'a mal renseigné, cow-boy. Je n'ai pas tué la famille de l'avocat, cracha Volkstrom qui souffrait.

Cela ne servait à rien de jouer les caves. Si l'autre l'avait alpagué et ficelé ainsi, c'est qu'il en savait déjà un bon bout.

— Donc, tu les connaissais ?

— Je faisais juste un boulot de surveillance.

— Ne me raconte pas de craques, on a retrouvé tes empreintes dans l'appartement !

Sirius se demanda s'il fallait poursuivre avec l'histoire inventée et tirée par les cheveux de Deogratias, à savoir qu'il épiait l'avocat et que ses empreintes s'étaient retrouvées sur les lieux du crime parce qu'il s'était introduit auparavant dans le logement, ou s'il devait au contraire balancer la vérité ?

Volkstrom dévisagea l'homme qui le surplombait. Il n'avait pas une tête de flic. Sans compter la fourgonnette anisée, le petit chétif à casquette, le mode opératoire : une corde plutôt que des menottes, le flingue dans la poche.

Restait l'hypothèse de tueurs que Deogratias lui aurait collés sur le dos. Mais ça ne cadrait pas trop. Le coup de la fausse lettre pour l'identifier au meeting gaulliste, à quoi bon ? Car c'était lui, ça ne faisait aucun doute. De surcroît, Deogratias ne connaissait pas tant de gros bras pour conduire ses machinations. La preuve, il s'adressait toujours à lui. Et l'expérience de Victor Lemaire démontrait qu'il manquait de pointures parmi ses accointances.

Si le mec n'était ni un policier, ni un nervi, c'est qu'il s'agissait d'un franc-tireur. Un malin, qui plus est, puisqu'il était remonté jusqu'à lui.

Hélas, il commençait à s'impatienter et Sirius pressentait le troisième coup de pied.

— Relève-moi et je te dirai ce que je sais !

Il avait décidé de se mettre à table, mais dans de bonnes conditions. Si le type était finaud, il accepterait.

Il vit qu'il hésitait un instant, puis il le saisit sous l'aisselle et le tira vers le haut. Il l'assit à l'arrière de la camionnette dont les portes bâillaient. Cette fois-ci, l'homme avait sorti son arme de sa poche et il la maintenait pointée sur lui, en gardant une distance de sécurité, trois ou quatre mètres. Ce n'était pas un amateur, il savait ce qu'il faisait.

— Si tu me mènes en bateau, je te fais bouffer la poussière, compris ?

Volkstrom, au fond de lui-même, se sentait soulagé. Il attaqua les réjouissances :

— La famille Bentoui a été éliminée par un tueur à gages. L'avocat devait être seul à la maison ce soir-là, mais ce n'était pas le cas. Le mec a déraillé et il a dessoudé tout le monde, gamins inclus.

Sirius voyait que son interlocuteur n'était pas surpris. Jusque-là, il ne lui apprenait rien.

— Qu'est-ce que tu faisais dans le décor ?

— J'étais censé flinguer le tueur une fois son boulot terminé.

— Et tu l'as fait ?

— Comme je t'ai dit, ça a foiré. Il a zigouillé toute

la smala et s'est fait la malle. J'ai laissé mes empreintes quand je suis rentré dans l'appartement pour voir ce qui avait merdé.

Le beau gosse écoutait avec attention. Il réfléchissait en même temps qu'il absorbait les paroles.

— L'assassin, c'était qui?

Depuis qu'il s'était pris un coup sur le crâne, Sirius avait soif. Il était désormais en position de réclamer :

— J'ai le gosier sec. Si tu veux que je continue à parler, faut m'apporter à boire.

Il le vit jauger la situation, puis crier en direction du hangar :

— José, apporte-nous à boire, s'il te plaît!

Les deux hommes restèrent silencieux en attendant une réponse.

Celle-ci arriva au bout de deux minutes par le biais du gringalet qui surgit avec une bouteille de vin, une carafe d'eau et deux verres. Il jeta un regard interrogateur à son complice.

— Sers-le, José. De l'eau.

Le petit bonhomme s'exécuta et tendit un verre d'eau aux lèvres de Volkstrom, qui avait toujours le pied attaché au poignet.

— Je préférerais boire tout seul, tenta-t-il.

— On verra plus tard. Si tu causes.

Sirius se laissa abreuver. Cela lui fit du bien.

José repartit.

— Alors, le tueur?

— Un certain Victor Lemaire.

Volkstrom vit les traits de son ravisseur se tendre. Le nom avait allumé une ampoule dans ses yeux. Il osa donc l'interpeller :

— Tu le connaissais?

— C'est moi qui interroge !

Sirius sentait que ce type n'était pas un méchant. Il cherchait juste des réponses dans cette histoire faisandée.

— Tu m'as dit que Lemaire était un tueur à gages. Qui l'a recruté ?

C'était la question à cent millions ! Volkstrom savait depuis le début qu'elle finirait par survenir à un moment. Autant la négocier chèrement.

— Détache-moi, sers-moi un verre de picrate, et je te raconte ce que je sais.

Sirius s'attendait à moitié à recevoir un direct dans le menton pour avoir fait preuve d'arrogance. Mais au lieu d'une beigne, il vit l'autre ranger son arme dans son dos et sortir un couteau de marin de sa poche. Il s'approcha et, d'un geste sec, sectionna la corde qui le maintenait asservi. Il se recula ensuite et reprit le revolver dans son poing.

Sirius massa sa cheville et fit tourner son poignet dans le vide. Puis il saisit la bouteille de vin, arracha le bouchon qui dépassait avec ses dents, et but une grande rasade directement au goulot. Puis une seconde. Et il se lança :

— C'est la Préfecture de police qui voulait éliminer l'avocat. C'est elle qui a embauché Lemaire. Puis moi, pour le faire disparaître.

— La Préfecture, c'est tout le monde et personne ! Qui à la Préfecture ?

— Je risque gros.

— Tu risques ta carcasse en ne parlant pas.

L'homme agita son flingue, histoire de montrer qu'il était en position de force.

— Je commence par tirer dans le genou, dit-il en pointant son arme vers les jambes de Volkstrom.

Sirius avala une nouvelle rasade, mimant celui qui a besoin de courage pour balancer ses comparses.

En vrai, il s'en moquait.

— Jean-Paul Deogratias.

— D'où sort-il?

— Directeur adjoint du cabinet du Préfet.

— Tu le connais?

— Un peu.

Volkstrom préférait rester évasif. Ce n'était de toute manière pas ce qui intéressait son interrogateur.

— Pourquoi voulait-il se débarrasser de Bentoui?

— Honnêtement, je n'en sais rien. Une histoire liée au FLN. C'est ce qu'on m'a raconté.

L'autre répliqua instantanément:

— Bentoui n'était pas impliqué dans les manœuvres des nationalistes Algériens. Tu me racontes des salades!

— Je te répète ce qu'on m'a dit. Cela ne veut pas dire que j'y crois. Mais je n'en sais pas plus.

Les deux hommes se fixèrent sans bruit pendant une vingtaine de secondes, chacun cherchant à sonder l'autre. On entendait les oiseaux pépier et un peu de trafic sur une avenue à proximité.

Volkstrom rompit le duel silencieux:

— Ne m'en demande pas davantage. Je n'ai aucune idée pourquoi ils ont voulu buter l'Arabe.

— Et Victor Lemaire, où est-il?

— J'ai essayé de le retrouver mais j'ai fait chou blanc. Ce gonze est une anguille.

L'homme resta coi. Il semblait cogiter.

Sirius voulait se dégourdir les guiboles.

— Je me lève. Rassure-toi, je ne m'enfuis pas.

Le type le laissa faire. Il semblait évident qu'il avait sauvé sa peau. Il n'allait pas l'abattre, ni l'estropier. Ce qu'il lui avait révélé paraissait s'insérer dans ce qu'il savait déjà. Il n'était définitivement ni un flic, ni un séide de Deogratias.

Sirius tenta de nouveau sa chance :

— En quoi ça te concerne, cette histoire ?

Contre toute attente, le mec rangea son revolver et lui répondit.

— Un ami de la famille Bentoui. Il m'a demandé de creuser. Il soupçonnait une saloperie de Papon et des condés.

— Comment t'as su pour moi ?

— Une fuite chez les flics qui avaient tes empreintes.

— Et Lemaire, tu savais aussi ?

— J'avais déjà entendu ce nom.

— Chapeau bas !

Le compliment était sincère. Sirius avait deviné depuis belle lurette que cette affaire était une bavure de grande envergure, mais il pensait qu'elle avait été circonscrite, surtout depuis qu'il avait livré un « coupable » sur un plateau. Il n'avait toutefois aucune intention de révéler son rôle dans cette dernière partie de l'histoire.

Tout d'un coup, son interrogateur lui fit signe.

— Tu peux mettre les bouts. Si tu m'as menti, je te retrouverai. Je t'ai déjà déniché une fois.

Même si ça fleurait la bravade, Sirius n'allait pas demander son reste. Il défit la cordelette qui restait nouée à son pied et, en s'aidant de ses dents, le brin qui lui enserrait le poignet. Il récupéra son chapeau qui gisait au fond de la camionnette et se dirigea vers le portail.

Il se retourna vers son geôlier :

— Tu sais, moi aussi je peux te retrouver !

— Je n'en doute pas. Mais pour quelle raison ?

— Pour m'avoir flanqué au fond d'un camion puant et m'avoir tabassé !

— Allez, je suis sûr que tu en a vu d'autres ! J'ai presque été gentil...

Sirius ne put s'empêcher de sourire. Ce n'était pas faux.

Du coup, il souleva son couvre-chef dans un salut élégant et franchit le portail.

Il lissa son costume, par habitude car la toile froissée empestait l'anis et la graisse mécanique. Au moins, il était toujours en vie, et il connaissait désormais celui qui le traquait.

29

Luc Blanchard, 1er juin 1960

Frapper dans un sac de boxe lui faisait du bien, cela l'apaisait.

Il en ressentait moins le besoin que six mois auparavant, quand c'était tout ce qu'il avait pour évacuer ses tensions, mais quand même.

Il ne montait jamais sur un ring. Il avait pris prétexte de sa mauvaise vue pour se défiler. En fait, se mesurer à un morceau de cuir lui suffisait amplement. Au début, les habitués le regardaient de travers, puis ils s'étaient accoutumés à sa présence solitaire et il faisait désormais partie des meubles. Le patron de la salle qui, au début, se contentait de le saluer et d'encaisser ses cotisations, venait maintenant lui donner des conseils occasionnels sur le placement de ses jambes ou l'efficacité de ses frappes.

Luc essayait de mettre en application ce qu'on lui recommandait, mais sans s'acharner. Il ne tenait pas vraiment à perfectionner son style, ni à apprendre à se défendre. Il voulait juste se vider la tête et le corps. Il s'était raccroché depuis l'automne à ces séances bihebdomadaires qui lui étaient devenues nécessaires pour garder la tête hors de l'eau. Il se disait parfois que s'il n'avait pas eu ça, il aurait rejoint Amédée Janvier au bistrot.

Il ne s'en était pas véritablement rendu compte jusqu'ici, mais cela lui apparaissait désormais comme une évidence. L'assassinat des Bentoui, le viol de Pauline Doré, son échec à traquer les coupables ou même à découvrir des pistes sérieuses, la pression des chefs pour enterrer ces affaires, sa cour inefficace auprès de Pauline, l'ivrogne qui lui servait de partenaire... tout cela le minait profondément. Durant ces longs mois, il était devenu une boule de nerfs et la salle de boxe son exutoire.

Aujourd'hui, la tension avait en partie disparu. Pas complètement, bien sûr, car il la portait en lui depuis son enfance. Mais elle se manifestait moins souvent.

Quand il eut achevé sa séance, il alla prendre une douche froide, puis s'habilla et, sans saluer personne, partit pour la Préfecture.

Amédée Janvier avait cessé de se faire porter pâle, même s'il ne tenait pas la grande forme. Il était assis derrière son bureau à rédiger le rapport sur une investigation qu'ils avaient bouclée le soir précédent.

Depuis trois mois, Luc et Amédée ne récoltaient que des enquêtes faciles : des ivrognes qui faisaient du grabuge dans leur bistrot préféré devant une dizaine de témoins, des suicidés sans attaches qui laissaient des lettres d'adieu, des criminels endurcis balancés par leurs pairs... Il n'y avait rien qui nécessitât plus de quelques jours de recherches, rien qui fût politique ou dont il faille référer aux hautes sphères de la PJ.

Plus étonnant, ils ne récupéraient presque rien qui touchât de près ou de loin aux Algériens ou au FLN, bien que ces sujets aient pourtant beaucoup mobilisé la Préfecture. Les tergiversations des gaullistes au gouvernement contribuaient à créer une atmosphère de tension en Algérie, mais aussi en métropole, où chaque camp semblait fourbir ses armes avant l'ultime bataille.

Il proposa pour la forme un coup de main à Janvier sur le rapport qu'il terminait, mais celui-ci déclina. Il alla donc se caler dans son fauteuil en ouvrant en grand la dernière édition de *France-Soir*. Il avait presque l'impression de briser un tabou en dépliant ainsi un journal sur son lieu de travail, chose que faisaient pourtant la plupart de ses collègues sans aucune retenue. Il se dit qu'il n'avait plus qu'à prendre un peu de bide, se laisser pousser la moustache, et se mettre à picoler pour devenir un flic modèle.

Il lut dans le quotidien un entrefilet sur un débat au Sénat au cours duquel François Mitterrand avait critiqué la politique algérienne du gouvernement, pour se voir renvoyer à la figure sa position de ministre de la Justice quatre ans auparavant quand il avait expédié à la guillotine des dizaines de militants de l'indépendance. Luc n'avait pas revu le sénateur de la Nièvre depuis longtemps. Selon la presse, celui-ci était « tricard », « fini », « éliminé de la vie politique française ».

Blanchard avait hésité à l'appeler pour lui raconter l'oubli de première classe réservé à la famille Bentoui par Papon et Deogratias. Il avait failli le faire, à la fois pour soulager sa colère, mais aussi en se disant qu'il fallait un politicien de poids pour inverser le cours de la machine étatique. Quoi de mieux qu'un élu en disgrâce désireux de se refaire une virginité pour monter sabre au clair au combat ?

Il avait d'abord attendu d'être moins en colère pour aller voir Mitterrand, en se disant qu'il écouterait davantage un inspecteur rationnel et posé qu'un homme révolté et humilié. Puis Margot Desjoyaux avait surgi dans sa vie, lui insufflant une bouffée d'air frais, et il avait remisé l'idée dans un coin de sa tête.

Le téléphone sur son bureau sonna. Il regarda sa montre. 10 h du matin. C'était justement elle qui l'appelait.

Elle avait terminé de rentrer, déballer et exposer les fleurs fraîches livrées des Halles et la boutique tournait encore au ralenti.

— Tu ne m'as pas appelée, mon beau.

— J'allais le faire. Je pensais à toi, mais j'étais plongé dans mes réflexions.

Blanchard s'était tourné vers la fenêtre et parlait à voix basse afin que ses collègues ne l'entendent pas.

— Tu me retrouves ce soir ?

— Ça me ferait plaisir.

— Je ferme la boutique à 19 h 00.

— Je sais. À ce soir, ma douce.

Leur routine était toujours la même. Ils se voyaient un ou deux soirs par semaine chez Margot. Ils ne sortaient jamais, non par crainte ou gêne, mais parce qu'ils n'en avaient pas envie. Il aimait cette relation détachée des contingences, avec une femme indépendante. Elle lui permettait de s'évader du conformisme ambiant de cette société corsetée qu'il recherchait tant par ailleurs, mais qui l'étouffait au quotidien.

Le soir était arrivé très vite.

Il émergea du métro Abbesses en appréciant qu'il fasse encore jour. Il traversa la place et s'engagea dans l'immeuble.

Le nom de Carrega figurait toujours à côté de celui de Margot Desjoyaux sur la boîte aux lettres et la sonnette, mais cela faisait des semaines qu'elle n'avait pas vu le Corse. D'après ce qu'elle lui avait dit, leur histoire s'était achevée comme une chandelle finit de se consumer. Ils avaient tous deux réalisé qu'ils ne désiraient pas la rallumer. Cela troublait néanmoins un peu Luc, qui avait toujours l'impression de se glisser dans les draps d'un autre. Quelqu'un, qui plus est, qu'il avait recherché en tant que suspect dans l'affaire Bentoui. À chaque fois qu'il grimpait les escaliers pour aller retrouver son amante, il se demandait s'il n'allait pas croiser Carrega.

Margot lui ouvrit la porte avec un grand sourire et posa un baiser langoureux sur ses lèvres avant même qu'il eût franchi le seuil de l'appartement. Puis elle se retourna vivement en s'excusant :

— J'ai quelque chose sur le feu que je dois surveiller ! Installe-toi dans le salon.

Il flottait une délicate odeur de cuisine dans le logement.

Il ôta sa veste et son arme de service, qu'il déposa dans l'entrée. Il s'affala dans le canapé en consultant les magazines qui traînaient. Margot semblait avoir une vie rangée. Elle se levait tôt, travaillait toute la journée au magasin de fleurs qui lui appartenait, rentrait chez elle le soir, lisait ou faisait les comptes de sa boutique. Elle allait de temps à autre visiter sa mère et sa sœur en banlieue, mais c'était tout. Il lui avait proposé une ou deux fois de l'emmener au restaurant ou d'aller au cinéma mais elle avait décliné en lui arrachant sa cravate et en l'embrassant. Il n'avait pas insisté.

Il ne savait presque rien du passé de Margot, pas même son âge exact. Elle avait facilement une douzaine d'années de plus que lui. Son visage et son corps lui disaient qu'elle avait vécu, mais il ne l'avait jamais questionnée. À la fois parce qu'interroger les gens était ce qu'il faisait toute la journée et qu'il ne souhaitait pas transporter son métier dans ces instants d'intimité, mais aussi parce qu'au fond de lui-même, il n'avait pas envie d'éclairer les ombres de l'existence de son amante. Lorsqu'ils étaient tous les deux, ils n'avaient ni passé ni avenir, et cela lui convenait très bien.

Elle vint le retrouver dans le salon avec un air espiègle.

Il la prit par la taille et l'amena vers elle. Il passa sa main dans ses cheveux et l'embrassa dans le cou.

La plupart du temps, c'était elle qui prenait l'initiative de leurs caresses. Il s'était vite rendu compte qu'il était assez emprunté face à cette femme qui savait exprimer ses envies, alors il s'était laissé faire. Mais il commençait à se déniaiser et il avait parfois envie de prendre les devants.

Il savait que les conventions voulaient que le mâle domine, et il avait toujours eu tendance à reproduire ce schéma dans les multiples aspects de sa vie ainsi que lors de ses amours antérieures. Mais, avec Margot, il appréciait de se laisser emporter par son expérience qui était, de toute évidence, bien supérieure à la sienne.

Luc fit remonter sa main le long de sa cuisse en soulevant sa jupe quand elle l'interrompit en souriant.

— Non, ce soir on dîne d'abord et on fait l'amour ensuite !

Son regard et sa façon de lui promettre des plaisirs ultérieurs lui firent instantanément abandonner ses velléités de mener le jeu.

30

Antoine Carrega, 11 juin 1960

Rien ne l'y obligeait, mais il s'était convaincu qu'il s'agissait de son devoir.

Carrega avait tourné et retourné dans sa tête pendant plusieurs jours l'histoire racontée par Volkstrom, et il aboutissait à la conclusion que tout s'emboîtait. Certes, il avait oublié de lui soutirer des détails, mais tout ce que le manchot lui avait raconté collait avec ce qu'il avait découvert par lui-même. Le fait qu'il se mette à table aussi aisément et que la plupart des mystères soient ainsi levés l'avait conduit à le laisser filer un peu vite. Il aurait voulu avoir la présence d'esprit de le cuisiner davantage.

Il était maintenant convaincu de posséder la trame à peu près complète de l'assassinat des Bentoui. Même si cela ne servait plus à rien. Ce n'était pas lui, un homme que la France respectable rangeait dans le camp des malfrats, qui allait faire rouvrir l'enquête de police, pas plus que le journaliste de *France-Soir* qui avait regagné son terrier. Pourtant, il se sentait tenu d'aller raconter ce qu'il avait appris à la veuve d'Aimé de la Salle de Rochemaure. Peut-être qu'elle aurait, elle, les moyens de dénouer ce sac de nœuds.

Il le devait à Félix. Même s'il ne lui devait rien.

Cette fois-ci, le majordome le fit patienter dans l'entrée. Antoine eut l'impression d'attendre des heures même s'il ne s'était écoulé qu'une vingtaine de minutes. Finalement, il l'introduisit au salon.

Une vieille dame toute frêle était assise dans un fauteuil qui paraissait envelopper son corps. Elle était penchée vers la fenêtre et elle ne leva la tête que lorsqu'il se présenta devant elle. Il lui tendit la main, mais elle avait à peine la force de bouger trois doigts. Antoine s'assit sur une chaise disposée en face du fauteuil. La veuve d'Aimé de la Salle de Rochemaure, il ne connaissait même pas son prénom, lui faisait l'effet d'un oiseau qui respire ses dernières bouffées d'oxygène.

— Madame, je m'appelle Antoine Carrega. Votre époux m'avait confié une mission.

Pas de réponse.

— Il m'appelait Gallura. Cela remontait à nos années dans le maquis. Il m'avait demandé d'essayer de retrouver les vrais assassins de votre fille et de vos petits-enfants.

Toujours aucun geste ni mouvement des lèvres.

— J'y suis parvenu. Je crois que Félix, pardon, monsieur de Rochemaure, aurait voulu connaître la vérité et dénoncer les coupables.

La vieille dame devant lui était bien vivante. Elle n'était ni endormie ni déficiente mentale, mais elle ne semblait réagir à rien. Il avait du mal à croire que la femme de Félix puisse être absolument indifférente à ce qu'il lui disait. Le majordome l'aurait averti ou aurait refusé sa visite si elle avait été diminuée. Pourtant, elle restait muette.

Antoine hésita. Devait-il se retirer poliment ou bien poursuivre ?

Il choisit de continuer et se lança dans un long monologue dans lequel il reconstitua tout ce qu'il avait appris sur le quintuple meurtre, ses commanditaires, ses exécutants, et le sinistre hasard qui avait provoqué le décès de toute la famille de l'avocat. Il parla calmement et en articulant. Il insista sur la responsabilité du Préfet de police de Paris en soulignant que Félix haïssait cet homme.

Quand il eut terminé, il regarda sur la table à la recherche d'un verre d'eau, mais il n'y avait rien.

Carrega coiffa son chapeau et salua la vieille femme. Alors qu'il allait tourner les talons, elle agita son poignet et murmura d'une voix cassée :

— Merci, mon garçon. Merci. Vous avez fait de votre mieux.

Puis elle retomba dans le silence et l'immobilité.

Cette fois-ci, Antoine sortit.

Le majordome l'attendait devant la porte de l'appartement.

— Elle est très affaiblie, vous savez. Tous ces décès l'ont achevée.

— Je pense que son époux aurait voulu réagir à ce que je lui ai révélé. Pensez-vous qu'elle le fera ?

— Je ne peux pas me prononcer. Ces jours-ci, c'est davantage la vie qui s'accroche à elle que l'inverse.

Carrega n'attendit pas l'ascenseur et dévala les escaliers quatre à quatre.

Il ne savait pas ce qui l'avait poussé à venir. Sans

doute pas la compassion, car il n'en avait guère. Peut-être cette étrange fraternité d'armes qu'il avait toujours ressentie à l'égard de son vieux compagnon. Ou encore le sentiment qu'à défaut de justice, il restait la vengeance. Au fond, il était ébranlé par la perspective que le meurtre de la famille de son mentor reste impuni alors qu'il en avait déterré les responsables qui, de surcroît, étaient un ramassis de criminels surgis d'une époque où certains avaient fait le bon choix, quand eux envoyaient des innocents à la mort.

Une fois dans la rue, il n'eut pas envie de se presser. Il voulait juste marcher pour se vider la tête.

Il se dirigea vers l'Arc de triomphe, ce monument si mal nommé.

Plusieurs semaines avaient passé durant lesquelles Antoine Carrega s'était naïvement imaginé que la veuve d'Aimé de la Salle de Rochemaure allait prendre contact avec lui. Mais aucun message ne lui était parvenu.

Il devait se résigner. La vieille dame n'avait plus la volonté de mener un combat ardu contre ces forces si bien barricadées. Quand il y réfléchissait, il comprenait. Les Bentoui ne comptaient pour personne et les Rochemaure étaient dans la tombe ou prêts à s'y allonger.

Il devait, à son tour, lâcher prise.

Il en avait justement l'occasion. Marius l'avait appelé un peu plus tôt pour lui demander s'il serait libre pour jouer une fois de plus les vigiles du SAC. Il s'agissait de se poster en marge d'un défilé en faveur de l'Algérie française convoqué par une frange de l'UNR gaulliste, alliée pour l'occasion à l'extrême droite de Tixier-Vignancour. Comme d'habitude, Marius n'en savait pas plus, sauf que les manifestants craignaient une confrontation avec les communistes. Surtout, on lui avait glissé un paquet de billets afin de rameuter quelques gros bras destinés à en remontrer aux castagneurs du PC et de la CGT. C'était un motif sonnant et trébuchant qui lui convenait.

Antoine n'aimait pas les hommes du SAC ni leurs magouilles secrètes, mais ces tordus payaient bien. De surcroît, l'autre nuit, sa carte tricolore lui avait permis de franchir un barrage aux portes de la capitale alors qu'il convoyait un paquet de poudre brune vers Deauville. Sa voiture avait été arrêtée pour un contrôle de routine, il avait tendu son sésame à un gendarme qui l'avait pris pour un inspecteur de police en civil et l'avait laissé passer. Lui qui n'aimait pas être en dette se sentait maintenant l'obligé du SAC.

Parfois il se disait qu'il n'était pas moralement taillé pour le Milieu.

Il enfila une veste légère pour dissimuler son revolver et partit à pied en direction des grands boulevards où se tenait le rassemblement.

Quand il arriva, il repéra aisément Yves et Pierrot, ainsi que des têtes familières des Trois Canards aux carrures de déménageurs. Il alluma une cigarette en leur compagnie. On leur avait déjà donné les consignes ainsi que des brassards tricolores : ils devaient marcher en queue de cortège afin de protéger l'arrière-train des manifestants au cas où des «rouges» voudraient en découdre. Cela ne semblait pas bien compliqué, d'autant qu'un des amis de Marius avait une petite copine claviste à *L'Humanité* qui lui avait dit que les communistes n'avaient pas l'intention de se montrer aujourd'hui. Autrement dit, il s'apprêtait à marcher deux heures tranquillement sous le soleil parisien, et à se faire payer pour ça.

C'est effectivement ce qui se passa.

Les manifestants n'étaient pas très nombreux, et Antoine n'eut même pas à subir leurs slogans et leurs chants patriotiques, vu qu'il s'était retrouvé à piétiner au côté d'Yves qui, quand il ne tapait pas sur les clients récalcitrants, passait son temps à raconter des blagues graveleuses et des histoires à tiroirs sur ses coups les plus pendables.

Il était 16 h 30 quand les quelques milliers de défenseurs de l'Algérie française arrivèrent au terme de leur défilé place de l'Opéra, sans aucun incident de parcours. Le rassemblement prenait son temps pour se disperser, quelques tribuns continuant de haranguer la foule.

Carrega grillait une cigarette avec ses camarades des Trois Canards en attendant que tout ce cirque s'achève et en observant de loin les gesticulations des hâbleurs. Il reconnut l'un d'entre eux, un type blond un peu grassouillet avec un bandeau sur l'œil. Il l'avait déjà vu dans les journaux. Alors qu'il essayait de se remémorer son nom, il sentit une main se poser sur son épaule. Avant qu'il ait pu se retourner, il entendit une voix à l'accent marqué lui rugir dans les oreilles :

— Alors, t'écoute jacter mon pote Le Pen ! J'aurais pas cru que c'était ta came !

Antoine hésita un instant à attraper son arme sous sa veste, sachant que Sirius Volkstrom avait toujours sa paluche appuyée sur lui. Puis il se dit qu'il était en compagnie de copains prêts à le défendre. Surtout, le manchot affichait un franc sourire.

Sirius finit par ôter son bras de l'épaule d'Antoine et lui tendit la main pour le saluer.

— Rassure-toi, je ne mords pas! En tout cas, pas aujourd'hui.

Il avait l'air de s'amuser. Antoine, pas vraiment.

— Qu'est-ce que tu veux?

— Sois pas si nerveux! Je t'ai aperçu et je suis venu te saluer. Sans rancune pour l'autre fois.

Carrega restait méfiant. Il lui lança :

— Aux dernières nouvelles, toi et moi nous n'étions pas vraiment copains.

— Tu peux le dire comme ça. Je t'ai repéré de loin. Tu faisais le même taf que moi aujourd'hui?

— Peut-être. Je te repose la question : qu'est-ce que tu cherches?

— Au risque de te surprendre : rien. Mais tant qu'à se revoir, pourquoi ne pas causer?

Antoine ne savait pas comment prendre cette proposition. D'un côté, il n'avait rien contre Volkstrom. Il estimait qu'il avait été candide avec lui et qu'il était lui aussi dépassé par l'assassinat auquel ils étaient mêlés. D'un autre côté, ce type ressemblait trop à un aimant à emmerdes.

— Il y a des détails que je ne t'ai pas racontés.

Antoine ne savait pas quoi répondre. Il regarda autour de lui : les manifestants commençaient à s'égailler, ses comparses fumaient et discutaient entre eux, les éboueurs balayaient les détritus qui traînaient en fin de cortège, il faisait une douce chaleur de fin d'après-midi.

Antoine désigna du menton une brasserie avec une vaste terrasse.

— Va t'installer, je te rejoins.

Carrega informa ses collègues qu'il s'en allait. Il hésita à demander à l'un d'entre eux de rester avec lui, au cas où, mais il y renonça. Il était armé et bien assez grand pour gérer Sirius tout seul.

Il rejoignit le manchot qui s'était assis à une table et commandait un demi au serveur. Il s'assit en face de Volkstrom, reculant légèrement sa chaise au cas où il faille se lever rapidement et se défendre.

— Par où commence-t-on ?

— Tu ne le sais sans doute pas, mais je joue gros dans cette histoire. Je veux juste assurer mes arrières afin de ne pas me faire cramer.

— Je ne suis pas là pour entendre ta complainte !

— Tout doux ! Victor Lemaire, tu te rappelles ?

— Évidemment.

— J'ai réussi à le retrouver, mais il a mis les bouts avant que je puisse lui mettre le grappin dessus.

— En quoi est-ce censé m'intéresser ?

— Parce que c'est grâce à ce mec-là que je l'avais déniché !

Volkstrom tendit le doigt vers l'estrade dont Jean-Marie Le Pen venait de descendre.

— Je ne crois pas qu'il soit mouillé, mais Lemaire traîne dans leurs cercles. Si tu veux avoir une chance de le retrouver, c'est par eux. Le Pen, Tixier-Vignancour et compagnie.

— Ce sont tes copains, pourquoi tu ne t'adresses pas à eux si tu veux agrafer Lemaire ?

— Je ne pense pas qu'ils me fassent confiance à ce point-là.

Antoine soupira. À chaque fois qu'il croyait en avoir fini avec cette histoire, elle revenait le mordiller à la cheville, lui offrant une nouvelle bifurcation, un nouveau rébus à résoudre. Il en avait marre.

— J'apprécie que tu veuilles me mettre sur la piste du tueur, mais cette affaire ne m'intéresse plus. J'ai rendu service à un ami, mais depuis il a claboté. Alors je ne lui dois plus rien.

— Tu sais quand même que la version officielle, avec le Bougnoule repêché dans la flotte, c'est du flan ?

— Je ne suis pas un imbécile.

— C'est moi qui l'ai buté, le mec.

— L'Arabe dans la Seine ?

Volkstrom se contenta de hocher la tête en tirant sur sa clope, un œil fermé à cause de la fumée.

— Pourquoi tu me racontes ça ?

— Je sais pas. Pour soulager ma conscience ?

Sirius ricana. Antoine eut un rictus atterré. Il y avait plusieurs cadavres entre eux qui, en cet instant précis, ne comptaient plus. Ils n'étaient plus que deux hommes aux marges de la loi mais à l'intérieur du même système vérolé.

— Écoute, reprit Volkstrom, j'ai servi de pion dans cette histoire. Même si tout s'était déroulé comme prévu, je ne suis pas sûr que je m'en serais tiré sans égratignure. Mais comme ça a foiré, tous ceux qui ont trempé là-dedans risquent de se ramasser un paquet de merde sur le paletot. Y compris toi.

— Merci pour ta sollicitude, mais je ne m'en fais pas.

— T'es remonté jusqu'à Lemaire et jusqu'à moi. Des trucs qui n'auraient pas dû être écrits ont été publiés dans la presse. Des flics ont dû avaler leur chapeau. Ça fait beaucoup de clapotis pour une histoire qui ne devait pas faire de vagues.

— C'est terminé tout ça. Mes arrières sont couverts. À toi de veiller aux tiens.

Antoine Carrega commençait à en avoir ras le bol. Il se leva.

Sirius le regarda faire.

— À ta guise.

Le manchot lui tendit la main et, lorsque Antoine la serra, il l'agrippa.

— Dis-moi quand même un truc. Qui m'a balancé? Comment as-tu su pour moi?

Carrega réfléchit un instant. Il sentait la poigne insistante et le regard de l'autre le suppliait.

— J'ai obtenu ton nom par un flic. Et ta description grâce à un tuyau de copains de copains. Mais si je t'ai retrouvé, c'est grâce à un coup de pot.

— Il en faut parfois. Y compris pour rester en vie. Merci.

Volkstrom relâcha sa main.

Antoine se dit que ce bonhomme était singulier. Il semblait retors comme pas deux, vicieux et méchant, mais il était en ce moment d'une franchise confondante. Peut-être craignait-il vraiment pour sa peau?

Il salua Sirius d'un hochement de tête et tourna les talons. Il traversa la place de l'Opéra et s'engouffra dans le métro.

Cette histoire, c'était comme la malaria, il n'en guérirait jamais complètement.

31

Sirius Volkstrom, 2 septembre 1960

L'été lui avait semblé particulièrement long. Sirius s'était occupé comme il pouvait avec quelques boulots ennuyeux pour le SAC, une semaine de supervision de nouvelles recrues pour les Forces de police auxiliaire, et pas mal de temps à traîner dans les cafés de son nouveau quartier autour du cimetière du Montparnasse. Il sentait bien que les types du SAC et des FPA le regardaient bizarrement : il ne faisait pas partie de leur maison et ne partageait pas leur foi politique. Jusqu'ici, cela n'avait jamais été un problème de feindre la motivation. Il gérait cela très bien : la fausse connivence, les buts partagés qui ne l'étaient pas vraiment.

Mais c'était avant. Désormais, il simulait moins bien, voire pas du tout, et ses interlocuteurs s'en rendaient compte. Il était le cynique au milieu des convaincus. Il ne durerait pas.

Si Volkstrom avait été porté sur l'autoanalyse, il aurait réalisé qu'il était dépressif. L'origine de cette déprime n'était pas compliquée à identifier, elle tenait en deux mots : Hector Danguin.

Il lui avait rendu visite une fois seulement durant l'été. Il aurait pu y aller davantage, mais les sessions au parloir de la Centrale de Melun le minaient plus qu'elles ne lui faisaient plaisir. Quant à Hector, il lui semblait distant durant ces moments, comme si lui aussi avait du mal à supporter ces tête-à-tête surveillés et encadrés.

Il n'avait pas revu Deogratias, mais celui-ci lui avait transmis un message indiquant que c'était désormais une affaire de semaines. À l'automne, son «cousin» serait libéré.

À ce moment-là, ils décanilleraient loin des serres de Deogratias et des machinations tordues de la Préfecture de police. Peut-être était-ce l'âge, mais il en avait soupé de ces coups de billard à trois bandes, de ces plans qui se voulaient machiavéliques mais qui se révélaient minables. Il voulait se mettre à son compte. Il avait un peu d'économies de côté pour lui permettre de voir venir et d'envisager une reconversion. Laquelle ? Il ne savait pas encore. Il n'en avait pas parlé à Danguin, mais il imaginait qu'il serait partant.

Volkstrom réfléchissait à tout cela dans le train qui le ramenait à Paris-Montparnasse. Dix jours plus tôt, il était parti sur un coup de tête. Envie de s'éloigner des miasmes qui l'oppressaient dans la capitale. Il avait failli monter dans un train au hasard, avant de se souvenir que Victor Lemaire possédait un manoir dans le Perche. C'était d'ailleurs sa seule adresse connue. Deogratias lui avait raconté l'avoir fait surveiller pendant quelque temps par des gendarmes du cru, mais sans résultat. Maintenant que l'affaire était enterrée, peut-être que le tueur avait réinvesti sa demeure ? Guidé par son instinct et la nécessité de choisir un train, Sirius avait séjourné dix jours dans la campagne autour de Nogent-le-Rotrou.

Il n'avait pas eu besoin de grands talents de détective pour dénicher le manoir, en vérité une grande bâtisse mal en point, comme ces vieilles maisons de famille qui échoient à un héritier sans le sou incapable de les entretenir. Il avait consulté l'annuaire local pour trouver le village où Lemaire était enregistré aux PTT. Il avait ensuite pris une chambre dans une auberge à proximité et passé plusieurs jours à traîner : dans les cafés-épiceries, sur les chemins forestiers, et même à la messe du dimanche, dans l'espoir un peu insensé de tomber sur lui.

Mais rien. Pas le début d'une piste. Il avait bien arrosé quelques ivrognes qui lui avaient confié connaître vaguement Lemaire, mais ils ne l'avaient pas vu depuis environ un an.

Volkstrom avait continué quelques jours à se promener sur les sentiers boueux du coin avant de reprendre un train pour Paris. Ç'avaient été ses grandes vacances, se disait-il en se marrant. Il rentrait de meilleure humeur.

Il marcha de la gare Montparnasse jusqu'à son meublé du boulevard Quinet, sa valise en carton tapant contre sa jambe à chaque pas. Il hésita à s'arrêter pour prendre un verre avant de monter chez lui, mais y renonça en se disant qu'il ressortirait plus tard. Il observa la porte de son deux-pièces. Le bout de ticket de métro qu'il avait glissé le long du chambranle était toujours situé à la même hauteur.

Personne n'était rentré chez lui en son absence – ou alors quelqu'un de très méticuleux.

Il poussa la porte, laissa choir le ticket et ramassa le courrier que sa logeuse avait glissé dessous. Ce n'était pas le plus agréable des logements qu'il avait eus, il était même un peu misérable pour le prix, mais il ferait l'affaire jusqu'à son départ vers d'autres cieux.

Il s'affala sur un fauteuil en desserrant sa cravate. Il saisit une bouteille de whisky sur la tablette et en but une rasade directement au goulot. Il entendait la radio du voisin qui diffusait une émission de variétés.

Il jeta un coup d'œil sur les trois lettres reçues en son absence. L'une était la facture de son loyer, l'autre de la propagande politique du député du coin, la dernière l'intrigua. C'était un courrier officiel. Il le retourna pour découvrir un cachet de l'Administration pénitentiaire.

Il l'ouvrit d'une main, comme il avait appris à le faire depuis son amputation.

L'en-tête était celui de la Centrale de Melun et la date indiquait que la lettre avait été expédiée une semaine plus tôt. Elle était brève :

« Cher Monsieur,
En tant que seul parent mentionné dans le dossier de monsieur Hector Emmanuel Danguin, matricule carcéral N° 3125FH74, nous sommes au regret de vous informer de son décès, survenu dans la nuit du 3 au 4 septembre 1960. L'enquête du médecin légiste a conclu au suicide par pendaison.

En l'absence de dispositions prévues par avance, monsieur Danguin a été inhumé et enterré au cimetière de Melun, dans le carré réservé aux prisonniers décédés.

Vous pouvez réclamer ses effets personnels pendant trente jours à compter de la date de cette lettre en vous présentant à la Centrale pénitentiaire de Melun (77) muni de la présente et d'une pièce d'identité. Au-delà de cette date, ses biens seront remis aux bonnes œuvres de la paroisse.

Veuillez recevoir, cher Monsieur, l'assurance de nos sincères regrets pour la perte de votre parent.

Le directeur. »

Sa première pensée fut pour Deogratias : « Ce salaud va payer ! »

Une heure plus tard, il était toujours rivé à son fauteuil.

Il n'avait pas bougé, pas même touché au flacon de whisky.

Ses larmes avaient tracé des sillons de sel sur ses joues. Il n'avait pas pleuré ainsi depuis longtemps. Depuis jamais, sans doute.

Il se sentait brisé en mille morceaux. Son corps n'était plus qu'un sac d'osselets emballé dans une gangue de chair. Il avait le sentiment qu'il pourrait rester assis éternellement dans la même posture, jusqu'à ce qu'il périsse sur place.

Il arrivait à peine à réfléchir, mais son instinct lui disait que ce suicide n'en était pas un. Hector était tout sauf suicidaire. Il était trop lymphatique, trop placide pour cela. Sirius avait toujours admiré chez lui ce qui faisait une telle différence entre eux. Lui était un bouillonnement permanent, un impulsif, Danguin un contemplatif, qui se laissait porter par les événements et les gens autour de lui. Quelle raison aurait-il eu de se pendre dans sa cellule ? Pourquoi, alors qu'il savait que la quille était proche ?

À toutes ces questions, Sirius ne pouvait s'empêcher de répondre : Deogratias. Celui-ci avait orchestré le suicide. Pour garder Volkstrom à sa botte, pour lui montrer qui tenait la matraque et ce qu'il en coûtait de vouloir s'émanciper.

Mais il ne marcherait pas dans cette voie.

Si Deogratias pensait juste avoir éliminé son amant, il se trompait. Il venait d'éliminer sa raison de vivre. Pire, le fusible qui empêchait Volkstrom de partir en toupie.

Sirius sentait lentement monter l'ire de la vengeance. Son corps retrouvait sa liberté de mouvement, son cerveau s'était remis en marche.

Il allait leur montrer qu'il en fallait plus que ça pour le terrasser et qu'il demeurait bien plus méchant qu'eux. Féroce.

Il n'aurait plus qu'une motivation désormais : détruire ceux qui l'avaient anéanti.

32

Luc Blanchard, 23 septembre 1960

Luc émergea du métro Cité en se massant l'épaule gauche. Il était arrivé en pleine forme à la salle de boxe pour son entraînement matinal sachant qu'il allait retrouver Margot le soir et passer un week-end entier avec elle. Le premier pour lequel ils avaient fait des plans : visiter le château de Versailles, aller danser dans une guinguette sur les bords de Marne et profiter ainsi du dernier jour de l'été.

Du coup, il s'était laissé convaincre par l'insistance du patron de la salle et avait accepté de monter sur le ring avec un sparring-partner. C'était autre chose que de boxer contre un sac en cuir. Il avait mal calculé son allonge, mal placé sa garde, s'était pris un uppercut dans l'estomac, et s'était reçu violemment sur l'épaule en chutant. Il avait mis fin au combat et l'entraîneur lui avait apporté un sac de glaçons. Ce n'était pas grave, lui avait-il dit après lui avoir tâté les muscles, probablement une petite luxation. Cela avait néanmoins suffi à le mettre en rogne. Contre lui. Qu'avait-il eu besoin de se mesurer à un autre boxeur ? Jusqu'ici, le sac et la fonte lui convenaient parfaitement.

Il prit la rue de Lutèce en slalomant entre les charrettes et les étals du marché aux fleurs. Il arrivait à l'intersection avec le boulevard du Palais, toujours encombrée à cette heure matinale par les camionnettes arrivant et repartant des Halles, quand il entendit un drôle de bruit étouffé provenant du quai des Orfèvres. Il avait du mal à l'identifier. Mais quelques secondes plus tard, il entendit des cris s'élever ainsi que des coups de sifflet.

Le feu avait beau être rouge pour les piétons, la circulation n'avançait guère. Il traversa donc entre les véhicules en évitant un camion de livraison pour parvenir au trottoir d'en face.

Il avait à peine fini de contourner le poids lourd qu'il vit un mouvement de foule : plusieurs personnes couraient dans sa direction, ou plutôt semblaient fuir quelque chose. L'une d'entre elles fonçait plus vite que les autres. Elle était massive et filait un peu de guingois, la tête en avant. Comme un rugbyman déséquilibré, mais résolu à parvenir au bout du terrain pour planter son essai. Comme un homme qui courait pour sa vie. Comme... Sirius Volkstrom !

Luc Blanchard eut à peine le temps de reconnaître le manchot que celui-ci le percuta de plein fouet et l'envoya valser. Il poussa un premier cri en sentant la douleur se raviver dans ses muscles endoloris et un second, presque un sanglot, quand il s'écrasa pour la seconde fois de la matinée sur son épaule gauche. Il eut l'impression qu'une lame lui perforait l'articulation.

Il vit Volkstrom poursuivre sa course folle au

travers du boulevard et entendit les sifflets de police se faire plus stridents, puis il tourna de l'œil.

Il revint à lui quand il sentit qu'on lui tapotait un linge humide sur le front. Il était en position assise, adossé à un mur, et Amédée Janvier jouait les infirmières.

— Alors, gamin ? Tu marches plus droit ?

Il leva des yeux colériques vers son collègue qui préféra prendre les devants.

— D'accord, je ne suis pas drôle. C'est un bleu qui t'a reconnu et qui t'a ramassé. Il paraît que tu t'es pris le terroriste en plein dans le buffet.

— Un terroriste ? Quel terroriste ? C'était Volkstrom !

Amédée le regarda incrédule, avec l'air du médecin qui a affaire à une commotion plus grave qu'il ne l'avait évaluée.

— Calme-toi, p'tit. Un Arabe a balancé une grenade sur l'adjoint du Préfet alors qu'il descendait de sa voiture. Juste devant l'entrée du 36 ! T'imagines le toupet ? Ces ordures du FLN se croient tout permis désormais !

— Je t'assure, Amédée : c'est bien Sirius Volkstrom qui m'a percuté. Je l'ai reconnu ! J'ai entendu les policiers qui le poursuivaient.

Le vieil inspecteur fit la moue mais ne dit rien. Il contempla son mouchoir trempé, sans savoir s'il devait le remettre dans sa poche maintenant qu'il avait ranimé Blanchard.

Luc se redressa lentement en prenant appui de son dos sur le bâtiment. Il fit tourner plusieurs fois son épaule, éprouvant sa douleur.

— Est-ce qu'ils l'ont chopé ?

— Non, le zèbre courait trop vite. Il a semé les collègues dans le marché aux fleurs. Heureusement, le gars a utilisé une vieille grenade, un truc de la guerre qui a fait long feu. Il n'y a aucune victime, même pas de blessés.

Blanchard avait rajusté son costume et remis ses lunettes. Il n'avait pas été K-O plus de cinq minutes, mais la foule du boulevard avait repris sa déambulation comme si de rien n'était.

Les deux hommes mirent le cap sur l'entrée du 36. Quelques barrières avaient été disposées autour d'un bout de bitume blanchi par une forte chaleur. Probablement l'endroit où la grenade était tombée sans exploser.

— C'était Deogratias la cible ? s'enquit Luc.

— Dur à savoir. C'est lui qu'était dans la bagnole, sûr. Mais les attentats contre les commissariats, il y en a un paquet en ce moment.

— Pas contre le 36.

— Et pourquoi les bronzés ne nous attaqueraient pas ?

— Parce que c'était Volkstrom, je l'ai reconnu quand il courait vers moi.

— Tu devrais te faire contrôler la tête par le médecin, p'tit. Tous les témoins disent avoir vu un Bicot crier « FLN vaincra ! » puis lancer la grenade et se carapater !

Blanchard soupira. Cela ne servirait à rien d'insister, pas plus que de retourner voir les témoins qui, parce qu'ils avaient entendu quelqu'un crier « FLN », étaient convaincus qu'il s'agissait d'un Arabe. Trop nerveux et irrité pour s'installer à son bureau, il se rendit au parc de stationnement des véhicules de service. Il grimpa dans une Dauphine, prit les clefs dans la boîte à gants et mit le contact. Luc roula pendant deux heures, à la poursuite de ses pensées insaisissables. Quand il fut las d'errer sans but dans Paris, il gara la voiture. Il était à l'intersection de la rue Jean-Pierre-Timbaud et de l'avenue Parmentier. Autrement dit, à deux pas de chez Pauline Doré.

Il ne l'avait pas revue depuis qu'il avait surpris la voix d'un homme en sa compagnie derrière sa porte. Il ne pensait plus guère à elle, mais après avoir tourné en rond dans les rues de Paris, il s'était arrêté pile à côté de son appartement.

Pris d'une impulsion, il ouvrit la portière et marcha prestement vers l'immeuble de Pauline. Il grimpa les étages quatre à quatre et sonna.

Au bout de trente secondes, alors qu'il allait faire demi-tour, il entendit des pas traînants, puis un loquet glisser. Pauline ouvrit.

Il vit tout de suite ses yeux rouges. Elle avait pleuré.

— Pourquoi es-tu ici ?

Sa voix était à la fois fragile et froide.

Il n'avait même pas eu le temps de réfléchir à une excuse plausible. Il avait agi instinctivement, sans véritable raison.

— Je me suis garé par ici. Je voulais te voir.

— Pourquoi ? Tu as cessé de m'appeler.

— Pauline, je suis passé ici un jour et j'ai entendu une voix d'homme à travers la porte. Vous aviez l'air intimes.

Elle soupira, porta un mouchoir à son nez, renifla.

— Comme ça, tu sais, c'est plus simple.

— Pauline, je t'ai... J'avais de l'affection pour toi.

— Je l'avais remarqué. Moi aussi je t'aimais bien, Luc. Mais je n'étais pas libre.

— C'est lui qui te fait pleurer ?

— Ça ne te regarde pas.

Elle ne l'avait pas invité à rentrer chez elle. Le couloir désert était le seul témoin de leur conversation.

— Ne me juge pas, Luc. Je ne suis pas la petite étudiante sainte-nitouche que tu t'es imaginée.

Il ne savait pas pourquoi, mais il sentit le besoin d'insister, de lui rendre ce qu'il croyait être la monnaie de sa pièce, de lui faire mal :

— Je vois quelqu'un désormais. Je suis heureux.

Une larme jaillit des yeux de Pauline. Puis une seconde.

— Je suis contente pour toi... Pas la peine de jouer les salauds !

Derrière ses larmes, elle le regardait avec aigreur.

Puis il la vit avaler sa salive avec difficulté et son visage se tendre.

— Vous êtes tous les mêmes ! Vous êtes très doués pour vous essuyer les pieds sur les femmes ! Votre compassion ne tient que si l'on écarte les cuisses ! Va-t'en, Luc, tu es comme tous les autres ! Va-t'en !

Pauline éleva la voix.

Blanchard fut tenté de la prendre dans ses bras pour la raisonner, mais elle avançait sur lui en vociférant.

— Tu te croyais meilleur que les autres, monsieur le policier, hein ! Mais tout ce que tu voulais, c'était me consoler pour me sauter !

Luc jugea prudent de battre en retraite.

— Tu racontes n'importe quoi, Pauline, je m'en vais.

— C'est ça, va-t'en ! Va retrouver ta nouvelle conquête ! Et puis si tu passes à ton bureau, monsieur le flic, tu pourras boucler mon dossier : je ne me suis jamais fait violer par un inconnu !

Luc s'arrêta en haut des marches.

— Il n'y a jamais eu d'ouvriers arabes, pauvre con ! Juste un mec comme toi qui s'est cru tout permis avec moi et qui m'a violée parce que je ne voulais pas coucher avec lui !

Elle claqua la porte à en ébranler le châssis.

Luc entendit un cri rauque, entre rage et douleur.

Il hésita une poignée de secondes mais préféra s'éclipser.

Il regagna sa voiture et mit le contact. Sa douleur à l'épaule le lançait de nouveau.

Maintenant qu'il savait, il comprit qu'il avait toujours su. Depuis le départ, cette histoire ne tenait pas la route. Aucun témoin de l'agression, aucun suspect, des faits trop génériques, des violeurs potentiels choisis au hasard d'un trombinoscope... Il avait poursuivi des bouts des pistes qui ne menaient nulle part, tabassé de pauvres types pour la forme.

Pourquoi ? Parce que la fille était blanche et qu'elle avait accusé des Arabes. Parce que Luc Blanchard s'était amouraché de son joli minois.

Il n'avait pas besoin de dessin. Il savait qui avait violé Pauline Doré : un de ses petits amis. Elle n'avait jamais pris au sérieux son dépôt de plainte. Elle s'était rendue au commissariat parce qu'elle était choquée. Mais une fois cet instant passé, elle avait freiné des quatre fers, elle avait menti, elle avait tergiversé. Elle avait hésité à dénoncer un homme qu'elle connaissait.

Elle avait eu peur, sans doute. De l'opprobre et de la honte.

Et lui avait tout gobé. L'hameçon, le bouchon et la ligne.

Luc Blanchard ne roula pas longtemps. Il se dirigea droit vers les Abbesses. Vers Margot.

Il gara l'auto dans les rues en pente, puis pénétra par la porte cochère et alla se planter devant l'ascenseur. Il n'avait pas envie de grimper à pied aujourd'hui.

La cabine arriva doucement, chargée.

Un homme brun, à la fine moustache, élégant, avec un chapeau et une valise écarta le vantail métallique et fixa Luc intensément. Blanchard ne put faire autrement que de lui rendre son regard.

Tous les deux réalisèrent au même instant : l'ancien amant et le nouveau. Antoine Carrega et Luc Blanchard. Margot Desjoyaux, invisible, entre eux. L'instant était étrange. Aucun des deux ne savait comment se comporter.

Instinctivement, le regard de Luc dériva sur la valise que transportait Carrega. Elle devait contenir les derniers vêtements qu'il avait laissés sur place.

Ce fut Antoine, sans doute en sa qualité d'aîné, qui rompit le silence, avec un brin de théâtralité. Il posa son bagage sur le sol, sortit une cigarette qu'il coinça entre ses lèvres et, avant de l'allumer, tendit la main vers Luc :

— Je m'appelle Antoine Carrega. Nous avons une connaissance commune, je crois.

Blanchard avait beau réaliser que cette mise en scène était faite pour le déstabiliser, elle fonctionnait.

— Luc Blanchard. Enchanté, marmonna-t-il.

Ils s'effleurèrent les mains plutôt qu'ils ne les serrèrent.

Carrega proposa une cigarette à Blanchard, qui refusa. Puis il reprit sa valise.

— Je vous laisse. On aura peut-être l'occasion de se recroiser.

Luc espérait que non. D'ailleurs, s'il emportait ses dernières affaires, il n'y avait aucune raison. Alors, pourquoi lui disait-il cela ? Était-ce une menace ? Ou, peut-être qu'au fond, malgré son attitude assurée, l'ancien amant était mal à l'aise lui aussi. Après tout, dans ce combat de coqs autour d'une femme, c'était lui qui s'était fait plumer. Cette pensée rasséréna Luc qui répondit, de l'air le plus détendu qu'il put :

— Sans doute.

Carrega lâcha une dernière phrase par-dessus son épaule :

— Prends soin de Margot. Elle le mérite.

Puis il disparut.

Luc entrouvrit la cabine d'ascenseur, soupira, fit une courte pause, puis appuya sur le bouton du troisième. Suspendu entre les étages, entre le ciel et le plancher, il aurait voulu que l'ascension dure des heures. En même temps, il n'en pouvait plus de cette sale journée.

Il voulait retrouver Margot, enfouir sa douleur et ses doutes mortifères dans son étreinte. Éloigner ce passé qui resurgissait quand il aurait voulu l'oublier.

33

Antoine Carrega, 13 octobre 1960

Les affaires marchaient bien. Tellement bien que Marius avait décidé de faire remonter deux camionnettes de Marseille pour convoyer la marchandise. Antoine lui avait dit qu'il n'en voyait pas la nécessité : il suffisait de charger davantage leur fourgon sachant que, de toute manière, les doses d'héroïne n'occupaient qu'un volume très réduit au milieu des bouteilles d'anisette. Mais Marius, au nom d'une logique vantarde qui lui permettrait de clamer auprès de ses potes «J'ai rempli deux camions de came!», en avait décidé ainsi. Il avait acquis un second véhicule, repeint cette fois-ci aux couleurs de Ricard.

Antoine s'était plié aux desiderata de Marius, et lancé dans ce double convoyage.

Il était 5 heures du matin et ils approchaient de Paris.

Carrega était assis sur le siège passager, au côté d'un dénommé Jean-Pierre Alfonsi, un Corse de Marseille recruté par Marius. Il n'avait jamais travaillé avec lui et c'était tant mieux car le type était plutôt bas de plafond. Durant tout le trajet, il n'avait parlé que de football, de pétanque et de «poulettes», le seul mot qu'il connaissait pour désigner les femmes. Il avait par ailleurs obstinément refusé de lâcher le volant, au prétexte qu'il s'endormirait s'il ne conduisait pas. Antoine lui avait expliqué que ce n'était pas grave de se reposer durant un tel trajet, mais il n'avait rien voulu entendre.

La seconde camionnette était pilotée par José et le frère jumeau Alfonsi, prénommé Jean-André, comme si leurs parents n'avaient jamais lu autre chose que la Bible.

Antoine commençait à se lasser de ces convoyages qui ne lui procuraient même pas l'excitation de la navigation sur une mer imprévisible. Deux véhicules, deux frères stupides, presque pas d'intervalle entre les véhicules... Il avait hésité à faire la route avec José, son compagnon de silence serein, et à laisser les jumeaux entre eux, mais il avait jugé plus prudent de jouer les nourrices.

Ils arrivaient à Orly. Comme d'habitude, les gendarmes avaient dressé un barrage. Comme d'habitude ils furent contrôlés et Jean-Pierre produisit son permis de conduire, en règle.

— Vérification de la cargaison, dit soudain l'un d'entre eux.

— Pas de souci, répondit Carrega.

Il sortit de l'habitacle pour déverrouiller le panneau arrière. Jean-Pierre descendit également, un peu nerveux. Ils ouvrirent les battants sur un amoncellement de caisses de bouteilles de Pernod empilées les unes sur les autres.

Deux gendarmes jaugèrent le chargement, se

demandant comment faire s'ils voulaient poursuivre leur inspection plus en avant.

— C'est tout ce que vous avez là-dedans ? De l'anisette ?

— Oui, chef ! fit Antoine, conciliant.

— Ouvrez-moi une bouteille.

Carrega s'empara d'un flacon au hasard, le déboucha et le tendit au gendarme, qui renifla le goulot.

— Vous savez, on est..., commença Alfonsi.

— Ouvrez-moi celle-là aussi, exigea l'agent en pointant une autre caisse.

Antoine tendit la main vers un deuxième flacon.

— Vous savez, reprit Alfonsi, on est un peu collègues. On a une carte de police, nous aussi.

Carrega le fixa méchamment pour lui intimer l'ordre de se taire. Il ouvrit la nouvelle bouteille et la présenta à l'agent.

Celui-ci mit son nez dedans et parut satisfait.

— Ça va, c'est bon.

— Vous pouvez garder les boutanches, messieurs. Comme elles sont ouvertes, on ne peut plus les vendre. Vous prendrez l'apéro à notre santé ce soir !

— Merci, vous êtes bien aimables, lui dit le gendarme qui paraissait attendre ce geste depuis le début.

Antoine referma l'arrière de la camionnette quand un des militaires se tourna vers Alfonsi.

— C'est quoi cette histoire de carte de police ?

— Mon copain, fit Jean-Pierre en désignant Carrega, il a une carte tricolore.

— C'est quoi cette histoire ?

Maudissant son associé, Antoine sortit doucement son portefeuille de sa poche revolver pour en extraire la fameuse carte du SAC qu'il présenta à l'agent.

— C'est juste que je fais partie du Service d'action civique. Je bosse de temps en temps pour eux, alors ils m'ont filé leur carte.

Les deux gendarmes examinèrent le bristol tricolore à la lumière de leur lampe torche. Ils le retournèrent dans tous les sens.

Le plus gradé des deux observa :

— C'est pas très malin de distribuer ce genre de truc. Tout gaullistes qu'ils sont, c'est pas très réglo.

Il rendit la carte à Carrega tout en vérifiant que son visage correspondait à la photo d'identité.

— Je serais vous, j'en ferais pas trop usage. Des collègues pourraient en prendre ombrage.

— Pas de souci, chef. Vous aurez noté que je ne l'avais pas mentionnée... Mon collègue n'est pas très finaud.

— Je vous crois. C'est bon, vous pouvez y aller.

Il accompagna ses paroles d'un geste leur indiquant la route vers Paris.

Antoine et Jean-Pierre grimpèrent dans l'habitacle. Carrega serrait les dents.

— La prochaine fois, tu écrases ! Cette putain de carte attire l'attention. Elle est faite pour les situations d'urgence, tu comprends !

— Je pensais pas à mal.

— Tu ne pensais pas du tout ! Allez, démarre. On met les bouts !

L'aube ne pointait pas encore. Antoine se cala au fond de son siège. Il se demanda combien de temps encore il allait poursuivre ce manège. Certes, l'argent rentrait mais il s'ennuyait. Il avait cru un instant que ce trafic lui apporterait une forme de stabilité, comme celle que réclamait Margot, et qu'il pourrait ainsi répondre à ses attentes. Cela n'avait pas fonctionné. Les jobs réguliers, ce n'était pas pour lui. Ça le minait de l'intérieur. Margot l'avait ressenti et ils avaient commencé à s'éloigner. Aujourd'hui, elle l'avait remplacé par un flic ! L'ironie de la chose ne lui échappait pas.

Il se redressa. Songer à l'inspecteur qu'il avait croisé dans la cage d'escalier de l'immeuble des Abbesses lui noua le ventre. Était-ce pour Margot ? Probablement pas, leur histoire était terminée avant que l'autre ne surgisse dans le paysage. C'était plutôt le contrôle qu'ils venaient de subir.

— Arrête-toi ! intima-t-il à Alfonsi. Tout de suite !

— D'accord, d'accord, fit celui-ci en rangeant le véhicule sur le bas-côté.

— On a combien d'avance sur José et ton frangin ?

— Cinq minutes. Dix minutes maxi. C'est ce qu'on s'est dit la dernière fois qu'on s'est arrêtés.

— On les attend.

— Mais pourquoi ? Je croyais qu'il fallait pas rouler trop rapprochés.

— Je veux m'assurer qu'ils franchissent bien le barrage.

Jean-Pierre coupa le moteur et ils patientèrent en silence.

Une minute.

Deux minutes.

Cinq minutes.

Sept minutes.

Dix minutes.

Douze minutes.

Antoine n'en pouvait plus de consulter sa montre.

— On fait demi-tour.

Alfonsi manœuvra la camionnette pour reprendre la nationale dans l'autre sens.

Antoine observait chaque véhicule qui arrivait vers eux sans repérer la fourgonnette Ricard. Ils rejoignirent assez rapidement le cordon de gendarmerie.

— Range-toi. On va observer si on les aperçoit.

La camionnette s'immobilisa sur le bas-côté, moteur allumé, phares éteints. Antoine et Jean-Pierre scrutaient le barrage distant de deux cents mètres au travers du pare-brise pas très propre. Les lampes-tempête des gendarmes n'éclairaient pas grand chose. Il semblait y avoir plusieurs véhicules à l'arrêt.

Ils le virent en même temps.

Le logo Ricard apparaissait sur le flanc d'un fourgon immobilisé. Le vantail arrière était ouvert et des caisses déchargées. Quatre ou cinq gendarmes, avec leurs mitraillettes, faisaient cercle autour de deux silhouettes qui semblaient avoir les mains posées sur le capot. José et Jean-André.

Carrega comprit : deux camionnettes d'anisette qui se succèdent à cinq minutes d'intervalle, cela ne pouvait que sembler louche. Et si José avait eu la mauvaise idée de tendre lui aussi sa carte du SAC... Même le plus embouché des agents aurait flairé l'entourloupe.

Avant qu'Antoine n'ait eu le temps de réfléchir à la manière de les sortir de ce mauvais pas, Alfonsi avait engagé les pignons et accélérait vers le barrage.

— Qu'est-ce que tu fous ?!
— On va les récupérer !
— Mais t'es malade !

La camionnette gagnait en vitesse, faisant gronder le vieux moteur. Antoine tenta de s'emparer du volant, mais c'était trop tard : le cordon de gendarmes se rapprochait et plusieurs d'entre eux s'étaient tournés dans leur direction.

Alfonsi se mit à klaxonner en continu comme s'il espérait effrayer les militaires. La stratégie du nigaud semblait consister à foncer dans le tas en espérant que son jumeau et José auraient le temps et la présence d'esprit de sauter dans leur camionnette, puis de s'enfuir. C'était stupide. Sans même parler des mitraillettes...

Un gendarme pointa son arme vers eux et commença à les arroser. Il devait se souvenir de ses consignes, il visait les pneus.

Carrega se cramponna à la portière et se tassa au fond de son siège.

Alfonsi accéléra encore.

Tout bon conducteur qu'il fût, l'engin lui échappait. Il fit une embardée, une seconde, et alla percuter de plein fouet la fourgonnette Ricard à l'arrêt.

Antoine entendit le froissement de la tôle et les éclats de centaines de bouteilles qui se brisaient en même temps. Jean-Pierre ne discerna rien : il venait de passer au travers du pare-brise et son corps était désormais incrusté dans l'amas de métal tordu.

Il y avait des cris, plein. Des coups de feu, quelques-uns. Une odeur d'anisette entêtante.

La portière d'Antoine s'était entrouverte à la suite du choc. Il se laissa glisser sur le sol. Il avait mal partout, ce qui signifiait qu'il était encore vivant. Ses membres avaient l'air de répondre, ce qui indiquait qu'ils étaient encore tous là. Il s'en tirait bien.

Les gendarmes s'agitaient dans tous les sens. Antoine jugea plus prudent de s'aplatir au sol. Il repéra un talus à une dizaine de mètres de distance et rampa dans sa direction. Du coin de l'œil, il vit une silhouette qui s'enfuyait en tirant avec un pistolet. José n'était jamais armé lors des convoyages, cela devait être le second frangin Alfonsi. Il entendit une rafale de mitraillette. La silhouette s'effondra.

Une voix inconnue cria par-dessus le vacarme :

— Cassez-vous, ça va péter !

Carrega comprit : les camionnettes avaient pris feu et le pastis contrefait fournissait une quantité de carburant qui présageait un beau bouquet final !

Il se releva et piqua un sprint vers le talus où il espérait pouvoir se dissimuler et se protéger. Malgré ses membres perclus de douleur, il fila assez vite.

Il avait vu pas mal de films au cinéma où le héros sautait dans un fossé au moment où la déflagration retentissait. Ça ne se produisit pas du tout comme cela pour lui.

Il arriva en haut du talus, se jeta à terre et roula sur l'autre versant.

Pas d'explosion.

Il se retourna pour regarder dans la direction des deux fourgonnettes en flammes. Le brasier rugissait.

Il fallait maintenant songer à s'enfuir.

Si José était toujours vivant, il devrait se débrouiller seul.

Soudain, le bûcher sembla prendre sa respiration puis il éclata !

Antoine se plaqua au sol, les mains sur la tête.

Quelques flammèches et des débris retombèrent autour de lui.

C'était le moment de filer.

Il se mit sur les genoux quand il aperçut une paire

de jambes sur sa droite. Avec des bottes et un canon qui pendouillait.

Il leva la tête. Reconnut le contour d'un képi.

Il prit un coup terrible sur le crâne.

Et perdit connaissance.

1961

34

Sirius Volkstrom, 12 janvier 1961

Il avait longtemps hésité. Se teindre les cheveux ou les raser ?

Il avait finalement opté pour la teinture. Les individus avec la boule à zéro attirent l'attention. On les prend pour des bouchers ou des catcheurs. Il avait choisi un brun passe-partout qu'il s'appliquait tous les deux jours. Pareil pour les sourcils et la moustache, qu'il s'était laissé pousser.

Après un léger changement de garde-robe – il avait troqué les costumes de seconde main et les chapeaux pour des pantalons en velours, des vestes en cuir et une casquette –, il était devenu quasi méconnaissable. Avec une prothèse d'occasion qu'il avait achetée chez un brocanteur, sa métamorphose était complète. Ce faux bras ne lui servait à rien, mais sa manche gauche ne pendait désormais plus dans le vide. Il attachait la vieille prothèse sur son moignon avec des sangles en cuir et calait la main en bois dans la poche de son pantalon. Ça faisait l'affaire. Il avait l'air d'un vieux beau en goguette. Sirius Volkstrom préférait encore ça que se faire repérer à cent mètres.

Lancer une grenade sur Deogratias devant le 36 quai des Orfèvres avait été un acte impulsif. Des jours et des semaines de saouleries et d'errance après avoir appris le « suicide » de Danguin l'avaient fait déraper. Il avait fini par perdre les pédales avec cette antique grenade qui traînait au fond de ses affaires depuis des années.

Heureusement, son instinct de survie demeurait plus fort que tout. Il avait crié « FLN vaincra ! » pour donner le change aux badauds qui n'avaient vu qu'un type avec un galurin enfoncé sur la tête. Il avait ensuite détalé et, grâce à sa petite avance, était parvenu à semer la flicaille avant de s'engouffrer dans le métro Cité.

Il avait ensuite filé à son meublé, récupéré ses affaires, lâché une poignée de billets pour solde de son loyer, et il avait déguerpi. Gare de Lyon, quelques changements dans des bleds de campagne, et une destination où il n'avait jamais mis les pieds. La Suisse.

Il avait œuvré à son changement d'apparence et il avait fait l'effort de se poser un peu. Il avait repris sa fausse identité de Pierre Lherbier.

L'air des alpages l'avait détendu quelque temps. Il avait séjourné dans une pension anonyme au pied des montagnes. Puis le chocolat, les randonnées en godillots et les coucous en bois qui jaillissent de leurs horloges avaient fini par lui taper sur les nerfs. Il avait repris le train en sens inverse.

Sirius Volkstrom se tenait désormais devant un immeuble bourgeois du côté du Trocadéro. Le premier étage était tenu par une ancienne prostituée à particule, qui en avait fait un lupanar très apprécié des élites parisiennes. Il n'avait jamais visité cette gourgandine de haut vol et ses gagneuses, non pas en raison de ses préférences sexuelles mais parce qu'il n'en avait pas les moyens. Cependant, il avait appris par un réseau de concierges bavards, auxquels il avait graissé la patte un par un, que Jean-Paul Deogratias venait régulièrement profiter des services de l'endroit. À l'œil, bien entendu, en échange de la tolérance préfectorale à l'égard de ce genre de maisons.

C'était un vendredi soir, vers 19 heures, un horaire où les hommes du tempérament de Deogratias fréquentaient ces lieux. Ils pouvaient ensuite rentrer chez eux auprès de leur fidèle épouse, pas trop tard, et arguer d'une fin de semaine difficile, sans rater le plat de poisson hebdomadaire arrosé d'un bon vin blanc, avec les enfants réunis à la table familiale.

Sirius, qui n'était pourtant guère physionomiste, avait déjà identifié trois personnalités qui avaient pénétré dans l'immeuble. L'une grâce à sa voiture à macaron ministériel, chauffeur et garde du corps. Les deux autres parce qu'il s'agissait de Maurice Papon lui-même, accompagné de Deogratias. Ils étaient arrivés dans une voiture banalisée avec deux policiers en civil.

Sirius en était réduit à espérer qu'ils ne forniquaient pas ensemble avec la même fille sinon il risquait une overdose de mauvais rêves pendant les semaines à venir.

Il vérifia une énième fois son arme. Un 45 ordinaire, qu'il possédait depuis belle lurette. Ce n'était pas l'engin idéal pour ce type d'opération, mais il n'était pas parvenu à s'équiper plus efficacement. Il devait agir avec les moyens du bord.

Une demi-heure après être entré, Deogratias sortit. Seul. Le bras droit du Préfet n'avait pas l'air d'être un marathonien du paddock. Tant mieux pour la fille contrainte de lui offrir son corps.

Volkstrom ne pouvait pas s'approcher, en raison des multiples policiers de faction qui attendaient leurs employeurs respectifs. Il profita néanmoins de l'obscurité pour se caler derrière une voiture. Il prit appui sur son coffre arrière et visa. Un camion à ordures arrivait. Il devait agir vite. Il y avait des passants derrière lui. L'un d'eux cria : « Attention, il a une arme ! » Sirius fit feu. Un coup, deux coups. Deogratias s'aplatit sur le trottoir en face. Impossible de savoir s'il l'avait atteint. Mais il en doutait.

Il s'arracha à toute vitesse au milieu des piétons qui criaient. Il s'engouffra dans une ruelle, puis une autre, sauta par-dessus la rambarde du cimetière de Passy qu'il traversa au pas de course. Il haletait fort, mais ça allait, il tenait la distance. Il déboucha sur la place du Trocadéro, sprinta vers la station de taxis et bondit dans le premier de la file. Il lui intima l'ordre de se dépêcher, regarda par le pare-brise arrière, ne vit personne qui le pourchassait.

Il avait préparé son coup, mais il y avait trop d'aléas. Il aurait dû renoncer, pas le bon endroit, pas le bon moment, il en était conscient Mais il n'avait pas pu s'en empêcher. Il désirait tellement trouver la peau de Deogratias qu'il l'avait raté pour la deuxième fois. Il se maudit en tapant du poing sur sa jambe.

Il laissa le taxi rouler et le déposer à la gare Saint-Lazare. Il changea de trottoir, grimpa dans un autre véhicule à qui il demanda d'aller jusqu'à Vitry-sur-Seine. C'est là qu'il habitait désormais, dans un petit pavillon en bordure des voies ferrées. La course allait lui coûter chérot, mais après son double raté, il préférait se tenir à l'écart des transports en commun. Il s'avachit sur la banquette et s'empara du *Parisien libéré* qu'un passager précédent avait abandonné. Après avoir feuilleté les premières pages, il tomba sur un entrefilet dans un coin de la rubrique faits divers : « Le procès du chauffard de la bande de la nationale 7, qui avait provoqué la mort de quatre personnes dont un policier en septembre dernier, se tiendra à partir du 5 février au Palais de justice de Paris. Le principal prévenu, un malfrat répondant au nom d'Antoine Carrega, risque cinq à sept années de prison. »

Sirius grimaça : il n'était pas le seul dans la panade.

35

Luc Blanchard, 23 janvier 1961

L'affaire Bentoui restait en travers de la gorge de Blanchard.

Quand il avait demandé à consulter le dossier de Sirius Volkstrom aux archives, sa requête avait été refusée. L'archiviste, un brave homme en fin de carrière qui ne demandait pas mieux que de rendre service, avait paru sincèrement embêté.

— C'est un dossier à accès restreint, lui avait-il répondu.
— Restreint à qui?
— Au Préfet.
— Depuis quand?

Luc Blanchard se rappelait très bien avoir eu le dossier entre les mains quand les empreintes digitales de Volkstrom avaient été relevées sur la porte de service de l'appartement des Bentoui. C'était il y a plus d'un an, mais il n'avait pas oublié un seul élément de cette enquête.

— Ce n'est pas précisé.

— Pourquoi ce genre de dossier est-il réservé, d'habitude ?

— Il peut y avoir plusieurs raisons...

Le vieil archiviste aurait souhaité aider son collègue, mais on atteignait là les limites de ses compétences. Ou la longueur maximale de sa longe. Ce n'était pas de sa faute. Avec un peu plus d'ancienneté ou d'entregent, Blanchard aurait sans doute pu obtenir une faveur de la part du cerbère, mais en l'état de sa position hiérarchique, cela n'aurait servi à rien d'insister.

— C'est bien embêtant, mais merci quand même.

— Vous pouvez demander une autorisation spéciale au cabinet du patron.

Il savait par avance que ce n'était pas la peine. Il tourna les talons.

Au moment de franchir la porte des archives, le vieux policier le héla :

— Généralement, les dossiers restreints, ce sont ceux des informateurs confidentiels ou des zigues un peu troubles que les grands pontes pilotent en direct. Ils n'aiment pas qu'on fouille dans leur tambouille...

Blanchard se retourna vers l'archiviste et lui adressa un clin d'œil.

Cet échange frustrant s'était déroulé une dizaine de jours plus tôt, après que la rumeur s'était répandue dans la Brigade qu'un bonhomme avait tiré sur Deogratias au sortir d'un lupanar. Étrangement, il y avait eu plus de remarques grivoises que de véritable inquiétude. Une bonne indication de la faible estime dans laquelle le bras droit du Préfet était tenu par ses troupes. Le signalement du suspect n'était pas parvenu jusqu'à eux, mais Luc avait son idée. Il y avait quelque chose de dissimulé qui puait, dans cette histoire, comme le cadavre d'une souris crevée derrière un meuble.

Ce lundi matin, Blanchard était affalé sur sa chaise, à broyer du noir. Il détailla sa table de travail bien rangée. À gauche, les dossiers en cours, contenant les nouvelles enquêtes. Il n'y avait rien d'urgent à avancer aujourd'hui. Au milieu, ceux en souffrance. Il n'y en avait qu'un. Un clochard poignardé en pleine nuit sous un pont, probablement par ses partenaires d'infortune. Cette enquête n'irait nulle part et tout le monde s'en moquerait.

Enfin, à droite de son bureau il y avait les dossiers bouclés à transmettre au juge. Il n'y avait qu'une seule chemise cartonnée sur la pile. Elle portait le nom de Pauline Doré. Il avait fini de rédiger ses conclusions depuis longtemps, mais il ne s'était toujours pas décidé à les transmettre pour classement sans suite. Sachant qu'il n'allait pas la dénoncer ni la poursuivre pour plainte abusive ou pour faux témoignage, il ne lui restait plus qu'à boucler l'affaire. À surmonter sa rancœur et le sentiment de n'avoir pas été à la hauteur.

Cela faisait des semaines qu'il traînait des pieds. Il se sentait minable. Alors autant en finir !

Il décrocha son téléphone et composa un numéro interne. Deux minutes plus tard, une estafette se pointait devant son bureau. Il lui tendit la chemise cartonnée.

— Merci d'apporter cela au juge Henri.

C'était le genre d'instant où Luc regrettait de n'avoir aucun vice. Boire, baiser, fumer, jouer... il se serait bien adonné à l'une de ces activités pour évacuer la tension, et s'abandonner à l'oubli furtif. Mais ce n'était pas lui.

Tout ce qu'il trouva à faire fut d'astiquer ses lunettes.

Au bout de cinq minutes, elles étaient propres comme jamais.

Il décida d'aller se repaître du malheur d'autrui.

Il enfila son manteau en laine et partit pour la prison de la Santé.

L'avantage d'être inspecteur de police est qu'il pouvait surgir à n'importe quelle heure et demander à voir n'importe quel détenu, sur simple présentation de sa carte tricolore. Il en fit donc usage sans vergogne, même s'il s'agissait d'une affaire personnelle.

Il gara la Dauphine de fonction boulevard Arago et termina le trajet à pied jusqu'à la porte d'entrée étonnamment petite de la Santé, cette prison affublée d'un antonyme noir d'humour. Les fortifications en meulière lui avaient toujours paru d'un autre âge. Elles suintaient la crasse et l'humidité, comme pour donner un avant-goût des conditions de détention à l'intérieur.

Margot lui avait appris ce qui s'était passé sur la nationale 7. Elle avait même rendu visite à Carrega en détention. Luc n'avait rien trouvé à y redire. Il avait confiance en Margot. C'était sa nature : il faisait confiance aux gens, jusqu'à ce qu'ils le trahissent. Si cela arrivait, il se détachait d'eux, irrémédiablement et sans coup de semonce.

Margot était revenue de la Santé avec un message pour lui. Le « bandit corse », c'est comme cela qu'il le surnommait dans sa tête, savait des choses sur l'affaire Bentoui et il était disposé à les lui relater.

Blanchard le soupçonnait plutôt de vouloir monnayer des informations, mais il n'avait rien à perdre. Après tout, c'est l'autre qui croupissait derrière les barreaux, pas lui.

Il avait consulté son dossier à la Préfecture, et maintenant il attendait Carrega au parloir. Prévenants, les collègues de la pénitentiaire lui avaient octroyé un petit bureau privé, pensant qu'il était en mission officielle pour la Crim'.

Le Corse finit par arriver, conduit par un gardien. Celui-ci attacha le prisonnier à sa chaise et se retira. Luc ne fit rien pour décourager cette mesure de sécurité.

Ils étaient seuls dans une pièce de six mètres carrés.

— Margot vous transmet son bonjour.

Blanchard avait mûri cette phrase d'entame. Il voulait affirmer sa supériorité d'emblée. Il était flic, il était libre, et il avait pris sa place dans le lit de sa maîtresse. C'était un brin mesquin comme entrée en matière. Tant pis.

Antoine Carrega, l'épaule droite légèrement vrillée à cause de ses menottes, le dévisageait. C'était un duel de mâles, aussi stupide que vain. Luc en profita une dizaine de secondes avant d'y mettre un terme.

— Je suis venu parce que Margot me l'a demandé. J'ai consulté votre dossier avant de me pointer. Ça ne sent pas très bon. Deux gendarmes blessés, dont un défiguré par les flammes, deux complices morts, un délit de fuite, une association de malfaiteurs, une accusation de contrebande d'alcool… Ça va chercher dans les cinq à sept ans de cabane. Mais j'imagine que cela ne vous effraie pas ?

Carrega le fixait froidement.

Blanchard savait qu'il n'avait pas affaire à un idiot. Ce qui était dans le dossier n'était sans doute pas la vérité complète. Il devait y avoir autre chose qu'un trafic d'anisette. Carrega n'était pas un petit joueur.

— Je ne suis pas là pour cela, reprit Luc. Vous avez fait passer le message à Margot que vous vouliez me voir.

— Pas du tout! Je ne l'ai jamais impliquée dans mes affaires et encore moins dans mes emmerdes.

— Permettez-moi de vous dire que vous avez autre chose que des emmerdes! C'est un peu plus grave.

— Peu importe, je n'ai jamais rien demandé à Margot!

Le duel de coqs avait finalement lieu.

Mais il se solda par une simple escarmouche.

Tous deux comprirent au même moment que Margot avait fait passer le message qu'elle voulait.

Luc se demanda si Margot l'avait trahi ou si elle essayait juste de tirer son ancien amant d'un mauvais pas.

Il opta pour la seconde hypothèse.

Carrega baissait la tête. Il regardait les pieds de la table qui les séparait. Antoine prit cela pour ce que c'était : un aveu d'impuissance. Pas la peine d'en rajouter.

— Admettons... De toute manière, même si je le voulais, je ne pourrais rien pour vous.

— Je sais.

— Margot m'a pourtant dit que vous saviez des choses sur l'assassinat d'Abderhamane Bentoui, et que vous étiez disposé à me les raconter.

— Elle s'est avancée.

— Mais vous avez des éléments?

Carrega le fixait de nouveau, mais sans hostilité. Visiblement, il réfléchissait.

— Je sais des choses.

— Et vous allez m'en parler?

— Ça dépend de ce que vous pouvez faire pour moi.

— Je vous l'ai dit : rien! Vous n'êtes même pas dans ma juridiction.

— Je crois que c'est réglé, alors.

Luc qui, s'il le désirait, pouvait aller frapper au bureau de n'importe quel magistrat et user de ses prérogatives de flic de la Crim' pour infléchir le cours de la justice, se leva tranquillement et marcha vers la porte.

— Si vous avez quelque chose à me dire, vous savez où me faire appeler.

Carrega regardait de nouveau les pieds de la table. Il avait obéi instinctivement à son antique code de conduite : ne jamais rien dire aux flics! Sans réaliser que ce bréviaire ne s'appliquait pas forcément dans ce cas de figure-ci, qui était un peu plus complexe.

36

Antoine Carrega, 25 janvier 1961

À bien y réfléchir, le problème de la prison n'était pas d'être enfermé entre quatre murs. Ça, Carrega s'en accommodait plutôt bien. Le problème, c'était tout le reste : les codétenus, les matons, la nourriture insipide, les règlements sans queue ni tête, le sentiment de perdre son temps. Il comprenait la logique de l'incarcération, il l'approuvait même. S'il allait au bout de son raisonnement, il la trouvait justifiée dans son cas. Il avait fait une bêtise, une grosse, il la payait. Mais pourquoi le harceler en le mettant dans une cellule avec des individus qui n'avaient pas le début d'un neurone et qui passaient leur temps à se remémorer leurs casses minables ou leurs maîtresses encore pires ? Pourquoi le contraindre à tourner en rond dans une cour suintante pour une « promenade » ? Pourquoi le forcer à s'alimenter trois fois par jour d'un repas qu'il n'aurait même pas offert à son chien ?

Si on lui avait laissé le choix, il serait volontiers resté toute la journée dans sa cellule, avec un livre si possible, sinon avec ses seules pensées. Il aurait même payé pour un repas correct. Il était en prison, cela aurait dû suffire.

Au départ, il avait cru qu'il était bon pour la perpétuité, voire pour la grande lame. Un des gendarmes du barrage de la nationale 7 avait passé deux semaines entre la vie et la mort, d'après ce qu'on lui avait dit. Au bout du compte, le militaire s'en était tiré avec des brûlures graves, et lui échappait à la guillotine. Il avait vite compris que les jumeaux Alfonsi avaient péri sur place et que José avait réussi à s'enfuir. Il avait donc chargé tout ce qu'il pouvait sur les deux frères. Ce qui, en soi, n'était pas loin de la vérité. Les deux idiots étaient responsables du sale tour pris par les événements.

Marius, qui était responsable de leur recrutement, le savait. Il lui avait envoyé un avocat, une pointure. Du genre qui avait un cabinet dans les beaux quartiers et une clientèle fortunée. Le juriste lui avait présenté le nouveau récit auquel se tenir : les jumeaux faisaient du trafic d'alcool, lui n'était qu'un pauvre manutentionnaire payé pour charrier les caisses. Il était tout en bas de l'échelle. La preuve : il ne conduisait même pas. José, qui s'était enfui ? Il n'en avait jamais entendu parler. Selon l'avocat, cela devrait passer au tribunal, mais il ne couperait pas à quelques années de cabane. Quand des gendarmes se font amocher, difficile de s'en tirer à bon compte. Les juges n'étaient pas très complaisants.

La perspective ne réjouissait pas Antoine, même s'il estimait que le pire avait été évité. Si les enquêteurs avaient découvert des résidus d'héroïne dans le brasier, ou si l'un des frères Alfonsi s'en était sorti et avait raconté le manège, il aurait encouru bien pire.

Ça ne le rassurait qu'à moitié. Cinq années en cellule, à plus ou moins deux ans près, c'est ce que lui avait annoncé l'avocat. Il se demandait s'il tiendrait...

Il avait fait passer le message à Marius. Pas pour le menacer de tout balancer – il ne s'y résoudrait jamais, c'était trop contraire à ses principes. Mais pour s'assurer que son partenaire ferait tout le nécessaire pour réduire la sentence. Peut-être y avait-il quelques ficelles à tirer, quelques pattes à graisser. Il voulait être sûr que Marius ne l'oublierait pas.

Mais il y avait désormais une nouveauté dans le paysage : l'inspecteur qui était venu lui rendre visite. L'amant de son ex.

La première fois qu'il l'avait croisé, dans l'immeuble où il avait vécu avec Margot, il lui avait paru assez insignifiant : bien peigné, myope, propre sur lui. La seconde fois, au parloir de la Santé, il avait révisé son jugement. Derrière sa tête de premier de la classe, le policier dégageait une intensité qu'il s'efforçait de contenir. Il ne s'en laissait pas conter. Il compensait sa jeunesse et la perception que les gens avaient de lui par une intelligence menaçante.

Margot avait pris l'initiative de les faire se rencontrer. Elle savait généralement ce qu'elle faisait. C'est pour cela qu'il l'avait aimée... et qu'ils s'étaient éloignés. Margot était fidèle. Il savait qu'il pouvait compter sur elle. Même s'il n'y avait plus d'amour entre eux, il y avait le souvenir des années passées ensemble, et sans doute une amitié qui se révélerait quand ils auraient surmonté leur séparation.

Antoine lui avait fait une ouverture : raconter ce qu'il avait appris sur l'affaire Bentoui en échange d'une remise de peine ou d'une autre faveur. Blanchard n'avait pas paru appâté. Ce n'était peut-être pas définitif.

Que devait-il faire ?

Ce qu'il avait à raconter ne concernait pas ses propres affaires. C'était une enquête inaboutie à laquelle il n'aurait jamais dû se trouver mêlé, et qui l'avait déjà occupé et miné bien plus que nécessaire. Était-ce le moment de s'en décharger sur ce Luc Blanchard qui, selon Margot, était fiable ?

Marius et la bande des Trois Canards n'aimeraient pas ça. On arrosait la police pour la tenir à distance, on ne s'en servait pas pour régler ses problèmes personnels.

Il était minuit dans sa cellule et les seuls bruits qui lui parvenaient étaient ceux des ronflements de ses cinq codétenus. Leur respiration lourde, mais aussi leurs odeurs de sueur, de dents gâtées, et de sperme séché sur les couvertures. La nuit n'était pas le pire moment. Mais elle précédait le matin, quand il fallait se réveiller et partager l'intimité des autres.

Non, franchement, il ne pensait pas pouvoir tenir plusieurs années de la sorte.

Il était marin. Il avait besoin d'air et de contempler l'horizon.

37

Sirius Volkstrom, 15 février 1961

Volkstrom s'était habitué très vite aux grincements des tortillards de banlieue et des trains de grandes lignes qui circulaient à quelques centaines de mètres du vieux pavillon délabré qu'il occupait à Vitry-sur-Seine. Le va-et-vient des rames, leur «tacatactaca-tac» et, parfois, leurs coups de sirène intempestifs en étaient venus à le rassurer. Il dormait paisiblement malgré le bruit incessant qui ne s'interrompait que pour une poignée d'heures aux tréfonds de la nuit.

Pourtant, quand il se réveillait, il était rarement serein. Une colère de tous les instants l'habitait. Il en était conscient, et il se laissait porter par cette ire qu'il ne souhaitait plus dompter. Comme si les vannes retenant les avanies de toute une vie étaient désormais grandes ouvertes. Les refermer aurait exigé trop de discipline.

Sirius avait raté Deogratias. À deux reprises. L'occasion de l'abattre à distance ne se représenterait plus de sitôt. Il n'était pas retourné en planque pour observer le bras droit du Préfet, mais celui-ci se promenait sans doute désormais avec un entourage de gardes du corps. Pleutre comme il était, Deogratias ne devait même plus franchir les murs du quai des Orfèvres, sauf pour rentrer auprès de sa famille le soir. Finies les escapades au lupanar du Trocadéro. Maigre vengeance, mais c'était toujours ça de pris.

Il était convaincu que son déguisement tenait toujours la route : la teinture brune de ses cheveux, qu'il appliquait avec régularité, la prothèse au bras, la moustache qui adoucissait son faciès... Il ne voulait néanmoins pas tenter le sort. Alors il restait du côté de Vitry, à ne rien faire ou presque. Il dormait, il lisait. Chaque matin, il faisait le plein de quotidiens et il passait une partie de sa journée à se plonger dans l'actualité, en particulier la politique algérienne qui occupait souvent les gros titres. Il n'avait pas voté lors du référendum de janvier sur l'autodétermination[1] : il n'avait jamais participé à une élection de sa vie, il n'allait pas commencer maintenant – mais il était convaincu que c'était une belle ânerie. Jusqu'ici, il avait ignoré ces histoires d'indépendance et de rôle messianique de la France. Maintenant, il penchait du côté de l'Algérie française.

Il ne savait pas si c'étaient les réminiscences de ses propres séjours sur place aux côtés de l'armée, ou alors sa détestation nouvelle de l'appareil d'État gaulliste, toujours est-il qu'il avait choisi son camp. Si les Arabes voulaient leur liberté, ils n'avaient qu'à la conquérir, on verrait bien qui frapperait le plus fort.

---

1. Référendum du 8 janvier 1961 par lequel 75% des votants acceptèrent le projet de loi organisant l'autodétermination de l'Algérie.

Ç'avait toujours été sa ligne de conduite : celle qui prolonge le muscle du bras par la matraque.

Il avait, pour des raisons évidentes de discrétion, laissé tomber ses ménages pour le SAC, mais il restait en contact avec Debizet, qui n'avait pas paru au courant de ses incartades et avait continué de le prendre au téléphone, même depuis que Sirius avait claqué la porte du SAC. Debizet, un farouche partisan de l'Algérie française, lui avait raconté se tenir en retrait afin de ne plus être tiraillé entre ses idées et son « soutien au Général », mais il n'en croyait pas un mot. Un homme comme lui ne faisait pas de la pêche à la ligne en attendant la retraite.

Il en avait eu la confirmation le soir précédent quand, à la fin d'une conversation, « gros sourcils » lui avait transmis le nom d'une personne à contacter, un certain Jean-Baptiste Bazzali, un avocat qui venait de fonder une nouvelle organisation en faveur du maintien de l'Algérie sous la bannière tricolore. Il ne lui en avait pas dit plus.

En dépit de ses récentes lectures, Volkstrom n'était pas doté d'une grande culture politique. Mais il avait suffisamment bourlingué dans les arrière-cours du pouvoir pour comprendre que la période actuelle s'apparentait à une vaste tambouille où les affiliations d'autrefois comptaient moins que les combats tactiques du moment. Gaullistes et antigaullistes se claquaient la bise. Des résistants farouches faisaient bras dessus bras dessous avec des collabos. Fachos, poujadistes et nostalgiques de Vichy étaient recyclés dans l'administration ou à l'Assemblé nationale, avec la bénédiction de leurs anciens adversaires. Jusqu'à leur prochain retournement de veste. La police de la République téléguidait des milices sanglantes de bas étage. L'armée et certains de ses plus haut gradés étaient à deux doigts de se retourner contre un des leurs devenu président.

Une chatte n'y aurait pas retrouvé ses petits.

Sirius adorait.

Le grand bazar, l'absence d'idéologie, l'appât du gain et la lutte pour le pouvoir. Il était dans son habitat naturel.

Il avait appelé Bazzali en se recommandant de Debizet. L'avocat avait semblé intéressé et lui avait donné rendez-vous le surlendemain au champ de courses d'Enghien.

Volkstrom était arrivé avec un peu de retard, histoire de s'assurer qu'il n'était pas suivi et qu'il ne filait pas droit dans un traquenard. Il n'avait rien constaté d'anormal après avoir observé un instant la petite foule ordinaire des accros du tiercé en milieu de semaine. Les gardiens de l'hippodrome, parfaitement identifiables, s'ennuyaient ferme et il n'y avait pas l'ombre d'un policier. Il y avait probablement des inspecteurs des jeux en civil dans les environs, mais il n'était pas une cible pour eux. Il ne prit même pas la peine d'acheter un bulletin de courses pour donner le change, et se dirigea droit vers la buvette au pied des tribunes, comme lui avait indiqué son contact. L'endroit était quasiment désert, les courses venaient de démarrer.

Un homme bien mis se tenait là, sans manifester l'intention de commander quoi que ce soit. Ce devait être l'avocat.

— Pierre Lherbier. Désolé pour le retard.

— Pas de souci. Nos amis communs m'ont dit du bien de vous. Il paraît qu'on peut vous faire confiance. Mais ils m'ont aussi prévenu que vous étiez un solitaire, un franc-tireur.

L'avocat n'y allait pas par quatre chemins. Tant mieux.

— Ils ont sans doute raison.

— Allons nous asseoir dans les tribunes, nous serons plus à l'aise pour causer. Vous avez misé ?

— Non, les bourrins, c'est pas mon truc...

Bazzali grimpa vers le haut de l'hippodrome et alla s'asseoir sur une rangée de sièges vides. Il scrutait Sirius avec une attention presque impolie. Volkstrom se sentit gêné d'être ainsi observé. Il allait faire une remarque désagréable quand l'autre lui lança :

— Vous êtes recherché par la police ?

Volkstrom ne savait quoi dire. Devait-il se lever et filer sans attendre ? Rembarrer cet individu qu'il ne connaissait pas ? Lui flanquer son poing dans la figure ? Il fut devancé au moment de répliquer :

— Sachez que je m'en moque. J'ai juste une petite expérience des gens qui se planquent. En tant qu'avocat, ce sont parfois mes clients.

Il sourit pour tenter d'apaiser la tension qui avait gagné Sirius.

— Ne vous en faites pas. Si nous sommes ici tous les deux, ce n'est pas pour faire de la broderie. Je ne vous donnerai pas.

Une clameur s'éleva dans l'hippodrome. Sans détourner les yeux de son interlocuteur, Sirius comprit que la première course venait de s'achever.

Il attendit un instant, puis décida de faire confiance :

— Disons que je préfère me tenir éloigné de la maréchaussée pour le moment.

— Pas la peine de m'en dire plus.

— Je n'en avais pas l'intention. Je voudrais quand même savoir : qu'est-ce qui me trahit ?

L'avocat sourit de nouveau.

— La moustache, ça ne vous va vraiment pas.

Sirius ne put s'empêcher de rire.

— Votre casier judiciaire m'importe peu. J'ai juste besoin de gens qui ne posent pas trop de questions et qui sont prêts à mettre les mains dans le cambouis. Quitte à se salir.

Ce fut au tour de Volkstrom de le dévisager avec insistance. C'était sa manière de signifier que l'avocat ne semblait pas être le genre à plonger dans la fosse à purin. Contrairement à lui.

Bazzali devina. Et se défendit :

— Moi, j'organise. Je suis la façade publique. Je défends mes hommes et je les sors de taule s'il y a des complications.

Ils firent une pause pour observer le ballet des chevaux, entre ceux qui rentraient à l'écurie et ceux qui s'avançaient vers la grille de départ. Sirius était content de laisser passer les annonces stridentes du speaker qui l'empêchaient d'entendre correctement.

L'avocat se pencha vers lui.

— Mes amis et moi, nous faisons de la politique. Par d'autres moyens. Alors j'ai quand même besoin de savoir : quelle est votre position sur l'Algérie ?

Durant toutes ses années de coups tordus et de missions peu recommandables, Sirius avait observé un nombre incalculable d'individus se vanter d'idées qu'ils n'avaient jamais eues, de positions qu'ils n'avaient jamais occupées. Pour satisfaire leur interlocuteur, obtenir une faveur, ou intégrer un groupe. Le mensonge était généralement flagrant au premier mot. Il avait souvent eu honte pour ces types prêts à raconter n'importe quoi avec de tels élans de fausse sincérité.

Il n'allait pas jouer ce jeu-là.

— J'ai rendu des services en Algérie. Pour l'armée française. J'ai expédié des Bougnoules à la corvée de bois. Mais je vais être franc : je l'ai fait parce qu'on me payait pour cela. Et que ça me distrayait.

Sirius eut un rictus. Bazzali ne sourcilla pas.

— L'Algérie, au fond, je m'en contrefiche. Si les bronzés veulent leur indépendance, ils n'ont qu'à se démerder pour l'obtenir.

— Vous n'êtes pas ce qu'on appelle un convaincu de la nécessité de garder l'Algérie française.

— Si on refile l'Algérie aux Arabes, ils en feront des confettis. Alors on peut s'en foutre ou s'en soucier. Je n'ai pas de billes dans ce combat. Par contre, ce que je sais aussi, c'est que de Gaulle a roulé ses copains dans la farine et que je n'ai aucun amour pour lui, ses idées ni ses féaux.

— Vous n'êtes pas le seul !

— Sans doute, mais j'ai une dent personnelle contre les gaullistes, en tout cas certains coucous qui se sont construit des nids douillets dans le gouvernement !

Volkstrom n'en revenait pas de s'entendre discourir ainsi. Ce n'était pas dans ses habitudes. En règle générale, il n'aimait pas les idées. Probablement parce que les siennes étaient fort confuses.

Bazzali le regardait avec l'air d'un juriste peu impressionné par les arguments de la partie adverse. L'avocat était certainement habitué aux raisonnements impeccables et aux convictions chevillées au corps. Deux choses qui ne coulaient pas dans les artères de Sirius Volkstrom.

Sirius hésitait à s'en aller. Il n'était pas venu passer un entretien d'embauche.

— La politique m'emmerde et l'Algérie peut bien aller à qui veut l'enfiler ! Mais j'ai des comptes à régler avec les gaullistes ! Si ça vous intéresse, je suis votre homme. Sinon, on se dit adieu et personne ne se portera plus mal !

Il fit mine de se mettre debout.

Jean-Baptiste Bazzali posa son bras sur le sien.

— Un instant. Restez.

Sirius obtempéra, jeta un œil aux chevaux et à leurs jockeys prêts à s'élancer sur l'anneau de terre cendrée.

L'avocat reprit la parole.

— Mes amis et moi, nous avons différentes raisons de nous retrouver sur le même sentier aujourd'hui. Nous défendons la place de l'Algérie au sein de la République et le droit des Français à rester en Algérie, où ils sont chez eux. Mais je vous mentirais si je vous disais que nous sommes tous animés par les plus pures des intentions. Certains ont des intérêts économiques sur place, d'autres défendent le statu quo, d'autres encore veulent le pouvoir.

— Pourquoi me racontez-vous tout ça ?

— Parce que l'antigaullisme, la revanche ou je ne sais quelle autre raison ont également leur place dans notre combat.

Les deux hommes se firent face sans parler, laissant passer le signal de départ de la nouvelle course et l'excitation du commentateur dans les haut-parleurs.

Sirius reprit la parole, bravache :

— Autrement dit, vous avez besoin de moi!

— Oui, il est possible que l'on puisse avoir besoin de vos talents. Quels qu'ils soient...

— Arrêtons de nous renifler les fesses comme deux clébards! Je suis prêt à m'engager à vos côtés. En retour, vous cessez de me casser les noix avec vos arguties, et vous gagnez un type qui ne rechigne pas aux coups durs.

En disant cela, Sirius palpait sa poche revolver, aplatissant le tissu pour dessiner le contour de l'arme qu'il portait.

— C'est à prendre ou à laisser.

— Je prends. Toutefois, nous nous rencontrerons le moins possible. Je vais vous laisser un numéro qui servira de boîte téléphonique. Nous allons mener des opérations clandestines, mais nous les signerons au grand jour. La discrétion dans l'action, mais un maximum de bruit dans les répercussions. Vous vous revendiquerez de l'OAS.

— L'OAS?

— L'Organisation de l'armée secrète. Le mouvement a été créé à Madrid il y a quelques jours par des patriotes engagés dans le combat pour l'Algérie française. Il inclut des généraux et d'autres officiers de l'armée, aux côtés de civils.

Volkstrom dut se retenir pour ne pas s'esclaffer. Organisation de l'armée secrète? Cela sonnait comme le nom inventé par une bande de gamins pour faire chanter leur maître d'école à coups de lettres anonymes. Pourquoi pas le Mouvement des phalanges de l'ordre nouveau ou les Résistants de la lutte clandestine?

Bazzali ne perçut rien de l'ironie sur le visage de Sirius.

— Notre objectif, c'est la lutte tous azimuts contre la politique d'abandon de l'Algérie par le gouvernement français. Si cela doit passer par un renversement du pouvoir, nous nous y préparons.

Décidément, ces types n'envisageaient pas les choses à moitié, se disait Sirius. Mais pouvait-il leur faire confiance ?

— Juste une question : comment comptez-vous vous y prendre ? Des manifestations ? Des tracts ? Des passages à tabac de bronzés ?

Bazzali sourit de toutes ses dents.

— Vous nous prenez pour des amateurs, monsieur Lherbier... Tout cela, c'est terminé. Je vous parle de lutte armée. Le temps de la discussion est révolu. Maintenant nous agissons.

— Vous disposez de quoi, pour votre lutte armée ?

— De tout ce qui est nécessaire : armes, explosifs, argent, planques, réseaux de fidèles. Nos partisans sont déterminés, mais tous ne savent pas mener des opérations du genre que nous envisageons. C'est pourquoi des gens comme vous...

Le ténor du barreau recommençait avec ses périphrases. Volkstrom avait besoin de concret, une mission, un sabotage, des têtes à transpercer !

— Écoutez, je ne suis pas venu avec mon curriculum vitae, alors dites-moi ce que vous attendez et je vous dirai si c'est dans mes cordes ou pas !

— Très bien. Est-ce que vous connaissez la ville d'Évian ?

— Jamais mis les pieds.

— Parfait. Nous aurions besoin que vous vous

procuriez quelques armes automatiques qui, disons, n'appartiendraient à personne. Ensuite, que vous les convoyiez, avec des explosifs que nous vous remettrons, jusqu'à Évian. Cela vous paraît-il possible?

— Absolument. Quel délai?

— Trois semaines. Fin mars au plus tard pour la livraison.

— C'est faisable. Et... pour les frais?

Volkstrom n'était jamais parvenu à se débarrasser de la pudeur de ceux qui ont grandi pauvres : il était toujours embarrassé quand il s'agissait d'aborder les questions d'argent.

— Dix mille francs, ça vous irait?

— Anciens ou nouveaux?

— Nouveaux, bien entendu. Vous gardez ce qui reste pour vous, mais ne lésinez pas sur la qualité!

— Mettez douze bâtons et je vous livre tout ça sur un plateau.

— D'accord. Vous les aurez.

Bazzali arracha un bout de papier sur un calepin et griffonna un numéro de téléphone dessus.

— Voilà la boîte téléphonique. Tout passe par là désormais.

— Je peux vous demander quand même : Évian, c'est pour quoi faire?

— Vous ne lisez pas la presse, monsieur Lherbier?

— Vous voulez faire sauter le casino?

L'avocat, qui était en train de se lever et s'apprêtait à partir, sourit.

— Vous êtes plus malin que cela! Renseignez-vous et vous devinerez.

Sirius resta assis, grimace aux lèvres, et ne prit pas la peine de tendre la main pour saluer l'avocat.

Bazzali hocha la tête et descendit d'un pas leste les marches jusqu'au bas de la tribune.

Sirius regarda le bout de papier et mémorisa le numéro de téléphone. Il le froissa et le balança au sol où il alla rejoindre les mégots et les bulletins de tiercé.

Des individus qui démarraient leurs opérations avec des armes automatiques et de la dynamite méritaient considération. Il attendit une quinzaine de minutes en regardant d'un air distrait deux nouvelles courses, puis se décida à regagner la gare toute proche.

Évian, il savait très bien ce qu'il s'y tramait : les négociations entre les représentants du gouvernement français et des indépendantistes algériens. Une belle brochette de cibles en costards cravates.

38

Luc Blanchard, 16 mars 1961

La place dans le lit à côté de lui était encore chaude.
Il entendait l'eau couler dans la baignoire au bout du couloir.
Il attendit quelques secondes avant d'attraper ses lunettes sur la table de chevet et de se lever. Il aimait faire l'amour le matin, tout juste sorti des brumes du sommeil.
Il rejoignit Margot qui se savonnait avec un gant de toilette. Il passa sa main sur ses fesses, avant de se positionner devant le miroir et de sortir son rasoir et son savon à barbe. Elle lui sourit dans le reflet.

Blanchard ne se rendit pas directement à la Préfecture. Il passa d'abord interroger les voisins d'une famille dont le mari avait occis la femme à coups de tisonnier – une enquête de routine, puisque l'homme avait avoué et que les enfants avaient tout observé.... Il passa ensuite au Pont-Neuf pour relever les compteurs auprès d'Émile, un clochard devenu l'un de ses informateurs privilégiés qui, en échange de quelques pièces, le rencardait sur les rixes mortelles entre vagabonds aux abords de la Seine. Émile n'étant pas là, Luc garda sa petite monnaie et fila au quai des Orfèvres.

Un message l'attendait sur son bureau, griffonné par les paluches tremblotantes d'Amédée : « Maître Fortier a appelé. Plusieurs fois. Insistant. Mirabeau 7427. » Luc n'avait aucune idée de ce dont il s'agissait. Il se servit un café avant de composer le numéro. Il tomba sur une secrétaire, qui le mit en relation avec ledit maître Fortier.

— Bonjour inspecteur, merci de me rappeler. J'ai un message de la part d'un de mes clients. Antoine Carrega.

Luc Blanchard mit deux secondes à réaliser. La ligne téléphonique grésillait.

— Inspecteur ? Monsieur Carrega m'a indiqué qu'il a des choses à vous raconter.

— Lesquelles ?

— Il ne m'en a pas dit plus.

L'avocat raccrocha sans plus de formalités. Il devait facturer à l'heure et avoir plus lucratif à faire que de jouer au petit télégraphiste.

Carrega souhaitait donc le rencontrer à nouveau. Une part de lui était tentée de ne pas répondre et de laisser la situation en l'état. Après tout, il ne devait rien à ce truand, et surtout pas des égards. Mais un autre pan de lui-même n'arrivait pas à se défaire de tout ce qui touchait au cas Bentoui. Antoine Carrega avait enquêté dessus. Comment ? Pourquoi ? Il ne savait pas. Margot lui avait confié que cela avait beaucoup préoccupé son ancien compagnon. Elle ne faisait pas de lien de cause à conséquence entre leur éloignement amoureux et cette affaire, mais, d'après elle, la concomitance n'avait pas aidé.

Pour cette raison, Luc savait qu'il allait accéder à la requête de Carrega. Si le Corse possédait ne serait-ce qu'un élément qui lui avait échappé, cela valait le dérangement.

Deux heures plus tard, il descendait du bus 21 au croisement du boulevard Arago et de la rue de la Glacière. Il avait envisagé d'apporter des oranges à Carrega, puis s'était ravisé. Il n'était ni sa mère ni son camarade de régiment.

Comme la fois précédente, les fonctionnaires de la pénitentiaire le conduisirent au petit bureau privé. Dix minutes après, ils lui amenèrent le détenu. Cette fois-ci, il demanda qu'on lui enlève ses menottes. Le gardien s'exécuta de bonne grâce, semblant considérer que ce prisonnier ne présentait pas de danger.

Blanchard connaissait mal le «bandit corse», mais il eut l'impression que celui-ci tenait le coup. Contrairement à tant de types que la détention transformait au bout de quelques semaines, Carrega avait toujours la même tête, le même physique que les précédentes fois où il l'avait rencontré.

— Merci d'être venu, entama Antoine.

Blanchard ne répondit rien. Autant laisser l'autre dévoiler ses cartes.

— Comment va Margot?

Voulait-il le déstabiliser? Ou était-il juste un authentique gentleman, gracieux jusqu'au fond du trou?

— Elle va bien. Elle ne sait pas que je suis ici.

Pas la peine de s'étendre. Il n'était pas venu pour ça.

Luc regarda ostensiblement sa montre, comme si son temps était compté.

Antoine comprit le message.

— Je voudrais vous raconter ce que je sais sur l'assassinat de la famille Bentoui.

— Je vous écoute.

— Je vais le faire de toute manière, mais j'apprécierais qu'il en soit tenu compte lors de mon procès.

— Je vous l'ai déjà dit, je n'ai aucune prise sur votre dossier.

Carrega n'était pas du genre à quémander des faveurs. Pourtant, Luc s'en rendait compte, il était en train de plaider pour un peu d'indulgence. En dépit des apparences le truand ne goûtait guère le régime pénitentiaire.

Luc soupira. Il détestait marchander, mais il n'avait pas envie de repartir une nouvelle fois bredouille.

— Je verrai ce que je peux faire. Mais vous n'avez pas intérêt à me mener en bateau.

— Ce n'est pas mon intention.

— Juste une question préalable : pourquoi avez-vous fourré votre nez dans l'affaire Bentoui. Ça me semble un peu loin de vos préoccupations…. comment dire… habituelles, non?

— J'ai rendu service à une vieille connaissance : Aimé de la Salle de Rochemaure. Le père de…

— Oui, je sais. Comment le connaissiez-vous?

— Nous avons combattu ensemble. Dans le maquis, en Provence. Je ne l'avais pas croisé depuis des années. Il a repris contact avec moi après le meurtre de sa fille et de ses petits-enfants. Il m'a demandé de voir ce que je pouvais glaner comme informations parmi mes connaissances. Il n'a jamais cru à la version officielle ni à l'enquête de police.

Carrega le sondait. Il avait sans doute appris par Margot qu'il s'était démené pour aller au bout de la vérité. Mais le Corse voulait probablement savoir jusqu'à quel point il pouvait se livrer à un inspecteur de la Criminelle.

Luc décida de lui offrir des gages, sans trop se dévoiler.

— Ce n'est pas l'enquête qui faisait souci, c'est la hiérarchie.

— Comme vous voulez... J'ai creusé cette histoire pour Félix, je veux dire de Rochemaure.

— Et qu'avez-vous trouvé?

— L'identité du meurtrier.

Luc ne put empêcher un rictus involontaire de se former au coin des lèvres, comme un tic mal maîtrisé.

Carrega reprit. Il ne goûtait guère les faux suspenses.

— Il se nomme Victor Lemaire. C'est un tueur pas très bien dans sa caboche. Pas un habitué de ce genre de boulot, mais un frappé disposé à tuer pour du fric.

Blanchard repassa en mode inspecteur :

— Comment êtes-vous remonté jusqu'à lui? Qu'est-ce qui vous rend aussi affirmatif?

Antoine Carrega se lança alors dans un récit où Luc retrouvait nombre de détails de sa propre investigation : Sirius Volkstrom, les empreintes digitales, l'étrange cadavre repêché à Suresnes.

L'ancien amant de Margot éludait la manière dont il était parvenu à recueillir de tels tuyaux, mais les éléments qu'il lui transmettait s'assemblaient avec les siens comme les pièces d'un puzzle qu'il aurait laissé en plan.

Derrière la narration froide qu'affectait Carrega, Blanchard sentait que l'affaire le taraudait. Il s'y était impliqué bien au-delà de son propre intérêt. Il eut presque l'impression de s'observer dans un miroir. Ce qui ne le rassura pas.

Il y eut un instant de silence quand Antoine arrêta de parler.

— Une dernière chose. Je n'en ai pas eu la confirmation mais c'est Volkstrom qui me l'a dit et je serais enclin à lui faire confiance : les commanditaires de l'assassinat, ce sont vos patrons.

Luc ne cilla même pas. Il demanda juste :

— Lesquels ?

— Papon. Et un certain Jean-Paul Deogratias.

Luc soupira avec emphase.

— Ça n'a pas l'air de vous surprendre.

Il n'y avait pas la moindre trace d'ironie dans la voix de Carrega.

— Disons que je n'ai pas bénéficié de tout leur appui pour aller au bout de l'enquête.

Antoine Carrega, qui était resté droit comme un piquet pendant son monologue, avec les avant-bras posés sur la table, se laissa aller contre le dossier de sa chaise. Il avait livré ce qu'il avait promis de révéler. L'initiative n'était plus entre ses mains.

Un gardien frappa à la porte et l'ouvrit.

Avant même de savoir s'il venait sonner la fin de l'entrevue ou juste s'assurer que tout allait bien, Blanchard intervint :

— Est-ce que vous pouvez me laisser encore un petit quart d'heure ? S'il vous plaît.

Le maton regarda sa montre et approuva de la tête avant de s'éclipser.

Luc restait coi. Il avait besoin de réfléchir. Il se pinçait les ailes du nez en fermant les yeux.

— Volkstrom, vous le connaissez bien ?

— Non. J'ai dû lui faire cracher le morceau la première fois qu'on a causé. Curieusement, il avait presque l'air soulagé de parler. Je ne suis pas sûr qu'il soit toujours dans les petits papiers de Deogratias.

— Qu'est-ce qui vous fait dire ça ?

— J'ai eu l'impression qu'il s'en méfiait.

— C'est un homme sage.

Luc eut un rire amer.

— Qu'est-ce que vous allez faire de tout ce que je viens de vous dire ? interrogea Carrega.

— Je vous l'ai déjà dit, vous n'êtes pas dans ma juridiction.

— Je ne parlais pas de moi. Je parlais de l'enquête sur les Bentoui.

Blanchard ne savait pas. Pour autant qu'il pouvait en juger, le Corse lui avait parlé franchement. Le type était peut-être un truand, mais il avait choisi de raconter ce qu'il avait appris, sans savoir s'il en bénéficierait. Par ailleurs, dans la vision légitimiste du monde selon Luc, le fait qu'un notable respecté comme Aimé de la Salle de Rochemaure eût choisi de placer sa confiance entre les mains d'un type comme Antoine Carrega validait sa sincérité. Surtout, il percevait chez Antoine la même obsession que lui quant à cette enquête.

— L'affaire est classée.

— Ce que je viens de vous balancer compte pour des prunes ?

— Je n'ai pas dit ça. Vous n'êtes pas le seul à vous être immergé à fond dans cette affaire. Vous avez peut-être des motivations personnelles pour vouloir connaître la vérité. Moi j'ai des motivations professionnelles! Ça va vous faire sourire, mais je ne suis pas devenu policier pour regarder dans l'autre direction. Contrairement à vous, j'ai visité la scène du crime et je peux vous garantir que je brûle d'envie d'attraper le salaud qui a massacré ces gamins dans leur chambre! Et les fils de pute qui l'ont armé!

Les doigts de Luc tremblaient. Il avait plaqué d'un coup sec sa main droite sur la table, mais elle était agitée de tressaillements. Il regardait Carrega d'un air mauvais. Celui-ci ne le quittait pas des yeux non plus. Ils étaient retombés dans leur posture de coqs ébouriffés.

Le Corse replia ses ergots en premier.

— Pouvez-vous rouvrir l'enquête?

— Pas sans éléments nouveaux. Même si je vous crois, j'ai besoin de témoignages, de faits tangibles.

— Vous pouvez faire parler Volkstrom.

— Il est en cavale.

— Alors, il vous faut Lemaire.

— Merci, j'y avais pensé! Vous avez son adresse? asséna Blanchard, narquois.

— Je peux vous dire comment j'avais déniché sa trace. Un mec de cinéma qui a des studios rue Jenner dans le XIIIe, pas loin d'ici. Il l'a hébergé après le crime. L'autre moyen de le dénicher, c'est Volkstrom qui me l'a raconté : il traîne dans les milieux d'extrême droite, les agitateurs de l'Algérie française.

— C'est un peu vague.

Luc Blanchard n'était pas disposé à l'avouer, mais

c'était déjà plus d'informations qu'il n'en avait récolté depuis belle lurette. Surtout, il avait pour la première fois l'impression d'avoir quelqu'un avec du répondant à ses côtés. Amédée s'était toujours montré fuyant, les autres flics tenaient cette enquête à distance, et ses chefs avaient tout fait pour la noyer comme un chiot malvenu.

Antoine Carrega dut sentir qu'il avait marqué des points. Il poussa son avantage :

— Trouvez Lemaire, faites-le causer, et vous explosez la baraque.

— Ce n'est peut-être pas mon but de tout faire péter !

Les deux hommes se fixèrent un instant.

Ils partageaient désormais autre chose qu'une maîtresse.

Blanchard décida qu'il était temps de mettre fin à la conversation. Il avait appris plus qu'il n'était venu chercher mais, une fois franchie la porte de la Santé, il se retrouverait de nouveau seul. Face à son enquête, face à la machine bureaucratique, face à ses chefs qui ne feraient qu'une bouchée de lui s'il s'aventurait en dehors des clous.

Il n'était guère optimiste.

Il tendit néanmoins la main en direction de Carrega.

— Je vais essayer de parler au juge, mais je ne vous promets rien.

— Merci.

Luc se dirigeait vers la porte pour avertir le gardien de la fin de l'entretien quand Carrega l'interpella depuis sa chaise :

— Il y a un truc qui me chiffonne depuis le début.

Si Lemaire a descendu toute la famille, même par erreur... Si vos grands chefs de la Préfecture ont armé Lemaire... Si Volkstrom était là pour faire le ménage... Pourquoi?

— Comment ça, pourquoi?

— Pourquoi ce meurtre? Pour quelle raison? Quel est le mobile?

Blanchard resta interdit, la main posée sur la poignée. Tout à sa quête du meurtrier, il ne s'était jamais posé la question. En tout cas, pas en des termes aussi évidents. Au cours de son investigation, il avait aisément écarté les mobiles habituels : cambriolage, vengeance conjugale. Il avait vaguement envisagé l'hypothèse d'une confusion sur la cible. Et il avait sans doute gardé trop présente dans sa tête la théorie chère à Deogratias et Papon du crime politique entre Algériens. Elle était bien commode, cette explication, elle évitait de se poser trop de questions et elle circonscrivait les événements à un règlement de comptes.

Il s'était toujours dit que tout s'éclaircirait une fois qu'il mettrait la main sur le coupable. Il ne s'était pas assez creusé les méninges. C'était une faute. Pas une maladresse de procédure, mais un manque d'imagination. Il n'était jamais allé chercher ce qu'il pouvait bien y avoir derrière le rideau, trop obsédé qu'il était à comprendre qui l'avait déchiré.

Il ouvrit la porte et fila devant le gardien sans rien dire. Furieux contre lui-même.

39

Antoine Carrega, 27 mars 1961

Comme tous les matins, il scrutait le plafond.
Il avait cessé de dénombrer les taches d'humidité. Il y en avait trop. Il n'essayait pas non plus de se projeter au-delà de la voûte et d'imaginer le ciel au-dessus de sa tête, comme aurait pu lui conseiller un spécialiste de méditation orientale – il y en avait deux ou trois spécimens en prison. Non, il fixait juste le vieux crépi ocre qui partait en lambeaux en attendant que ses cinq compagnons de cellule aient procédé à leurs ablutions matinales, afin qu'il puisse, à son tour, aller vider sa vessie et s'asperger le visage d'eau glacée.
Il était le taiseux de la cellule.
Il en fallait toujours un.
Les autres avaient fini par l'accepter. Il leur filait un coup de main quand ils en avaient besoin : pour écrire une lettre, récupérer des cigarettes ou de l'alcool en loucedé. Il ne les prenait pas de haut et, en échange, ils le laissaient tranquille.
Aujourd'hui, la monotonie des journées qui se ressemblent allait être rompue. Il devait se rendre au

Palais de justice, sur l'île de la Cité, pour être auditionné par le juge d'instruction. Cinquième interrogatoire. Une routine, le dernier avant le procès, lui avait expliqué son avocat. La Justice-avec-un-grand-J avait d'autres chats à fouetter en ce moment, lui avait-on dit : les poseurs de bombes du FLN et ceux d'une autre organisation qui venait d'émerger, l'OAS, qui combattait à la fois les indépendantistes algériens et le gouvernement gaulliste. Bref, son cas de trafiquant d'anisette, même aggravé, ne mobilisait pas grand monde au Palais.

Ça pouvait être bon ou mauvais, lui avait détaillé son avocat. Il pouvait passer entre les mailles et être condamné à une peine légère. Ou alors il pouvait se voir infliger le maximum, juste parce que faire le carton sur des gendarmes ne suscitait pas l'indulgence ces temps-ci. Par ailleurs, il n'avait reçu aucune nouvelle de l'inspecteur Blanchard. Il ne savait pas si celui-ci avait essayé d'intercéder en sa faveur ou n'avait pas bougé le petit doigt.

Comme n'importe quel déplacement en prison, le transfert de sa cellule au fourgon prit un temps considérable. Antoine dut patienter des dizaines de minutes devant ou derrière des portes cadenassés, le temps qu'un énième maton bourru vérifie son bordereau de transport et le laisse passer avec son escorte.

Il finit par prendre place dans le Peugeot D3 noir et blanc, entre deux gendarmes qui glissèrent ses chaînes dans un arceau fixé au plancher du véhicule. Coup de chance, il y avait des fenêtres, certes grillagées, mais qui lui permettraient de jeter un coup d'œil sur les rues de Paris. Il dut patienter encore avant que le fourgon cellulaire, précédé de ses deux motards, franchisse les grilles de la Santé. Alors il prit une grande goulée d'air, comme si l'oxygène qu'il respirait était différent. Il s'inclina en arrière, le dos contre la paroi de la fourgonnette, bien décidé à se comporter comme le passager ordinaire d'un autobus parisien.

Il y avait peu de circulation ce matin-là, les motards n'avaient même pas pris la peine d'actionner leurs sirènes. Afin de contourner le marché de la rue Monge, le convoi prit les petites rues au cœur du Ve arrondissement. Les gendarmes connaissaient la ville comme leur poche.

Soudain la fourgonnette freina. Il entendit un des motards crier : « Camion de déménagement ! » Le chauffeur enclencha la marche arrière, puis aussitôt Antoine ressentit un cahot, un double bruit sourd, des sifflements, et la fourgonnette se mit à tanguer puis s'immobilisa. Le moteur avait calé. Les deux gendarmes à ses côtés saisirent leurs mitraillettes.

Le chauffeur cria : « Putain ! Putain ! Merde ! On a crevé ! » Il essaya de redémarrer trop rapidement et noya le moteur. Les deux gendarmes qui encadraient Antoine avaient le nez collé aux vitres, essayant de comprendre ce qui se passait. Ils émirent une bordée de jurons. Carrega tenta instinctivement de tirer sur ses chaînes mais elles étaient solidement arrimées au plancher.

Il ne comprenait pas ce qui se passait, mais les flics, eux, avaient l'air de réaliser.

Il finit par apercevoir des silhouettes dans l'encadrement des fenêtres. Elles marchaient vers l'arrière du fourgon. Elles se positionnèrent droit dans l'axe du vantail. Trois hommes de forte carrure, avec des chapeaux et des foulards qui masquaient le bas de leurs visages, tenaient les deux motards à bout de bras. Ils n'avaient plus leurs casques mais des revolvers braqués sur leurs tempes.

Une voix puissante se fit entendre depuis l'extérieur : « Ouvrez les portes, sinon on descend vos collègues ! » Pour faire bonne mesure, un des types allongea un coup de crosse en travers du nez d'un des motards, qui se mit à pisser le sang.

Antoine se retourna pour voir ce que faisait le chauffeur : il avait les bras en l'air : un quatrième individu le tenait en joue avec une mitraillette. Les deux gendarmes qui le gardaient se mirent à conférer avec des voix paniquées pour savoir s'il fallait s'exécuter.

C'est à ce moment précis qu'Antoine prit conscience de ce qui se tramait : on était en train de le faire évader !

Les personnages à l'extérieur avaient l'air de s'impatienter. L'un d'eux hurla : « Vous avez cinq secondes pour ouvrir ! » Et il tira un coup de feu en direction du pied d'un des motards captifs.

Impossible de voir par les fenêtres si la balle avait pénétré la botte de l'otage ou s'était écrasée sur le bitume. Cela suffit néanmoins à faire réagir un des gendarmes qui se précipita pour déverrouiller la porte arrière du fourgon.

— Jetez vos armes ! Sortez les bras en l'air !

Ses deux gardiens s'exécutèrent et descendirent du fourgon. Les braqueurs rassemblèrent les quatre bleus devant le trottoir et les firent s'asseoir par terre. Pendant ce temps, un homme masqué grimpa à bord du D3 avec une immense pince-monseigneur et, avant même qu'Antoine ait eu le temps d'ouvrir la bouche, sectionna ses chaînes. Il tendit instinctivement ses poignets encore enserrés dans des bracelets vers l'outil, que son libérateur brisa d'un geste.

Ce dernier le prit par le coude et l'entraîna dehors. S'il y avait des badauds dans la rue, ils avaient déguerpi ou se cachaient.

Ils coururent vers une Simca Vedette qui les attendait, moteur allumé.

À peine eut-il grimpé à l'intérieur que le conducteur démarra. Antoine se retourna pour voir les autres braqueurs filer à leur tour vers une seconde voiture.

— Alors, mon gars, ça fait du bien d'avoir des potes qui prennent soin de toi ?!

Antoine se tourna vers cette voix qu'il reconnaissait et qui émanait du siège passager à l'avant : celle de Sirius Volkstrom. Il avait changé de couleur de cheveux et portait désormais une moustache, mais c'était bien lui.

Le temps qu'il se demande ce que cet énergumène faisait ici, il reconnut le conducteur, qui n'était pas cagoulé : Marius.

— Bienvenue dehors, Antone !

Le bonhomme avec la pince-monseigneur, qui était assis avec lui à l'arrière, ôta le foulard de son visage : c'était Pierrot, de la bande des Trois Canards.

Il ressentit une bouffée de soulagement, et sourit à ses libérateurs. Il ne trouva rien de mieux à dire que :

— Merci les gars !

Mais il ne put s'empêcher d'apostropher Sirius, avec une pointe d'agressivité. Le manchot ne cadrait pas dans le décor :

— Qu'est-ce que tu fous ici, toi ?

— Tout doux ! Je t'aide à t'affranchir et c'est ainsi que tu me remercies ? Quel manque de reconnaissance !

Sirius disait cela avec un demi-sourire, comme si, au fond, il avait anticipé la surprise d'Antoine.

Marius intervint, tout en manœuvrant agilement la Vedette dans les petites rues parisiennes :

— Volkstrom est venu nous voir. Il avait besoin de faire quelques achats chez nous. De fil en aiguille, on a parlé de toi et il a proposé de se joindre à nous pour te sortir de taule.

La voiture avait fini par s'insérer dans le trafic ordinaire des avenues fréquentées. Marius respectait les feux et les priorités, comme n'importe quel automobiliste consciencieux. Ils avaient l'air de se diriger vers la Seine. Pierrot ne cessait de tourner la tête dans tous les sens, s'assurant qu'ils n'étaient pas pris en chasse. Antoine tendait l'oreille, mais il ne percevait aucun bruit de sirène. Il n'était pas encore tiré d'affaire, mais la première phase de son évasion semblait se dérouler sans anicroche.

Il craignit un instant de blesser ses compagnons en proférant une telle question, mais il ne put se retenir :

— Pourquoi m'avez-vous fait sortir ?

Il y eut un moment de silence, chacun se demandant qui devait répondre. Ce fut Marius qui prit la parole :

— On s'est dit que tu ne méritais pas cinq années de cabane. Ou davantage. L'avocat n'avait pas l'air très confiant sur la sentence.

— Je n'aurais dénoncé personne. Tu le sais.

— Je sais. Il n'empêche. J'aime pas laisser les collègues dans la panade. C'est un peu de ma faute si je t'ai collé les frangins Alfonsi dans les pattes. Et puis, je m'en veux pour José.

— Qu'est-ce qui lui est arrivé ?

— Les flics l'ont eu il y a deux mois. Il s'était planqué à Nice, mais quelqu'un l'a balancé. Les poulets ont cerné sa cabane et, au lieu de se rendre, cette tête en bois a été au carton. Ils l'ont aligné…

Antoine n'était pas un sentimental dans les affaires, mais il aimait bien José. Ils avaient fait tellement de trajets silencieux ensemble, ils s'étaient rendu tant de services qu'ils avaient fini par tisser une sorte d'amitié respectueuse qui allait au-delà de leur trafic.

Marius ralentit, mit un clignotant et s'engouffra sur le passage incliné qui descendait vers le port de Tolbiac. Il slaloma entre des camions frigorifiques et quelques bennes remplies de sable et de gravier. Des ouvriers et des bateliers s'affairaient, mais personne ne prêta attention à leur véhicule, qui se dirigea vers un alignement de garages.

Marius stoppa devant un édifice en brique percé de plusieurs rideaux métalliques.

— On change de tire. Celle-ci va vite devenir chaude.

Tout le monde obéit et s'extirpa de la Simca Vedette. Marius chercha un instant le bon sésame sur son porte-clefs puis ouvrit le cadenas d'un des vantaux. Il le souleva pour découvrir une Dauphine couleur crème. Il s'adressa à Pierrot :

— Tu prends la Vedette et tu la fais disparaître.

— Pas de souci, patron.

— Nous on grimpe là-dedans et on va à la campagne !

Il désignait la Dauphine et enjoignit à Sirius et Antoine de grimper à bord.

Une fois qu'ils eurent pris place, lui sur le siège passager, Volkstrom à l'arrière, Marius mit le contact.

Antoine sentait que tout avait été planifié. Il n'avait pas son mot à dire.

Après la porte d'Ivry, Marius reprit la parole.

— Je t'emmène en Normandie, du côté de Dieppe. Un couple de vieux fermiers possède une bicoque dans les bois. Tu pourras y crécher le temps que ton évasion se tasse. Tout est arrangé. Il y a un stock de provisions pour tenir un siège. J'ai remboursé les dettes du vieux, alors ils me sont reconnaissants. Ils ne parleront à personne. Sinon, ils savent ce qui leur arrivera. J'essaierai de te rendre régulièrement visite, mais je ne promets rien. Même si on a été prudents ce matin, la flicaille risque de venir nous chatouiller les arpions. Mais notre ami Sirius, lui, viendra te voir. N'est-ce pas ?

Le manchot, qui était étalé sur la banquette arrière, approuva.

— Ouaip ! J'ai un truc à faire dans les jours qui viennent, mais la semaine prochaine, je te rejoindrai pour veiller sur toi !

Antoine ne savait pas si c'était une bonne nouvelle ou pas. Il remarqua que Sirius possédait désormais une prothèse. Quelqu'un qui n'aurait pas été au courant du membre manquant aurait pu penser qu'il avait affaire à un type avec deux bras. Avec sa nouvelle couleur de cheveux et ses bacchantes, à quoi rimait ce camouflage ?

Il se remémora tout d'un coup ce que lui avait dit Blanchard : le manchot était en cavale.

Prudent, Antoine allait annoncer qu'il s'en sortirait bien tout seul quand Marius immobilisa la voiture, sans couper le moteur, dans une ruelle de Vitry-sur-Seine.

— Merci messeigneurs, c'est ici que je m'arrête !

Volkstrom ouvrit la portière et descendit. Il se pencha à la vitre ouverte de Marius.

— Je passe chercher le matériel demain. Et merci pour le spectacle de ce matin : ça m'a mis de bonne humeur !

Sirius souriait de toutes ses dents, comme si cela faisait longtemps qu'il ne s'était pas amusé de la sorte.

Il regarda ensuite Antoine.

— À la semaine prochaine. On trinquera à ta libération anticipée !

Antoine Carrega voyait bien qu'il n'avait pas le choix. Marius semblait avoir organisé les choses ainsi.

Il ne voulait pas jouer les ingrats. Après tout, même si Sirius n'avait pas joué un rôle déterminant dans son évasion, il était présent, certainement armé, et en cas d'imprévu, il aurait risqué sa vie au même titre que Marius, Pierrot et les autres. Antoine prit donc sur lui et allongea le bras vers la vitre pour serrer la main de Sirius.

— Merci. À bientôt.

Marius redémarra.

Carrega attendit quelques instants en silence que Marius rejoigne une artère plus roulante. Puis il demanda, avec un brin d'irritation dans la voix :

— Qu'est-ce que Volkstrom fout là ? Comment tu le connais ?

— Rassure-toi, il est réglo. Il est venu me voir aux Trois Canards, il y a quelques semaines. Il s'est recommandé d'une vague connaissance et il a allongé un paquet de biftons en me disant qu'il voulait acheter des gros calibres. Puis il a commencé à venir tous les après-midi boire des coups. Il n'est pas de mauvaise compagnie, il me fait marrer. Puis un jour, j'ai découvert qu'il te connaissait.

Antoine préféra taire ce qu'il avait appris sur Sirius : qu'il était recherché par les flics et que cela risquait de leur attirer encore plus d'ennuis. De toute manière, si Marius avait jugé bon de lui faire confiance, ce n'était pas le genre d'élément susceptible de le faire changer d'avis. On ne vendait pas des pétards de contrebande à des premiers communiants !

— Volkstrom a-t-il participé à la planification de mon évasion ?

— Non. Je lui ai vendu ce qu'il voulait, des flingues qu'on ne peut pas tracer. Puis c'est lui qui a mis sur le tapis de te faire évader. Je ne sais pas si c'était sincère ou par bravade, mais il se trouvait que j'en avais déjà l'idée. Du coup, je lui ai proposé de se joindre à nous en me disant qu'il ne fallait pas cracher sur une gâchette supplémentaire au cas où ça partirait en vrille.

Carrega émit un petit rire nerveux.

— Je ne savais pas qu'il m'appréciait autant !

— Pour sûr ! Il a accepté tout de suite. Et c'est lui qui m'a proposé de veiller sur tes arrières quand tu seras au vert.

— Il y voit sans doute un intérêt.

— Possible. Il a peut-être besoin de se planquer lui aussi.

Marius semblait réfléchir. Il n'avait pas envisagé un tel cas de figure dans ses plans. Il avait toujours été un impulsif et ne réfléchissait pas assez.

— Je vais te laisser un pétard de toute manière.

Antoine ne maîtrisait plus son propre destin, qu'il s'agisse de la prison ou de son évasion. Il ne craignait pas Sirius directement, mais les tracas qui pouvaient lui être associés. Le type était désaxé. Mais il n'allait pas reprocher quoi que ce soit à son associé qui venait de le faire évader. Au prix, sans aucun doute, d'une longue préparation et de pas mal de dépenses. Le sujet était donc clos.

Quatre heures plus tard, après pas mal de détours par les routes de campagne, Marius s'engagea sur un chemin de terre qui menait à une bâtisse isolée, invisible depuis la route. Il y avait un grand corps de ferme qui avait connu des jours meilleurs, deux granges avec du matériel agricole pas très rutilant, quelques appentis entourés de grillage où se baladaient poules et cochons. Marius ne s'arrêta pas et poursuivit sur le chemin boueux qui se s'étrécissait jusqu'à l'orée d'un bois où se trouvait une maisonnette.

— C'était la bicoque de leur fils unique. Il a eu un accident de tracteur et il est décédé. C'est là que tu vas crécher. C'est rudimentaire, mais tranquille.

Marius gara la voiture devant la porte d'entrée. Il possédait la clef du logis et l'ouvrit. Ça sentait le renfermé, mais moins que ce qu'Antoine redoutait.

Marius trouva l'interrupteur et une lumière jaunâtre illumina un couloir. Antoine le suivit à l'intérieur. Il eut vite fait le tour du propriétaire. Il y avait d'un côté un salon chichement meublé avec une table, deux chaises, un vieux canapé hors d'âge, un poêle à bois, un réchaud à gaz et un stock de boîtes de conserve récemment entreposées. De l'autre côté du couloir, il y avait une chambre avec un lit et une salle de bains attenante. Une vieille bibliothèque contenait des ouvrages poussiéreux. Au moins, il aurait de quoi lire.

Il alla retrouver Marius qui allumait le poêle.

— Ça ira très bien, Marius. Merci.

Celui-ci se releva.

— Je vais aller voir les fermiers pour les prévenir, même s'ils ont dû entendre la voiture passer. Ensuite, je rentre sur Paname. Porte-toi bien, Antone.

Il lui donna l'accolade, puis sortit.

Antoine se retrouvait seul dans sa nouvelle demeure. Provisoire, espérait-il. C'était toujours mieux que la tôle. Sauf que maintenant, s'il se faisait prendre, il serait enfermé pour un sacré bail.

40

Sirius Volkstrom, 4 avril 1961

Le voyage avait été long. Très long.

D'Évian, en Haute-Savoie, jusqu'à Offranville, en Seine-Maritime, à coups d'autocars, de tortillards et d'auto-stop, cela lui avait pris pas loin de quatre jours. Il avait évité les grandes villes, il était parti en direction du sud pour remonter plein nord, il avait dormi d'un seul œil dans des hôtels pour routiers, bref il avait brouillé ses traces du mieux qu'il pouvait.

Volkstrom avait rempli son rôle de convoyeur. Il avait récupéré les armes achetées à Marius et les explosifs fournis par des intermédiaires de l'avocat Bazzali, et il avait acheminé la marchandise jusqu'à Évian. Sur place, un commando de l'OAS avait réceptionné le tout. «Commando», c'est ainsi que les individus que Sirius avait rejoints se qualifiaient, tout imbus de leur mission. Ils avaient été polis mais fermes : ils avaient refusé son aide au nom de la «compartimentation». Il n'avait pas insisté, ne sachant pas à quel genre de personnages il avait affaire. Tout juste lui avaient-ils recommandé de ne pas traîner dans les environs.

Il était parti dormir à Annecy, se disant que la Suisse était un point de repli un peu trop évident en cas de grabuge – d'autant qu'il y avait déjà séjourné quelques mois auparavant. C'est au bord du lac qu'il avait appris à la radio, le 31 mars au matin, à quoi avait servi sa cargaison : à vaporiser le maire d'Évian, un certain Camille Blanc, qui avait eu l'imprudence d'accueillir des pourparlers entre le gouvernement français et le FLN sur le sort de l'Algérie. Selon les informations, le fameux «commando» avait fait les choses de manière professionnelle : une charge pour alerter la cible, la deuxième pour le pulvériser. Au moins, s'était dit Sirius, il ne collaborait pas avec des bras cassés. Ou bien travaillait-il pour eux? Il ne savait pas vraiment. Il essayait de ne pas trop réfléchir à son rôle auprès de l'OAS : ça lui donnait des migraines...

Il se fit déposer par un camion de maraîcher qui avait bien voulu le prendre en stop devant le clocher tors qui faisait la fierté d'Offranville. Il finit sa dernière étape à pied, grâce aux indications données par Marius.

Au bout d'une demi-heure, il arriva devant le corps de ferme à l'écart de la route. Il sut d'emblée qu'il ne s'était pas trompé en apercevant Antoine Carrega, torse nu, en train de fendre du bois devant la maisonnette.

Le «tchac!» métronomique du merlin qui s'abattait sur les rondins de bois et la concentration du bûcheron auraient pu lui permettre d'approcher sans se faire remarquer, mais il préféra annoncer son arrivée.

— Ça cogne dur?

Carrega interrompit son labeur en douceur, prenant

le temps de dégager son outil de la bûche fendue avant de lever la tête. Le Corse n'avait pas l'air d'un type aux abois prêt à filer se planquer au moindre bruit inhabituel.

— Qu'est-ce que tu fous ici ?

Le ton de la question n'était pas hostile, juste interrogatif. Sirius prit le temps d'examiner Antoine qui, à cet instant précis, ressemblait à une statue antique, avec son poitrail musclé, son corps en sueur et l'attitude désinvolte du journalier faisant une pause au milieu de l'effort.

— Tu m'excuseras, le fleuriste était fermé alors je ne t'ai pas apporté de bouquet !

Sirius ne pouvait s'empêcher d'opter pour la provocation quand il ressentait le moindre soupçon d'hostilité. D'autres auraient tenté de se montrer conciliants. Pas lui. Heureusement, Carrega prit sa saillie avec désinvolture.

— Question fleurs, je suis couvert, renvoya-t-il en désignant les parterres de jonquilles qui les entouraient. T'es venu t'installer ?

Antoine pointait sa valise en carton.

— Je suis venu pour quelques jours. J'avais envie de me mettre au vert moi aussi.

Carrega s'empara de sa chemise et de son pull posés sur un billot de bois et avisa son convive :

— Je n'ai pas grand-chose à t'offrir. De l'eau du puits, du cidre de la ferme et un peu de saucisson. Il doit me rester du pain d'hier.

— Ça ira, ne t'en fais pas.

Ils avaient achevé les manœuvres d'approche. Ils pouvaient enfin se comporter normalement.

Comme il faisait plutôt beau pour un début d'avril

normand, Antoine sortit deux chaises et les disposa autour d'un vieux pneu de tracteur recouvert d'une planche qui faisait office de table de jardin. Il amena les victuailles et déboucha la bouteille de cidre.

Sirius s'affaissa sur la chaise, pouvant enfin se détendre après une semaine sur le qui-vive.

Carrega dut percevoir le relâchement de son visiteur car il lui servit un verre sans rien lui demander et découpa quelques rondelles de saucisson pendant que Sirius, les yeux fermés, jouissait de la chaleur sur son visage.

— Tu as l'air éreinté. Qu'est-ce qui t'amène ?

Volkstrom ne répondit pas. Il resta sans bouger, savourant la quiétude du moment. Quand il rouvrit les paupières, ce fut pour siroter quelques gorgées de cidre. Antoine ne semblait pas s'offusquer de son absence de réponse.

Plusieurs minutes passèrent ainsi. On entendait les oiseaux pépier à tout-va, la brise dans les arbres et quelques bruits de machines agricoles au loin.

Finalement, quand Sirius eut terminé son verre, il se redressa et tendit sa main valide vers le saucisson.

— Je suis plus ou moins en cavale. J'ai besoin de me poser un peu.

Volkstrom ne savait pas pourquoi il avait lâché cela. Il aurait très bien pu raconter qu'il venait veiller sur lui le temps que les choses se tassent après son évasion. Mais une parcelle de lui-même avait besoin de s'épancher.

— Qu'est-ce que t'as fait ?
— Pfffff….

Sirius fit un grand geste de la main, balayant le cosmos.

— Trop long à raconter. Trop d'embrouilles. Je reviens d'Évian. T'as entendu à la radio ?
— Non, je n'ai pas de poste ici.
Sirius ressentait un sérieux coup de fatigue.
— Ça te dérange si je pique un somme ?
— Fais comme chez toi. Tu as le choix entre l'herbe du dehors ou le canapé du salon.
Sirius s'empara de sa valise et se dirigea vers l'entrée de la maison.
Trente secondes plus tard, il ronflait affalé sur le vieux sofa.

Il fallut près de quarante-huit heures à Volkstrom pour réémerger. Pendant tout ce temps-là, il passa par de longues périodes de sommeil entrecoupées de phases où il regardait le plafond ou s'asseyait dehors pour fumer. Il prit quelques repas en silence avec Carrega, qui ne lui demanda rien et continua de vaquer à ses propres occupations, qui consistaient apparemment à fendre du bois, à lire des vieux bouquins jaunis et à échanger trois mots avec le fermier qui venait les ravitailler une fois par jour en denrées fraîches.

Quand Sirius s'estima assez reposé et qu'il eut chassé les toiles d'araignées qui encombraient sa tête, il alla prendre une longue douche froide, dénicha des vêtements propres dans sa valise et sortit pour tenir compagnie à Antoine qui profitait de la lumière de fin d'après-midi. Il avait remisé sa prothèse sous le canapé depuis qu'il était arrivé, alors il s'aida de ses dents pour déboucher une bouteille de cidre. Il servit deux verres et s'alluma une cigarette.

— J'étais à Évian, où les mecs de l'OAS ont buté

le maire de la ville. Je leur ai fourni les armes et les explosifs. Les pétards, je les ai achetés à Marius.

— Pourquoi tu me racontes ça ?

— Sais pas. Pour te filer une explication à ma présence ici. Ou peut-être pour faire la conversation, tout simplement.

Il y avait un troupeau de vaches couleur noisette dans le champ d'en face. Elles se mouvaient en groupe, lentement, au fur et à mesure qu'elles broutaient. Elles auraient chacune pu tracer leur route dans un coin du pré, mais non, il fallait qu'elles se déplacent ensemble, même si elles n'avaient pas grand-chose à se dire.

Antoine et Sirius observaient les déambulations bovines sans causer, sirotant leur verre de cidre. Pour une fois, ce fut le Corse qui rompit le silence.

— Qu'est-ce que tu fous avec ces gonzes de l'OAS ? Tu adhères à leur cause ?

— Ça te choque ?

— Je ne te voyais pas engagé dans ce genre de combat politique.

— Peut-être que tu te trompes.

Ils retournèrent à l'observation des vaches. L'atmosphère commençait à s'assombrir, mais les bovins continuaient de brouter en cadence, comme ils le feraient jusqu'au milieu de la nuit et jusqu'au terme de leur vie.

Au bout d'un moment, Carrega se leva, annonçant qu'il allait allumer le poêle et réchauffer quelque chose pour le repas. Sirius l'arrêta :

— Attends, je vais agrémenter l'ordinaire. J'ai vu que le tôlier avait apporté des provisions. Cela fait longtemps que je n'ai pas fait la cuisine.

Antoine haussa les épaules et le laissa procéder.

Sirius prit possession de la table du salon et se mit à étaler les ingrédients. Il rassembla les denrées dont il avait besoin : légumes, quelques boîtes de conserve, condiments et, avec une habileté surprenante, se mit à éplucher, découper, tailler, décapsuler. Cela ne lui arrivait pas souvent, et encore moins depuis qu'Hector Danguin était sorti de sa vie, mais Sirius prenait plaisir à cuisiner. Avec une main en moins, cela lui demandait un peu de concentration, mais c'est justement cela qu'il appréciait. Il se dédiait entièrement à l'instant et aux ingrédients qu'il transformait.

Il avait déniché une vieille bouteille de gnôle maison dans un coin de la cambuse – pomme ? poire ? abricot ? cerise ? il ne savait pas trop, mais il y avait un bon degré d'alcool dedans – et il sirotait le liquide en même temps qu'il confectionnait un ragoût de sa création.

Au bout d'une demi-heure, il avait tout rassemblé dans une marmite qu'il saisit d'une seule main et déposa sur le poêle.

— Il n'y a plus qu'à laisser mijoter.

Sirius évalua le niveau de la bouteille d'eau-de-vie et partit farfouiller dans le recoin où il l'avait déterrée. Il trouva sa petite sœur et la dépoussiéra avant de l'amener sur la table. De cette façon, il y aurait de quoi tenir la soirée. Il versa deux verres et en apporta un à Carrega qui continuait de lire.

— À la tienne !

Antoine leva la tête de son ouvrage pour faire tinter son verre.

Sirius saisit une chaise et l'approcha.

— Ce qui me plaît chez l'OAS, c'est leur détermination à foutre ce gouvernement par terre.

— La politique m'emmerde.

— J'en ai fait une affaire personnelle. La famille Bentoui...

Antoine soupira bruyamment et fixa le poêle, comme si l'ustensile en fonte allait lui suggérer une réponse adaptée.

Sirius vit dans les yeux de Carrega que, même si celui-ci affectait une indifférence aux événements, ce crime irrésolu pesait sur sa conscience.

— J'ai fait ce qu'on m'a demandé dans cette histoire, mais Papon et Deogratias m'ont baisé quand même. Ils ont tué un de mes amis. Le meilleur. Ces salauds l'ont fait exécuter alors qu'il était en prison !

C'était autant l'alcool que la tristesse qui faisait parler Volkstrom. Antoine ne savait pas quoi répliquer.

— Je ne les menaçais même pas, ils savaient qu'ils pouvaient compter sur mon silence. Mais ces ordures ont éliminé mon pote juste parce qu'ils le pouvaient. Pour montrer qu'ils étaient les plus forts.

— Et maintenant, tu veux te venger, c'est ça ?

Carrega avait prononcé ces paroles sans jugement, c'était la conclusion logique de l'histoire. Pourtant, Sirius fut surpris. Comme s'il n'avait jamais réfléchi au sens de ses actions.

Oui, c'était évident, il voulait exterminer les salauds qui lui avaient ôté une des rares personnes qu'il avait eu envie de serrer dans ses bras et avec qui il avait fait des projets.

— Je vais leur rendre la monnaie de leur pièce !

— Pourquoi tu ne t'attaques pas à eux directement ?

Qu'est-ce que vient foutre l'OAS là-dedans ? À quoi ça rime de tuer des gens qui n'ont rien à voir avec ton histoire ?

— J'ai essayé de dessouder Deogratias. Je l'ai manqué deux fois. Manque de préparation, manque de sang-froid. J'ai été con... Maintenant je ne peux plus l'approcher.

Volkstrom avala son verre cul sec et se resservit. Il avait les yeux rougis par la colère et la chaleur du poêle. L'odeur du ragoût commençait à se diffuser dans la pièce.

— Rejoins-moi. On s'en fout de l'OAS, ce qui compte c'est de faire morfler ces salauds ! Pour la famille Bentoui et tout le reste ! Cette nouvelle République est pourrie ! Toi aussi, t'es impliqué personnellement dans cette histoire. C'est la famille d'un de tes amis qui a été assassinée !

— Attends, attends... Je n'ai fait que rendre un service à un vieux copain.

— Mais, cette affaire t'a rattrapé ! Ne me dis pas le contraire, j'ai vu ton acharnement à aller jusqu'au bout.

— C'est derrière moi désormais. J'ai beau être corse, la vendetta n'est pas mon truc.

Sirius hésita. Il faillit se moquer de Carrega, lui dire des choses blessantes et insulter sa virilité, mais il se retint avant que les mots ne franchissent le seuil de ses lèvres. À quoi bon s'aliéner une des rares personnes qui l'écoutait ? Il sentait également qu'il était parti ailleurs. Ses idées étaient tout sauf claires. Et ce n'était pas le seul effet de l'alcool ingurgité. Son désir de revanche lui vrillait les neurones.

Sirius leva son unique main en l'air pour capituler.

— D'accord, d'accord. Je me disais juste que tous les deux, on aurait formé une chouette équipe. On aurait pu parvenir à trouver l'ordure qui a tué les Bentoui et faire payer les commanditaires.

— En posant des bombes chez les flics, des élus et de pauvres ouvriers qui n'ont rien à voir avec ce bordel ?

— Je te l'ai dit, l'OAS n'est qu'un moyen, pas une fin en soi !

Antoine mima un geste d'incompréhension.

Sirius se leva brusquement, excédé, puis alla touiller le ragoût. Il faisait un effort pour rester calme.

Il attrapa la seconde bouteille d'eau-de-vie, un tire-bouchon et revint s'asseoir à côté de Carrega.

— Tu as pris ta décision, et je la respecte. Mais moi, je ne m'arrêterai pas. On doit suivre son instinct.

Il servit deux nouvelles rasades de cet alcool improbable, puis trinqua, histoire de montrer que, malgré le refus d'Antoine de l'accompagner dans les méandres de sa vengeance, il ne lui en voulait pas.

— Je vais quand même te dire un truc. Quand je suis entré dans l'appartement des Bentoui après qu'ils ont été flingués, j'ai récupéré une pochette de documents dans la cuisine. Du sérieux. Des trucs militaires, du Secret Défense. Je les ai mentionnés une fois devant Deogratias et je l'ai vu blanchir.

— Où sont-ils ?

— Je les ai planqués. Ils me servent d'assurance-vie. En tout cas, ils me servaient…

— Pourquoi tu me parles de ça maintenant ?

— Si un jour il devait m'arriver malheur, si je choisissais de disparaître, je ferai en sorte que ce dossier te parvienne.

L'idée n'avait traversé la caboche de Sirius qu'une minute auparavant, mais il la trouvait excellente. Quoi qu'il lui arrive, il pouvait espérer que Carrega poursuivrait sa vengeance, il en avait le tempérament.

Sirius se redressa, saisit deux assiettes, des couverts et retira le ragoût du poêle. Les deux hommes mangèrent en silence, prenant soin d'éponger la sauce avec de gros morceaux de pain.

Quand ils eurent fini leur repas sans avoir pipé mot, ils se levèrent de concert. Sirius alla fumer dans l'air frais de la nuit et Antoine se retira dans sa chambre.

Au petit matin, Volkstrom avait mis les bouts.

En fin de compte, sa propre compagnie était la seule qu'il appréciait vraiment, même si elle n'était pas toujours facile à supporter.

41

Luc Blanchard, 11 avril 1961

Quand il avait appris l'évasion d'Antoine Carrega, Blanchard avait dû se retenir pour ne pas houspiller Margot. Non pas qu'elle y fût pour quelque chose, mais Luc était tellement en colère après le Corse qu'il avait éprouvé le besoin de passer ses nerfs sur quelqu'un le connaissant.

S'évader de la Santé avant son procès, alors qu'il lui avait demandé d'intercéder auprès du juge d'instruction, c'était stupide ! Luc pensait avant tout à sa propre personne. Il aurait pu se retrouver mouillé s'il était allé voir le magistrat afin de plaider en faveur du Corse. Heureusement, il avait tardé à le faire : il échappait ainsi à tout soupçon sur ses relations avec un truand en fuite... Ses deux visites à la prison n'avaient pas été enregistrées, donc il était tranquille, mais quand même, quelle sottise !

Il avait fait confiance à Carrega et se sentait trahi.

D'après ce qu'il avait glané auprès de ses collègues de la Préfecture, la fuite de Carrega n'était pas la priorité des priorités. Traquer un truand du Milieu, même soupçonné d'avoir agressé des gendarmes, ne figurait pas en haut du tableau de mission des forces de l'ordre qui avaient suffisamment à faire en ce moment entre le terrorisme algérien, le contre-terrorisme des ultras de l'Algérie française et la protection des huiles du gouvernement.

Ses investigations du côté de Victor Lemaire n'avaient rien donné. Il avait suivi la piste fournie par Carrega, mais elle avait mené à un cul-de-sac. Pas de dossier à la PJ sur le bonhomme, en tout cas pas de dossier accessible, comme l'avait souligné l'archiviste d'un ton malicieux. Pas d'écho non plus du côté de ses confrères des RG en charge de l'activisme politique qui, au choix, n'avaient pas entendu parler de lui, le considéraient comme une figure marginale, ou l'avaient enjoint d'aller se renseigner ailleurs ! Quand il s'était rendu aux studios de la rue Jenner, on lui avait répondu que le réalisateur était en tournage en province pour plusieurs semaines.

Pourtant, il sentait bien que quelque chose clochait.

Il en eut la confirmation lorsque son collègue des archives surgit un midi, à l'heure de la pause déjeuner, quand les bureaux étaient quasi déserts, pour lui tendre un bordereau de dossier au nom de « Lemaire, Victor », suivi d'une référence.

— Ça traînait dans une pile de documents égarés.
— Et alors ? Que donne la référence ?
— Le dossier n'est plus là.
— Ça ne m'avance pas.
— Si le bordereau existe, cela signifie que le dossier a été sorti. Et comme cela n'est consigné nulle part, cela signifie que…

Au lieu de poursuivre sa phrase, l'archiviste tendit l'index vers le plafond sans en dire plus. Puis il reprit son bordereau et regagna sa tanière. La bureaucratie française prisait l'ordre, ne rechignait pas à la délation, mais elle n'aimait pas les questions trop compliquées.

Après quelques minutes de réflexion, Blanchard en déduisit que Carrega et ce fantôme de Volkstrom avaient tous deux suivi une piste fondée, peut-être même LA bonne piste.

Blanchard souffrait de n'avoir personne à qui se confier. Il n'était jamais parvenu à s'ouvrir à ce sujet auprès de Margot. Il n'avait pas eu la moindre tentation d'en parler à Amédée Janvier. Le sursaut qu'il avait entrevu chez son partenaire quand ils avaient officiellement bouclé l'affaire Bentoui était retombé comme un soufflé servi trop tard.

Alors il décida de se diriger vers la rue Guynemer. Il n'avait pas visité François Mitterrand depuis longtemps, mais le sénateur déchu lui était soudainement apparu comme la seule carte valable qu'il restait à jouer. Tout paria qu'il était désormais, le politicien madré avait certainement plus de ressources que lui, simple inspecteur de la Criminelle. De plus, Mitterrand ne portait pas dans son cœur le pouvoir gaulliste ni cette nouvelle République qu'il combattait avec véhémence dans la presse.

C'est Mitterrand lui-même qui l'accueillit et le conduisit dans son bureau. Plusieurs ouvrages étaient ouverts à côté d'un carnet de notes et d'un bloc de papier noirci d'une écriture un peu bancale. Avec son air désinvolte soigneusement élaboré, l'ancien ministre lui glissa : « J'écris un livre sur la Chine. Je m'y suis rendu récemment. C'est une nation fascinante ! » Blanchard n'avait évidemment rien à répondre à cette entrée en matière : il en savait autant sur la Chine que sur la planète Mars. Mais il devinait que ce genre de bavardage innocent possédait un but inavoué : le cantonner à sa place de simple petit fonctionnaire en lui rappelant son ignorance du vaste monde où s'ébattent les grands félins de la politique.

Mitterrand le fit asseoir sur un fauteuil et il se plaça en face de lui. Il ne lui avait rien proposé à boire, probablement parce que son épouse n'était pas présente pour assurer l'intendance.

— Qu'est-ce qui vous amène, mon jeune ami ?

— Je voudrais vous parler en toute confidence d'une affaire sur laquelle j'enquête depuis longtemps. Elle implique le Préfet et l'un de ses adjoints.

Luc Blanchard se lança dans le récit de l'assassinat de la famille Bentoui, de ses efforts d'enquêteur contrarié, du dossier falsifié du légiste, du coupable improbable retrouvé noyé à Suresnes... Il lui exposa en toute sincérité ses conclusions : tous les fils d'une toile d'araignée conduisant à Jean-Paul Deogratias, et probablement à Maurice Papon lui-même.

Mitterrand, attentif, le laissa disserter sans l'interrompre. Puis, quand Luc eut terminé, il prononça trois phrases :

— J'ai un peu connu Aimé de Rochemaure à la Libération. La mort de sa fille m'avait échappé. Papon, la Préfecture, vous lancez de graves accusations !

Blanchard attendit que Mitterrand poursuive, lui qui se montrait d'ordinaire si éloquent. Mais nulle parole ne franchit la bouche du sénateur.

Au bout d'une poignée de secondes, le politicien choisit finalement de rompre le silence :

— Qu'attendez-vous de moi?

Blanchard avait beau avoir anticipé la question, il n'avait pas de bonne réponse à apporter.

— Avec votre statut d'élu et vos anciennes fonctions de ministre, vous pourriez pousser à rouvrir l'enquête ou exiger des éclaircissements.

Mitterrand souriait tel un carnassier, à la fois matois et méprisant.

— Comme vous le savez déjà, mon jeune ami, je ne suis plus en odeur de sainteté ces temps-ci. Même si j'ai gardé de bons amis dans l'administration et au Parlement, je peux difficilement réclamer des faveurs ou ruer dans les brancards en ce moment. Surtout pour une affaire aussi délicate et incertaine que la vôtre.

Mitterrand s'humecta les lèvres avec la langue, découvrant ses canines pointues. Son ton de voix changea et se fit plus paternaliste.

— Je comprends votre désir de justice. Mais il existe certaines forces qu'il vaut mieux éviter de brusquer. Des investigations qu'il vaut mieux savoir interrompre…

— Mais je ne suis pas rentré dans la police pour ça!

C'était un cri du cœur qui jaillit de la bouche de Blanchard. En même temps, il en était conscient, c'était le langage naïf d'un petit garçon qui découvre que le monde ne fonctionne pas comme ses parents le lui ont enseigné.

Mitterrand ne releva pas, mais il avait une leçon paternelle à donner :

— Il faut apprendre à contourner l'obstacle. Viser haut et viser loin, toujours. Et savoir attendre pour prendre sa revanche.

— Papon n'est pas digne de diriger la police !

Le garçonnet, toujours. Il ne parvenait pas à ravaler sa colère pathétique.

— Peut-être que Papon ne s'entoure pas toujours très bien. Mais je suis convaincu qu'au fond, il n'est pas un si mauvais serviteur de la France. Voyez, avec moi, il a été plus que correct, alors qu'il n'y était pas tenu. Il aurait pu profiter de la situation pour m'écraser. Il ne l'a pas fait... Il faut être prudent quand on juge les hommes...

À quoi s'était-il attendu en s'invitant chez Mitterrand ? À y trouver un chevalier blanc ? Un mousquetaire au service de la Vérité ?

N'était-ce pas lui, finalement, qui s'égarait, qui ne voyait pas plus loin que le bout de son nez ? Était-ce cela que Mitterrand lui suggérait ?

— Je comprends que cela soit difficile à accepter pour vous, mon jeune ami, mais vous n'avez rien à gagner à vouloir remuer cette affaire, surtout dans le contexte actuel. L'assassinat d'un avocat algérien est certes regrettable, mais...

Il fit une pause, puis reprit, embrayant sur son sujet préféré : lui-même.

— Vous savez, j'ai été ministre de l'Outre-Mer, ministre de l'Intérieur, ministre de la Justice. Je connais bien la question algérienne. Je connais bien la police. Je ne veux pas être désobligeant avec vous, mais il y a des choses qui vous dépassent. L'intérêt supérieur du pays nécessite souvent que l'on passe certains événements, certaines personnes, par pertes et profits. Nous avons des policiers qui meurent dans les rues de Paris, vous en savez quelque chose. Nous avons des soldats, des militaires et des ingénieurs qui se battent pour nous en Algérie, parfois d'une manière qui vous est complètement inconnue, qui n'est jamais rapportée dans les journaux.

François Mitterrand, Blanchard s'en souvenait, avait été avocat autrefois. La voix qu'il entendait face à lui résonnait comme dans un prétoire. De belles formules, un raisonnement implacable de logique. Des petites piques et du mystère.

Mitterrand ne l'aiderait pas. Il ne bougerait pas le petit doigt pour lui.

Blanchard eut envie de sortir en claquant la porte, mais il était trop bien élevé, ou trop timide, pour cela. Alors il se leva avec raideur et tendit la main, laconique.

— Merci, monsieur le sénateur. Je dois y aller.

— Je comprends votre déception, inspecteur Blanchard. N'oubliez pas ce que je vous ai dit : soyez patient. Et soyez plus malin que vos adversaires. Cela ne devrait pas être trop difficile, vous êtes un garçon intelligent et eux sont des médiocres !

Blanchard ne savait pas si c'était de la flatterie à son égard ou du mépris pour le reste du monde. Il penchait toutefois pour la seconde hypothèse. Mitterrand ne fit aucun geste pour le raccompagner. Il s'assit à sa table de travail, retournant à ses chinoiseries.

42

Antoine Carrega, 22 avril 1961

Antoine s'était résolu à passer plusieurs mois en solitaire dans sa bicoque à l'orée du bois. Il avait pris son mal en patience. Cela valait toujours mieux que la Santé.

Pourtant, un matin de mi-avril, peu après le départ en catimini de Volkstrom, Marius avait débarqué avec un assortiment de faux papiers en lui disant : « Je crois que c'est bon pour toi. Tu peux revenir à Paname. Les condés ont du plus gros gibier à traquer en ce moment. » Marius n'avait jamais été une tête brûlée ; il avait ses entrées auprès de flics à qui il graissait la patte. Donc, s'il lui disait que la voie était dégagée, il pouvait lui faire confiance. De plus, les documents qu'il avait entre les mains étaient les meilleures contrefaçons qu'il ait jamais possédées. Du travail soigné dont la facture avait dû être salée.

Carrega avait temporisé quelques jours avant de rejoindre la gare la plus proche et de rentrer sur la capitale. Sans regret.

En débarquant sur les quais de Saint-Lazare, il

avait hésité sur ses premiers pas, puis s'était rendu directement aux Trois Canards. Si les garanties de Marius n'étaient pas aussi solides qu'il le proclamait, autant être fixé tout de suite. Et si on devait lui mettre la main au collet, mieux valait que cela se produise vite. Il n'entendait pas vivre dans l'appréhension permanente.

Il y avait une clique d'habitués, dont plusieurs étaient au courant de l'évasion et de l'identité d'Antoine. Aucun n'avait bronché. Ils avaient tous réagi comme s'il était parfaitement normal de le retrouver parmi eux, comme s'il revenait d'un séjour prolongé en province pour visiter sa famille. Tout le monde l'avait appelé par son prénom, plutôt que par le patronyme d'emprunt qui figurait désormais sur ses papiers.

Il lui fallait d'abord changer de logis. Marius lui remit les affaires qu'il avait récupérées pour lui à l'Hôtel des Martyrs : deux valises de vêtements et des babioles. Toutes ses possessions. Marius lui proposa une chambre au-dessus du bar, mais Antoine chérissait trop son indépendance. Il héla un taxi et se fit conduire le long du canal Saint-Martin. Il avait toujours apprécié cet endroit populaire, avec ses familles d'artisans et ses personnages louches qui déambulaient le long de l'eau sombre. Il n'eut aucun problème pour dénicher une chambre au mois dans un hôtel et en paya deux d'avance, histoire de conjurer le sort en anticipant qu'il resterait libre au moins cette durée-là.

Son premier geste fut d'ôter la triste peinture qui pendait au mur pour la remplacer par la marine que lui avait offerte Félix juste avant de mourir. Il s'allongea sur le lit pour la contempler. Au bout de quelques minutes, il s'endormit.

Quand il se réveilla deux heures plus tard, il faisait nuit et il avait faim.

Il décida de retourner aux Trois Canards, afin de ne pas donner l'impression à Marius qu'il le snobait. Il marcha d'un bon pas et, au bout d'une demi-heure, il était revenu rue de la Rochefoucauld. L'assistance avait à peine changé depuis sa précédente visite. Il se fit une place à une table et, sans lui avoir demandé son avis, on lui apporta un pot de rouge et une blanquette de veau.

Les conversations, qui tournaient d'ordinaire autour de sujets assez prévisibles comme les femmes, les courses de chevaux et, quand les voix se faisaient chuchotis, les coups tordus passés ou en préparation, étaient ce soir-là toutes concentrées sur un seul thème : les « généraux félons » qui venaient de s'emparer du pouvoir à Alger et menaçaient de débarquer en métropole. Personne n'avait d'information de première main – l'armée et le gouvernement ne faisaient pas vraiment partie des relations de cette auguste assemblée de marlous. Cela ne les empêchait pas d'émettre leurs avis de piliers de bar.

Il y avait ceux qui voyaient d'un bon œil l'intervention de l'armée pour préserver l'Algérie dans le giron hexagonal. Moins à cause de la « menace soviétique » évoquée par le général Maurice Challe, qu'en raison du sentiment confus mais solidement ancré dans les esprits que « l'Algérie c'est la France ». Il y avait ceux qui ne pouvaient pas souffrir les galonnés et rejetaient par principe tout putsch de leur part – même si cela les rangeait dans le camp d'un autre officier, le président-général de Gaulle. Enfin, il y avait ceux qui goûtaient ce chaos qui détournait l'attention des autorités vers des choses plus pressantes que leurs trafics.

Antoine écoutait avec plus d'ennui que de passion. Il pensait surtout à sa propre situation : qu'allait-il faire désormais, et avec qui ?

43

Sirius Volkstrom, 25 avril 1961

Pendant quelques jours, les hommes rassemblés ici y avaient cru. Cru que leur moment était venu, que le train de l'Histoire était en marche, avec eux dans la voiture de tête. La locomotive, c'étaient les généraux en Algérie, qui avaient enfin compris qu'il fallait viser la jugulaire pour faire périr le pouvoir gaulliste.

Sirius les écoutait s'animer autour de la grande table de réception d'un appartement cossu à deux pas de la porte Dauphine. Une trentaine de types en costume ou en bras de chemise, des cendriers pleins, des assiettes de cacahouètes, de l'anisette et des bouteilles de bière. Cela faisait plus de trois heures que cela durait.

Il avait suivi de très loin ce putsch des généraux qui, à l'heure qu'il était, semblait tourner vinaigre, alors il se taisait dans son coin.

Jean-Baptiste Bazzali, l'avocat, l'avait convoqué, avec la plupart des têtes brûlées de l'OAS de la région parisienne, afin de décider si l'heure était venue de prendre les armes en métropole pour appuyer la rébellion à Alger. Mais à cette heure tardive on parlait moins de renverser le pouvoir que de faire un coup d'éclat, un ultime baroud d'honneur en préparation du prochain combat.

Un individu était suspendu au téléphone dans un coin de la pièce. Il passait des coups de fil et en recevait sans discontinuer, informant les autres au fur et à mesure. C'était lui le principal vecteur des mauvaises nouvelles venues d'Algérie : « Le bataillon untel a déposé les armes », « L'officier machin s'est rendu », « La caserne bidule s'est retranchée »... Les noms et les numéros n'évoquaient rien à Volkstrom. Tout ce qu'il comprenait, c'est que la tournure des événements n'était pas du goût des comploteurs rassemblés.

Il dévisageait ses étranges compagnons de soirée, un ramassis baroque de gaullistes déçus, qui se repéraient à leurs beaux costumes et à leur air supérieur, de pieds-noirs qui parlaient bruyamment avec un fort accent méditerranéen et qui semblaient les plus acharnés, de bonshommes à l'air sombre qui crachaient leur haine des « Crouilles » et des « Youpins » en regrettant Pétain ou le Duce (qu'ils prononçaient « le douché »). Et puis il y avait quelques figures comme lui, silencieuses, aux cheveux courts ou rasés, avec l'air de ne pas savoir comment tenir en place sur un fauteuil. Des soldats, des combattants perdus, des gros bras, la piétaille de l'OAS dont il faisait partie.

— Il paraît que Challe pourrait capituler.

C'était le téléphoniste, le combiné collé à l'oreille et le buste tourné vers ceux qui paraissaient diriger la réunion, dont Bazzali.

Soupirs autour de la table, invectives, menaces. Puis les conversations reprenaient dans tous les sens :

« Attaquer les commissariats », « Poser des bombes », « Terroriser la population »...

Volkstrom s'ennuyait ferme. Alors qu'il envisageait d'expliquer à Bazzali qu'on lui fasse signe quand quelque chose serait décidé, un drôle d'énergumène s'assit sur la chaise à côté de lui en tendant la main : « Philippe Castille », dit-il en guise d'introduction. Il avait un visage rondouillard, la mèche sur le côté et l'air d'un brave garçon.

— Il paraît que tu t'y connais en armement ?
— Je me débrouille.
— Et les explosifs ? Tu maîtrises ?
— Un peu.

Sirius n'était pas manchot dans l'utilisation de la dynamite ou de la plastrite, mais c'était le genre de talent qu'il préférait garder pour lui. L'autre dut s'en douter car il répondit simplement :

— Il n'y a pas grand monde qui sache manier ces trucs. J'aurais peut-être besoin de quelqu'un pour m'aider.

Volkstrom se redressa sur sa chaise. Discuter sans fin de stratégie insurrectionnelle l'agaçait ; faire parler la poudre l'attirait davantage.

Le téléphoniste intervint de nouveau. Cette fois-ci il hurlait presque :

— Ils ont fait exploser la quatrième bombe !

Le type au combiné conversait en même temps avec son interlocuteur de l'autre côté de la Méditerranée.

— Gerboise verte... Ils avaient la trouille que nos officiers mettent la main dessus. Ils l'ont transportée dans le désert et l'ont fait sauter !

La plupart des militants et sympathisants de l'OAS

ne semblaient avoir aucune idée de ce que cela signifiait. Ils reprenaient leurs conversations.

Castille, lui, avait pigé.

— Tiens, juste quand on parle d'explosifs!

Sirius le regarda d'un air interrogatif.

— Gerboise : ce sont les bombes atomiques françaises. Nos gars en Algérie savaient qu'il y avait une quatrième bombe atomique prévue pour des essais, ils voulaient la récupérer comme moyen de pression sur le gouvernement.

— Et ils n'ont pas réussi?

— Visiblement pas. Pfouuuiiittt!

Philippe Castille mima un vaste geste avec ses mains qui montaient lentement vers le plafond en s'écartant l'une de l'autre.

Il crut bon de rassurer Sirius.

— Ils l'ont fait péter dans le désert, hein, c'était sans risque. Personne n'est mort. Alger n'est pas devenu Hiroshima!

Il partit d'un grand rire.

Sirius se demanda tout d'un coup dans quoi il s'était embarqué. Ces types étaient des civils, ce n'étaient pas des généraux algérois, mais quand même! Ils avaient voulu mettre la main sur une bombe atomique! Pendant quelques secondes, il fut partagé entre la crainte d'appartenir à une confrérie de cinglés et un soupçon d'admiration pour leur audace nihiliste.

Il se demanda si cette histoire de Gerboise avait quelque chose à voir avec les documents qu'il avait récupérés chez Abderhamane Bentoui. Dans la grosse enveloppe, il y avait des images de désert, des montages techniques, des documents classifiés. Ça lui paraissait quand même hautement improbable.

C'était un des secrets les mieux gardés de la République. Aucune raison pour que ça atterrisse dans la cuisine d'un avocat arabe proche du FLN.

Son interlocuteur le ramena dans l'action :

— Je ne peux rien te dire pour le moment. Mais il est possible qu'on décide de faire péter quelques trucs sérieux dans les mois à venir. Autre chose que des bagnoles ou des façades de bâtiments, quoi...

Volkstrom opina du chef. Sans réfléchir, il répliqua :

— La Préfecture de police ?

— Comme tu y vas ! Ça me paraît un peu compliqué. Mais pourquoi pas ?

Philippe Castille ne voulait pas refroidir l'enthousiasme de son nouveau partenaire en mèches explosives, mais ses yeux indiquaient qu'il avait d'autres projets.

Sirius avait parlé trop vite. Il s'était dévoilé. Heureusement, cela ne prêtait pas à conséquence. L'unique ciment de cette assemblée était l'opposition au pouvoir et les intérêts propres de chacun, y compris de ceux qui voulaient conserver l'Algérie française pour perpétuer leurs petites affaires coloniales. Il n'y avait pas d'idéologie partagée. Alors il pouvait bien, lui, vouloir faire sauter la Préfecture (et Papon ! et Deogratias !), quand d'autres espéraient fusiller de Gaulle ou restaurer l'empire français. Personne ne lui en tiendrait rigueur.

Il serra la main de Castille en se levant.

— Je suis ton homme. Bazzali sait où me trouver si tu as besoin de moi. En attendant, je m'arrache. La politicaillerie, ce n'est pas trop mon truc...

L'artificier de l'OAS lui rendit son salut et le regarda partir.

Sirius se dit qu'il n'aurait pas dû s'éclipser en professant, même à demi-mot, son mépris pour la réflexion stratégique de l'OAS. Mais Castille était demandeur. Et lui, il offrait ses services. Si ça se trouvait, avec un peu de persistance, il pourrait convaincre ces énergumènes de mener une action contre la Préfecture, voire d'abattre directement le sommet de la hiérarchie policière parisienne. Leurs rêves d'Algérie et de conquête de l'Hexagone sentaient désormais le moisi. Ils allaient vouloir se venger. Comme lui.

44

Luc Blanchard, 15 mai 1961

Amédée Janvier avait fini par être envoyé d'office en «cure de repos» – le terme officiel, puisque personne ne voulait parler de «désintoxication alcoolique». Il avait rejoint un établissement paisible pour les fonctionnaires de police usés au fin fond de la Picardie. Il n'y avait pas eu de pot de départ et, deux jours plus tard, tout le monde avait oublié jusqu'à son existence. Sauf Luc, qui se trouvait désormais sans partenaire.

Il avait tenu à accompagner le Gros à la gare du Nord le jour de son départ. Il lui avait donné l'accolade, lui avait souhaité bonne chance et l'avait encouragé à revenir au plus vite. Il s'était laissé aller à ces mots de réconfort, même s'il les savait vains. Quand il sortirait de sa cure, Janvier serait affecté à la direction de l'ordre public et de la circulation. Autrement dit, une mise au placard.

Comme c'était une belle journée de mai, il avait décidé de redescendre de la gare du Nord à l'île de la Cité en flânant. Sans préméditation, sa déambulation l'avait mené devant les Trois Canards. Il connaissait l'endroit de réputation : repaire de trafiquants corses et marseillais, tripot privé, protégé par des flics pourris. Il n'avait jamais eu affaire à ce lieu à titre professionnel, mais il connaissait des collègues qui l'avaient mentionné dans leurs rapports d'enquête. Rapports qui finissaient invariablement au fond des tiroirs de la Préfecture, dans une sorte de trou noir des investigations policières. Seuls les inspecteurs des Stups s'en plaignaient, mais qui leur prêtait attention ?

La matinée était à peine entamée, le bar était ouvert mais il n'y avait aucun client. Deux bonshommes en chemisette s'activaient pour nettoyer et ranger. Sans trop savoir pourquoi, peut-être parce qu'il essayait de s'acclimater à l'éclipse de Janvier, Blanchard décida de s'asseoir à la terrasse d'un café situé à l'angle de la rue et d'observer. Il resta ainsi pendant une heure, sans rien remarquer de notable. Pas de client, ce n'étaient pas les horaires de l'endroit, plutôt nocturne.

Un des deux bistrotiers qu'il observait décida de laver la vitrine de l'établissement, intérieur et extérieur. Il décrocha les rideaux et les affiches et s'affaira pendant près d'une demi-heure avec son seau d'eau, son chiffon et sa raclette. Antoine en était à son quatrième café, mais il ne se résignait pas à reprendre la route. Finalement, quand il se rendit compte qu'il était bientôt onze heures, il paya et repassa devant les Trois Canards, afin de jeter un coup d'œil dans l'antre maintenant que la vitre était propre et nue.

L'homme qui avait fini son opération de lavage ne lui accorda même pas un regard. Il redécorait sa devanture. La première affiche qu'il accrocha était celle d'un film : une jeune femme enfilait ses bas dans une pose lascive devant un paysage urbain en pleine nuit et, sur le côté de l'image, le visage impénétrable d'un jeune premier aux yeux bleus et à la coiffure sombre fixait le spectateur : Lionel Adan.

Luc dut faire un effort pour ne pas lorgner bêtement, sous le coup de la surprise, ou plutôt de la révélation. Ses neurones formaient d'un seul coup toutes les connexions qu'il peinait à établir depuis deux heures : Janvier-Adan-Carrega-les trafiquants corses-les Trois Canards-l'évasion-l'impunité.

Blanchard accéléra le pas. Il voulait désormais arriver à la Préfecture au plus vite. Il avait quelque chose à y faire de la plus haute importance : poser des jours de congé.

Comme tous les policiers, il avait engrangé des arriérés de vacances et de récupérations. C'était le moment d'en écluser une partie. Sans partenaire et sans affaire brûlante sous le coude, il savait qu'on ne les lui refuserait pas. C'était plus simple que d'expliquer ses intentions bancales à son chef : Luc avait décidé qu'il allait mettre le grappin sur Antoine Carrega. Parce que son sens atavique de l'ordre lui dictait que l'on devait rester en prison une fois qu'on y atterrissait. Parce que cela rejaillirait favorablement sur sa carrière s'il appréhendait un fugitif. Enfin parce que cela lui ferait plaisir de lui passer les menottes. Le Corse s'était moqué de lui en demandant à négocier sa peine avant de disparaître. Par ailleurs, il éprouvait un délice pervers à la perspective de mettre les poucettes sur l'ancien amant de sa régulière.

Depuis trois jours, Blanchard ne décollait pas de la terrasse du café à proximité des Trois Canards. Il avait compris qu'il était inutile de démarrer sa faction avant 15 heures, presque personne ne rentrait ni ne sortait du bistrot en matinée. Il arrivait donc en milieu d'après-midi et s'installait à une table extérieure avec une pile de journaux. Il avait acheté un vieux costume démodé chez un fripier et s'était affublé d'une fausse moustache et de lunettes teintées. Le premier jour, il avait raconté aux serveurs qu'il était un représentant de commerce en attente de son visa pour le Brésil et logeant chez sa vieille mère insupportable : il préférait passer ses journées au café et tuer le temps comme il pouvait. Ce mensonge avait suffi à éloigner les interrogations déplacées – ça et un gros pourboire à la fin du service.

Les deux premières journées de surveillance n'avaient rien donné. Les allées et venues s'accéléraient à partir de 18 heures, la plupart des clients avaient l'air d'être des habitués, et le va-et-vient durait jusqu'à 22 ou 23 heures. À partir de là, ça se calmait. À deux heures du matin, le rideau de fer était à demi baissé, mais l'activité se poursuivait à l'intérieur.

Il remit cela le lendemain, mais se sentait las. Quand le Corse surgit vers 22 heures, Luc eut juste le temps de repérer sa silhouette avant qu'il n'entre dans le bistrot. Il était convaincu que c'était lui. La démarche assurée, la moustache bien taillée, le costume ajusté. Carrega n'était pas déguisé, contrairement à lui. Le bonhomme était en cavale et il se promenait sereinement dans les rues de Paris !

Il régla ses consommations et alla se caler sous le montant d'une porte cochère. L'endroit était mal éclairé et, en s'appuyant dans le renfoncement, les passants ne le remarqueraient pas. Il n'avait plus qu'à attendre.

Une heure passa, puis deux. Il avait des fourmis dans les jambes.

Une troisième heure fila. L'ennui le gagnait. C'était pire que les crampes ou les picotements.

Vers 1 h 30 du matin, une pluie fine commença à tomber.

À deux heures, il entendit le rideau de fer des Trois Canards descendre.

Il n'en pouvait plus.

A 2 h 15, trois hommes sortirent. Comme il pleuvait, ils se saluèrent rapidement, relevèrent les cols de leur vestes et se séparèrent. L'un d'eux était Carrega. Blanchard lui emboîta le pas.

Luc avait étudié plusieurs possibilités pour l'appréhender, mais comme il ne savait pas où le Corse demeurait, il n'avait pu repérer que les quelques rues alentour. Il devait agir vite. Coup de chance, Antoine se dirigeait vers la rue La Bruyère où un immeuble démoli avait laissé place à un terrain vague.

Blanchard se mit à courir aussi vite qu'il le pouvait. Carrega, entendant le bruit des souliers qui claquaient, se retourna au moment où Antoine le percuta et le projeta dans le terrain abandonné. La pluie avait rendu le sol glissant et la dépression des fondations de l'ancien immeuble les entraîna vers le bas.

Luc, qui avait préparé son assaut, se redressa le premier et asséna des coups au visage d'Antoine. Il voulait le sonner avant qu'il n'ait le temps de réagir pour lui mettre les menottes. Mais la boue le privait d'appuis solides et Carrega était plus costaud qu'il n'en donnait l'air. Le Corse réussit à se dégager d'une ruade et les deux hommes se firent face, debout, comme des boxeurs sur un ring.

Carrega n'avait toujours pas deviné qui l'avait attaqué, mais il n'allait pas se laisser maltraiter sans se défendre. Luc le vit glisser la main dans sa poche, alors il frappa sans se retenir. Toutes ces années à taper dans un sac de sable lui donnaient l'avantage. Il atteignit Carrega au menton et l'envoya valser avant que celui-ci n'ait pu attraper ce qu'il cherchait dans sa veste. Puis il se précipita sur lui, mais l'autre lui balança une poignée de boue en plein visage. Luc se passa rapidement la main sur la figure, ôtant ainsi sa fausse moustache.

Un lampadaire les éclairait de loin. Antoine réalisa alors qui était son assaillant.

— Putain, Blanchard ! Qu'est-ce que tu me veux ?!

Visiblement, comprendre qui lui était tombé dessus fit renoncer le Corse à remettre la main sous sa veste.

— Qu'est-ce que tu crois ? Tu es un évadé et je suis flic !

Mais Blanchard était cette nuit un policier sans arme – il l'avait laissée chez lui pour ne pas avoir à s'en servir. Il s'avança vers Carrega pour continuer aux poings. Il s'était habitué au sol glissant, de la même manière qu'on apprivoise le rebond spécifique à chaque plancher d'un ring de boxe. Il enchaîna une série de crochets au torse qui coupèrent le souffle de son adversaire. Puis il lui colla un uppercut au visage qui l'envoya valdinguer, face contre terre.

Luc s'empara de ses menottes, mais Carrega avait de la ressource. Il se releva, couvert de boue, du sang sur les lèvres. Il brandissait un revolver avec lequel il le mettait en joue.

— Arrête tes conneries, Blanchard! Ne m'oblige pas à te plomber.

Luc avait envisagé la possibilité que Carrega soit armé, mais il avait eu trop confiance en ses capacités à le mettre K-O aisément. Maintenant, c'était une autre paire de manches. Un jour, il avait assisté à une démonstration de karaté d'un Japonais capable de désarmer des adversaires qui le tenaient en joue, mais lui, il pratiquait la boxe. Pas même la savate.

Carrega avait piteuse mine, il se massait les côtes d'une main, mais il tenait fermement son calibre de l'autre. Blanchard, sans ses lunettes, voyait trouble. Dans le feu du combat, cela ne l'avait pas dérangé, mais maintenant il n'était plus sûr de pouvoir anticiper les mouvements du Corse.

— Tu ne t'en tireras pas, Carrega. Je t'ai retrouvé une fois, je te retrouverai une deuxième fois. Et une troisième s'il le faut.

— Sauf si je t'abats. Ici, tout de suite.

— Tu n'es pas un criminel.

Les deux hommes se toisaient comme des chiens de combat guettant la moindre faiblesse de l'adversaire pour mordre.

Antoine abaissa légèrement le bras.

— Tu as raison. Par contre si tu ne recules pas, je te tire un pruneau dans la jambe. Si je touche le genou, tu passeras le reste de ta vie à boiter.

— Tu crois peut-être que je suis venu seul? Un panier à salades t'attend là-haut, au coin de la rue.

Carrega le fixa encore plus intensément. Difficile de savoir s'il le croyait.

C'est à ce moment-là qu'un promeneur noctambule se manifesta, avec la voix empâtée de celui qui rentre saoul chez lui :

— Hé, qu'est-ce qui se passe là-bas ?

Antoine fut distrait une seconde.

Cela suffit à Luc pour bondir, culbuter Carrega et lui enserrer le poignet droit. Il lui allongea un coup de poing au visage tout en plaquant le bras armé au sol. Il dominait désormais son adversaire, il pouvait se servir de ses genoux pour l'immobiliser. Le revolver gisait dans la boue. Il agrafa une menotte au poignet.

— Arrête, Blanchard. J'abandonne.

Luc sentit les muscles d'Antoine se relâcher. Le Corse cessa de se débattre. Il lui menotta le second poignet. Puis il se retourna vers le passant aviné : « Police. Je m'en occupe. Rentrez chez vous ! » Le bonhomme haussa les épaules et reprit son chemin.

Blanchard redressa Carrega afin qu'il puisse s'asseoir. Il ramassa le revolver et l'examina. Le barillet était vide.

Il tourna la tête vers son prisonnier, mais celui-ci devança ses paroles.

— Je ne voulais pas me rendre, cela ne veut pas dire que je voulais te buter.

Luc ne put empêcher l'image de Margot de surgir dans sa tête. C'était ridicule. Carrega était un type pratique. Avoir une arme sans balles était probablement une négligence. Ne pas avoir tiré par grandeur d'âme ressemblait à une justification a posteriori.

Blanchard ramassa ses lunettes, heureusement intactes, les essuya et les chaussa. Ils étaient tous les deux trempés et maculés de terre humide, les vêtements déchirés en plusieurs endroits. Le Corse saignait au visage et Luc à la main.

— Je peux avoir une clope?

Carrega désignait du menton sa poche de veste.

Luc accéda à son souhait, plongea la main dans ses habits, lui colla une cigarette entre les lèvres et l'alluma.

— Tu ne me croiras pas, mais je n'avais pas du tout prévu de m'évader de la Santé. Ce sont mes collègues qui ont décidé ça de leur propre chef.

— J'aimerais bien avoir de tels amis.

— Faut pas travailler dans la police pour ça.

Luc n'aurait pas dû sourire, mais il ne put s'en empêcher. L'adrénaline de leur affrontement et des jours de planque était retombée. Sa hargne intérieure aussi. Il avait atteint son objectif.

— Peu importe que je te croie ou pas, c'est le juge qui décidera. Et ça m'étonnerait qu'il avale ton excuse d'évasion involontaire.

La pluie avait cessé, on n'entendait plus aucun bruit alentour. Le froid des petites heures de la nuit parisienne les engourdissait.

— Pourquoi fais-tu ça, Blanchard? Il y a du gibier plus important que moi en ce moment, des types qui sont de vrais criminels.

— J'ai choisi d'être flic et je m'applique dans mon métier.

— D'autres au-dessus de toi n'ont pas ce respect pour la loi.

— Tu parles de la protection dont bénéficie ta bande des Trois Canards?

— Non, je ne pensais pas à ça et tu le sais très bien.

— Tu me ressors l'affaire Bentoui?

— Je ne crois pas que tu l'aies oubliée. Je me trompe ?

— Qu'est-ce que ça peut te faire ?

— Volkstrom est venu me rendre visite après l'évasion.

Blanchard époussetait son veston et son pantalon du mieux qu'il le pouvait.

— Ce salopard a toujours la manie de s'immiscer partout.

— Je crois qu'il est à moitié cinglé désormais.

— Il l'a toujours été. Qu'est-ce qu'il voulait ?

— Me vendre des histoires à la con auxquelles je n'ai aucune intention de me mêler.

— Alors pourquoi me parles-tu de lui ?

— Parce qu'il m'a dit deux choses.

Blanchard n'était pas dupe. Il comprenait la stratégie du Corse : gagner du temps. Faire ami-ami en évoquant ce qui les liait.

— D'après Volkstrom, tes grands chefs à la Préfecture ont fait descendre un de ses potes, quelqu'un qui comptait beaucoup pour lui. Pour lui mettre la pression ou lui faire payer une dette, je ne sais pas. J'ai l'impression que c'est ça qui lui a vrillé la caboche.

Luc soupira. Il avait gardé le paquet de cigarettes d'Antoine entre les mains. Il était tenté d'en griller une. Pour ne pas céder, il en alluma une pour son captif et la lui glissa dans la bouche.

— Et c'est quoi le deuxième truc ?

— Volkstrom m'a raconté qu'il avait récupéré des dossiers quand il avait pénétré chez Bentoui, juste après le meurtre.

— Qu'est-ce qu'il y a dedans ?

— Il est resté vague. Des trucs militaires. Il prétend

les avoir planqués en cas de trahison de ses commanditaires. Il veut me les refiler s'il lui arrive un pépin.

Blanchard était surpris. Les éléments avaient un don de contorsion dans cette affaire. Rien n'était simple, ni rectiligne, ni évident. Il fallait toujours que cela soit embrouillé...

— Tu es devenu son exécuteur testamentaire ?

— Je pense juste qu'il est obnubilé par ce meurtre et qu'il veut transmettre les éléments à des gens qui en feront quelque chose. Ou qui le vengeront.

Luc s'assit sur un reste de fondation de l'immeuble détruit. À chaque fois qu'il croyait sortir de l'obscurité, on lui replongeait la tête dans le sac de nœuds. Il avait décidé d'appréhender Antoine Carrega pour le renvoyer en prison, comme un bon inspecteur qui exploite ses indices et met le grappin sur le coupable. Mais voilà que l'autre lui ressortait l'enquête enterrée dans laquelle ils trempaient tous deux, avec des intérêts convergents.

L'affaire Bentoui était bouclée depuis des mois, son dossier prenait la poussière dans les archives de la Préfecture. Il pouvait arrêter les frais. Rentrer au quai des Orfèvres avec son prisonnier, la tête haute. Il récolterait des bons points. Margot n'en saurait rien, ou en tout cas pas tout de suite. Il aurait le temps de la préparer et de lui expliquer.

Pourtant, quand il redressa Carrega, il le fit pivoter et déverrouilla ses menottes. Le Corse eut le tact de ne rien dire. Il ne massa même pas ses poignets.

Blanchard articula sa pensée froidement, comme s'il donnait un ordre à un subordonné :

— On collabore sur l'affaire Bentoui. Tu me dis tout ce que tu sais, tout ce que tu apprends. On se voit une fois par semaine au café en face d'ici. Si on aboutit, je ne te renvoie pas à la Santé. Si tu files, je te retrouve et te rectifie le portrait avant de t'envoyer moisir derrière les barreaux pour le restant de tes jours.

— Ça me va.

Carrega avança sa main.

Blanchard hésita.

Puis il la serra, pivota, et se dirigea vers la rue.

Il était temps de reprendre la traque.

45

Antoine Carrega, 30 mai 1961

Les jours traînaient et se ressemblaient. Il honorait sa promesse et avait déjà rencontré Blanchard deux fois, mais il n'avait pas grand-chose à lui rapporter. Et le policier n'avait pas encore eu l'opportunité de se replonger dans le dossier, qu'il tentait d'extirper des archives de la Préfecture.

La tension de leur dernière rencontre retombée, ils ressemblaient à deux chasseurs de fantômes qui n'avaient pas la moindre idée de la façon de se remettre en selle.

En attendant d'avoir une idée de génie pour renouer les fils de l'affaire Bentoui, Carrega donnait des coups de main de-ci de-là à Marius. Le patron des Trois Canards avait refusé qu'il reprenne les convoyages entre Marseille et Paris. Trop risqué. Même si les gendarmes n'avaient jamais découvert ce que trimbalaient véritablement les deux camionnettes qui avaient brûlé au barrage d'Orly, il était évident que cette combine avait vécu. En attendant de rebâtir leur propre filière, Marius et Antoine avaient convaincu le patron d'une société de déménagement de véhiculer leur marchandise, camouflée dans des éléments de mobiliers : un coup des fauteuils évidés, une autre fois des pieds de table creux, et ainsi de suite. Le bonhomme avait accepté de transporter leurs meubles au prix fort. Il n'était pas dupe du caractère illicite du fret, et son silence se payait rubis sur l'ongle. Marius pestait régulièrement qu'à ce tarif-là, ils feraient mieux de s'acheter un camion et de monter eux-mêmes une entreprise de transport... Mais, pour le moment, ils n'avaient pas le choix s'ils ne voulaient pas perdre leur clientèle et une marge bénéficiaire qui, malgré le surcoût, défiait celle de n'importe quelle activité déclarée aux impôts.

Entre deux chargements à récupérer dans un entrepôt de banlieue, Carrega se morfondait. Pour cette raison, il fut presque agréablement surpris, un jour qu'il démarrait la fourgonnette de Marius pour aller réceptionner un canapé rembourré à la blanche, de voir Sirius Volkstrom grimper sur le siège passager.

— Marius m'a dit où te trouver et que je pouvais te filer un coup de main.

Antoine jeta un regard appuyé sur la prothèse du manchot en haussant les sourcils.

Sirius se marra :

— Sauf s'il s'agit de transbahuter des trucs lourds ! Si c'est le cas, je te ferai la conversation.

Carrega soupira. Sirius lui faisait l'effet d'un gros chien envahissant qui, malgré le peu de considération que lui prodiguent ses maîtres, persiste à venir quémander caresses et friandises qu'il n'obtient jamais. Volkstrom s'accrochait.

Résigné, Carrega démarra l'engin fatigué. Direction Saint-Ouen.

Étonnamment, Sirius se tint coi pendant le trajet. On aurait dit qu'il profitait de la balade, fumant cigarette sur cigarette par la vitre ouverte, scrutant les passants et les véhicules. À l'entrepôt, un trio de déménageurs se chargea du canapé et l'installa dans la fourgonnette. Vingt minutes plus tard, Antoine et Sirius repartaient. Marius se chargerait de la remise des billets par un autre canal, respectant la règle cardinale : ne jamais mélanger les flux d'argent et de marchandise.

Antoine ne savait pas jusqu'à quel point il pouvait se fier au manchot. Il était surpris que Marius l'ait laissé l'accompagner. Peut-être qu'il travaillait en parallèle avec lui. Marius compartimentait ses activités et Carrega ne savait pas tout de celles-ci. Il préférait d'ailleurs qu'il en soit ainsi.

— J'ai un truc à te demander...

« Nous y voici ! » se dit Antoine.

— J'aurais besoin d'explosifs. Plusieurs kilos.

— Pour tes copains de l'OAS ?

— C'est moi qui te demande, pas l'OAS.

— La dynamite, c'est pas mon rayon.

Antoine conduisait prudemment. Il réfléchissait. Il n'avait aucune sympathie pour l'OAS et n'avait qu'une confiance modérée dans les manigances de Sirius. Il ne se sentait pas non plus endetté auprès de lui.

— Ça fait des dégâts, les explosifs. Des morts.

— Si l'on ne sait pas s'en servir correctement.

— Je ne parlais pas des artificiers.

— Moi non plus.

Sirius partit d'un grand rire qui remplit la carlingue du véhicule.

Antoine n'avait pas l'habitude d'être sentencieux, mais il ne put se retenir :

— Je ne vois pas ce qu'il y a de drôle !

— Tu crois que je suis devenu givré ? Un grand éradicateur qui veut préserver l'Algérie dans le giron français en zigouillant à tout-va ?

Volkstrom reprit son sérieux :

— Rassure-toi, je ne prévois pas de faire sauter un stade ni une salle de bal.

— Alors qu'est-ce que tu veux en faire ?

— Un fourgon blindé. Transport de réserves de la Banque de France. Une cible symbolique et un beau paquet de pognon à la clef. Je te paierai très bien.

En temps ordinaire, ce n'était pas le genre d'argument à faire fléchir Carrega. Il n'avait jamais couru après l'argent, il avait des besoins modestes. Pas de famille ni de maîtresse à entretenir, pas de projets immobiliers. Mettre de côté pour sa retraite ne lui avait jamais traversé l'esprit. Mais l'absence de rentrées depuis plusieurs mois et les nouvelles conditions du convoyage d'héroïne avaient mis ses finances à sec. Marius lui glissait des billets de temps en temps, mais il n'appréciait pas cette dépendance.

— Quelle quantité ? De la dynamite ?

— Non, de la plastrite. Cinq kilos.

— Combien ?

— Un million. Anciens francs.

C'était une belle somme. De quoi voir venir.

Antoine cogitait. Il avait une ou deux connaissances dans les travaux publics, des types qui avaient accès à des hangars de matériel où l'inventaire n'était pas le point fort. Moyennant un gros pourboire, la commande lui paraissait réalisable.

Mais en avait-il envie ?

— Je ne sais pas...

— Ne me fais pas marner ! Je sais que tu as les contacts. Et que tu ne dirais pas non à un beau tas d'oseille. Fais-moi confiance ! Je ne suis pas un vieux pote, mais on se connaît un peu tout de même !

C'était bien le souci...

— Je vais voir ce que je peux faire. Je ne te garantis rien. Appelle-moi chez Marius dans une semaine et je te dirai si c'est possible.

— Tope-là ! Je prépare l'artiche.

Volkstrom lui claqua une tape sur l'épaule et, sans prévenir, descendit de la camionnette au premier feu rouge.

Antoine essuya une goutte de sueur qui perlait sur son front. Il avait le sentiment de ne plus maîtriser les événements et de se laisser entraîner sur des chemins qu'il ne goûtait guère. D'abord l'évasion, ensuite le pacte avec Blanchard, maintenant Volkstrom. Il dérivait au gré des intentions d'autrui.

L'argent de Volkstrom pouvait représenter une voie de sortie.

Il allait lui dégotter son plastic.

Peu importe les conséquences. Il s'agissait de sauver sa propre peau.

46

Sirius Volkstrom, 18 juin 1961

Sirius regarda sa montre. 15 heures.

Thierry, son comparse, ronflait sur le siège conducteur, apparemment indifférent à la conclusion de leur entreprise.

Volkstrom aurait préféré mener cette opération seul, mais il lui fallait quelqu'un pour conduire, et il devait admettre que le type que Philippe Castille lui avait adjoint s'était avéré diablement efficace. Thierry – il ne connaissait pas son nom de famille et n'avait pas cherché à l'apprendre – connaissait parfaitement son métier de cheminot, même si cet ancien de l'Office de chemins de fer algériens avait changé de profession depuis son retour en métropole.

Sirius avait cru qu'il lui faudrait une bonne partie de la nuit pour placer efficacement sa charge de plastrite afin d'en maximiser l'impact, puis pour la dissimuler. Mais Thierry avait tout de suite repéré l'emplacement idoine sur les rails et lui avait suggéré le moyen d'amorcer la détonation. En une heure et demie, à la lueur faiblarde d'une lampe torche, il avait installé la charge et le mécanisme de déclenchement sous un crocodile[1]. Il ne lui restait plus qu'à installer une petite tige de métal que la locomotive ferait basculer pour déclencher la mise à feu. Un jeu d'enfant.

Il venait d'effectuer cette ultime manœuvre en grimpant sur le talus de la voie ferrée, veillant à ce que personne ne le repère. L'aller et retour au pas de course depuis la voiture et le positionnement de la pièce métallique ne lui avaient pas pris plus de quatre minutes. Thierry n'avait même pas interrompu sa sieste...

Plus qu'à attendre.

Volkstrom avait longtemps douté des capacités de l'OAS à mener une telle opération, mais il devait se rendre à l'évidence : ils y étaient parvenus. Les responsables avaient bien mûri leur coup. La date : le 18 juin, choisie pour humilier de Gaulle. Le lieu : Vitry-le-François, suffisamment éloigné, au fin fond de la Marne, pour agir sans attirer l'attention. L'emplacement : une belle courbe ferroviaire où les trains accéléraient pour compenser l'effet du virage. L'horaire enfin : un calcul minutieux par des fanatiques du rail avait déterminé où et quand les deux rapides devaient se croiser.

Volkstrom avait menti à Carrega en garantissant une opération sans victimes contre un transport de fonds. Il n'avait aucun remords. C'était la guerre, sa guerre, et il n'allait pas s'embarrasser de sentiments. Il avait probablement croisé le Corse pour la dernière fois.

---

1. Dispositif de signalisation ferroviaire situé entre les rails, déclenché par le passage de la locomotive.

Peut-être parce que tous les rouages s'étaient parfaitement emboîtés, Volkstrom se sentait nerveux. Contrairement à Thierry, qui avait dormi une bonne partie de la nuit à l'arrière de leur voiture et qui continuait maintenant, il n'avait pas fermé l'œil. Il transpirait, et ce n'était pas l'effet de son sprint. Il n'était pas habitué à ce que tout se passe bien.

Ils auraient pu reprendre le chemin de Paris maintenant que tout était en place. Rester sur les lieux faisait courir des risques inutiles, mais Sirius tenait à évaluer de visu le résultat de son travail.

Il secoua son comparse afin qu'il se réveille. Il fallait certes se préparer à déguerpir au plus vite, mais il voulait aussi quelqu'un d'alerte pour mieux jouir du spectacle à ses côtés.

Thierry se décrassa les paupières.

— Ça y est?
— Dans cinq minutes.

Ils sortirent tous deux de la voiture stationnée sur un chemin de terre, prête à filer sur la départementale toute proche.

Ils fixaient le talus comme deux chasseurs guettant l'apparition d'un fauve dans la savane.

Le sifflement distant du déplacement d'air commença à se faire entendre, gagnant en intensité. Sirius eut l'impression qu'il sentait le sol vibrer, mais c'était le fruit de son imagination. Par contre, la douleur qui lui vrillait l'estomac était bien réelle.

Volkstrom vit enfin la silhouette du rapide Strasbourg-Paris apparaître au loin.

Il se retourna pour tenter d'apercevoir celle du Paris-Strasbourg qui, selon les calculs des experts ferroviaires, devait surgir au même moment.

Il ne distinguait rien.

Il consulta sa montre : 15 h 15.

C'était l'horaire prévu.

Le Strasbourg-Paris approchait, prenait de la vitesse dans la courbe.

Sirius ferma les yeux par superstition et dressa l'oreille, espérant distinguer le cliquetis de la brosse métallique contre le crocodile et sa tige de mise à feu.

Tout ce qu'il perçut fut une explosion retentissante, suivie d'un quart de seconde de silence, puis d'un déchirement de métal terrifiant, qui semblait venir de toutes les directions à la fois.

Il rouvrit les yeux pour apercevoir la motrice se soulever dans les airs, puis les wagons basculer les uns après les autres comme des dominos, se tordre, se percuter, s'éventrer. Le vacarme de l'acier semblait ne pas vouloir s'arrêter : les attaches des wagons se brisaient, les carlingues se déformaient, les rails s'arrachaient du ballast, les caténaires fouettaient l'air. Le bruit métallique était assourdissant, même à plusieurs centaines de mètres de distance.

Thierry, qui avait fait rouler des trains une grande partie de sa vie, avait l'air ravi d'avoir contribué à en fracasser un.

Sirius, lui, crut discerner des dizaines de cris de passagers en provenance des wagons qui basculaient le long du talus dans un étang en contrebas.

Mais il n'y avait qu'un seul convoi en train de voler en éclats. Aucune trace du Paris-Strasbourg qui aurait dû croiser le Strasbourg-Paris au moment de l'explosion.

Au bout de ce qui avait paru plusieurs minutes, mais qui n'avait pas duré plus de trente secondes, tous les fragments du train s'immobilisèrent. Le raffut, lui, continuait sous forme de grincements, de grésillements électriques, de roues qui tournaient dans le vide. Il n'y avait pas de calme après la tempête.

Volkstrom estima qu'il était temps de s'enfuir. Thierry avait plus de difficulté à s'arracher au spectacle, mais il ouvrit finalement la portière et démarra la voiture.

Sirius attendit qu'ils aient rejoint la nationale 4 avant de balancer la question qui le taraudait :

— Où était l'autre train ? Le Paris-Strasbourg ?

— Il a dû avoir du retard. Des travaux peut-être, ou un incident imprévu. Ça arrive tout le temps.

Sirius ne répondit rien. Il avait su dès le départ que c'était une opération complexe. Pourtant, il éprouvait un sentiment d'échec.

Thierry le devina :

— On a fait péter un train entier. C'est un des plus gros attentats de l'histoire de France ! Il doit y avoir des dizaines de morts ! Y a pas de quoi broyer du noir. On est des héros, mon pote !

Il flanqua une bourrade dans l'épaule de Volkstrom tout en pilotant le véhicule.

— On n'y peut rien pour le second train. L'important c'est de l'avoir mis bien profond à de Gaulle et sa clique ! Nous : l'OAS ! Ils vont voir à qui ils ont affaire !

Le manchot se détendit et sourit.

— Ouais, t'as raison. On est des héros !

Volkstrom répétait ces paroles pour s'en convaincre, sans parvenir à effacer l'ironie au fond de sa voix.

Une heure plus tard, alors qu'ils roulaient vers Paris, il entendait toujours dans sa tête les déchirements du métal et les cris des passagers qu'il avait imaginés. Ce tintamarre chimérique lui donnait la migraine. Il ne dormirait pas la nuit prochaine.

Mais sa vengeance progressait.

47

Luc Blanchard, 19 juin 1961

Ce lundi, Luc était arrivé de bonne humeur au quai des Orfèvres. Il venait de passer deux jours exquis en compagnie de Margot. Samedi, ils étaient allés canoter sur les bords de Marne, avant de dîner dans une guinguette puis de danser jusque tard dans la nuit. Le lendemain, ils avaient fainéanté une bonne partie de la journée à lire au lit et à faire l'amour.

Maintenant qu'Amédée Janvier se reposait au vert et qu'il se tenait à carreau, c'est-à-dire qu'il n'avait pas déterré l'affaire Bentoui, on lui confiait de nouveau des enquêtes sérieuses qui avalaient son temps et empiétaient sur ses soirées et ses week-ends. Il n'avait toujours pas de binôme officiel : il faisait équipe avec différents inspecteurs selon les disponibilités des uns et des autres. Il s'intégrait davantage. Il demeurait le benjamin de la Crim', mais sa période de probation se dissipait doucement. On parlait même de lui adjoindre un jeune policier à former, en remplacement de Janvier. Il se transformait en rouage du service.

Il maintenait sa rencontre hebdomadaire avec

Carrega, mais sa surcharge de travail ne lui avait pas laissé le temps de dépoussiérer le dossier Bentoui comme il l'avait envisagé. Il se demandait parfois si le jeu en valait la chandelle, maintenant qu'il reprenait goût à son métier d'enquêteur criminel. Il s'interrogeait aussi : avait-il bien fait d'affranchir le Corse ? En l'expédiant en prison, il aurait définitivement claqué la porte sur cette histoire. Ou peut-être pas : Margot lui en aurait voulu et ils n'auraient sûrement pas été aussi heureux l'un avec l'autre.

Il valait mieux qu'il en soit ainsi. Un rendez-vous par semaine avec Carrega lui permettait de le maintenir à portée de bras et, qui sait, de reprendre l'enquête sur le quintuple meurtre quand il en aurait le temps et l'envie.

Ce matin, il avait traîné un peu avec Margot – sa boutique restait fermée le lundi. Quand il arriva, ses collègues étaient déjà en pleine activité. À peine installé, l'un d'eux vint le trouver.

— Si t'as rien à faire d'urgent ce matin, il faut que tu nous accompagnes. Ordre du commissaire.

— Pour quoi faire ?

— De la représentation. Les huiles reçoivent un acteur de cinéma américain et ils veulent des inspecteurs de la Crim' pour faire tapisserie et raconter de belles histoires.

— Je suis obligé de venir ?

— Marchetti m'a demandé de lui dégoter quatre d'entre nous. On est déjà trois, donc si tu viens, je me fais bien voir, tu te fais bien voir, et tout le monde est content.

— C'est où ?

— Au musée du crime, montagne Sainte-Geneviève. Marchetti nous emmène en caisse.

Une demi-heure plus tard, le commissaire récupérait ses ouailles. Ils se tassèrent à cinq dans une 404 banalisée toute neuve, privilège des chefs.

Un des inspecteurs interpella son patron :

— On sait quelque chose sur le déraillement de train dans l'Est, patron ?

— Qu'est-ce que tu veux savoir ? Il a déraillé.

Le commissaire Marchetti était bourru avec ses troupes, comme à son habitude.

— Quel déraillement ? hasarda Blanchard, qui n'avait pas lu la presse.

— À Vitry-le-François, dans la Marne. Le rapide Strasbourg-Paris est sorti des voies hier. Il paraît que c'était un massacre. Une trentaine de macchab' et plus de cent cinquante blessés. Il y avait des morceaux de corps partout…

— Y en a qui disent que ç'aurait pu être pire…

— Oui, normalement le Paris-Strasbourg devait passer au même endroit au même moment.

— Il y avait des travaux qui l'ont retardé.

Tout le monde dans le véhicule y allait de son anecdote macabre. Blanchard en conclut que les catastrophes naturelles ou les accidents de transport étaient bien les seuls événements vraiment fédérateurs. Le malheur des autres renforçait la cohésion des citoyens épargnés.

Le trajet dura à peine cinq minutes depuis l'île de la Cité jusqu'à Maubert. En garant la voiture, Marchetti distribua ses consignes :

— Vous vous faites discrets et vous vous tenez en retrait. C'est le Préfet qui accompagne le conservateur et répond aux questions, sauf si on s'adresse directement à vous. Compris ?

— Oui, chef ! répondirent les inspecteurs en chœur, tels des gamins en sortie scolaire.

Contrairement à ce que lui avait raconté son collègue, il ne s'agissait pas d'un acteur américain mais d'un metteur en scène britannique, dont Luc Blanchard avait vu plusieurs films : Alfred Hitchcock[1]. Il reconnut d'emblée sa figure rondouillarde, qui surgissait en silhouette furtive dans chacun de ses films.

Les cinq de la Crim' rejoignirent le Préfet Papon, le conservateur du musée et quelques hauts fonctionnaires ministériels. Paris sortait ses énarques pour Hollywood. Quelques policiers en uniforme, une poignée de journalistes et deux photographes complétaient la troupe. Le cinéaste déambulait de manière débonnaire et s'exprimait en anglais par l'intermédiaire d'une traductrice. Il goûtait visiblement les attentions dont on l'entourait.

Luc suivit nonchalamment la petite équipe, prêtant une oreille distraite à la visite de l'établissement qui rassemblait des dizaines d'accessoires, notables autant qu'anecdotiques, de l'histoire de la police parisienne depuis le XVIIe siècle. Dans une salle, le conservateur présenta à Alfred Hitchcock une guillotine miniature de cinquante centimètres de hauteur et les deux photographes jouèrent des coudes pour saisir l'instant. L'un d'eux, un petit bonhomme à la moustache

1. La visite d'Alfred Hitchcock au musée du crime à Paris a bel et bien eu lieu, mais elle s'est déroulée en novembre 1959. On peut trouver des photos sur Internet de Maurice Papon en compagnie du réalisateur britannique.

épaisse, bouscula Blanchard pour saisir le meilleur cadre. Le jeune inspecteur poussa un grognement, mais évita de protester pour ne pas troubler la visite.

Le cortège avança dans une autre pièce et continua ainsi pendant une petite demi-heure. Papon et le conservateur répondaient aux questions de Hitchcock, les policiers se contentant de faire tapisserie.

À la fin du parcours, le responsable du musée invita tout le monde à prendre «*the glass of friendship*», comme il l'annonça avec un accent effroyable. Luc saisit cette opportunité pour s'éclipser. Sa présence ne manquerait à personne. Il profiterait du beau temps pour rentrer à pied au bureau, en passant par le quai de Montebello, histoire de stimuler ses neurones.

Il était en train de nouer un lacet défait sur les marches du musée lorsque le photographe qui l'avait bousculé sortit à son tour.

— Excuse-moi pour tout à l'heure. Fallait pas que je manque la plaque ! J'espère que tu ne m'en veux pas.

Blanchard le dévisagea, surpris par cette familiarité à laquelle il n'était pas habitué. L'autre lui tendit la main.

— Georges Azenstarck, photojournaliste. Je travaille pour *L'Huma*. On m'appelle Jojo.

— Enchanté... Inspecteur Luc Blanchard.

— Tu bosses dans quel service ?

— Brigade criminelle.

— Les cadors ! Je comprends pourquoi t'étais là alors !

— Vu à quoi j'ai servi...

— Ah, quand Papon traîne dans les parages, il tire la couverture à lui !

Luc ne pouvait s'empêcher de trouver le bonhomme sympathique. Il ne s'embarrassait pas de politesses ou de périphrases. Il était plutôt jovial et cet état d'esprit était communicatif.

— Vous connaissez bien le Préfet ?

— Non, tu parles ! En tant que photographe, je le croise parfois à des cérémonies officielles. Tu sais, moi j'aime pas trop les flics, surtout en ce moment avec ce qu'ils font aux Algériens, mais je reconnais que les mecs de la Criminelle, vous êtes des bons quand vous vous donnez la peine !

— C'est franc, ça !

— M'en veux pas ! Tu sais, je suis journaliste, alors j'ai plutôt tendance à m'intéresser aux trucs qui merdent.

Il était temps de mettre un terme à la conversation. Azenstarck était affable, mais il valait mieux ne pas discuter trop longtemps avec lui. En plus, il travaillait à *L'Humanité*. Pas vraiment du même bord.

— Je dois y aller.

— Pas de souci. Au fait j'ai un truc à te demander, à tout hasard. Des rumeurs circulent dans les rédactions à propos du déraillement de Vitry-le-François. Il paraît que ce serait un attentat de l'OAS.

— D'où tenez-vous cela ?

— Y a des camarades journalistes qui pensent que ce train n'est pas sorti des rails par accident. Ils ont des sources dans les ministères qui leur ont balancé ça.

Blanchard ne savait pas quoi répondre. Il se sentait un peu idiot.

— J'ai appris le déraillement il y a une heure à peine.

— Les cordonniers sont les plus mal chaussés.
— Sincèrement, je ne suis au courant de rien.
— Je te crois, mec. Mais si c'est l'OAS, c'est un truc énorme, hein! Tiens, voici ma carte. Si tu apprends quelque chose n'hésite pas. Tu m'as l'air d'un flic bien.

Georges Azenstarck lui glissa un bout de carton avec son nom et un numéro de téléphone, surmontés du logo de *L'Humanité*, faucille et marteau en avant. Le photographe ne doutait de rien. Ils se connaissaient depuis cinq minutes et il espérait déjà qu'il lui filerait un tuyau. Après tout, c'était son métier : le reporter n'avait rien à perdre à semer des petites graines, une par une et à la moindre opportunité.

— Faut que j'aille développer mes films. Papon-Hitchcock, je peux certainement placer une ou deux plaques dans le canard. Appelle-moi si tu apprends quelque chose. Sur ça ou sur autre chose!

Azenstarck lui flanqua une bourrade sur l'épaule et enfourcha une Vespa accrochée à un arbre.

Blanchard résolut de parcourir les journaux du soir afin d'en apprendre davantage sur la catastrophe de Vitry-le-François. Il pourrait aussi questionner ses collègues des RG pour s'enquérir de ce qu'ils savaient sur ce déraillement. Si les rumeurs du photojournaliste s'avéraient fondées, c'était un événement majeur qui pouvait tout déstabiliser : la police, le gouvernement, de Gaulle lui-même!

48

Antoine Carrega, 3 juillet 1961

Il faisait gris ce matin sur le canal Saint-Martin. Depuis plusieurs jours, le temps était sombre et pluvieux. Cette atmosphère ne contribuait pas à remonter le moral de Carrega, qui gisait au fond de ses chaussettes. Son trafic avec Marius n'évoluait guère, lui laissant bien trop de temps libre, et la revente de plastrite à Sirius Volkstrom le tracassait sérieusement. Lorsqu'il lui avait remis la caisse d'explosifs, subtilisée auprès d'une entreprise de démolition, il avait eu le sentiment qu'il ne reverrait jamais le mercenaire. Une ultime transaction avant de s'éclipser pour toujours.

En temps normal, Carrega assumait ses actions, même les moins recommandables, sans se triturer les méninges. Ces temps-ci, pourtant, il éprouvait une pointe d'anxiété. Il n'avait jamais entendu parler d'un transport de fonds de la Banque de France intercepté par l'OAS. Cela faisait maintenant plus d'un mois qu'il avait livré le plastic.

Il était parvenu à la conclusion que Sirius lui avait menti.

Rectificatif : il avait toujours suspecté Sirius de lui mentir. Mais il avait laissé l'appât du gain lui dicter sa conduite. Il s'était délibérément laissé duper : le manchot n'était jamais complètement rationnel, jamais entièrement antipathique, jamais purement intéressé. Et lui n'avait songé qu'à son porte-monnaie.

Chaque bombe posée par l'OAS, chaque explosion dans cette guerre que se livraient partisans et opposants de l'Algérie française lui rappelait sa faiblesse : est-ce moi qui ai fourni la poudre ? Le déraillement du rapide Strasbourg-Paris le titillait particulièrement. L'ensemble de la presse mettait en avant la piste de l'accident, mais quelques entrefilets avaient évoqué l'hypothèse d'un « sabotage ». Un canard local avait mentionné un courrier envoyé par l'OAS pour avertir le chef de gare de Vitry-le-François quelques jours avant l'incident. Même si la plupart des journaux considéraient cela comme une « rumeur », Antoine savait lire entre les lignes. Il avait participé à plusieurs coups tordus qui, une fois narrés par un journaliste abreuvé de sources officielles, devenaient des « accidents malheureux » ou des « hasards des circonstances ».

Vingt-huit morts et cent soixante-dix blessés. Si c'était un incident ferroviaire, on était dans la norme pour ce genre de catastrophes. Si c'était un attentat, les records étaient pulvérisés !

La presse avait vite abandonné l'histoire, comme si elle ne méritait pas plus d'attention. Un peu comme l'affaire Bentoui. Pourquoi gratter quand c'est douloureux ? Pourquoi creuser au risque de révéler des contradictions ?

Au bout du compte, Antoine devait composer avec ses doutes. Il avait cherché à mettre le grappin sur

Sirius, s'était renseigné auprès de Marius, mais le manchot s'était évaporé. Chaque matin, il continuait néanmoins de parcourir les journaux à la recherche d'un braquage de fourgon blindé ou d'un élément qui le mettrait sur la piste de Volkstrom. Sans succès.

C'est ce qu'il faisait en ce matin gris de début juillet, assis sur un banc à deux pas de son meublé, quand il tomba sur un article qui attira son attention. Une photo, plutôt.

Un journaliste de *France-Soir* racontait avec verve l'enterrement de l'écrivain Louis-Ferdinand Céline le jour précédent, à Meudon et sous la pluie, en présence d'un petit cortège composé, entre autres, de Roger Nimier, Marcel Aymé, Claude Gallimard et Lucien Rebatet. Le rédacteur résumait ainsi l'ambiance de cette étrange cérémonie mortuaire : « Il est toujours triste d'être obligé d'avoir honte d'un grand écrivain. »

Mais c'était le cliché du groupe rassemblé autour du cercueil de Céline qui avait interpellé Antoine. Un type malingre et mal rasé se tenait à l'arrière-plan, l'air accablé. Carrega ne l'avait jamais rencontré, il en était presque sûr, mais il l'avait déjà vu quelque part. Il ouvrit un second journal, *Paris-Presse*, et se mit à le feuilleter avec empressement. Là aussi, dans les pages faits divers, il dénicha un reportage sur l'enterrement de l'écrivain paria. Autre photo, autre angle de vue, plus rapproché, et toujours la même silhouette à la mine sombre et aux cheveux mouillés par l'averse, qui donnait l'impression d'enterrer Jésus.

Il regarda attentivement... jusqu'au déclic. On n'oublie pas facilement une telle tête de vautour illuminé. C'était l'homme qu'il avait vu sur les clichés du cinéaste, rue Jenner.

Lemaire. Victor Lemaire.

Il peinait à accepter sa déduction : un tel hasard ne se produit jamais. Il devait avertir Blanchard illico.

Puisqu'il pouvait difficilement faire irruption au quai des Orfèvres, il se dirigea vers la cabine téléphonique la plus proche. Au bout de quelques minutes, après être passé entre les mains de plusieurs standardistes sans jamais livrer son patronyme, il eut l'inspecteur au bout de la ligne.

— Tu reconnais ma voix ?

— Évidemment. Qu'est-ce que tu fais à m'appeler à mon bureau ? Nous nous voyons dans deux jours !

La voix du policier était cassante.

— J'ai besoin de te voir de toute urgence. Je crois que je viens de tomber sur une piste.

— Ça ne peut pas attendre ?

— Écoute, c'est toi qui as décidé qu'on devait aller au bout de cette affaire ! Si tu veux que ça nous file entre les doigts, oui, on peut patienter !

Il y eut un silence de cinq secondes. Carrega sentait que Blanchard réfléchissait.

— On se retrouve dans une demi-heure à l'endroit habituel.

Vingt-cinq minutes plus tard, rue La Bruyère, Carrega avait étalé les deux pages des journaux sur la table du café devant Blanchard. Il désignait l'individu qu'il était certain d'avoir reconnu.

— C'est Lemaire. J'en suis persuadé.

— Je croyais que tu ne l'avais jamais rencontré ?

— J'ai déjà vu une photo de lui.

— L'enterrement de Céline, ça pourrait coller...

Antoine n'était pas suffisamment calé en littérature,

mais il avait quand même entendu parler de l'écrivain antisémite et du culte dont il jouissait chez les nostalgiques de Pétain. Retrouver Lemaire à l'enterrement de Céline, c'était comme débusquer des rats dans une poubelle. Pas franchement une anomalie.

— Si c'est lui, comment procède-t-on ?

— C'est toi le flic, pas moi.

Blanchard le toisa en pinçant les lèvres. Mais l'inspecteur reconnut qu'il avait raison. Il fallait frapper aux portes des sommités présentes à Meudon le matin précédent. Carrega risquait de ne pas aller très loin, contrairement à un inspecteur de la Criminelle qui pouvait en imposer avec sa carte tricolore.

— Je me charge de leur rendre visite.

Les deux hommes demeuraient penchés sur les journaux, comme si, à force de les scruter, l'adresse de Lemaire allait s'imprimer sur la page par magie.

— Si on découvre où il crèche, il va falloir agir vite avant qu'il ne soit alerté. Il faut que je puisse te joindre en urgence.

Cette demande était logique. Elle impliquait toutefois pour Antoine de se glisser encore plus entre les griffes de Blanchard.

— Je sais ce que tu penses. Mais notre accord tient toujours. Tu m'aides, tu restes libre.

Carrega réfléchit un instant, puis il arracha un coin de journal, griffonna un numéro de téléphone dessus et le poussa vers le policier.

— Tu peux me joindre ici, ou laisser un message.

Blanchard hocha la tête. Il comprenait que c'était un gage de confiance, un engagement qui coûtait.

Antoine avala la dernière gorgée de son café, puis reprit la parole :

— Le déraillement du Strasbourg-Paris, tu vois?

Carrega vit le regard de Blanchard se fixer sur lui avec un mélange de surprise et de soupçon.

— Je n'enquête pas sur ce truc.

— Je sais, mais je voudrais savoir si la police a des raisons de penser qu'il peut s'agir d'autre chose que d'un accident?

— Je n'aime pas ce genre de devinette, Carrega. Qu'est-ce que toi, tu en sais?

— J'ai une raison de soupçonner l'OAS. Je ne peux pas te dire laquelle.

Blanchard se pinça l'arête du nez, juste au-dessus de la monture de ses lunettes avec l'air accablé du pénitent qui, ayant terminé de nettoyer les écuries d'Augias, se rend compte qu'il a oublié une aile du bâtiment.

— Tu es le second à me sortir ça...

C'était maintenant Carrega qui accusait le coup.

S'il racontait avoir vendu des explosifs à Volkstrom, il croupirait la nuit prochaine à la Santé. Il ne pouvait pour autant pas rester coi. C'est lui qui avait lancé la discussion sur ce sujet et Blanchard attendait un éclaircissement.

— Ne me demande pas comment je suis au courant, mais j'ai des raisons de penser que Sirius Volkstrom a participé au déraillement.

— Volkstrom! Encore lui? C'est ton frangin ou quoi?

— Il a le don de me coller aux basques. La dernière fois, il s'était engagé aux côtés des singes sanglants de l'OAS. J'ai cru comprendre qu'il leur servait d'artificier.

— Quel rapport avec le déraillement de Vitry-le-François ?

— Volkstrom cherchait des explosifs. Une grosse quantité. Il était complètement obnubilé.

— C'est toi qui l'as fourni ?

— Je ne touche pas à ça. Ce n'est pas mon rayon, mentit Antoine.

Blanchard était trop absorbé par ses pensées pour soupçonner la tromperie. L'inspecteur de la Crim' avait soudainement l'air épuisé. Il reprit néanmoins le fil de la conversation :

— J'ai essayé d'en apprendre davantage auprès de mes collègues des RG, mais ils restent muets. Je crois qu'on a suffisamment de pain sur la planche avec Lemaire sans se coltiner un accident de train.

— Attentat, pas accident.

— Attentat, comme tu veux. Si tu as des trucs à confier à la police, je peux te mettre en contact avec mes confrères de la Marne.

Antoine était piégé. Fournir un témoignage, même anonyme, dans sa situation était trop risqué. Pas la peine d'y songer.

Blanchard s'était levé.

— J'aimerais bien me farcir ce salopard de Volkstrom, mais il va devoir attendre.

— Comme tu veux, mais il faudra l'arrêter un jour.

— Et c'est toi qui me dis cela ? À moi, un flic ?

— L'ironie ne m'a pas échappé...

Luc Blanchard partit. Carrega resta seul avec ses cogitations, et la conviction qu'il avait facilité les desseins meurtriers de Sirius Volkstrom.

Il était aussi coupable que le manchot.

49

Sirius Volkstrom, 4 juillet 1961

Le soir de son retour de Vitry-le-François, Sirius Volkstrom s'était saoulé comme jamais pour célébrer son œuvre destructrice. Il aurait souhaité partager ce moment avec ses comparses de l'OAS, mais c'étaient pour l'essentiel de bons pères de famille, des membres honorables de la société, des investisseurs d'avenir dans leur petite colonie algérienne. Il avait donc fini la nuit ivre mort sur le sol carrelé de son pavillon de Vitry-sur-Seine, complètement seul.

Trois semaines plus tard, il ingurgitait bouteille sur bouteille, toujours en solitaire. Ce n'était plus l'enthousiasme qui le faisait boire mais la rancœur et la déception. Il avait l'alcool triste. Et hargneux.

L'attentat de Vitry-le-François était devenu « l'accident ferroviaire de Vitry-le-François ». La presse avait bouclé l'histoire en trois jours. Nulle mention d'un plasticage des voies, pas d'allusion à l'OAS, à peine un bilan chiffré du nombre de victimes. Son action d'éclat s'était évanouie en fumée au lieu de s'inscrire dans la grande chronique de la terreur.

Il était une nouvelle fois privé de vengeance.

Il avait revu Philippe Castille et Jean-Baptiste Bazzali. Tous deux l'avaient félicité à grand renfort de tapes dans le dos. Ils lui avaient expliqué que la chape de silence autour de l'attentat était prévisible. Leurs relais au sein de la police et du gouvernement, et l'OAS n'en manquait pas, avaient rapporté que le gouvernement avait pesé de tout son poids pour mettre l'éteignoir sur le sabotage. Pas question d'octroyer une victoire à l'OAS, pas question d'effrayer la population, pas question de reconnaître la moindre faiblesse ou d'admettre que les forces favorables à l'Algérie française opéraient impunément sur le sol hexagonal. Le ministère de l'Intérieur soufflait dans les oreilles des enquêteurs et tordait le bras de la SNCF. Le ministère de l'Information avait établi la feuille de route de ce qu'il fallait dire, et surtout taire, dans les journaux papier, radiophoniques et télévisés. Matignon et l'Élysée avaient cornaqué les élus. Bilan : pas un mot de travers, pas une parole déplacée susceptible d'alerter les citoyens sur ce qui se tramait vraiment dans le pays.

Sirius en était malade. Il avait orchestré un feu d'artifice historique et les Français n'avaient même pas eu connaissance d'un pétard mouillé.

Ses faux amis de l'OAS ne semblaient pas aussi affectés. Pour eux, ce n'était qu'une anicroche, un délai malencontreux dans leur stratégie de conquête et de déstabilisation du pouvoir. Mais pour Volkstrom, c'était personnel. Ce silence était un coup de poignard dans l'estomac.

Cela faisait huit jours qu'il n'avait pas mis les pieds dehors. Il se nourrissait de boîtes de conserve qu'il ne réchauffait même pas. Il s'abreuvait dans des tonnelets de vin que le propriétaire avait abandonnés dans la cave. La seule chose qui aurait pu l'extraire de sa tanière eût été le manque de cigarettes, mais il avait des cartouches en réserve.

Il conversait seul, face à sa bouteille ou à son cendrier qui dégorgeait de mégots. Il ressassait sa colère. Il l'entretenait. Il refusait de la laisser se dissiper. Il voyait bien l'état dans lequel il se trouvait. Misérable et piteux. Mais il avait trop peur que sa rage ne disparaisse s'il essayait de se contrôler.

Il se doutait qu'il faudrait un jour reprendre pied, ou alors se tirer une balle dans la cervelle. L'alternative ne le séduisait guère. Alors il attendait, il se laissait dériver. À sa façon. Il espérait qu'à force de s'écrouler sur le carrelage chaque soir et de se réveiller au milieu de la nuit avec des crampes au cou et l'envie de vomir, il finirait par entrevoir une troisième issue qui lui permettrait de préserver sa furie et de la canaliser vers un autre coup d'éclat. Afin d'assouvir sa vengeance. Contre Deogratias. Contre Papon. Contre Lemaire. Contre les Arabes. Contre de Gaulle. Contre les Français. Contre la société. Contre tous ceux qu'il rendait responsables de la mort d'Hector Danguin et de sa condition d'électron privé de noyau.

50

Luc Blanchard, 6 juillet 1961

Luc Blanchard patientait dans l'antichambre des Éditions Gallimard, rue Sébastien-Bottin. Il se tenait devant la fenêtre, ayant refusé le siège que la secrétaire lui avait désigné. En restant debout, il montrait qu'il ne serait pas d'une éternelle patience. Il n'était pas un auteur venu s'enquérir de son manuscrit, mais un inspecteur de la Criminelle. Certes, il n'était pas officiellement chargé d'une enquête, mais l'éditeur n'en savait rien.

Un bref passage dans sa librairie préférée des Abbesses lui avait permis de glaner quelques informations en provenance du monde des lettres : Gallimard était devenu l'éditeur de Louis-Ferdinand Céline au début des années 1950 quand celui-ci était revenu discrètement en France après ses exils allemand et danois. Blanchard avait lu le *Voyage au bout de la nuit* et *Mort à crédit* quand il avait vingt ans : comme beaucoup de lecteurs, il avait été subjugué par cette prose incandescente et ravagée. Mais il s'était arrêté là. Il avait subodoré que son admiration pour le formidable styliste serait ternie par la lecture des œuvres ultérieures.

La porte du bureau de Claude Gallimard s'ouvrit. Il fut invité à l'intérieur par un homme à la crinière blanche soigneusement peignée. Le grand ponte des lettres françaises le salua aimablement.

— Que me vaut votre visite, inspecteur ?

— J'ai besoin de votre aide pour une enquête.

Luc déplia devant l'éditeur l'article de *France-Soir* sur l'enterrement de Céline. Gallimard resta impassible. Même s'il ne goûtait pas le rappel de son hommage post mortem à un homme qui, tout grand écrivain qu'il fût, avait été déclaré coupable d'indignité nationale, il n'en montra rien.

— Connaissez-vous les gens sur cette photo ? interrogea Luc.

— La plupart, oui.

— Je recherche cet homme en particulier.

Il désigna Victor Lemaire de l'index tout en fixant son regard sur le visage de Gallimard. L'éditeur se rapprocha de la photo. Il hésitait.

— Oui, je crois le reconnaître.

— Pouvez-vous me dire de qui il s'agit ?

— Il s'appelle Lemaire. C'est un écrivain raté.

— C'est bien lui en effet.

— Si vous le connaissez, pourquoi me demandez-vous son nom ?

— Je recherche cet homme depuis quelque temps. Je ne savais pas où il se cachait jusqu'à ce que je l'aperçoive dans le journal il y a trois jours.

Blanchard continuait de tapoter de l'index le cliché de presse. Il voulait mettre la pression sur son interlocuteur.

— Je me suis dit que vous pourriez m'aider à le localiser.

— Je ne suis pas sûr de...

— Je suis inspecteur à la Brigade criminelle, monsieur Gallimard. Vous pouvez logiquement en déduire que Lemaire est soupçonné de meurtre.

L'expérience aidant, Luc avait découvert que, malgré sa tête de premier de la classe avec ses petites lunettes cerclées de métal, il pouvait adopter une attitude menaçante en projetant avec aplomb toute son autorité de policier. Ses interlocuteurs ne voyaient plus en lui un blanc-bec, mais un fonctionnaire décidé à employer tous les moyens que l'État avait cru bon de lui confier. Même Gallimard, un homme puissant qui comptait un bel assortiment de grincheux, de furieux ou de taiseux parmi ses auteurs, décida qu'il valait mieux céder au jeune policier. Ou peut-être, tout bêtement, estimait-il que Lemaire ne valait pas la salive d'un mensonge.

— Je dois pouvoir vous aider, inspecteur. Victor Lemaire possède la fâcheuse habitude de m'envoyer tout ce qu'il écrit, dans l'espoir que je me décide à le publier. Ce que je n'ai jamais cru bon de faire.

L'éditeur se leva et, par la porte entrebâillée, demanda à sa secrétaire de lui apporter les derniers courriers de Lemaire.

— Nous, gens de papiers, ne jetons pas grand-chose, s'amusa Gallimard, désormais plus détendu maintenant qu'il avait choisi d'assister Blanchard. En attendant, inspecteur, voudriez-vous m'en dire plus sur votre intérêt pour cet étrange personnage ?

— Je crains de ne pas pouvoir. Secret de l'enquête. Sachez toutefois que Lemaire est un individu dangereux et extrémiste. Il ne se contente pas d'une plume pour avancer ses idées nauséabondes.

— Je comprends. Mieux vaut en effet en rester aux écrits.

— Comme Céline ?

Gallimard préféra ne pas relever.

Cette fausse question était sortie instinctivement de la bouche de Blanchard. Le poids de l'affaire Bentoui lui remontait sans arrêt au bord des lèvres. Il sentait qu'il était sur le point d'enregistrer un premier succès et il avait les nerfs à fleur de peau.

Heureusement, la secrétaire brisa la tension en rentrant dans la pièce avec plusieurs lettres et ce qui ressemblait à des manuscrits. Gallimard s'empara de l'enveloppe en haut de la pile, vérifia le tampon de la Poste et la retourna. Il la tendit à Luc.

Au dos, il y avait une adresse de retour à Vanves, rédigée d'une main fébrile. Le cachet postal remontait à deux semaines.

— Merci pour votre aide.

Blanchard salua Gallimard avec un peu plus de chaleur qu'à son arrivée. Il ne désirait pas s'attarder.

Il tenait enfin son assassin !

Dans la foulée de son entrevue rue Sébastien-Bottin, il avait alerté Antoine Carrega. Luc avait envisagé de réquisitionner un véhicule banalisé, avant d'y renoncer. Il n'avait aucun mandat pour appréhender le tueur de la famille Bentoui, et si Deogratias en avait vent, Blanchard pourrait compter ses heures de fonctionnaire de police, voire anticiper la commande de sa couronne mortuaire.

Carrega avait déniché une belle berline allemande.

Blanchard était cuirassé, tout comme son partenaire. Ils n'avaient pas oublié que leur cible avait la réputation d'être un fanatique des armes, et de savoir s'en servir.

Aucun des deux ne desserra les dents durant le trajet vers Vanves. Après une belle matinée, les nuages commençaient à s'accumuler, laissant présager un coup de pluie, voire un orage.

Alors qu'ils franchissaient les maréchaux et se rapprochaient de leur destination, Blanchard voulut être sûr qu'ils s'accordaient sur un point essentiel :

— Nous sommes là pour capturer Lemaire, pas pour le buter. C'est clair ?

— Je n'ai pas l'habitude de livrer des gens à la police. Mais pour Lemaire je ferai une exception. Tu es sûr que le mec sera jugé ?

— Je connais un juge d'instruction qui ira jusqu'au bout.

Blanchard avait parlé avec assurance, mais en réalité, il n'avait pas pris le temps de réfléchir à ce qu'il ferait une fois le grappin mis sur l'assassin de la famille Bentoui. Pouvait-il faire rouvrir l'affaire si Lemaire ne se confessait pas ? Comment manœuvrer pour que Papon et Deogratias ne fassent pas tout dérailler une fois Lemaire en cellule à la Préfecture ? Il n'avait rien imaginé de plus, tout concentré qu'il était sur la traque

Si Carrega soupçonnait qu'il était en train d'improviser, il n'en laissait rien paraître. Le Corse conduisait les yeux rivés droit devant lui, résolu à exécuter leur mission commune sans hésitation ni arrière-pensées.

C'était la fin du parcours. Pour tous les deux.

Dix minutes plus tard, Antoine Carrega gara la voiture en diagonale d'un petit pavillon en brique dont les plantations réclamaient de l'eau et un coup de taille. Le bâtiment se situait légèrement en retrait de la rue, protégé par une vieille grille en fer forgé. Ils restèrent un quart d'heure à observer la maison. Les volets étaient fermés, donnant l'impression d'un propriétaire absent ou parti en vacances.

— On dirait qu'il n'y a personne, murmura Luc, comme s'il craignait qu'on l'entende.

— Pas sûr, répliqua Antoine. Regarde, ce ne serait pas de la lumière?

Les nuages étaient désormais noirs de pluie. L'atmosphère ressemblait à celle qui précède le coucher du soleil, alors qu'il n'était que onze heures du matin.

Blanchard plissait les yeux en direction des volets clos. Il y avait peut-être bien une lueur, il n'en était pas sûr.

— Reste là, lui dit Carrega. Je vais aller voir dans la rue derrière si on peut accéder à la maison.

Sans laisser à Luc le temps de répondre, il sortit et se dirigea vers la voie perpendiculaire. Il devait effectivement y avoir un jardin derrière le pavillon, qui donnait soit sur une ruelle, soit sur une autre maison, comme souvent en banlieue parisienne.

Luc avait beau ôter ses lunettes, les remettre, écarquiller les yeux, il peinait à distinguer quoi que ce soit derrière les volets.

Au bout d'une dizaine de minutes, Carrega se réinstalla dans l'habitacle.

— Il y a un jardinet à l'arrière de la bicoque. On peut y accéder par une impasse et grimper par-dessus un muret.

— Et alors ?

— L'un de nous deux rentre par la porte de devant, l'autre passe par l'arrière. Lemaire ne peut pas s'échapper.

— S'il est là.

— S'il est absent, on n'a pas à s'en faire. S'il est présent, on bloque toute possibilité de fuite.

Le jeune flic manquait de sens opérationnel. Évidemment qu'il fallait coincer Lemaire et l'empêcher de se carapater ! Sa légèreté lui confirma au moins que Carrega n'était pas à ses côtés pour faire de la figuration. Il entendait vraiment neutraliser le tueur. Blanchard reprit l'initiative en suggérant :

— Tu passes par-derrière, puisque tu as repéré les lieux. Je m'occupe du porche devant.

En même temps qu'il proposait cela, il évaluait à distance la solidité de la porte d'entrée. Elle ne paraissait pas en bon état. Si elle était bouclée, il pourrait probablement la faire sauter d'un coup d'épaule.

— Dans dix minutes pile, on pénètre tous les deux dans le pavillon en même temps. Et on progresse l'un vers l'autre.

Carrega était en train d'ouvrir sa portière quand Blanchard le retint par le bras.

— On ne le flingue pas. Si on doit tirer, on vise les jambes !

— T'en fais pas, j'ai compris.

Il vit Antoine disparaître dans la rue en face, marchant avec l'insouciance d'un promeneur. Il regarda sa montre.

Au bout de cinq minutes, il se mit en mouvement. Il ôta le cran de sûreté de son arme et se dirigea vers le pavillon. Il tourna la poignée du portail. Fermé. Il insista, pensant que le métal rouillé bloquait le mécanisme. Pas de mouvement. La barrière était verrouillée. Il fit un pas en arrière : la grille en fer forgé était hérissée de pointes acérées.

Il avisa un pilier en pierre à l'extrémité de la clôture. Il devait pouvoir grimper dessus.

Il entendit un coup de tonnerre lointain, et les premières gouttes de pluie commencèrent à tomber. Mieux valait ne pas traîner.

Il jeta un coup d'œil à droite, puis à gauche. Personne. Il sauta sur le pilier, agrippa le sommet et tira sur ses bras pour se rétablir. En équilibre précaire, il bascula dans la cour du pavillon et atterrit sans faire trop de bruit. Il attendit quelques secondes, immobile. Il n'entendit rien d'anormal. Il se dirigea vers la porte d'entrée, consulta sa montre. Plus qu'une minute avant l'horaire convenu avec Carrega. Des gouttelettes d'eau commençaient à se former sur ses lunettes.

Il colla son oreille contre le vantail, essayant de faire abstraction de la pluie qui dégringolait de plus en plus dru. Il y avait bien quelqu'un à l'intérieur : il entendait des pas traînants, le bruit du papier qu'on froisse, un objet en métal qu'on déplace.

Blanchard dégrafa lentement son pistolet du holster d'épaule.

Il entendit alors un bris de verre et des pas précipités dans l'habitation. Carrega pénétrait dans le pavillon. Pas très discret.

Il dégaina son arme, prit un pas d'élan et flanqua un coup d'épaule dans la porte. Elle chancela, mais ne céda pas. Luc recula, prit deux pas d'élan et se précipita contre le bois. La serrure se détacha du montant dans un craquement et Luc bascula dans un couloir qui traversait la bâtisse. Sur sa gauche, un salon, sur sa droite, la cuisine. Pas de trace de Carrega ni de Lemaire.

Soudain, il entendit le grincement d'une boiserie qui cède après un effort. Il ressentit instantanément un courant d'air sur le visage. D'où cela provenait-il ? Tout d'un coup, la pièce sur sa gauche devint plus claire. Au même moment, il vit Carrega surgir au fond du couloir, pistolet au poing. Sans l'attendre, Luc pivota vers le salon et avança, juste à temps pour apercevoir une silhouette franchir le garde-corps de la fenêtre et se précipiter dehors.

Il cria à l'attention d'Antoine :

— Vite ! Il a ouvert une fenêtre, il se tire !

Il fit demi-tour et se précipita vers la porte d'entrée qu'il venait d'enfoncer.

C'est alors qu'il découvrit Lemaire, dans un manteau de laine, efflanqué et échevelé. Le tueur devait savoir que le portail était condamné : il se jetait à l'assaut de la grille. Luc avança de quelques pas et se prit la pluie en plein visage. Il leva la manche de sa veste pour essuyer ses lunettes tout en braquant son arme sur le fugitif.

— Police ! Ne bougez pas !

C'était sorti tel un réflexe. Comme à l'entraînement.

Son injonction n'eut aucun effet sur Lemaire qui était désormais parvenu au sommet de la barrière métallique. Il ressemblait à une araignée qui détale.

Lemaire allait s'échapper.

Luc essayait de viser du mieux qu'il le pouvait sous l'ondée, ciblant un bras ou une jambe, lorsqu'il discerna le pied droit du fuyard qui dérapait sur la ferraille mouillée. Le torse de Lemaire bascula vers l'avant et s'affaissa d'un seul coup.

Il n'y eut pas de cri, à peine un râle, comme si des poumons se vidaient de leur oxygène.

Blanchard observa distinctement les pointes de métal transpercer l'abdomen de Lemaire et ressortir dans son dos. Du sang brun commença à couler le long des barreaux, prenant une teinte plus rougeâtre au fur et à mesure qu'il se diluait avec l'eau de pluie. Le corps suspendu était parcouru de spasmes.

Luc demeura figé sur place. Il ne remarqua même pas Carrega qui, parvenu à ses côtés, contemplait avec la même incrédulité le spectacle macabre en haut de la grille.

Au bout de quelques secondes, les convulsions cessèrent, laissant place à l'immobilité.

Carrega réagit en premier :

— Dépêche-toi. On se calte !

— Il faut fouiller la maison !

— Putain ! Je vais récupérer la bagnole et je l'amène dans l'impasse de derrière. Tu me rejoins dès que tu as terminé.

— Je ne serai pas long.

Luc retourna dans la maison, sans même jeter un ultime coup d'œil au macchabée détrempé qui se vidait lentement de son sang.

Il regarda dans la cuisine. De la vaisselle sale, des couverts épars, des aliments entamés. Il s'orienta vers le salon. Un fatras de meubles entourait un vieux poêle, des piles de vieux journaux et un canapé défoncé dont le rembourrage jaillissait en plusieurs endroits. Malgré la fenêtre ouverte, l'air paraissait vicié. La pièce sentait le moisi et la décrépitude.

Pas le temps de s'attarder.

Il se dirigea vers le fond du couloir. Une porte ouverte donnait dans une chambre en capharnaüm. Des vêtements reposaient partout : au sol, sur les chaises, les montants de lit et les poignées, dégageant une odeur de sueur froide et de crasse. La table de nuit était pleine de livres. Des reliefs de repas jonchaient la pièce et des cendriers débordaient de mégots. La fenêtre ouverte avait un carreau brisé, celui que Carrega avait fait sauter pour pénétrer dans le pavillon.

Là encore, rien de suspect.

Le temps commençait à filer. Un passant allait finir par remarquer le drôle de corbeau mort au sommet de la grille.

Il restait une pièce, de l'autre côté du couloir. Elle ressemblait à un bureau. Des étagères de livres, encore des vieux journaux, des verres opaques remplis de cigarettes consumées et une écritoire jonchée de papiers, desquels émergeait une machine à écrire.

Luc commença à écarter frénétiquement les liasses de tapuscrits et manuscrits, fragments de romans ou de pensées rédigés par un esprit ravagé. Il parcourait les feuillets des yeux, au cas où quelque chose de pertinent transparaîtrait. Rien.

Il était trop tard, il fallait se tirer. Il croyait déjà entendre une sirène dans le lointain. Ou était-ce juste le fruit de son état de tension ?

Toute cette paperasse poussiéreuse qu'il déménageait sans précaution lui irritait les muqueuses.

Il était convaincu qu'un graphomane de la trempe

de Lemaire avait forcément laissé une trace écrite de ses méfaits.

Avec fébrilité, il regarda à nouveau autour de lui, se demandant s'il n'y avait pas un coffre-fort quelque part. Mais il n'y avait nul tableau au mur pour le dissimuler, et rien dans le mobilier qui s'apparentait à une chambre forte.

C'est alors qu'il avisa un tiroir sous le bureau, partiellement dissimulé par les documents éparpillés. Il tira dessus. Fermé. Il y avait une serrure mais pas de clé.

Il n'avait pas le temps de chercher le sésame dans tout le pavillon. Il sortit un canif de sa poche et s'acharna sur le loquet. Il tailladait dans le bois avec hargne, faisant sauter des éclisses.

En une vingtaine de secondes, il parvint à l'ouvrir.

Il comprit d'emblée qu'il avait trouvé ce qu'il cherchait.

Il aperçut d'abord une seringue et un garrot en caoutchouc, à proximité d'une petite boîte en métal et d'une mèche imbibée de pétrole. Juste à côté reposait un beau Luger ancien, astiqué et rutilant. Mais ce qui l'intéressait se situait sous ces objets : plusieurs cahiers empilés les uns sur les autres, soigneusement alignés. C'était la seule chose en ordre de toute la maisonnée. Chaque fascicule était étiqueté : « Victor Lemaire. Journal. Janvier 1958- Avril 1958 ». « Victor Lemaire. Journal. Mai 1958-Octobre 1958 », et ainsi de suite jusqu'au dernier carnet : « Victor Lemaire. Journal. Juin 1961-… ».

Blanchard les rafla tous et s'enfuit en courant. Il bondit au travers de la fenêtre donnant sur le jardin, escalada le muret avec une seule main et sauta dans l'impasse. Il repéra tout de suite la berline qui l'attendait, moteur allumé.

Il eut à peine le temps de se glisser sur le siège passager qu'Antoine Carrega démarrait en faisant crisser les pneus. Tant pis pour la discrétion.

— Qu'est-ce que tu foutais ? T'as pris ton temps !

Pour toute réponse, Luc lui indiqua la liasse de cahiers.

Antoine ne répondit pas, occupé qu'il était à naviguer dans le dédale des petites rues, s'efforçant de ne pas repasser devant le pavillon.

Luc posa les carnets sur ses genoux, appuya sa nuque sur le repose-tête et expira un grand coup.

Il resta quelques minutes dans cette position, les yeux fermés, insensible aux secousses du véhicule. La seule image présente dans sa tête, qu'il n'arrivait pas à conjurer, était celle d'une gravure moyenâgeuse représentant le prince de Valachie, Vlad Tepes, rendant justice en empalant ses ennemis et ses sujets. Il l'avait vue dans une édition augmentée du *Dracula* de Bram Stoker. Cette mémoire rétinienne parasitait désormais son esprit...

Vlad Tepes, Vlad l'Empaleur, Luc l'Empaleur...

Il rouvrit les yeux pour dissiper ces visions mortifères.

Carrega roulait désormais plus lentement, remontant doucement vers Paris. Le Corse ne pipait mot. Il ne semblait pas fâché. Il n'y avait juste rien à ajouter. L'issue de leur expédition n'était pas celle qu'ils avaient envisagée, mais c'était une fin logique. En y réfléchissant, comment avaient-ils pu croire que Lemaire se rendrait paisiblement ?

Luc ne perdit pas de temps à feuilleter les différents

carnets qui reposaient sur ses jambes. Il ouvrit directement celui qui s'intitulait « Victor Lemaire. Journal. Septembre 1959-Décembre 1959 ». Il tourna les pages avec empressement jusqu'à l'entrée du mercredi 23 septembre : « Ce soir j'ai occis une famille de mahométans parasites. Ils étaient réunis au complet, les parents et leur marmaille. Il y avait même un cousin de passage, je crois. Ils m'ont à peine entendu venir. J'ai fondu sur eux comme l'ange de la vengeance. »

Cela continuait sur plusieurs paragraphes d'une prose qui se voulait ciselée mais qui n'était que les remugles grandiloquents d'un cerveau dérangé. Si Lemaire n'avait déjà été éviscéré, Luc aurait demandé à son comparse de faire demi-tour pour achever la besogne à coups de tisonnier.

Serrant les dents, Blanchard revint quelques pages en arrière, vers les entrées de début septembre. Il ne mit pas longtemps à dénicher le patronyme de Jean-Paul Deogratias, décrit comme un fonctionnaire « retors et adipeux », venu lui proposer une « mission » à la hauteur de ses « compétences ». Victor Lemaire écrivait avec une plume hautaine et fielleuse, sans se rendre compte qu'il était un pantin manipulé. C'en était pathétique. L'assassin justifiait son geste au nom de la « purification de la France », manifestant un profond dédain pour ceux qui armaient son bras. L'écrivaillon mentionnait à peine ses « besoins vitaux », son addiction à l'héroïne, pour expliquer l'argent qu'il était si avide de toucher comme rémunération de son crime. Sirius Volkstrom était décrit de manière fugace comme un « gorille sans cervelle », venu lui procurer une arme et lui remettre son dû. À parcourir ces pages dégoulinantes de haine et de mépris, Blanchard en venait presque à trouver Deogratias sympathique.

Luc n'avait pas envie d'en lire davantage. Pas maintenant en tout cas. Il referma le cahier, et se tourna vers Antoine qui patientait à un feu tricolore.

— Il y a tout ce qu'il nous faut là-dedans.
— Nous?
— Crois-moi, avec ça, je peux tout acheter. Même ta liberté.
— Ah oui? Merci.

Luc n'en tirerait probablement pas plus du Corse. C'était déjà bien qu'il l'eût remercié.

Au fond, il n'éprouvait pas d'antipathie pour Carrega et il entendait pousser son avantage au maximum. Il voulait la tête de Deogratias. Il voulait celle de Papon. Et il voulait tout faire pour contrarier sa hiérarchie. La régularisation de la situation de Carrega ferait partie de sa bourse de champion.

51

Antoine Carrega, 11 septembre 1961

Attablé devant un expresso qu'il s'efforçait de faire durer le plus longtemps possible, Antoine profitait des rayons du soleil de septembre, tel un gros chat paresseux.

Il se sentait infiniment mieux depuis quelques semaines. Luc Blanchard avait tenu parole et il était redevenu un citoyen presque ordinaire, en règle avec les autorités de son pays. Il disposait désormais de papiers officiels, dûment signés et tamponnés par la Préfecture : une carte d'identité et un passeport avec son vrai prénom et le nom de jeune fille de sa mère, Antoine Lucchesi. Il était toujours recherché par les autorités sous le patronyme de Carrega – même Maurice Papon n'avait pu effacer cela –, mais il pouvait se promener en toute quiétude dans l'Hexagone et même partir à l'étranger s'il le désirait.

Il était redescendu plusieurs fois à Marseille, sans rien convoyer, juste pour le plaisir. Il y avait rencontré une jolie femme, jeune veuve propriétaire d'un petit restaurant ouvrier du Panier. Grâce à un caissier de banque en dette auprès de Marius, il avait pu ouvrir un compte chèque, le premier de sa vie, et y déposer le million d'anciens francs en liquide que lui avait payé Sirius pour les explosifs, sans aucune question sur sa provenance.

Il ne lui restait plus qu'un ou deux détails à régler, et il tournerait enfin la page de ce pan de son existence. Il allait discuter avec Marius de son retrait de leurs affaires communes. Il n'avait nulle intention de réclamer des parts, ni un pourcentage, ni quoi que ce soit qui pourrait compliquer leur divorce commercial. Il ne s'attendait à aucune difficulté. Restait la question de son silence *ad vitam aeternam*, qui faisait parfois capoter les meilleures ruptures. Heureusement, Marius et lui avaient trop de connaissances entremêlées, trop de passé en commun, un brin d'amitié même, bref, suffisamment de confiance pour que leur séparation se déroule en douceur.

Antoine voulait également tirer un trait sur ses relations avec Sirius Volkstrom. Le déraillement du rapide Strasbourg-Paris lui restait en travers de la gorge. Même si cet attentat avait été étouffé par le gouvernement, condamnant les noms des victimes à l'oubli, Carrega avait toujours du mal à passer outre. À ses yeux, les seuls qui comptaient, il restait celui qui avait procuré l'explosif meurtrier et était donc comptable de ce massacre.

La dernière fois qu'il avait croisé Sirius pour lui remettre la plastrite, le manchot lui avait fait l'effet d'avoir migré sur une autre planète, celle de ses folies internes. Par conséquent, à la fois pour sa tranquillité d'esprit, mais aussi pour lui faire payer le prix de son mensonge et, il devait bien se l'avouer, de sa propre vénalité, Carrega s'interrogeait : fallait-il éliminer définitivement Volkstrom ou le balancer aux policiers qui menaient l'enquête ? Antoine ne goûtait aucune des deux solutions : il n'était ni un assassin ni un mouchard. Pourtant il ne parvenait pas à rester sans rien faire.

Ça lui avait pris plusieurs semaines durant tout l'été, mais il avait fini par identifier la planque de Volkstrom, un vieux pavillon de Vitry-sur-Seine proche des voies ferrées. Sirius se croyait malin, mais il laissait des traces. Carrega l'avait logé le jour précédent en le suivant depuis la gare.

Antoine cogitait devant son petit noir en attendant que Sirius revienne de ses pérégrinations parisiennes. Il embrassait du regard la sortie de la gare SNCF de Vitry-sur-Seine. Quand Volkstrom arriverait, il lui faudrait se décider sur la conduite à tenir.

Il n'avait aucune preuve tangible à transmettre aux condés, à moins de s'impliquer directement. S'il racontait qu'il avait fourni la plastrite, c'était la prison à vie, peut-être même la guillotine. Il lui restait la délation anonyme. Avec le bagage du manchot, les autorités parviendraient sans doute à trouver de quoi l'expédier au cachot pour longtemps.

Le livrer à Blanchard n'aurait servi à rien. Étranger à cette enquête, il se serait attiré des soupçons en dénichant un coupable. De plus, le policier avait déjà eu à gérer les retombées de leur virée sanglante à Vanves, cela suffisait.

Avec toute la méticulosité d'un inspecteur de la Crim', il avait fait photographier les pages pertinentes du journal de Lemaire, en présence d'un huissier assermenté, à qui il avait remis les clichés pour conservation dans un coffre de banque. Blanchard avait payé tout cela de sa poche. Ensuite, il avait exigé et obtenu un rendez-vous en tête à tête avec Maurice Papon. Il était arrivé dans son bureau un matin d'août, en plein pendant la période de congés, avec les carnets manuscrits qu'il avait déposés devant le Préfet, sans dire un mot. Celui-ci avait compris le message muet : il avait ouvert les cahiers aux pages désignées par des intercalaires positionnés par le jeune policier.

Papon n'avait pas blanchi. Il n'avait pas tremblé, pas grimacé. Il avait lu, comme s'il feuilletait un catalogue de ventes aux enchères. Une fois terminé, il avait relevé calmement la tête vers son inspecteur :

— J'imagine que vous avez quelque chose à me demander ?

Blanchard avait été scié par un tel aplomb, avait-il raconté à Antoine, encore sous le coup de l'émotion. Il avait alors compris qu'il ne pourrait rien contre cet homme. Qu'il en faudrait bien plus pour le déstabiliser. L'ordre donné par son bras droit d'assassiner une famille entière, peut-être même avec son approbation, n'était pas une affaire suffisamment grave pour atteindre un personnage de son rang.

Blanchard avait exigé la tête de Deogratias ainsi que l'affranchissement de Carrega. Il entendait pousser son avantage au maximum, mais il n'avait pas grand-chose à réclamer. Il aurait été vain, et franchement misérable, de revendiquer la tête des policiers qui avaient participé à la dissimulation du crime, ou celle du légiste en chef Martin qui avait falsifié les rapports. Ces bougres n'étaient que des rouages.

Le haut fonctionnaire avait refermé les carnets et

les avait glissés dans un tiroir de son vaste bureau, préalable à leur disparition plus définitive au fin fond des archives de la PJ. Puis il avait avisé son inspecteur devenu maître chanteur.

— Jean-Paul Deogratias a commis une grave erreur. Vous n'entendrez plus parler de lui. Quant à votre ami corse, il obtiendra ce que vous exigez.

Puis il avait fait une pause avant de reprendre, avec une froideur narquoise :

— Et pour vous, inspecteur Blanchard, qu'est-ce que ce sera ? Une petite promotion interne ?

Maurice Papon avait plié face aux menaces de son subordonné, mais il n'avait pas assez de décence pour faire amende honorable.

Ce que n'avait pas envisagé Luc, c'est qu'il ferait preuve d'autant de morgue.

Blanchard avait donc tourné les talons et s'était éclipsé du bureau sans rien dire. Il avait évité le piège et protégeait sa carrière à la PJ. Accepter une promotion l'aurait propulsé dans les serres de Papon, qui aurait fait de lui son jouet. En coupant court à la conversation, il s'épargnait et préservait la possibilité de produire les doubles des cahiers de Lemaire si sa hiérarchie lui cherchait des noises. Antoine comprenait parfaitement cette logique du « Je te tiens, tu me tiens par la barbichette », si courante dans son milieu.

Aujourd'hui, c'était justement ce qui lui manquait face à Volkstrom : un moyen de pression. Le manchot était incontrôlable. Même s'il tuyautait anonymement la police, rien ne garantissait que Sirius ne le vendrait pas à son tour.

Un train s'arrêta sur les quais de Vitry-sur-Seine.

Au bout d'une minute, Antoine aperçut la silhouette de Sirius qui sortait de la gare, sous son déguisement habituel : prothèse, moustache, cheveux teints.

Il saisit la pièce de vingt centimes qu'il avait laissée comme pourboire, et décida de jouer le sort de Volkstrom à pile ou face. Puisqu'il avait écarté l'assassinat, il ne lui restait qu'une alternative : pile, je le dénonce à la police, face, je laisse tomber.

Il lança la monnaie jaune en l'air, assez haut pour qu'elle virevolte une dizaine de fois. Il l'attrapa au vol et la plaqua sur le dessus de sa main. Il la découvrit lentement : face...

Il abandonnait Volkstrom à son sort.

Au fond, il était soulagé. Pas tant de ne pas jouer aux corbeaux que d'avoir enfin déterminé sa conduite, avec l'appui du hasard. Il ne croyait pas dans le destin, ni en rien de particulier d'ailleurs. Cette méthode de décision en valait bien d'autres.

Il regarda Sirius tourner au coin de la rue longeant la voie ferrée, s'éloignant dans la direction de son domicile.

Il pouvait s'arrêter. Passer à autre chose. C'était terminé.

Vraiment ?

Pris d'une impulsion, Antoine coiffa son chapeau et se dirigea sans se presser vers le logis de Volkstrom.

La maison était relativement isolée, mais elle possédait un jardinet à l'arrière, protégé de la rue et des voisins par un muret et quelques buissons. Carrega se glissa sous un grillage. Arrivé derrière les broussailles, il observa et vit le manchot assis sur une chaise rouillée dans une courette bétonnée, la cigarette au bec, sa prothèse posée devant lui et un verre de vin à la main, profitant de la douceur de septembre. Même de loin, le bonhomme paraissait usé, éreinté.

Antoine escalada le muret et sauta dans la cour. Il fondit sur Sirius avant que celui-ci n'ait eu le temps de réagir et lui asséna un direct sur la tempe. Volkstrom s'effondra au sol. Antoine lui décocha un grand coup de pied dans les côtes.

Sirius se plia en deux. Il avait les yeux ouverts et avait parfaitement reconnu son assaillant :

— T'es con, Carrega ! Ça va pas la tête ?!

Nouveau coup de soulier dans les vertèbres.

— Celui-ci, c'est pour m'avoir raconté des craques…

Sirius essayait de se relever, mais il n'arrivait pas à prendre ses appuis.

— Et celui-là c'est pour le Strasbourg-Paris !

Il visa le dos de nouveau, mais Sirius pivotait sur lui-même et le coup ne porta que faiblement.

Antoine se pencha et posa un genou sur le flanc de Volkstrom pour continuer à le frapper avec efficacité.

Sirius éructait :

— Arrête tes conneries !

Un coup sous le menton.

— Mais qu'est-ce que tu me veux ?

Un revers de phalanges sur l'arête du nez.

— Putain, tu veux me tuer ou quoi ?!

En temps normal, malgré son bras en moins, Volkstrom aurait été capable de se défendre. Là, il faiblissait sous les assauts répétés.

Antoine fit une pause, estimant que c'était suffisant. Ses phalanges étaient douloureuses. Il envoya une dernière gifle et se redressa, ajustant les manches de sa veste.

Sirius se recroquevilla le long du mur tel un animal

blessé. Du sang coulait de son nez et d'une entaille au front. Son dos semblait le faire souffrir.

— Tu sais, Carrega, je vais vouloir me venger. Un jour.

— On verra bien.

— Pourquoi tu me tabasses ? Tu as l'intention de me tuer ?

— Si c'était le cas, tu serais déjà rétamé.

— File-moi la bouteille.

Sirius montrait du doigt un flacon de vin entamé à côté de la chaise, resté miraculeusement sur ses pieds dans la bagarre. Antoine le lui tendit.

Sirius choisit de ne pas se relever : soit il peinait à se redresser, soit il préférait rester au sol au cas où Antoine voudrait de nouveau le rosser. Il avala une rasade au goulot.

— Le train qui a sauté à Vitry-le-François, c'était toi ?

— Peut-être...

— C'étaient mes explosifs ?

— Ouais.

— T'es cinglé !

— Tu peux pas comprendre...

— Je ne cherche même pas. T'es givré et t'as de la chance d'être encore en vie. Je voulais te flinguer.

— Mais tu ne l'as pas fait.

— Je ne suis pas un assassin. Contrairement à toi.

— Amen.

Sirius avala une nouvelle gorgée de vin.

— Rassure-toi, Carrega. Je ne te balancerai pas. J'en ai terminé avec Paname. Avec la France même. Encore un mois et je me tire à l'étranger. Tu n'entendras plus jamais parler de moi.

— Si tu causes, t'es un homme mort.

— Qu'est-ce qui te dit que je ne le suis pas déjà ?

Volkstrom se redressa péniblement. Il se laissa tomber sur la chaise rouillée. Il aurait des contusions pendant plusieurs jours.

— Je me venge des ordures qui ont pourri ma vie.

— Comme les passagers du Strasbourg-Paris ?

— Personne n'est innocent ! Je joue mes cartes différemment, c'est tout. Tant pis s'il y a des victimes collatérales.

— T'es aussi malade que ceux dont tu prétends te venger.

— Peut-être bien que c'est ce qu'il faut pour parvenir à ses fins.

Sirius s'accrochait à sa bouteille comme à un radeau. Il n'avait même pas eu un geste pour essuyer le sang qui coulait de ses blessures.

Carrega le voyait soudain pour ce qu'il était vraiment : un type à la dérive. Un homme qui, à force de mauvais choix et d'associations tordues, n'était plus relié à la société. Avec son visage cabossé et son bras manquant, Antoine avait presque pitié de lui.

— On a chopé Victor Lemaire.

— Qui ça, « on » ?

— Blanchard, le flic de la Crim', et moi.

— Je trinque à votre santé alors !

Sirius leva sa bouteille. Il paraissait sincère.

— Je vous tire mon chapeau. Est-ce que ce salaud a avoué ?

— Il n'a pas eu le temps. Il a fait un faux mouvement quand on a essayé de le colleter. Il a clamsé sur le coup. Mais il avait tout mis par écrit.

— Quel cave !

— Deogratias a été éjecté de la PJ.

— C'est encore trop d'honneur pour ce type. Il devrait être pendu à un croc de boucher. Peut-être que je vais m'en charger!

L'œil de Volkstrom pétillait de nouveau. Une lueur mauvaise.

— Je serais toi, je laisserais tomber, conseilla Carrega, qui continuait de le toiser. Tu as déjà du pot de t'en sortir vivant.

Antoine se demandait s'il n'aurait pas dû l'assommer. Comme un chien battu increvable, le manchot reprenait du poil de la bête.

— Tu te rappelles que j'avais embarqué des documents dans la turne du quai de Montebello? Une assurance-vie qui ne m'a pas servi. Je les ai renvoyés à ton blaze. Poste restante, rue du Louvre. Je me suis dit que si ça pouvait intéresser quelqu'un c'était toi. Ou ton copain flicard. Moi, j'ai laissé tomber cette histoire.

— Tu crois que je vais te remercier?

— J'y compte même pas.

Le silence retomba, à peine perturbé par les manœuvres ferroviaires à proximité.

— Sirius, casse-toi loin d'ici. Mets les bouts pendant qu'il est encore temps. Arrête les meurtres, arrête l'OAS… Si tu te fais choper, tu te feras trancher la caboche.

— Tu crois que je ne le sais pas? Rassure-toi, je m'arrache bientôt. En Italie même, si tu veux savoir. J'ai toujours aimé le climat là-bas. Et puis on y becte bien.

— Pars tout de suite. Qu'est-ce qui te retient?

— Te bile pas, je n'ai plus qu'un truc à faire et je file.

À défaut de l'éliminer, Antoine aurait voulu pouvoir fourrer Volkstrom dans une malle postale en partance pour l'Amérique du Sud. Pour préserver ceux, en France, qui risquaient encore de croiser son chemin.

— Je ne te dis pas au revoir. Je te dis adieu. Tâche de ne plus croiser ma route. Je ne serai pas aussi indulgent la prochaine fois.

— De même, mon ami, de même... Bon vent, marin !

Carrega, qui ne savait pas comment repartir autrement, franchit le muret dans l'autre sens et marcha en direction de la gare dans le vacarme des trains de banlieue qui se croisaient.

Il n'avait qu'une pensée en tête : ce type est la main droite du diable.

52

Sirius Volkstrom, 12 octobre 1961

Sirius appréciait à ces petites heures du bout de la nuit, juste avant que le jour ne pointe, quand la satisfaction du travail accompli se mêlait à un début de fatigue, et à la perspective heureuse d'aller se coucher à l'heure où la plupart des salariés embauchaient. Il était adossé au capot d'une estafette de police en compagnie du capitaine Montaner, le patron des Forces de police auxiliaires, la milice de harkis. Ils tiraient tous deux sur un cigare qu'un jeune policier leur avait offert à titre de remerciement pour l'expédition nocturne qui venait de s'achever : une ratonnade en bonne et due forme dans le quartier de la Chapelle à Paris.

Ce n'était pas la première. Ce ne serait pas la dernière. Si l'été s'était accompagné d'une vague trêve entre le FLN et la police pendant que le gouvernement français négociait avec le gouvernement provisoire de la République algérienne, les échauffourées avaient repris fin août. Spécifiquement, le FLN s'était attaqué aux FPA, puis il avait entamé une campagne d'assassinats ciblés contre des policiers, souvent en dehors de leurs heures de travail. En retour, ces derniers avaient multiplié les arrestations, les humiliations, les passages à tabac et toutes sortes de représailles plus ou moins sanglantes.

Comme Raymond Montaner l'avait expliqué à Volkstrom, beaucoup de bleus estimaient ces mesures trop « gentillettes ». Du coup, certains avaient entrepris de se faire justice eux-mêmes : la nuit, loin des yeux des braves citoyens endormis, en dehors du service et de la légalité, avec une hiérarchie qui regardait ailleurs. Montaner leur prêtait main-forte.

Le patron des FPA avait repris langue avec Sirius à la mi-septembre. Ça l'avait un peu surpris : il ne pensait plus être en odeur de sainteté nulle part. Soit Montaner s'en moquait, soit il n'était pas au courant de ses états de service. Volkstrom avait hésité, mais il avait finalement accepté : la paye était bonne et il avait besoin d'argent. Il était, fidèle à ses habitudes, un mercenaire. Montaner avait visiblement accès à des fonds secrets, et Volkstrom comptait en profiter. Depuis que Carrega lui avait filé une raclée, il avait déménagé pour un hôtel borgne du côté de la gare de Lyon, dernière station avant l'Italie. Il avait démarré ce dernier taf pour constituer le pécule nécessaire à son exil. À ce sujet, il n'avait pas menti à Carrega. Il avait bel et bien un travail à accomplir avant de tirer sa révérence.

Trois semaines auparavant, Montaner lui avait soumis une nouvelle proposition : se débarrasser d'un inspecteur de la PJ acoquiné avec le FLN. Le chef du FPA ne lui avait pas confié tous les éléments. Il fallait d'abord que les autorités compétentes décident de la marche à suivre : mise au placard ou mise en bière. Quand il s'agissait d'Européens, ce genre de décision ne se prenait pas à la légère.

Finalement, Montaner avait fini par lui transmettre le feu vert ce soir. Il lui avait révélé en même temps le nom du jeune inspecteur : Luc Blanchard.

Sirius n'avait rien dit. Il ne s'était pas vanté de connaître sa cible. Il y avait juste perçu une ironie cruelle, mais pas si incongrue. Il devinait la vengeance à l'œuvre, celle du Préfet qui brûlait les ponts derrière lui. Blanchard était peut-être une belle âme favorable aux indépendantistes algériens mais le fait de se retrouver dans le collimateur de Papon n'avait rien à voir avec ses idées.

Il en avait fait l'expérience en recherchant une énième fois Deogratias. La visite musclée de Carrega, à défaut de lui remettre les idées en ordre, l'avait remis d'aplomb. Il avait laissé tomber la bouteille et entrepris d'agrafer sa némésis. Il n'avait abouti nulle part. Deogratias s'était évaporé. En appelant la Préfecture et le ministère à plusieurs reprises sous des prétextes fallacieux, il avait appris, successivement, que le fonctionnaire avait été muté en Martinique, qu'il avait démissionné, qu'il était en congé de longue maladie, ou encore qu'il avait fait un infarctus. Bref, personne ne savait, ou ne voulait avouer, ce qu'il était advenu de l'ancien numéro deux de la police parisienne.

Blanchard était le suivant sur la liste de disparitions programmées.

La somme promise par Montaner pour expédier l'inspecteur ad patres aurait convaincu Sirius d'occire n'importe qui. Avec un tel pactole, il aurait le temps de voir venir une fois installé en Italie. Il devinait un signe karmique dans le fait de conclure cette période de sa vie par l'élimination de Blanchard. Aux origines de sa colère. L'OAS, les FPA, le SAC, tous ces sigles et ces missions n'avaient fait qu'assouvir son besoin d'action. Mais sa véritable raison de vivre ces derniers mois avait été d'anéantir Deogratias et sa clique. Il n'y était pas parvenu, alors éliminer Blanchard rétablirait un équilibre. Dans sa tête en tout cas. Son séjour en Indochine n'avait pas duré assez longtemps pour le familiariser plus intimement avec la notion de karma.

Il tirait sur son cigare en observant les policiers en civil et les harkis des FPA sortir d'un meublé hébergeant des travailleurs algériens. Ils avaient subtilisé les papiers d'identité et tout l'argent qu'ils pouvaient – à peine de quoi payer deux tournées vu que ces pauvres ouvriers gagnaient un salaire de misère – et quelques-uns se massaient les jointures des poings.

— On a fait une bonne virée, s'autocongratulait Montaner, cigare au bec.

— T'en as encore beaucoup d'autres prévues ?

— Ça se décide au dernier moment ces trucs. Quand je peux venir avec mes troupes, j'y vais, sinon les mecs se débrouillent seuls. De toute manière, je préférerais que tu te penches sur le sort de ce Blanchard.

— T'en fais pas, je vais m'y mettre.

— Pour le fric, tu passes me voir dans deux jours et je t'en file un tiers. Tu récupéreras le complément une fois Blanchard refroidi.

— J'aurais préféré tout palper d'un coup, ou alors au moins la moitié.

— Pas possible. Pas sur ce coup-là, asséna brutalement l'officier. Ce n'est pas moi qui contrôle les cordons de la bourse !

Sirius avait fait exprès de le provoquer, moitié pour le plaisir, moitié pour pousser Montaner dans ses retranchements. Ils avaient déjà eu des chicaneries de ce genre mais, cette nuit, l'attitude du chef des FPA le troublait. Il s'était refermé comme une coque à la mention du règlement. Comme si les billets étaient les siens, comme si on commanditait un meurtre avec un à-valoir.

Puisque son cigare tirait à sa fin et que Montaner avait clos leur discussion, Volkstrom s'esquiva. Il verrait bien dans quarante-huit heures si son donneur d'ordres était toujours aussi à cran. Il s'éclipsa sans saluer personne et descendit vers la gare du Nord afin d'attraper un taxi. Il s'arrêta à plusieurs reprises pour surveiller ses arrières, mais personne ne le suivait. Hors de question de se faire appréhender maintenant qu'il était aussi près de la sortie.

Il ne devenait pas paranoïaque, il l'avait toujours été.

Deux jours plus tard, comme convenu, il débarqua au fort de Noisy, à Romainville. Il glissa un billet de dix francs au chauffeur de taxi en lui demandant de patienter sur place.

Les compagnies des FPA étaient regroupées ici depuis peu. Un factotum à l'entrée le reconnut et l'autorisa à pénétrer sans formalité. Il navigua entre les vieilles fortifications et les bâtiments en meulière jusqu'aux quartiers administratifs. Il croisa des soldats du centre mobilisateur de l'infanterie qui paradaient dans les couloirs : de bons Français tout pâles qui tranchaient avec les carrures râblées et basanées des recrues des FPA.

Il finit par atteindre l'antre du capitaine. L'adjoint le pria d'attendre dans l'antichambre, puis l'appela au bout de deux minutes.

Montaner tendit sa poigne avec un grand sourire.

— Volkstrom, toujours ponctuel !

Sirius ne se souvenait pas avoir convenu d'un horaire précis. Si l'autre était de bonne humeur, pas la peine de le contrarier. Il l'invita dans son bureau borgne éclairé aux néons.

— J'ai logé Blanchard, je sais où il crèche et je connais sa routine, balança Sirius, fanfaronnant.

En fait, il n'avait rien planifié. Il bluffait.

Il avait passé les dernières quarante-huit heures à cogiter. L'attitude de son commanditaire, rapport à l'argent, lui avait semblé étrange. Pourquoi déléguer Montaner, un militaire, pour exécuter un policier ? Et pourquoi le mobiliser, lui, ensuite ? Il y avait quelque chose de louche. Ça puait le règlement de compte.

Ce matin, il avait failli s'engouffrer dans le premier rapide pour Rome, en coupant tous les ponts derrière lui. *Arrivederci Parigi !* Mais il n'avait pu résister à la liasse de billets. Il en avait besoin.

Peut-être s'était-il fait des idées : l'officier avait l'air mieux disposé que lors de leur dernière entrevue nocturne.

— Il faudra faire vite, maintenant que la décision est prise, lui répondit le capitaine. Je te fais confiance pour ne pas traîner.

— Pas de souci, je m'en charge fissa. Tu me connais, ça sera soigné !

— Parfait. Appelle-moi quand c'est terminé.

Sirius avait participé à suffisamment de transactions de cet acabit pour savoir que l'argent était le grand non-dit de ces échanges. On convenait d'une somme au départ, on négociait éventuellement le montant, mais une fois que tout était arrangé, on cessait de parler finance. Les billets circulaient de manière fluide.

Pourquoi Montaner faisait-il comme si de rien n'était ? Comme si Sirius n'avait pas fait le trajet jusqu'à Romainville pour récupérer son avance ? Il allait devoir réclamer son dû, ça lui répugnait. Il aurait préféré poignarder un inconnu plutôt que de quémander ses gages.

Montaner le regardait droit dans les yeux, inexpressif.

Volkstrom fut contraint d'ouvrir son clapet. Il essaya de s'exprimer le plus calmement possible, même si un chapelet d'alarmes commençait à carillonner dans son cerveau :

— Tu oublies mon fric.

— J'ai un petit souci... Comme c'est une opé particulière, les fonds sont compliqués à débloquer.

— Me cause pas comme si t'étais un banquier !

Volkstrom n'avait pas envie d'ergoter. Encore moins de jouer son avenir dans une combine nébuleuse dont il risquait d'être le pigeon.

Ce qu'il craignait se réalisait. Fini de temporiser.

Il se leva brusquement en sortant son revolver du holster qu'il avait acquis spécialement pour l'occasion.

Montaner n'avait rien vu venir.

Sirius le braquait.

— Tu me connais, je n'hésiterai pas à te plomber.

Le patron des FPA avait les yeux rivés sur le canon dirigé droit sur son cœur.

Si l'arme n'avait pas été munie d'un silencieux, le militaire aurait peut-être essayé de résister, au moins de s'acheter un délai. Un coup de feu dans un bâtiment rempli de soldats et d'auxiliaires de police aurait sonné le glas du tireur. Mais, là, il était à sa merci.

Sirius restait debout, surplombant Montaner et prenant bien soin de rester hors de portée de ses bras.

— Nous avons deux solutions : tu allonges le blé ou tu finis ta carrière dans une flaque de sang derrière ton bureau ? Tu choisis !

— Je n'ai pas le fric.

— Raconte ça à d'autres ! Je t'ai vu distribuer des biftons à tours de bras lors de nos virées nocturnes. Ton coffre-fort, il est où ?

— Je n'en ai pas.

— N'abuse pas de ma patience.

Sirius désigna du canon une grande armoire en métal.

Montaner se leva et ouvrit le meuble.

Il n'y avait que de la paperasse.

— Bon, tant pis pour toi.

Sirius arma le chien de son revolver.

— OK, arrête, le coffre est ici.

Le capitaine se tourna vers une carte d'état-major du département de la Seine qui occupait la majeure partie de la cloison. Il la décrocha, pendant que Volkstrom ajustait perpétuellement sa ligne de tir afin de ne pas être pris par surprise. Un petit coffiot noir Delarue & Grangoir apparut, incrusté dans le mur. Sans attendre qu'on lui en intime l'ordre, Montaner tourna plusieurs fois les molettes et déverrouilla la porte blindée. Il y avait plusieurs piles de billets neufs, bien rangées. Quelques dizaines de milliers de nouveaux francs. Un beau pactole.

Venait maintenant le moment délicat. Avec son unique bras, Sirius ne pouvait pas fouiller dans le coffre-fort tout en maintenant son ancien comparse en joue. Il ne pouvait pas non plus enfourner les billets dans ses poches en gardant prise sur son arme.

— Tu laisses ouvert et tu te rassois.

Un jeu de menottes était posé sur le bureau de Montaner.

— Tu prends les poucettes et tu t'attaches un bras à ta chaise !

— Arrête tes conneries, Sirius. Ça va mal se finir.

— Pour toi, tu veux dire ?

Volkstrom aurait pu étendre Montaner d'une balle dans le crâne, mais il voulait aller jusqu'au bout du plan qui venait de lui traverser l'esprit. Le militaire pouvait encore lui servir.

— Tu accroches ta paluche et je te laisse en vie. Tu vas passer un coup de téléphone pour moi.

Sirius était étrangement calme. La tension de ces derniers mois s'était canalisée tout entière dans sa soudaine détermination.

Voyant que le manchot ne tremblait pas, et sachant qu'il était suffisamment dérangé pour l'exécuter sans sommation, Montaner obéit. Il avait maintenant une main derrière le dos, reliée à sa chaise.

— Tu décroches ton bigophone et t'appelles Papon !

— Comment ça ?

— Tu m'as bien compris. Je souhaite parler à ce grand commis de la République, et comme je doute qu'il me prenne au bout du fil, tu vas le joindre pour moi.

Montaner roula des yeux, mais il n'avait guère le choix.

Il décrocha son téléphone, composa un numéro, attendit un peu, donna son nom, demanda à parler au Préfet, patienta encore, puis obtint son interlocuteur au bout de la ligne :

— Monsieur le Préfet, c'est Raymond Montaner. Je suis avec quelqu'un qui souhaite vous parler. C'est important.

Volkstrom glissa son revolver dans sa ceinture, saisit l'appareil, et s'éloigna de Montaner du plus loin que lui permettait le fil téléphonique.

— Sirius Volkstrom à l'appareil. Montaner a eu la gentillesse de nous mettre en rapport. Il n'avait pas trop le choix, faut dire.

— Qu'est-ce que vous voulez ?

— D'abord, l'argent. Celui dont on avait convenu pour éliminer votre inspecteur. Blanchard. Je vais récupérer l'oseille, puisque Raymond a eu la bonté de m'ouvrir son coffre.

— Monsieur Volkstrom, je vous déconseille de jouer avec le feu.

— Attendez, je n'ai pas terminé ! En plus de prendre le fric, je souhaite vous menacer. Je n'aime pas les périphrases alors autant employer les mots justes ! Je sais beaucoup de choses. Sur l'assassinat de la famille Bentoui, pour commencer. C'est sans doute pour cela que vous avez fait appel à moi pour liquider Blanchard et que vous refusez de me payer, n'est-ce pas ? Vous comptiez faire d'une pierre deux coups. Éliminer le jeunot, et puis moi dans la foulée ? Sans risquer de perdre du blé au passage en me versant mon avance.

Le silence à l'autre bout de la ligne suffit à Sirius pour deviner qu'il avait visé juste.

Il attendit cinq secondes, puis sept, puis dix. Ça faisait très long.

Face à l'absence de réponse, il reprit :

— Bien entendu, j'ai également consigné par écrit chez un avocat tout ce que je viens de vous dire, en particulier votre requête visant à faire taire à jamais l'un de vos inspecteurs. C'est fréquent dans votre fonction de vouloir éliminer vos subordonnés ? Tsk, tsk... quelle curieuse pratique de la part de la police nationale !

Volkstrom aurait bien continué à haranguer son interlocuteur muet, juste pour le plaisir de moquer ce bureaucrate néfaste et corrompu. Mais maintenant qu'il avait dévoilé ses intentions, il lui fallait s'échapper au plus vite. Papon avait beau être un policier de pacotille, ignorant les ficelles du métier d'enquêteur, il était quand même capable de deviner que Sirius était à Romainville.

— Désormais, vous êtes au parfum ! Je ne vous dis pas à la revoyure !

Sirius claqua le combiné sur son socle et, sans hésiter, s'avança vers Montaner pour lui décocher un revers de main qui le renversa. Il sortit alors son revolver et lui asséna un vilain coup de crosse sur la nuque. L'officier s'affaissa en deux temps : d'abord sur sa chaise, puis sur le sol. Il paraissait bien sonné.

Sirius le contourna, le retourna à plat ventre et lui attacha les deux mains derrière le dos avec la paire de menottes. Il dénoua ensuite la cravate de Montaner et la lui enfonça bien profondément dans la bouche. Avec un peu de chance, il ne recouvrerait pas ses esprits avant quelques minutes, et ne parviendrait pas tout de suite à alerter son adjoint de l'autre côté de la cloison. Volkstrom devait néanmoins se dépêcher.

Il récupéra l'argent au fond du coffre, une jolie caisse noire, et fourra les coupures dans toutes ses poches et dans son caleçon. Il jeta un dernier coup d'œil à Montaner, qui gisait toujours dans les pommes, et se dirigea vers la porte. Il l'ouvrit en feignant de faire ses adieux, afin de donner le change à l'adjoint qui tapait un document à la machine à écrire dans l'antichambre. Il salua ce dernier d'un geste de tête amical et, une fois dans le couloir, il accéléra le pas. Il y avait plus de policiers et de militaires au mètre carré dans ce fort qu'au défilé du 14-juillet. Mieux valait éviter de sprinter sans raison apparente. Il marcha donc d'un pas rapide comme s'il se hâtait vers un rendez-vous urgent.

Il coupa au plus court vers la sortie en résistant à l'envie de se retourner. S'il était pourchassé, il l'entendrait bien assez tôt. Il parvint finalement à la guérite de garde, adressa un clin d'œil aux préposés à la surveillance, et avisa le chauffeur de son taxi qui l'avait sagement attendu.

Il grimpa dans le véhicule et l'orienta vers la porte de Clignancourt. Avec ce qu'il venait de faire il était assuré d'avoir dès ce soir la moitié de la police de Paris sur le dos, qui n'hésiterait pas à tirer à vue.

Il changea trois fois de taxi, récupéra sa valise dans son hôtel minable, dissimula tous ses billets dans la doublure du bagage, et se précipita aux guichets de la gare de Lyon. Il était temps de filer.

Il arriva haletant dans le grand hall des départs.

Autour de lui, des dizaines de voyageurs circulaient,

croisant le chemin d'employés de la SNCF, de contrôleurs, de porteurs et d'agents de police qui surveillaient tout ce trafic d'un air débonnaire.

Sirius se planta au milieu de la grande verrière, posa sa valise à ses pieds et sortit une cigarette.

Il scruta les policiers en faction aux entrées et auprès des voies de départ. Les seuls individus qu'ils contrôlaient étaient maghrébins. Ils leur demandaient leurs papiers, les questionnaient et leur faisaient ouvrir leur barda sans ménagement. Pas un seul Blanc ne subissait le même sort.

Volkstrom finit tranquillement sa cigarette et repartit d'un pas paisible.

Il patienta au guichet du Rome-Express jusqu'à ce que son tour arrive.

Il demanda un compartiment privatif dans une voiture-lit pour Rome. Le préposé parcourut consciencieusement ses registres, avant de l'informer que le premier aménagement disponible de ce type était dans trois jours.

— Mais si vous le souhaitez, nous avons des compartiments à quatre couchettes dès cette nuit.

Sirius réfléchit un instant, observa autour de lui tous ces gens qui vaquaient à leurs occupations sans se préoccuper de lui.

Il pouvait bien patienter trois jours.

— Merci, mais je préfère voyager seul. Je prends le compartiment privé.

— Celui du 17 octobre ? Départ 22 h 34 ?

— Oui, c'est cela.

Il sortit des billets de sa poche, récupéra sa monnaie et son ticket.

Il ne voulait pas loger autour de la gare. Il mit donc

le cap vers le pont d'Austerlitz. Il connaissait un petit hôtel discret et bien tenu vers le Jardin des plantes où il pourrait passer les jours suivants en toute quiétude. Après tout, il démarrait une nouvelle vie et il avait suffisamment d'argent pour voir venir et s'offrir autre chose que les meublés glauques qui seraient les premières cibles des descentes policières.

53

Luc Blanchard, 17 octobre 1961

Fin d'après-midi pluvieux. Ils étaient une demi-douzaine d'inspecteurs en civil rassemblés autour d'une table de bistrot place Saint-Michel. Ils n'avaient eu qu'un pont à traverser pour se retrouver avant la fin de leur service. La journée n'était pas encore terminée.

Depuis plusieurs jours, le cabinet du Préfet avait fait passer le mot : mobilisation générale de tous les effectifs ce soir, les uniformes comme les civils, venez équipés. Certains, comme Blanchard, n'étaient au courant de rien. D'autres semblaient mieux rencardés. Ils s'étaient donc réunis pour recouper leurs informations.

Ils avaient vite compris. Il suffisait de regarder dans les rues autour d'eux.

Tout ce que Paris comptait de CRS et d'agents de patrouille semblait s'être donné rendez-vous sur le pavé, armés, casqués, avec des dizaines de paniers à salades.

— Je suis passé par les grands boulevards, c'est le

même cinéma par là-bas, lança un collègue de Blanchard.

— Le commissaire m'a raconté qu'ils en attendent des milliers, peut-être même plusieurs dizaines de milliers, fanfaronnait un type de la Crim', lèche-botte et faux jeton.

— Des milliers de quoi? questionna une jeune pousse de la Brigade mondaine.

— De quoi à ton avis? lui répliqua l'autre avec mépris. Des cigognes!... Ce que t'es ballot! Tu vois pas autour de toi? Mate les trottoirs : c'est plus Paname, c'est Bab El Oued!

Le jeunot orienta son regard vers le boulevard où, Blanchard l'avait noté, les Maghrébins marchaient en proportion plus importante qu'à l'accoutumée. De surcroît, ils lui paraissaient fort bien habillés pour un mardi.

— Ils vont où? À la messe? Ils ont l'air tout endimanché, reprit le jeune flic.

— Décidément, t'es pas une lumière toi! Tu fréquentes trop les tapins, tu ne sais plus ce qui se passe à l'extérieur des culottes de ces dames.

L'assemblé s'esclaffa d'un rire gras. Le novice dont tout le monde se moquait les imita.

Seul Blanchard, un peu en retrait, demeurait coi.

Il n'aimait pas ce qui se manigançait.

Ces derniers temps, quand des Arabes rencontraient des policiers, des étincelles jaillissaient. Voir chaque camp ainsi rassemblé en nombre au même endroit lui faisait redouter l'incendie.

— Il paraît que les Crouilles ont décidé de manifester ce soir. Y n'aiment pas le couvre-feu.

L'homme qui venait de parler était un pilier de la

PJ. Un flic de la pire espèce. Incompétent, acariâtre, vicieux, alcoolique. Mais comme il était toujours emballé à l'idée d'effectuer les plus basses besognes de l'administration, la hiérarchie l'appréciait.

— C'est le FLN qui est derrière tout ça, renchérit-il.

— Ces tueurs de flics vont morfler s'ils essaient de nous asticoter.

— Ils n'ont qu'à bien se tenir ou ils vont tâter de la matraque !

L'atmosphère fanfaronne d'un groupe de policiers autour de demi-pressions déplaisait à Blanchard. Quand Amédée Janvier était encore présent à ses côtés, il se sentait protégé. Le Gros était un expert pour naviguer dans ces basses eaux détestables : il savait contrer les grandes gueules racistes avec un peu d'humanisme, juste un peu, sans les braquer ni les faire se dresser comme des coqs. Luc s'était toujours abrité derrière Amédée, ça l'avait aidé à rendre ses années à la Crim' plus supportables. Maintenant que son partenaire avait été envoyé au repos forcé, il se carrait dans son coin, les dents serrées, essayant de faire tapisserie.

D'après ce qu'il comprenait des récits de ses collègues, les Algériens avaient répondu à l'appel du FLN les enjoignant de converger sur Paris, depuis les banlieues et leurs bidonvilles, pour venir manifester contre le couvre-feu qui venait d'être imposé par Papon aux seuls Nord-Africains depuis le 5 octobre. Cette mesure clairement raciste et dérogatoire aux lois de la République n'avait rencontré que peu d'opposition au sein de la police. Elle avait même été accueillie avec enthousiasme. Blanchard avait hésité à s'en émouvoir, avant de se rendre compte qu'il risquait, une fois de plus, d'être isolé au milieu de ses collègues s'il ouvrait la bouche.

— Y'en a marre ! On ne peut pas rester sans réagir !
— De toute manière, Papon l'a dit.
— Il a dit quoi ?
— T'étais pas aux obsèques de Demoën l'autre jour[1] ?
— Je ne vais plus aux enterrements des collègues. Ça me déprime, il y en a trop !
— T'aurais dû entendre ce qu'a dit Papon ce jour-là : « Pour un coup donné, nous en porterons dix ! »
— Bien dit !
— Moi, il est venu dans mon commissariat et il nous a dit qu'on sera couverts si on flingue un Bicot. On s'arrangera avec l'enquête, qu'il nous a promis.
— À la santé du Préfet !

Ils levèrent tous leurs verres en répétant le toast.

Blanchard balbutia trois mots, ne sachant comment échapper à la sombre logique de groupe. Sa main restait figée sur son verre, le verre posé sur la table. Les yeux écarquillés.

Il venait d'apercevoir Antoine Carrega pénétrer dans le bar.

Pas par hasard : le Corse le fixait droit dans les yeux en se dirigeant lentement vers le comptoir.

Luc le vit s'accouder au zinc et passer commande, tout en le surveillant du coin de l'œil.

Luc ne pouvait pas l'ignorer. Il maugréa quelque

---

[1]. Le brigadier Jean Demoën, tué par le FLN à Paris dans le cadre de la recrudescence des assassinats de policiers par les indépendantistes algériens à partir de juin 1961.

chose incluant le mot «toilettes» et se leva. Il se dirigea vers Carrega, qui s'était décalé derrière un pilier qui le masquait de l'assemblée policière.

— Qu'est-ce que tu fous là? T'es fêlé?

— Je te cherchais. Je n'ai eu qu'à suivre les traces des chaussettes à clous. Vous n'êtes pas très discrets. Vous préparez le retour des Allemands à Paris?

Blanchard faillit saisir Carrega par le col avant de se maîtriser. Le Corse risquait de le compromettre par sa seule présence, ce n'était pas la peine de se lancer dans une rixe au milieu du bistrot.

— Je ne suis pas d'humeur! Pourquoi m'as-tu filoché?

— J'ai besoin de te causer.

— De quoi?

— J'ai récupéré mes nouveaux papiers d'identité. Grâce à toi. Mais je dois aller ramasser les documents que m'a envoyés Volkstrom en poste restante sous mon ancien blaze. Je préférerais que tu m'accompagnes.

— Je suis pas ta nourrice...

— Non, mais t'es mon ange gardien. Tes collègues sont au courant que tu es intervenu en ma faveur?

Carrega fit un signe du menton vers la tablée de policiers. La menace du Corse était à peine voilée. Déjà que Luc était en position délicate auprès des siens, si l'un d'eux découvrait le lien entre Carrega, lui, et le chantage qu'il avait exercé auprès de leur chef bien-aimé Maurice Papon, il pouvait demander sa mutation.

— Pas la peine de crier sur les toits. Je pourrais aussi bien te renvoyer en cabane.

— Tu peux m'accompagner demain à la poste centrale de la rue du Louvre ou pas ?

— Qu'est-ce qu'il y a dans ce colis, selon toi ?

Blanchard avait brusquement changé de ton. Il était revenu à cette étrange complicité qui les liait.

— Avec Volkstrom, on peut s'attendre à tout. Il a dit que c'était important. Il avait l'air sincère.

— Qu'est-ce qu'il est devenu ? Des rumeurs courent à la Préfecture qu'un manchot aurait braqué le trésor de guerre des FPA.

— Il m'a dit qu'il voulait se tailler à l'étranger. Si ça se trouve, il y est déjà.

— Je me méfie de ce type. Je le soupçonne de tuer avec autant de facilité qu'il respire.

— Pas faux.

Luc était troublé. Il était en train de réaliser qu'il préférait rester accoudé au bar à converser avec un truand plutôt que de rejoindre ses homologues garants du bon ordre républicain.

Carrega interrompit ses pensées.

— Demain dix heures rue du Louvre, ça te va ?

— D'accord. À demain.

Antoine parut surpris quand Luc lui tendit la main.

Quand il revint s'asseoir, ses collègues étaient en train de se lever. L'un d'eux lui lança :

— Ça y est, ça bouge ! Tu viens avec nous ?

Blanchard regarda par la vitre et vit de l'agitation. Des rangées de CRS s'étaient formées, des matraques s'agitaient, des Algériens commençaient à courir dans tous les sens. Puis il entendit les « plop » sonores des lanceurs de grenades fumigènes. La castagne avait démarré.

Deux heures plus tard, Luc avait compris. Il ne s'agissait pas d'échauffourées ni d'une manifestation canalisée, mais de répression en bonne et due forme. Le mot «pogrom» lui vint à l'esprit, aussi étrange sonnait-il en ces lieux.

Dès que les uniformes avaient commencé à charger, les manifestants qui s'étaient rassemblés sur l'île de la Cité, le boulevard Saint-Germain et la place Saint-Michel s'étaient dispersés. Mais comme d'autres, dont des femmes et des enfants, ne cessaient d'arriver à leur tour, sortant des bouches de métro, il régnait une confusion incroyable. Les protestataires couraient dans tous les sens, ne sachant s'ils devaient partir, rester, se cacher, comment, où, avec qui? Il n'y avait pas de cortège, pas de mot d'ordre, pas de responsable. Certains meneurs algériens avaient bien tenté d'intercéder auprès des policiers : ils avaient écopé de coups de trique dans les côtes et avaient fini dans des paniers à salade.

Des collègues de Blanchard s'étaient joints aux CRS : ils alignaient les revers de matraque comme des joueurs de tennis. Avec entrain et délectation. D'autres pourchassaient les manifestants afin de les plaquer à terre pour leur passer des menottes ou des liens improvisés.

Tous les habitants du quartier avaient disparu, comme les oiseaux désertent le ciel durant l'orage.

Il ne restait plus que deux légions s'affrontant sur le champ de bataille, sauf qu'un des camps n'était pas constitué de soldats, mais de civils aux mains nues.

Du sang commençait à colorer le pavé.

Blanchard s'était efforcé de rester derrière les lignes des Compagnies républicaines de sécurité, essayant de protéger les familles ou d'éviter que les enfants, les estropiés et les vieillards ne se fassent marcher dessus ou embarquer. Il les orientait vers la station de métro Cité en leur disant de rentrer chez eux au plus vite. Il espérait que les autres policiers, les voyant ainsi galoper vers la sortie, les laisseraient s'éloigner sans les frapper ni les appréhender. Mais il n'en était pas sûr. Il n'avait pas de sauf-conduit à leur offrir.

Par moments, il croyait entendre des coups de feu, mais c'était sans doute son imagination.

Ou peut-être pas. Il n'en savait rien.

Tout n'était que confusion.

La seule chose qui comptait à présent était qu'on le laisse faire la besogne qu'il s'était choisie. Brancardier, comme Ernest Hemingway durant la Première Guerre mondiale, un de ses auteurs favoris. Mais personne, sauf lui, n'avait prévu de secourir les blessés ce soir.

Luc était en train de relever une femme qui s'était roulée en boule par terre pour se protéger, quand il sentit qu'on le tirait par la manche. Il se retourna brusquement, s'attendant à devoir affronter un collègue, mais il découvrit une tête rondouillarde à la moustache hirsute, le cou bardé d'appareils photo. Le photographe de l'autre jour. Comment s'appelait-il déjà ?

— Georges Azenstarck, Jojo, tu me remets ?

Il faillit lui demander ce qu'il fabriquait ici, au cœur de la guerre civile, avant de réaliser la bêtise de la question qu'il avait sur les lèvres. Il faisait son métier.

— Putain, c'est pas croyable ! Qu'est-ce que vous fabriquez ? Vous massacrez les gens !

Le « vous » s'adressait à la corporation policière

dans son entier, dont il était le représentant aux yeux du photojournaliste de *L'Humanité*.

Luc n'eut pas le temps de répliquer – et pour dire quoi, d'ailleurs? Azenstarck était sur des charbons ardents.

— Je viens des grands boulevards, c'est le même carnage. Il y a des morts! Plein de morts! Il faut arrêter ça!

La femme que Blanchard avait redressée s'éloignait. Il fit un bond pour la rattraper et lui indiquer la direction du métro.

Il revint vers Azenstarck qui était en train de charger un de ses appareils avec une pellicule vierge. Les autres policiers n'avaient pas l'air de se préoccuper du photographe, tout comme ils ignoraient depuis le début les manœuvres d'ambulancier amateur de Luc. Nul ne voyait plus loin que le bout de son nez ou de son bidule. À part peut-être Azenstarck, qui avait l'air de se préoccuper de ce qui se passait en dehors de son viseur.

— Faut faire quelque chose, mec! J'ai vu tes collègues balancer des gens à la Seine!

— Qu'est-ce que vous racontez?

— Ils jettent des Arabes à la flotte depuis les ponts!

— Racontez pas de conneries!

— Suis-moi si tu me crois pas!

Le photographe accrocha de nouveau sa manche sans lui laisser le temps de protester et l'entraîna à sa suite. Pas de doute, le journaliste savait se mouvoir dans le tumulte. Il contourna les cordons de plus en plus élastiques des flics en uniforme, évita les mêlées, zigzagua entre les flaques de liquide douteux en se dirigeant vers le pont Saint-Michel.

Blanchard ne voyait rien d'autre que le décor dans lequel il naviguait depuis deux heures : des CRS, des matraques, du gaz lacrymogène, des cris, des insultes, des corps geignant à terre...

Azenstarck se penchait depuis le parapet et réglait son appareil.

— Je suis trop loin, j'ai pas de télé ! Ramène-toi !

Le photographe gesticulait en direction du quai en contrebas.

Blanchard s'approcha du rebord. Les lampadaires des rues ne jetaient qu'une lumière diffuse sur le bord du fleuve. Il discerna néanmoins un attroupement de trois ou quatre figures, puis il eut l'impression que l'une d'entre elles bondissait en l'air avant de retomber dans l'eau.

Plouf !

Luc essayait de comprendre ce qu'il avait entraperçu. Mais c'était clair : il s'agissait d'un groupe de policiers en uniformes sur le quai et d'un homme en imperméable qui venait d'être jeté à la Seine. Et qui, apparemment, ne remontait pas à la surface.

— Tu vois ce que je te disais !

Georges Azenstarck lui faisait face, plus outré qu'énervé.

Soudain, Blanchard entendit le cri annonciateur d'une charge de CRS. Il se colla contre le rebord du pont au côté du photographe pour laisser passer les agents qui se précipitaient sur une grappe de manifestants – mais pouvait-on encore les nommer ainsi ? – qui essayaient de rallier la bouche de métro. Luc entendit l'appareil photo crépiter, puis Azenstarck se tourna vers lui.

— Faut que je m'arrache !

— Pourquoi ?

— Je dois continuer à documenter ce qui se passe. Je vais aller dans les foyers voir s'il y a des victimes qui rentrent chez elles.

Blanchard faillit lui demander de rester. Ce soir, toute compagnie lui semblait meilleure à prendre que celle de ses collègues.

Azenstarck lui donna une tape sur l'épaule, mi-admonestation, mi-salut.

— Bouge-toi, mon pote ! Fais quelque chose pour empêcher que des pauvres types se fassent zigouiller.

Le farfadet disparut comme il était apparu, habité par sa mission.

Il se demanda ce qu'il devait faire. Il était hors de ses attributions d'arrêter cette folie. Il ne savait même pas qui dirigeait les opérations. D'ailleurs, fallait-il encore parler d'opérations ? Tout le monde filait dans tous les sens, courant, hurlant, bousculant, soufflant, bondissant. Des fourgonnettes de police arrivaient puis repartaient, des gyrophares pulsaient dans les rues, des volutes de gaz se répandaient au gré de la brise.

Et des coups de feu sporadiques se faisaient entendre.

C'était bien le son d'armes à feu qui résonnait à intervalles irréguliers. Jamais de rafales ni de coups répétés. Le contraire de fusillades. Des tirs isolés. Délibérés.

Il entendit soudain le bruit d'un objet qui chutait devant lui. On aurait dit une timbale sur un carrelage. Puis un « pschitt », et il vit la grenade lacrymogène qui explosait à ses pieds. Il recula, dérapa, se releva, mais il était déjà trop tard. La douleur le prit à la gorge, puis s'infiltra dans ses bronches. Ses yeux brûlaient. Il ne voyait plus rien. Il ne pouvait plus respirer. Il titubait, essayant de se rappeler s'il y avait une fontaine publique à proximité. Il eut le réflexe de glisser ses lunettes dans sa poche de poitrine.

Il trébucha, s'effondra.

Il fut pris de spasmes à l'estomac et régurgita tout ce qu'il avait dans le ventre.

Il s'efforça de se calmer. De rester immobile. Il s'accroupit, le dos au parapet du pont, essayant de ne pas mettre les pieds dans son vomi. Normalement, il ne risquait rien. Il avait son brassard tricolore au bras et, même si personne ne venait l'aider, il lui suffisait d'attendre que ça passe. Ça finissait toujours par passer. Pour les gens comme lui en tout cas.

C'est alors qu'il sentit une poigne le soulever par le col de veste. Il ne voyait toujours rien, alors il cria :

— Attendez, je suis de la police. Mon brassard...

— Pas la peine de brailler, mec, je sais très bien qui t'es !

Il connaissait cette voix. Il la reconnaissait.

Sans ménagement l'autre se mit à le traîner par le paletot.

— Faut te nettoyer les mirettes. Tu t'es pris de la lacrymo en pleine poire et on dirait que tes collègues n'en ont rien à carrer de toi.

« C'est pas vrai ! Pas lui », frémit Luc. Il se mit à chercher son arme de service.

Alors qu'il glissait la main sous sa veste, Sirius Volkstrom lui infligea une clef de bras tout en continuant à l'entraîner. Il manqua de s'affaler quand ils se mirent à dévaler des marches. Le tueur l'emmenait vers la Seine.

— Laisse ton flingue ! Je suis en train de te porter secours, connard !

Volkstrom en bon samaritain ! S'il n'avait pas été aussi mal en point, Blanchard se serait esclaffé.

Une fois qu'il sentit le pavé horizontal sous ses pieds, Luc se dégagea brusquement de l'emprise de Volkstrom. Il était hors de question de se laisser faire. Il distinguait à peine les formes, ses yeux et ses poumons continuaient de le faire souffrir le martyre, mais il préférait risquer de tomber dans le fleuve que de se soumettre à cet assassin.

— Tu peux en faire à ta guise, mais il y a un robinet d'eau à cinq mètres de toi et tu vas mettre des heures à le trouver dans ton état, alors laisse-moi t'y conduire.

Sirius n'attendit pas la réponse. Il le saisit par le col et le propulsa en avant, avant de le lâcher de nouveau.

Luc entendit un grincement, puis de l'eau couler.

— Le robinet est devant toi. Passe-toi lentement de la flotte dans les mirettes, sans frotter.

Luc tâtonna jusqu'à sentir l'eau froide sur ses mains. Il prit son temps pour faire ses ablutions. Il savait que le soulagement était surtout psychologique.

Son ouïe fonctionnait toujours. Il continuait à percevoir les sons de la bataille qui faisait rage dans les rues au-dessus de lui. Il distinguait également des bruits et des mouvements sur les quais, un peu plus loin : des cris de protestation, des admonestations, des supplications, des injonctions, des corps qu'on traînait.

— Qu'est-ce que tu fous là, Volkstrom ? Qu'est-ce que tu me veux ?

— Quel ingrat ! Et moi qui espérais des remerciements.

Luc fut tenté de saisir son pistolet même s'il ne discernait que des formes. Mais si Sirius avait voulu l'occire ou le jeter dans la Seine, il l'aurait déjà fait.

— Pendant que tu te rinces les quinquets, laisse-moi te raconter une histoire.

— Tu crois vraiment que c'est le moment !?

— Pourquoi pas ? T'as peur de manquer à tes collègues ?

Ils entendirent des voix au-dessus d'eux qui protestaient, deux personnes qui appelaient à l'aide avec l'accent maghrébin, puis une chute dans l'eau. Enfin, des voix à l'accent parisien prononcé qui clamaient « Bon débarras », « Ça leur apprendra ! »

Une de ces voix s'adressa à eux :

— Ça va, les gars ? Besoin d'un coup de main ?

Volkstrom répondit instantanément.

— Non, merci. Le collègue a juste pris une lacrymo en pleine tronche. Il se passe de l'eau sur le visage et on reprend la danse !

— Vous bilez pas, y en aura pour tout le monde !

S'il n'avait pas déjà vomi cinq minutes auparavant, Blanchard aurait rendu son repas.

Volkstrom, lui, avait l'air impassible, comme si tout ce qui se déroulait autour d'eux ne l'atteignait pas.

— Je reprends donc. Mon histoire te concerne. Figure-toi qu'il y a environ un mois, un militaire qui bosse directement pour ton grand chef m'a demandé un coup de main. J'ai trouvé cela un peu curieux, vu que je ne pensais plus être en odeur de sainteté chez les condés. Mais je me suis dit bon, pourquoi pas, la paye est bonne. Et voilà qu'au milieu de ma besogne, ce brave militaire m'offre une mission supplémentaire, encore mieux rémunérée. Tu devines laquelle ?

— Qu'est-ce que tu veux que j'en sache ?

Blanchard commençait à se sentir un peu mieux. L'eau froide apaisait progressivement la douleur.

— Décidément, les limiers de la Crim' manquent de flair... Eh bien voilà, on m'a tout simplement demandé de te trouer la peau. Toi nommément, monsieur l'inspecteur Luc Blanchard !

Sirius marqua une pause, comme un piètre acteur de théâtre attendant une réaction de la salle.

— J'avoue avoir hésité. Je ne t'aime pas beaucoup.

— Si ça peut te rassurer, c'est réciproque.

— Aïe, je suis blessé ! Tu es un ingrat, Blanchard !

Volkstrom prenait plaisir à pérorer ainsi, en plein chaos. Si ça se trouve, il avait l'intention de l'abattre. Il faisait juste durer le plaisir.

— Heureusement pour toi, j'avais encore moins d'affection pour mes commanditaires. J'ai préféré leur piquer leur pognon et les planter. Je ne suis pas un saint, mais les ordures qui jouent double jeu finissent toujours par te poignarder dans le dos. J'ai supposé que j'étais le prochain sur leur liste.

Luc s'était assez aspergé. Sa tête et le haut de sa veste étaient trempés. Il se laissa tomber le long du mur de la berge et s'assit sur les talons. Il lui fallait encore récupérer. Les intentions de Volkstrom n'étaient toujours pas claires.

— Tu sais, on s'est fait avoir avec cette affaire poisseuse. J'ai été utilisé et toi tu t'es fait manipuler. La différence c'est que je m'en suis rendu compte et que maintenant je mets les bouts.

— Qui te dit que je ne suis pas au courant de tout ça ?

— D'accord, je te donne du crédit. Tu es malin

pour un flic. Mais tu portes toujours ta carte tricolore et tu continues d'obéir aux ordres. Alors que ton grand chef veut ta peau.

— Tu te trompes. Je me suis débarrassé de Deogratias.

— Je suis au courant. Félicitations ! Si, si, sincèrement ! Mais j'espère que tu l'as vraiment éliminé. Parce que ce type est une vipère. Tu pourrais bien le retrouver sous ton oreiller un jour. Mais tu fais fausse route. Celui qui veut t'expédier au cimetière, c'est Papon lui-même.

Blanchard se sentait vidé. Il n'était pas sûr d'arriver à se redresser. Converser avec Volkstrom demandait un effort qu'il peinait à fournir. Il y avait trop d'informations qui amenaient des questions, trop d'affirmations qui soulevaient des interrogations. Il aurait voulu se lever et partir. En même temps, qu'est-ce qui l'attendait sur le pont ou à la Préfecture ? Il préférait ne pas y songer.

— Volkstrom, qu'est-ce que tu fous ici ce soir ?

— Je me promenais.

Blanchard soupira. Ce type le faisait souffrir autant que la lacrymo.

— Sans rire, je me baladais vraiment. Mais quand j'ai vu que ça virait au grabuge, je me suis planqué sur les berges, en attendant de pouvoir rentrer chez moi. Y a peu de chances qu'on me confonde avec un Bicot, mais j'ai préféré ne pas courir de risque. Je me calte dans deux heures. Bien loin. J'allais disparaître quand je t'ai aperçu.

— Je ne te crois pas.

— Allez, c'est vrai, je me demandais depuis le début de la soirée si je n'allais pas te croiser.

— Pour me descendre ? Comme on te l'a demandé ?

— Tu ne m'as pas écouté, Blanchard. Si j'avais voulu te dessouder, tu ferais déjà la bise aux poiscailles. J'aurais même pas eu besoin de prendre des pincettes. Tu crois qu'on va s'inquiéter d'un cadavre de plus qui flotte dans la Seine, ce soir ?

Luc parvint enfin à ouvrir les yeux sans ciller. Il sortit ses lunettes de sa poche et les ajusta sur son nez. Sirius se dressait devant lui, imposant et fumasse.

— Je suis venu t'avertir, Blanchard ! Tu es mon action de grâce de l'année ! La seule, je te rassure. Ça me fait plaisir de saboter les plans de tes patrons ! C'est ma vengeance ! Papon a autant de considérations pour les Youpins et les Bougnoules que pour ses propres ouailles. Je suis venu te dire que tu trimes pour des ordures qui se disent républicaines mais qui n'ont rien à envier aux fachos de 40. Je les connais bien, j'ai bossé avec eux. Je suis pas un ange, mais au moins je prends mes propres décisions et je réponds de mes propres actes !

Le manchot ne fanfaronnait plus. Son débit s'accélérait.

— Je suis venu te signaler que si je n'ai pas rempli le contrat sur ta fiole, d'autres s'en chargeront ! Mais puisque t'es si malin, tu dois t'en douter, monsieur l'inspecteur !

Blanchard leva une main. Autant en signe d'apaisement que pour faire cesser le monologue de Volkstrom. Sa tête allait exploser.

— C'est bon, c'est bon... J'ai compris.

— Vaut mieux pour toi. J'ai assez gaspillé mon temps, je me casse.

Sirius tourna les talons et, sans un mot de plus, partit le long de la berge en remontant la Seine.

Luc entreprit de se redresser. Lentement. Toute la fatigue de la soirée lui tombait dessus. Il distinguait Volkstrom qui s'éloignait. Il se demandait s'il devait le rattraper. Mais pour quoi faire ?

Il remarqua alors que le manchot venait de s'accroupir à une trentaine de mètres. Il était penché sur une masse informe. Ou bien était-ce quelqu'un ? L'objet de son attention semblait remuer. Luc vit une tête se redresser au ralenti.

Il aperçut Sirius farfouiller dans son veston, puis en sortir un objet qui brillait, un petit geste rapide avec son unique paluche. Un couteau !

— Volkstrom, arrête !
— Ta gueule, Blanchard !

Sirius allait achever au couteau le pauvre hère à ses pieds.

Luc s'empara alors du pistolet sous son aisselle et, comme au stand de tir, ajusta son coup dans le mouvement et appuya sur la gâchette.

Le coup de feu percuta ses oreilles, mais se dissipa aussitôt dans la rumeur ambiante.

Blanchard n'avait jamais été un tireur d'élite, mais il se défendait honorablement face à une cible en carton. Ce soir, il aurait mérité les félicitations du maître d'armes.

Sa balle avait atteint Sirius en pleine poitrine.

Le manchot fléchit les jambes, comme s'il tentait de retrouver la position debout, mais il pivota et s'affaissa sans un cri.

Luc le vit basculer dans la Seine sans réagir. Sirius

était inconscient. Déjà mort sans doute. Une balle avait suffi.

Il scruta l'eau noire à distance. Il ne voyait rien. Puis, si : la carcasse de Volkstrom était remontée à la surface à cinq mètres de là et dérivait, emportée par le courant.

Il se rapprocha de l'endroit où Sirius s'était tenu. Il entendit un gémissement. La masse à terre était bien un homme, emmitouflé dans un pardessus. Un Algérien. Il avait une longue estafilade sanguinolente sur le crâne et ses bras étaient menottés. Il tenta de se lever, comme pour fuir, mais ne parvint qu'à ramper.

— Me jette pas dans l'eau, m'sieur. J'ai rien fait !

Luc le redressa et vit qu'une clef au bout d'un gros trousseau était déjà engagée dans la serrure des bracelets métalliques.

Blanchard ne comprenait pas.

Il essaya de rassurer l'homme qui tremblotait.

— Calme-toi. Je vais te libérer. C'est quoi ce trousseau ?

— C'est le monsieur, il essayait de m'enlever les menottes quand tu lui as tiré dessus...

Le couteau qu'il avait cru apercevoir n'en était pas un. C'était un porte-clefs. Sirius Volkstrom, ce qui n'était guère surprenant, possédait un passe-partout pour des menottes de police.

Il n'avait pas voulu achever l'Algérien mais le libérer.

Luc tourna machinalement la clef de la serrure et libéra l'homme.

Il laissa celui-ci se relever, puis filer en traînant la patte.

Blanchard posa ses fesses sur le rebord du quai

et laissa pendre ses jambes au-dessus du fleuve. Il regarda l'eau couler devant lui. Regarda. Regarda encore.

Au bout d'une demi-heure, d'une heure peut-être, il se leva. Le chaos ambiant avait diminué en intensité. Les manifestants avaient disparu. Il n'y avait plus que des policiers qui patrouillaient et embarquaient les derniers prisonniers pour les transférer à Vincennes.

Une fois remonté sur le pont, il décida de rentrer chez lui à pied.

Une heure plus tard, il franchissait la porte de son immeuble des Abbesses.

Après toute cette soirée et une partie de la nuit à courir sous le crachin et à s'asperger le visage d'eau, il était frigorifié. Heureusement, il faisait chaud à l'intérieur. Margot avait allumé un feu et il restait des braises dans la petite cheminée d'appartement.

Luc se rendit dans la chambre et l'aperçut qui dormait profondément, la main encore posée sur un livre entrouvert. Elle avait dû veiller en l'attendant, jusqu'à ne plus pouvoir tenir et s'assoupir.

Il retourna dans le salon et ajouta quelques bûchettes dans le foyer pour faire repartir le feu. Il resta une dizaine de minutes à contempler l'âtre. Il peinait à s'arracher à ce spectacle hypnotique qui l'apaisait.

Une fois les flammes ravivées, il se dressa devant la cheminée et ôta ses vêtements, un par un, pour les lancer dans le feu. Il jeta tout, jusqu'aux chaussures et à la cravate.

Il se retrouva nu devant les flammèches jaune et orange, mais ses os restaient froids. Il ne parvenait pas à contenir ses frissons.

Au bout d'un moment, quand ses vêtements ne furent plus que des particules de tissu noircies, il regagna son lit.

Il s'allongea derrière Margot et colla son corps contre le sien, chaud et accueillant.

54

Antoine Carrega, 18 octobre 1961

Carrega faisait le pied de grue depuis une demi-heure devant la poste centrale de la rue du Louvre. Blanchard était en retard.

Quand il l'avait quitté le soir précédent à Saint-Michel, ça sentait le grabuge en préparation. Antoine n'avait pas cherché à en savoir davantage, il était rentré vite fait dans son meublé du canal Saint-Martin. Il se doutait que les Algériens avaient dû trinquer, même si le bulletin radiophonique du matin n'avait signalé qu'une poignée d'échauffourées, des arrestations et une petite dizaine de blessés. Mais il savait à quoi s'en tenir sur le journalisme à la mode ORTF.

Se pouvait-il que Blanchard eût ramassé un mauvais coup ? Tout ce qu'il voulait, c'était en finir avec l'affaire Bentoui. Mettre un point final à l'assassinat sordide qui lui trottait dans la cervelle depuis deux ans.

Il décida de tenter de récupérer seul le paquet en poste restante, en espérant ne plus être fiché comme fugitif.

C'est alors qu'il vit Luc surgir devant l'immense bâtiment postal. Il était impeccablement vêtu, mais il avait la tête toute chiffonnée. Il n'avait pas dû dormir beaucoup. Comme il n'était pas son ami, et encore moins sa mère, il ne lui posa aucune question, sauf celle-ci :

— On y va ?

Il n'y avait guère de monde dans la file d'attente, un guichetier les prit rapidement en charge. Blanchard se tenait derrière lui, prêt à intervenir en déclinant sa qualité de policier en cas de suspicion.

Carrega tendit sa pièce d'identité. L'ancienne, avec son vrai nom. L'employé n'y jeta qu'un coup d'œil rapide, vérifia ses registres de courriers, puis partit dans les réserves. Au bout de cinq minutes, il revint avec une grande enveloppe en papier kraft ceinte de bouts de ficelle. Antoine signa le reçu et ce fut terminé.

Tant d'appréhension pour ça...

Blanchard et Carrega se retrouvèrent sur le trottoir, empruntés comme deux marins débarqués au port après un long périple en mer.

Finalement, Blanchard rompit l'hésitation.

— J'ai besoin d'un café. Allons nous asseoir pour regarder ce qu'il y a dans l'enveloppe.

Ils remontèrent la rue du Louvre jusqu'à la rue Réaumur et avisèrent une grande brasserie à moitié déserte.

Au moment où Blanchard s'apprêtait à pénétrer à l'intérieur, un moustachu un peu agité, avec des appareils photo en bandoulière, le retint par l'épaule. Antoine comprit que le policier le connaissait. Il alla s'asseoir seul, tout en continuant à les observer par la vitre. Le photographe semblait irrité. Il brandissait une chemise en carton avec des photos en noir et blanc dedans et il parlait fort avec une voix nasillarde, permettant à Carrega de capter des bribes de conversation.

— ... n'a pas voulu publier mes plaques... risques de saisie du journal... Tu te rends compte, c'est dingue... vrai massacre... plein de morts sur mes clichés... J'étais le seul sur place... lâches... aucune photo nulle part...

Blanchard paraissait mal à l'aise, il détournait le regard des photographies et peinait à placer deux mots.

Antoine se pencha vers le serveur qui venait prendre sa commande et quand il reporta son regard sur les deux hommes, le photographe s'était éloigné de quelques pas mais il continuait de pester. Il semblait accuser Blanchard qui faisait des gestes d'impuissance avec ses mains. Finalement, le moustachu partit en secouant la tête, et Luc rentra dans le bistrot. Sa mine affligée ne s'était pas arrangée. Il avait l'air d'un type en manque d'un sérieux remontant.

— Il voulait quoi, ce mec?
— C'est un photographe de presse, un communiste, il bosse à *L'Humanité*. Il a pris des photos des manifestations d'hier soir, mais son journal ne les a pas publiées. Il est mécontent.
— Juste mécontent?
— Non, il est énervé et il en veut à tout le monde.
— Qu'est-ce qu'il y a sur les photos?

Blanchard s'apprêtait à répondre, mais il s'arrêta avant d'ouvrir la bouche. Il ferma les yeux pendant plusieurs secondes. Puis il reprit :

— Des trucs... Hier soir... Pas joli à voir.
— C'est la routine en ce moment, non?

— Il y a eu des morts cette nuit. Beaucoup de morts, je crois. Des manifestants algériens.
— Ils n'ont rien dit à la radio.
— C'est nous qui les avons tués.
— Nous ?
— La police. Des consignes avaient été données de taper dur.
— Tu en as reçu ?
— La plupart de mes collègues, oui. Les flics fiables. Moi, je ne le suis pas.

Carrega observait Blanchard, qui parlait d'une voix blanche, les yeux tournés vers le boulevard. Il le connaissait suffisamment pour comprendre qu'il était affecté. Par ce qu'il avait connu la nuit précédente. Mais plus sûrement par la prise de conscience d'un inspecteur modèle qui découvre qu'il n'est qu'un engrenage au cœur d'une vaste institution aux mobiles et aux agissements très éloignés des valeurs d'un policier idéaliste.

Antoine se remémora les visages des collabos qu'il avait exécutés dans le maquis. Il y avait bien eu quelques salauds mais, pour l'essentiel, ces individus étaient de braves pères de famille qui avaient fait le mauvais choix dans une période complexe, il y en avait même un qui passait pour l'idiot du village. Et pourtant, il leur avait tranché la gorge et avait jeté leurs cadavres au fond d'un ravin ou dans un fossé de campagne. Sans égard ni sépulture. Lui aussi obéissait aux ordres à l'époque. Ceux de Félix.

Au fond de lui, il était convaincu d'avoir été du bon côté quand il avait agi ainsi. Il y avait eu des procédures, des témoignages, et même une forme de jugement maquisard. Il y avait une cause et un idéal derrière tout cela. Quelque chose qui n'était pas vain, qui n'avait mené ni à la dictature ni au fascisme, mais au retour de la république, à la Déclaration universelle des droits de l'homme et au programme du Conseil national de la Résistance[1]. C'est la raison pour laquelle il détestait le discours en vogue sur la vaillance des Français et l'esprit de résistance qui les avaient habités durant la Seconde Guerre mondiale. Un tissu d'âneries, oui ! Il y avait eu plus de collabos que de résistants, mais surtout beaucoup de planqués qui n'avaient pas bougé le petit doigt. On pouvait difficilement le reprocher à la majorité d'entre eux. Pour autant, il n'était pas nécessaire de leur décerner des brevets d'héroïsme !

Carrega ne voyait pas les enseignements qu'il pourrait prodiguer à son cadet. Même si aujourd'hui des gaullistes alliés à l'extrême droite identifiaient le combat colonial pour la « grandeur de la France », comme ils disaient, aux batailles de 1944, il se doutait que le policier n'était pas dupe. Massacrer de pauvres travailleurs immigrés désarmés dans les rues de Paris n'avait rien à voir avec la libération de l'Hexagone. Blanchard possédait assez d'éducation pour s'en rendre compte par lui-même. La IVe République était née sur les cendres du pétainisme et des combats de la Résistance, la Ve démarrait sur les cadavres des Algériens et les remugles d'un fascisme en képi.

Blanchard astiquait ses lunettes depuis cinq bonnes

[1]. Le CNR, dont le programme, adopté en 1944 à l'unanimité de tous les groupes politiques composant la Résistance, prévoyait des mesures d'épuration mais aussi le retour à la démocratie, un programme économique dirigiste et la création d'une sécurité sociale, entre autres.

minutes comme si c'était le seul geste qu'il avait jamais appris.

Il y avait toujours cette grande enveloppe en kraft posée entre eux deux, au milieu de la table, qui les narguait.

Blanchard rechaussa enfin ses carreaux et avisa la tasse de café en face de lui. Il la saisit et l'avala cul sec, comme s'il étanchait un manque de caféine. Cela suffit pour qu'il reprenne son masque de flic impassible, celui que Carrega lui connaissait ordinairement.

— Et cette enveloppe?

Ils regardaient tous deux le document mal ficelé, aucun n'osant faire le premier geste.

Carrega sortit finalement un couteau de marin de sa poche et trancha les liens. Il plongea sa main dans l'ouverture et en tira une liasse de documents.

Il y avait une lettre dans une enveloppe décachetée, un carnet en cuir qui paraissait avoir beaucoup voyagé, rempli d'une écriture arabe manuscrite avec des croquis. Il y avait également des photos en noir et blanc, des films négatifs et deux chemises en carton barrées du tampon «Secret Défense».

Antoine étala tout cela sur la table au fur et à mesure.

Blanchard s'empara de l'enveloppe décachetée. Elle avait été expédiée du département de la Saoura, adressée à Abderhamane Bentoui, 3 quai de Montebello, Paris. Le cachet de la poste à moitié effacé laissait entrevoir qu'elle avait été expédiée en 1959. Elle avait été pliée et repliée de multiples fois. Luc se plongea dedans.

Carrega se mit à feuilleter le carnet en cuir. Il ne pouvait qu'admirer la calligraphie arabe, mais pas la lire. Il s'arrêta sur les dessins à l'encre. On y voyait des paysages désertiques avec, de-ci de-là, des routes, des panneaux indicateurs, des engins de chantier, et ce qui ressemblait à des schémas de guérites, de grillages, de barbelés, de camions militaires, de soldats, et un petit animal. Il peinait à se faire la moindre idée de ce dont il retournait. Toutes les esquisses avec des personnes ou des véhicules étaient annotées, cela signifiait sans doute quelque chose, mais quoi ?

Il referma le cahier au moment où Blanchard achevait la missive.

— C'est une lettre de Slimane Bentoui à son frère Abderhamane. Tu veux regarder ?

— Je veux bien, peut-être que je comprendrai enfin quelque chose.

Il s'en empara. Même si c'était du français et non de l'arabe, on reconnaissait la même graphie délicate que celle du carnet. Il s'agissait du même auteur. Le courrier commençait ainsi : « Mon frère, Le désert est devenu mon ami. Oui, je sais, c'est étrange. Nous avons grandi en ville, au bord de la mer et à l'ombre des orangers... » La lettre était belle. Antoine aurait aimé savoir écrire ainsi.

Il la lut jusqu'au bout.

Il commençait à avoir une idée, encore confuse, de ce qui reliait le carnet à la missive. Slimane Bentoui, le jeune frère de l'avocat du FLN, s'était livré à des activités de surveillance sur des ingénieurs et des soldats français en Algérie. Les documents se rapportaient à cette besogne. Ça correspondait à ce que lui avait confié Sirius Volkstrom : « Du sérieux, des trucs militaires, de l'espionnage. »

Luc Blanchard avait écarté le carnet en cuir et

aligné les photos côte à côte sur la table. On y voyait plus ou moins le même type de scènes que celles figées sur les croquis. Sans les traits à l'encre, avec leur dégradé de gris, leur contenu paraissait plus abstrait, plus menaçant. En dessous des clichés, il avait disposé les différentes feuilles contenues dans les chemises estampillées « Secret Défense ».

Antoine leva les yeux vers Blanchard, le regard interrogateur. Allait-il réagir en fonctionnaire sourcilleux ?

Visiblement, la question n'avait pas effleuré l'esprit du policier. Il lui rendit son regard avec l'air de dire : « Ne te gêne pas pour moi. » Leur alliance de circonstance prenait le pas sur l'interdit bureaucratique.

Carrega s'empara des premiers feuillets. Ça ressemblait à un bordereau de livraison, rempli de codes militaires et de jargon technique. Il en prit d'autres. C'étaient des listes de personnels, avec des matricules d'identification et des affectations à des postes de chantier. Une troisième liasse comportait des plans d'architecte de plusieurs bâtiments ainsi que ce qui ressemblait à un puisard qui s'enfonçait profondément sous terre.

— Tu captes quelque chose ? Pour moi, c'est du chinois.

— C'est curieux, murmura Luc. Hormis les photos et le carnet, on dirait des trucs épars, qui n'ont pas de lien entre eux.

— Dans la lettre, Slimane Bentoui mentionne des documents qu'il va essayer de se procurer. On dirait qu'il a volé ce qu'il a pu trouver.

— Peut-être. On dirait qu'il s'agit d'une installation

militaire dans le Sahara algérien et de tout ce qui s'y rapporte.

Il restait une chemise cartonnée qui n'avait pas encore été ouverte.

Antoine l'attira vers lui. Elle contenait une nouvelle liste de fournitures mais, ce coup-ci, il en comprenait l'intitulé : « Matériel de protection antiradiations », avec des quantités de combinaisons, de gants, de masques, de bottes, etc. à fournir. Le bordereau indiquait une localité où tout cela devait être acheminé : Reggane.

Bingo !

Il montra la feuille à Luc.

— Tu reconnais ce nom de bled ?

Blanchard ajusta ses lunettes.

— Ça me dit quelque chose.

— Gerboise.

— Putain, t'as raison !

Carrega récupéra le carnet en cuir et le feuilleta avec empressement. Il trouva vite ce qu'il cherchait : le croquis du petit rongeur sur un rocher. La légende était en arabe, mais il aurait mis sa main à couper qu'il s'agissait d'une gerboise. Slimane Bentoui avait sans doute voulu traduire pour ses complices arabophones l'appellation « Gerboise », qui n'avait rien à voir avec la souris du désert, mais tout à voir avec le nom de code des essais nucléaires français dans le Sahara algérien !

Blanchard parcourait encore les derniers documents qui restaient, mais Antoine en avait terminé. Les dernières pièces du puzzle s'emboîtaient. Il sortit paisiblement une cigarette de son paquet et l'alluma avec lenteur, comme s'il s'agissait de la dernière qu'il fumerait jamais. Il fit un signe tourbillonnant du doigt au serveur pour que celui-ci apporte deux autres cafés.

Luc posa les dernières feuilles, ôta ses lunettes et étira son dos, les yeux fermés et les bras bien à plat devant lui.

Ils étaient parvenus au bout de leur quête improbable. De leur alliance aussi. Celle du flic à qui l'on avait confié un meurtre à résoudre, ou plutôt à enterrer, et qui s'était acharné. Celle du truand qui, par fidélité à un compagnon du passé, s'était plongé dans une affaire qui le dépassait. Il ne manquait qu'une personne à leur tablée, celui qui leur avait permis de débusquer la vérité aujourd'hui.

L'inspecteur de la Crim' se lança :

— Je crois comprendre ce qui s'est passé.

Blanchard était jeune, il avait beaucoup donné, il avait besoin de se faire valoir. Carrega le laissa poursuivre sans l'interrompre, tout en sachant par avance ce qu'il allait dire. Lui aussi avait deviné.

— Slimane Bentoui, qui était resté vivre en Algérie contrairement à son frère, bossait pour l'indépendance. Avec ou sans l'assentiment du FLN, ce n'est pas clair. Il a espionné la construction de l'unité nucléaire de Reggane et les préparatifs des essais atomiques français. C'est ce qu'il explique à mots couverts dans la lettre adressée à son aîné, avocat du FLN à Paris.

— Et le carnet en cuir relate cette surveillance : les croquis des installations militaires, des soldats, etc.

— Les photos complètent le carnet. Quant aux autres documents, notamment ceux classés « Secret Défense », Slimane les a sans doute volés aux ingénieurs et officiers qu'il évoque dans sa lettre. Il n'était probablement pas très bien introduit et il a subtilisé ce qui lui tombait sous la main.

— D'où un ensemble décousu.

— Le type n'était pas un maître espion, il le dit lui-même. Sans compter que la sécurité doit quand même être sévère là-bas. Il a attrapé ce qu'il a pu, à la volée. Ce ne sont pas des documents de première importance. Des trucs sur la construction, les équipements, mais rien de sensible. Cela pouvait néanmoins faire l'affaire pour le FLN.

— Pourquoi ?

— J'imagine que les indépendantistes voulaient se servir de ces informations, soit pour du sabotage, soit pour faire pression sur Paris. Le gouvernement français n'avait pas envie que tout le monde sache qu'on fait péter des bombes atomiques dans le désert algérien.

— Ce qui veut dire que quelqu'un est parvenu à découvrir les manœuvres d'espion du petit frère Bentoui, et a décidé de l'éliminer.

— La sécurité militaire en Algérie ne rigole pas. Le 23 septembre 1959, le jour des assassinats, Slimane venait d'arriver à Paris. Il est allé voir son frère avec les documents et toutes ses observations afin de les faire passer au FLN en métropole. Lemaire a été envoyé pour dessouder les frères et récupérer les documents. Volkstrom pour s'occuper de Lemaire. Et tout a foiré quand un des gamins Bentoui est tombé malade et que toute la famille est restée ce soir-là dans l'appartement...

— Pourquoi est-ce que tes chefs se sont chargés de l'assassinat des Bentoui ? Pourquoi est-ce Deogratias qui a recruté Volkstrom pour faire le ménage ?

Blanchard regardait le fond de la brasserie et semblait réfléchir.

— Je me souviens d'un truc... Au lendemain des meurtres, il y avait un officier qui accompagnait Papon. J'en ai croisé un autre plus tard dans l'antichambre du Préfet. Ça ne m'avait pas marqué sur le coup, même si c'était étrange, on ne reçoit pas beaucoup de militaires au 36.

Antoine l'observait. Les éléments continuaient de s'emboîter les uns dans les autres.

— Je pense que les services du contre-espionnage, ou même l'armée, se sont adressés à mes chefs, Papon et Deogratias, parce qu'ils savaient qu'ils feraient la besogne sans rechigner.

— Au nom de la lutte contre l'indépendance algérienne, ou alors au nom de l'idée qu'ils ont de la France.

Carrega laissa résonner sa phrase, satisfait de voir que Blanchard était parvenu aux mêmes conclusions que lui. Il était étrange de constater qu'il n'y avait même plus l'épaisseur d'un papier à cigarette pour séparer leurs déductions quand, quelques mois plus tôt, ils se tapaient sur la figure.

Antoine ne put s'empêcher d'ajouter, pour bien souligner qu'ils ne jouaient pas dans le même camp :

— Il était plus sûr de faire commettre le crime par ceux qui sont chargés de le résoudre !

— Mais ça a déraillé.

— Lemaire a paniqué, Volkstrom s'est rebellé, tu n'as pas voulu la fermer, et je m'en suis mêlé.

Leurs deux regards vaquaient désormais par la fenêtre de la brasserie. Le crachin continuait de tomber, les passants défilaient, emmitouflés dans leurs imperméables.

Blanchard entreprit de rassembler les documents épars sur la table, pour les remettre dans l'enveloppe en kraft. Il était en train de brasser les papiers quand il murmura :

— La raison d'État.
— Qu'est-ce que tu racontes ?
— On apprend ça lorsqu'on fait des études de droit. C'est quand, au nom d'intérêts supérieurs, des gouvernants s'autorisent à violer les règles de l'État de droit. Quand le Préfet de police de Paris assassine des innocents dans leur cuisine, ou en pleine rue, avec l'accord du gouvernement, au nom de l'intérêt de la Nation.
— Tu deviens cynique, Blanchard !
— Qui te dit que je ne l'ai pas toujours été ?
— J'en doute.

Luc avait achevé de réunir les liasses de feuilles, le carnet, les photographies et la lettre manuscrite, et il était parvenu à les ranger dans l'enveloppe. L'inspecteur possédait tous les symptômes d'un esprit méticuleux. Même si c'était à Antoine que Volkstrom avait adressé cette enveloppe, il n'envisageait pas de la conserver. Il semblait légitime que Blanchard la récupère. Il ne protesta pas quand celui-ci posa le paquet sur ses genoux. Cela ne répondait toutefois pas à la question qui le taraudait :

— Qu'est-ce que tu vas en faire ?
— Honnêtement, je n'en sais rien.
— Tu vas t'en servir contre Papon ?
— Je ne suis pas candidat pour une mission-suicide. Deogratias, il était possible de l'éliminer du paysage,

mais Papon, j'en doute. En tout cas pas moi, pas avec ça. Ce type a trop d'appuis.

— Qu'est-ce qu'il est devenu, Deogratias ?

— Muté aux Antilles. J'imagine qu'il sait trop de choses sur trop de gens pour être rayé définitivement des registres de l'État.

— La République est bonne mère avec ses serviteurs. Surtout quand il s'agit de s'occuper des basanés. Les Antilles, on peut leur envoyer les pires spécimens.

— C'est toi qui es cynique, désormais.

— Je l'ai toujours été, *camerchione* ! C'est toi qui as changé.

Antoine et Luc se toisèrent aimablement. Malgré cette manifestation fugace de camaraderie, le fossé entre eux demeurait. Ils s'étaient rejoints pendant quelques dizaines de minutes autour d'une enveloppe mystérieuse, mais cela ne suffisait pas. Et puis il y avait le fantôme de Margot, souvenir pour l'un, présence constante pour l'autre.

Ils allaient de nouveau tracer leurs chemins, chacun son sillon.

Carrega se leva, repoussa sa chaise et s'enquit quand même, à tout hasard :

— Tu vas essayer de retrouver Volkstrom ?

— Pourquoi je ferais ça ?

Il observa le visage du policier se renfrogner, comme lorsqu'on évite un sujet qui fâche.

— Je me demandais juste... Il en sait autant que nous, peut-être même plus.

— Cette affaire est bouclée. Quant à Volkstrom, tu m'as dit qu'il était parti loin.

— C'est ce qu'il m'a raconté. Mais avec un type comme lui, on ne sait jamais.

Blanchard haussa les épaules.

Antoine prit ce geste pour ce qu'il était : la fin de la conversation. Il n'avait plus rien à ajouter. Il tendit sa main, serra celle de Luc sans effusion puis, en silence, releva le col de sa veste et plongea dans la bruine parisienne.

Chacun se débrouillerait avec sa conscience.

Épilogue

Luc Blanchard, 26 avril 1962

Il l'avait retrouvé. Sans vraiment le chercher. Ou peut-être un peu.

Luc posa son sac de voyage en cuir à côté de la table métallique bancale et s'assit sur la chaise, en terrasse, observant les derniers clients qui finissaient leurs cafés avant de retourner au boulot. Fin du service de midi, soleil doux d'avril. Un serveur en tablier, grand, brun, achevait de débarrasser la vaisselle sale et les reliefs des repas qu'il rapportait à l'intérieur de la petite échoppe de la rue des Pistoles, au cœur du Panier marseillais.

Blanchard savait qu'il était trop tard pour déjeuner, mais il n'était pas venu pour ça.

Au bout d'une minute, l'homme au tablier ressortit jeter un coup d'œil sur sa terrasse pour voir s'il n'avait rien oublié. Il avisa Luc, ouvrit la bouche pour lui annoncer que le service était terminé, mais s'interrompit à la première syllabe.

— Qu'est-ce que tu fous là?
— À ton avis?

Antoine Carrega le fixait du regard.

Blanchard l'observait par en dessous, les mains jointes sur la table, pour bien montrer qu'il n'avait pas d'intention hostile. Il avait un peu erré dans le Panier, mais pas très longtemps. Il n'avait pas eu besoin de demander son chemin : il avait juste observé les différents caboulots qui servaient des repas du midi avant de tomber sur celui du « bandit Corse », comme il persistait à l'appeler en son for intérieur. Il n'aurait pas fait le détour s'il n'avait eu plusieurs heures à tuer à Marseille.

Luc sentait la tension monter. Il préféra désamorcer la situation sur-le-champ :

— Rassure-toi, je ne te veux rien. Je passais par Marseille et j'ai voulu te rendre visite.

— Margot a des soucis ?

— Non, elle va bien. C'est elle qui m'a dit que tu étais devenu bistrotier au Panier.

— Ce n'était pas une information à partager.

— Alors il fallait la garder pour toi.

Toujours les vieux réflexes.

Carrega abaissa sa garde en premier.

— On ne sert plus à manger à cette heure-là. Tu veux un café ?

— Volontiers.

Antoine retourna à l'intérieur et en ressortit deux minutes plus tard, sans son tablier, portant à bout de bras un plateau avec deux tasses de café et des biscuits corses à l'anis. Il s'assit en face de Luc qui, tel un lézard, jouissait des rayons de soleil.

Luc nota que Carrega le scrutait avec attention, sans rien dire. Blanchard ne portait pas un de ses costumes gris habituels un peu élimés. Il n'avait pas de cravate non plus. Il était juste vêtu d'un pantalon en toile, d'une chemise blanche ouverte au col et d'une veste en daim.

— J'ai du mal à croire à une visite de courtoisie, alors je te le redemande : pourquoi es-tu venu ici ?

— Je suis arrivé ce matin par le train de nuit. Je prends le bateau en fin d'après-midi. Je n'avais rien de mieux à faire. Si je ne t'avais pas aperçu, je serais reparti. Je ne suis plus flic. J'ai démissionné.

Si Carrega était surpris, il leva à peine le sourcil.

— Quand ?

— Il y a deux mois.

— Je ne te demande pas pourquoi.

— Tu t'en doutes. Personne ne m'a retenu.

— C'est bien.

Le Corse n'avait jamais été expansif. C'était sans doute le maximum qu'on pouvait tirer de lui en matière d'approbation.

À cet instant, une belle femme aux longs cheveux noirs remontés en chignon sortit du bistrot avec un plateau. Elle entreprit de débarrasser la dernière table qui venait juste de se libérer. Quand elle eut terminé, elle se dirigea vers les deux hommes et tendit une main résolue en direction de Luc.

— Bonjour, je suis Maria.

Blanchard se leva à moitié, fit une courbette de la tête.

— Enchanté, Luc Blanchard...

Il faillit ajouter : «... un ami d'Antoine», mais se retint.

Carrega la regardait du coin de l'œil, avec un sourire tendre.

Des cris stridents se firent entendre et deux

marmots d'une dizaine d'années jaillirent sur la terrasse en cavalant. L'un était tout blanc, l'autre tout noir. Ils renversèrent immédiatement une chaise.

La voix de Maria retentit :

— Jean ! André ! Arrêtez vos bêtises ! Venez plutôt m'aider à débarrasser.

Elle leur désigna le plateau chargé d'assiettes, de verres et de couverts. Les deux gamins obtempérèrent et Maria les suivit à l'intérieur.

Blanchard regarda Antoine d'un air interrogatif. Il se dit que le Corse allait se refermer. Mais il l'étonna en répondant à sa question muette :

— Jean est le fils de Maria. André, c'est celui de notre commis de cuisine camerounais. Sa mère est décédée, alors il passe beaucoup de temps avec nous quand il n'y a pas école.

Luc Blanchard hochait la tête. L'ancien de la bande des Trois Canards lui apparaissait transformé.

— C'est ça ta vie, maintenant ? Bistrotier et père de famille ?

L'ancien inspecteur n'avait pas glissé d'ironie dans sa voix, mais il vit l'autre se renfrogner.

— Tu y vois un inconvénient ?

— Certainement pas.

Il laissa passer un temps.

— C'est bien de changer.

Carrega saisit un gâteau à l'anis et en croqua un morceau. Quand il l'eût avalé, il s'enquit à son tour :

— Tu prends le bateau pour où, tantôt ?

— Alger.

Antoine expira un peu bruyamment.

— C'est pas pour ce que tu crois. J'écris désormais.

— Tu écris ?

— J'essaie. Je fais des reportages pour *France Observateur*.

— Journaliste?

— Des personnes que j'avais rencontrées lorsque j'étais inspecteur m'ont mis le pied à l'étrier quand j'ai quitté le 36. Ils m'ont fait confiance, m'ont testé sur quelques articles sur les accords d'Évian. Il paraît que je ne me débrouille pas trop mal.

Luc souriait, en élève appliqué fier de ses progrès.

— Et on t'envoie en Algérie?

— *France Observateur* veut que je couvre pendant quelques semaines ce qui va se passer sur place, maintenant que le pays est indépendant.

C'était Antoine qui opinait du chef désormais.

— C'est bien. Tu traces ton chemin.

Les cloches de la cathédrale toute proche sonnèrent trois heures.

Luc se redressa sur son siège.

— Je vais devoir y aller. Il paraît que l'embarquement peut prendre du temps.

Il se leva, s'empara de son sac, hésita à conclure par un « Ravi de t'avoir revu », le jugea déplacé.

Carrega était debout lui aussi, impassible.

— Transmets mon bonjour à Margot. Et si tu repasses par ici à ton retour, essaie d'arriver pour l'heure du déjeuner.

— Je ferai de mon mieux.

Ils se serrèrent la main. Franchement.

Luc commença à marcher, fit quelques pas, se retourna.

Carrega n'avait pas bougé.

— J'ai du mal à croire que tu te sois complètement rangé des affaires. Tu m'étonnes, Lucchesi.

Il avait employé à dessein le patronyme qui figurait désormais sur les papiers du Corse. Ceux qu'il avait aidé à lui procurer.

Antoine plissa le coin de sa lèvre vers le haut, amusé.

— Désolé de te décevoir. J'ai rompu les amarres. Sauf celle d'un petit bateau qui mouille dans le vieux port. De temps en temps, je cabote un peu... Pour le plaisir.

— Alors, la prochaine fois, c'est toi qui m'emmèneras à Alger.

— Pourquoi pas ? J'ai l'autonomie. Et la place pour de la marchandise.

Post-Scriptum

Politiquement, la centrale nucléaire est une bombe atomique domestiquée, au service de la domination. [...] Le nucléaire appartient à la raison d'État impassible, sans pitié. De ce point de vue, la sécurité n'a aucun sens. La guerre est l'obligation de sacrifier. La mort est plus que légitime : elle est sainte. Avec la centrale nucléaire, un crédit de morts humains semble ouvert indéfiniment.

Conséquemment, un fatalisme résigné répond à ce droit de tuer qui provient de l'État en guerre. D'où la faiblesse de l'exigence publique de sécurité et de protection des citoyens. La centrale nucléaire relève de l'état d'exception. Elle symbolise la puissance de l'État en guerre et rappelle qui est le maître.

Jean-Jacques Delfour,
« Nucléaire et jouissance technologique »,
Le Monde, 11 avril 2011

La fin spectaculairement atomique de la Deuxième Guerre mondiale a promulgué une vision du nucléaire – dans tous ses états – comme quelque chose d'inouï, inédit, inattendu : en somme, de singulier. « La bombe », disait-on, était différente dans son essence de toute autre création ; elle avait effectué une rupture non seulement dans la géopolitique de l'immédiat, mais aussi dans la longue durée de l'histoire humaine. Elle était devenue l'ultime atout géopolitique, l'indicateur de rang mondial par excellence, remplaçant d'un coup les empires en déclin. [...] La science nucléaire accumula un prestige incontournable, ses pratiquants un pouvoir inédit au plan national. [...]

Et puis vient « la » bombe atomique française. Une bombe dont le lien au général de Gaulle fut incontournable, même si l'engin fut développé durant son absence. [...] « L'éclat, c'est moi ! » ironisait Le Canard enchaîné *après le premier essai à Reggane, en poursuivant :*

> Cette bombe libérait la France, que dis-je ? Libérait les Français d'un complexe. Mieux encore, libérait le vieux coq gaulois que chacun de nous porte dans son cœur et qui depuis 1940 n'osait pas sortir... Cette bombe, ô Français, cette bombe est le plus beau jour de notre vie. Le samedi 13 février 1960 marque le début d'une ère nouvelle... Ne vous sentez-vous pas tout autre depuis ce jour, depuis cette minute, depuis cette seconde-là ? Si, n'est-ce pas ? Avant, nous n'étions, aux yeux du monde, qu'un peuple comme les autres, ni plus, ni moins. Après : nous sommes, à nos propres yeux, un peuple supérieur. Supérieur à ce que nous nous imaginions.

Mais si le Canard *pouvait ainsi ironiser sur l'exception, c'est parce que le lien entre nucléaire et identité nationale était déjà très fort. [...] La nation dut devenir nucléaire parce qu'elle ne put plus s'afficher comme coloniale. Le déclin de l'empire signifiait que le rayonnement de la France devait dépasser la métaphore, pour s'inscrire désormais dans les rayonnements alpha, bêta, gamma.*

La France ne pouvait être pleinement nucléaire sans ses colonies.

Gabrielle Hecht, « L'empire nucléaire », dans *Une autre histoire des « Trente glorieuses »*, sous la direction de Céline Pessis, Sezin Topçu et Christophe Bonneuil, La Découverte, 2013.

Note de l'auteur

Tous les faits racontés dans ce livre sont fictifs et issus de mon imagination. Ils s'appuient néanmoins sur des événements réels, documentés par des historiens et des journalistes, ainsi que sur des personnages tout aussi réels, dont j'ai essayé de capter l'essence et le comportement.

L'attentat de Vitry-le-François contre le train Strasbourg-Paris, qui a fait vingt-huit morts et cent soixante-dix blessés le 18 juin 1961, a longtemps eu le triste privilège d'être l'acte de terrorisme le plus meurtrier sur le territoire hexagonal. Depuis le 13 novembre 2015 (attentats contre le Bataclan, les « terrasses » et le stade de France), il a été rétrogradé en seconde position. Il reste par contre l'attentat le plus méconnu de l'histoire de France, le pouvoir gaulliste, puis les gouvernements successifs de la Ve République ayant toujours cherché à l'enterrer.

Deux photographes ont documenté la nuit du 17 octobre 1961 à Paris. L'un était Élie Kagan, qui a saisi plusieurs dizaines de clichés en divers endroits de la capitale. Mais, sur ses photos publiées, si l'on voit bien les rafles et la violence, on n'aperçoit aucun cadavre. L'autre, plus méconnu, était Georges Azenstarck, photoreporter au quotidien *L'Humanité*, alors situé boulevard Poissonnière. Alerté par ses collègues, il est sorti sur le balcon du journal et a pris plusieurs photos depuis son point d'observation qui montrent des corps sans vie d'Algériens tués par les forces de police. J'ai pris la liberté, dans ce roman, de placer Georges Azenstarck sur des lieux où il n'était pas, tout en respectant l'esprit du journaliste et de son travail.

Remerciements

Un immense merci :
à Patrick Bard pour m'avoir montré la voie et incité à la suivre.

DU MÊME AUTEUR

Romans

Aux Éditions Gallimard

Dans la collection Série Noire

FRAKAS, 2021.
REQUIEM POUR UNE RÉPUBLIQUE, 2019, Folio Policier n° 931.

Essais

DES VIES EN RÉVOLUTION. CES DESTINS SAISIS PAR OCTOBRE 17, Éditions Don Quichotte, 2017.
LES ÉTATS-DÉSUNIS D'OBAMA, François Bourin éditeur, 2011.
CHIRAC CONTRE BUSH (avec Henri Vernet), Éditions Jean-Claude Lattès, 2004.
GEORGE W. BUSH, L'HÉRITIER, Éditions Golias, 2000.

*Tous les papiers utilisés pour les ouvrages
des collections Folio sont certifiés
et proviennent de forêts gérées durablement.*

*Composition Nord Compo
Impression Maury Imprimeur
45330 Malesherbes
le 12 juillet 2022
Dépôt légal : juillet 2022
1er dépôt légal dans la collection : mars 2021
Numéro d'imprimeur : 264186*

ISBN 978-2-07-292251-0 / Imprimé en France.

552408

DISPONIBLE DANS LA SÉRIE NOIRE